KB108878

# 에브리데이

# 에브리데이

**데이비드 리바이선** | 서창렬 옮김

# EVERY DAY

DAVID LEVITHAN

민음사

**EVERY DAY**

by David Levithan

Copyright © David Levithan 2012
All rights reserved.

Korean Translation Copyright © Minumsa 2015

Korean translation edition is published by arrangement with
David Levithan c/o William Morris Endeavor Entertainment, LLC.
through Imprima Korea Agency.

이 책의 한국어 판 저작권은 임프리마 코리아 에이전시를 통해
William Morris Endeavor Entertainment, LLC.와 독점 계약한 (주)민음사에 있습니다.

저작권법에 의해 한국 내에서 보호를 받는 저작물이므로
무단 전재와 무단 복제를 금합니다.

페이지를 위해
네가 매일 행복을 찾을 수 있기를

# 차례

에브리데이     9

감사의 말     415

옮긴이의 말     417

# 5994일

나는 잠에서 깨어난다.

곧바로 내가 누구인지 알아내야 한다. 몸만 알아야 하는 게 아니다. 눈을 뜨고 내 팔의 피부가 옅은 색인지 짙은 색인지, 머리털이 긴지 짧은지, 뚱뚱한지 말랐는지, 남자인지 여자인지, 몸에 흉터가 있는지 매끄러운지 등등을 알아보아야 한다. 매일 아침 새로운 몸 안에서 깨어나는 데 익숙하기만 하다면 몸에 적응하기는 무척 쉽다.

나는 매일매일 다른 사람이 된다. 나는 나이지만—나는 내가 나라는 것을 안다.—또한 다른 사람이기도 하다.

늘 그래 왔다.

정보는 거기 있다. 나는 깨어나서 눈을 뜨고, 새로운 아침, 새로운 장소에 있다는 것을 깨닫는다. 신상 정보가 드러나기 시작한다. 마음의 나 아닌 부분이 주는 반가운 선물이다. 오늘 나는 저스틴이다. 어떻게든 나는 이 사실 — 내 이름이 저스틴이라는 것 — 을 안다. 동시에 내가 정말로 저스틴인 것은 아니라는 걸 안다. 하루 동안 그의 삶을 빌릴 뿐이다. 나는 주위를 둘러보고 이곳이 저스틴의 방임을 알게 된다. 이곳은 그의 집이다. 칠 분 뒤에 알람이 울릴 것이다.

두 번이나 같은 사람이 되는 법은 없지만, 전에 이런 사람이 되어 본 적이 있는 건 확실하다. 사방에 옷이 널렸다. 책 읽기보다 비디오 게임을 훨씬 많이 한다. 사각팬티를 입고 잔다. 입 냄새로 보건대 담배를 피운다. 하지만 눈을 뜨자마자 담배를 찾을 만큼 골초는 아니다.

"안녕, 저스틴." 내가 말한다. 그의 목소리를 확인해 보는 것이다. 저음이다. 내 머릿속의 목소리는 늘 다르다.

저스틴은 자기 관리가 소홀하다. 머리가 가렵다. 눈이 떠지지 않으려 한다. 잠을 푹 자지 못했다.

나는 이미, 오늘은 그리 좋은 날이 아닐 거라고 생각한다.


좋아할 수 없는 사람의 몸 안에 있는 것은 고역이다. 좋아하지 않으면서도 그 몸을 존중해야 하기 때문이다. 과거에는 다른 사람들의 삶에 피해를 준 적이 있는데, 그런 실수를 할 때마다 그 일이 오랫동안 나를 괴롭힌다는 것을 알게 되었다. 그래서 조심하려고 노력한다.

내가 아는 한, 내가 들어와 살게 되는 사람들은 전부 나와 같은 나이이다. 열여섯 살에서 예순 살로 뛰어오르는 일은 없다. 지금은 열여섯 살이다. 어째서 그렇게 되는 것인지, 왜 그러는 것인지, 나는 모른다. 그걸 알아내려는 노력은 오래전에 그만두었다. 보통 사람들이 자기라는 존재에 대해 이해하지 못하는 것만큼이나 절대 이해하지 못할 것이다. 시간이 좀 지난 뒤에는 그냥 그렇게 존재한다는 사실을 편안히 받아들여야 한다. 왜인지, 그 이유를 알아낼 방법은 없다. 나름대로 이론을 세울 수는 있겠지만 결코 그에 대한 증거를 내세울 수는 없을 것이다.

나는 사실에 접속할 수 있지만 감정에는 접속하지 못한다. 이곳이 저스틴의 방이라는 것을 알지만, 저스틴이 이 방을 좋아하는지 아닌지는 알지 못한다. 저스틴은 옆방에 있는 부모님을 죽이고 싶어 하는 걸까? 혹은 엄마가 방에 들어와 그가 일어났는지 확인하는 일도 없을 만큼 그는 관심을 못 받는 아이일까? 알 수가 없다. 나의 각 부분이 내가 들어와 살게 되는 사람의 동일한 부분을 대체하는 것 같다. 나는 기꺼이 나 자신인 것처럼 생각하지만, 종종 원래 있던 사람은 어떻게 생각하는지 단서를 얻으면 도움이 된다. 우리 모두에겐 불가사의한 면이 있다. 특히 안에서 보면 더욱 그렇다.

알람이 울린다. 나는 손을 뻗어 셔츠와 청바지를 챙기다가 어떤 식으로인가 저스틴이 어제 그 셔츠를 입었다는 것을 알게 된다. 나는 다른 셔츠를 고른다. 욕실로 가서 샤워를 한 다음 챙겨 들고 온 옷을 입는다. 이제 그의 부모님은 부엌에 있다. 부모님은 뭔가 달라졌다는 것을 알지 못한다.

이런 식으로 살아온 십육 년은 긴 시간이다. 따라서 나는 거의 실수하지 않는다. 이제는 그렇다.

나는 그의 부모님을 쉽게 읽어 낸다. 저스틴은 아침에 부모님에게 많은 말을 하지 않으므로 나도 그분들에게 말을 할 필요가 없다. 나는 사람들에게 기대할 수 있는 것을, 또는 기대하지 않아야 할 것을 알아차리는 데에 익숙하다. 시리얼을 급히 먹고 나서 그릇을 씻지 않고 싱크대에 넣은 다음 저스틴의 열쇠를 움켜쥐고 나간다.

나는 어제는 여기서 두 시간쯤 떨어진 마을에 사는 여자애였다. 그제는 그곳에서 세 시간쯤 더 멀리 떨어진 마을의 남자애였다. 벌써 그때 일들이 가물가물하다. 이렇게 잊어야 한다. 그렇지 않으면 내가 진짜 누구인지 절대 기억하지 못할 테니.

저스틴은 시끄럽고 불쾌한 방송국에서 내보내는 시끄럽고 불쾌한 음악을 듣는데, 시끄럽고 불쾌한 진행자는 아침을 힘차게 여는 방법으로 시끄럽고 불쾌한 농담을 한다. 이 정도면 내가 저스틴에 관해 알아야 할 것은 다 안 셈이다. 나는 그의 기억에 접속하여 학교로 가는 길을 내게 보여 주게 한다. 그리고 주차는 어디에 하는지, 사물함 위치는 어디인지, 자물쇠 비밀번호는 무엇인지 보여 주게 한다. 복도에서 마주치는, 그가 아는 사람의 이름도 알아낸다.

때때로 나는 이러한 움직임을 감당하지 못한다. 학교로 가서 하루 일과를 잘 수행해 낼 자신이 없는 것이다. 그럴 때면 아프다고 말하고 침대에 누워서 책을 읽는다. 그러나 그러는 것조차도 얼마 후면 귀찮고 따분해지기 때문에 새로운 학교생활에 기꺼이 도전하려 한다. 새 친구, 하루 일과에 도전하는 것이다.

사물함에서 저스틴의 책을 꺼낼 때, 누군가 주위에서 서성이는 것을 느낀다. 고개를 돌린다. 거기 서 있는 여학생의 감정이 투명하게 보인다. 조심스럽고, 기대감에 차 있고, 불안해하고, 사랑에 빠졌다. 나는 저스틴의 기억에 접속하지 않고서도 이 애가 그의 여자 친구라는 것을 안다. 저스틴 앞에 선 그녀는 몹시 불안정해 보이는데, 여자 친구 말고 그에게 이런 반응을 보이는 사람은 없을 것이다. 예쁘다. 하지만 그녀는 그걸 모른다. 머리카락을 앞으로 늘어뜨려 얼굴을 감춘 그녀는 나를 보고 반가워하는 동시에 반가워하지 않는다.

그녀 이름은 리앤넌이다. 나는 잠시 ─ 아주 잠깐 ─ 그래, 이 여자애에게 딱 어울리는 이름이야 하고 생각한다. 왜 이런 생각이 들었는지는 모른다. 나는 그녀를 모른다. 그러나 이름이 딱 어울린다는 느낌이 든다.

저스틴의 생각이 아니다. 내 생각이다. 나는 그걸 무시하려 애쓴다. 그녀가 얘기하고 싶어 하는 사람은 내가 아니다.

"안녕." 내가 가볍게 말한다.

"안녕." 그녀가 작은 소리로 말한다.

그녀는 바닥을 내려다보고 있다. 그림을 그려 넣은 자신의 컨버스 운동화를 내려다보고 있다. 그녀는 운동화에 도시를 그렸다. 밑창 주위로 스카이라인이 펼쳐져 있다. 그녀와 저스틴 사이에 뭔가 일이 있었지만 그게 뭔지 나는 알지 못한다. 아마 저스틴은 알아차리지도 못한 일 같다.

"너, 괜찮아?" 내가 묻는다.

그녀는 표정을 감추려 하지만, 그녀 얼굴에 놀라움이 나타난다. 저스틴이 평소에 하는 말이 아닌 것이다.

그리고 이상한 것은 내가 대답을 듣고 싶어 한다는 점이다. 저스틴이 별로 신경 쓰지 않는다는 사실 때문에 더욱더 대답을 듣고 싶은 것이다.

"괜찮아." 그녀가 말한다. 하지만 전혀 괜찮지 않은 것 같다.

그녀를 쳐다보는 게 쉽지 않다. 솔직히 드러내지 않고 주변에서만 맴도는 모든 여자애들의 마음 깊숙이에는 핵심적인 진실이 있다는 것을 나는 경험으로 안다. 그녀는 자신의 진실을 숨기고 있다. 그러나 동시에 내가 그걸 봐 주기를 원한다. 그러니까 저스틴이 그걸 봐 주기를 원하는 것이다. 그 진실은 내 범위를 벗어난 곳에 있다. 말이 되어 나오기를 기다리고 있는 소리……

그녀는 슬픔에 너무 깊이 빠져서 그게 다 드러나 보인다는 것을 알지 못한다. 내가 그녀를 이해한다고 생각하는 ─ 잠시 나는 그녀를 이해한다고 여긴다. ─ 바로 그때 그 슬픔 속에서 순간적으로 단호한 표정이 섬광처럼 떠올라 나를 놀라게 한다. 용감함이라고도 할 수 있을 표정이다.

바닥을 내려다보던 그녀가 눈길을 돌려 내 눈을 들여다보며 묻는다. "나한테 화난 거야?"

나는 그녀에게 화가 날 어떤 이유도 생각해 낼 수 없다. 화가 난다면 그녀로 하여금 몹시 초라해진 기분을 느끼게 한 저스틴에게일 뿐이다. 그녀의 몸짓을 보면 알 수 있다. 그녀는 저스틴 주위에 있을 때면 작아지는 느낌을 받는다.

"아니." 내가 말한다. "너한테 전혀 화나지 않았어."

나는 그녀가 듣고 싶어 하는 말을 하지만 그녀는 믿지 않는다. 나는 옳은 말을 하지만 그녀는 그 말을 듣기 좋으라고 하는 반드르르한 말이라고 생각한다.

이것은 내 문제가 아니다. 나는 안다. 나는 하루 동안만 여기 있을 뿐이다. 내가 어떤 이의 남자 친구 문제를 해결해 줄 수는 없다. 내가 어떤 이의 삶을 바꾸어서는 안 된다.

나는 고개를 돌려 책을 꺼낸 다음 사물함을 닫는다. 그녀는 나빠진 관계 때문에 자포자기한 듯 깊은 외로움에 빠진 채 그 자리에 그대로 서 있다.

"아직도 오늘 점심을 나랑 같이 먹고 싶은 거니?" 그녀가 묻는다.

아니라고 말하면 간단할 것이다. 나는 자주 그런다. 상대방의 삶이 나를 끌어들이려 한다고 느끼면 반대 방향으로 달린다.

그렇지만 그녀에게는 뭔가 있다. 운동화에 그려진 도시 그림, 섬광처럼 스친 용감한 표정, 필요 이상의 슬픔…… 이런 것들이 겉으로 드러날 때 어떤 말이 되어 나올 것인지, 알고 싶다. 나는 오랜 세월을 아는 게 전혀 없는 사람들을 만나며 살아왔다. 그런데 오늘 아침, 이곳, 이 여자애에게서 나는 알고 싶다는 흐릿한 욕망을 느낀다. 나약해지거나 반대로 용감해지는 순간이면 나는 그런 욕망을 따르기로 결심한다. 더 많은 걸 알아내겠다고 결심한다.

"그럼." 내가 말한다. "점심 같이하면 정말 좋을 거야."

나는 다시 그녀를 읽는다. 내가 너무 열성적으로 말한 것이다. 저스틴은 그런 적이 없다.

"어려울 거 없잖아." 내가 덧붙인다.

그녀는 안도한다. 적어도 이젠 좀 안심해도 되겠다고 스스로

허용할 만큼인데, 아주 조심스러운 태도다. 접속을 통해서 나는 그녀와 저스틴이 일 년 이상 사귀어 왔다는 사실을 알아낸다. 그러니 특별한 사이인 것이다. 저스틴은 정확한 날짜는 기억하지 못한다.

그녀는 손을 내밀어 내 손을 잡는다. 나는 이 느낌이 너무 좋아 놀란다.

"나한테 화가 나지 않아서 기뻐. 난 모든 게 순조롭길 바랄 뿐이야."

나는 고개를 끄덕인다. 내가 그동안 배운 게 하나 있다면 바로 이거다. 우리 모두는 모든 게 순조롭기를 바란다. 환상적이기를, 굉장하기를, 빼어나게 좋기를 크게 바라지 않는다. 우리는 순조로운 것만으로도 만족스러워할 것이다. 대부분의 경우 순조로운 것으로 충분하기 때문이다.

첫 번째 종이 울린다.

"나중에 봐." 내가 말한다.

그야말로 기본적인 약속이다. 그렇지만 리애넌에게는 그게 세상 전부다.


＊＊


처음에는 어떠한 지속적인 관계도 없고 삶을 변화시키는 어떠한 영향도 끼치지 못하는 채로 매일매일 살아가는 일이 무척 힘들었다. 조금 더 어렸을 때는 우정과 친밀감을 열망했다. 유대감이 너무나도 빨리, 그리고 영원히 상실된다는 사실을 인정하지 않은 채 유대감을 원했다. 다른 사람의 삶을 개인적으로 받아들였다. 그들의 친구가 내 친구가 될 수 있고, 그들의 엄마 아빠가 내 엄마 아빠가 될 수 있다고 느꼈다. 그러나 얼마 후 그런 시도를 그만둬야 했다. 너무 많은 이별을 하며 사는 게 정말 가슴 아팠기 때문이다.

나는 떠돌이라서, 이루 말할 수 없이 외롭지만 동시에 대단히 자유롭다. 다른 어떤 사람의 관점에서 나 자신을 규정받을 일이 절대 없다. 결코 또래들이 받는 압력이나 부모의 기대감에 따른 부담을 느끼지 않을 것이다. 나는 모든 사람을 전체의 한 부분으로 볼 수 있고, 그래서 부분이 아닌 전체에 중점을 둘 수 있다. 나는 대부분의 사람들보다 훨씬 더 잘 관찰하는 법을 배웠다. 과거에 사로잡혀 눈이 멀거나 미래에 홀려 과욕을 부리지 않는다. 현재에 집중한다. 내가 살아가도록 운명 지어진 곳이 현재이기 때문이다.

나는 배운다. 나는 종종 이미 다른 교실에서 수십 번 배운 것을 다시 배우곤 한다. 때로는 완전히 새로운 것을 배운다. 나는 몸에 접속해야 하고, 마음에 접속하여 어떤 정보가 들어 있는지 보아야 한다. 그럴 때 배운다. 떠날 때 내가 가져가는 것은 지식뿐이다.

나는 저스틴이 모르는, 그가 앞으로도 결코 알 수 없을 아주 많은 것들을 안다. 나는 그의 수학 시간에 교실에 앉아 공책을 펴고 그가 들어 본 적 없는 구절들을 적는다. 셰익스피어, 케루악, 디킨슨. 내일이나 또는 가까운 어느 날에 그는 자신의 필체로 쓰인 이 구절들을 보게 될 것이고, 그러면 이게 어디에서 왔는지, 심지어 이게 무엇인지도 전혀 알지 못할 것이다. 다시 보는 일이 없을 수도 있겠지만 말이다.

나는 기껏해야 이 정도까지만 개입한다.

그 나머지 것들은 모두 다 말끔히 정리되어야 한다.


리애넌이 나와 함께 있다. 그녀에 관한 구체적인 것들이 말이다. 저스틴의 기억에서 깜박거린다. 머릿결, 손톱을 물어뜯는 버릇, 단호한 목소리, 체념한 목소리 같은 사소한 것들이다. 그녀가 저스틴의 할아버지와 춤을 추는 것을 본다. 할아버지가 예쁜 여자아이와 춤을 추고 싶다고 말했기 때문이다. 나는 또 그녀가 손으로 눈을 가린 채 손가락 사이로 무서운 영화를 훔쳐보며 두려움을 즐기는 모습을 본다. 좋은 기억들이다. 그 밖의 다른 기억들은 보지 않는다.

오전에 한 번 더, 1교시와 2교시 사이 쉬는 시간에 복도에서 잠깐 스쳐 가면서 그녀를 본다. 그녀가 가까이 다가오자 나는 빙긋 미소를 짓고, 그녀도 미소로 화답한다. 아주 간단하다. 하지만 진실한 것들이 대부분 그렇듯, 간단하면서도 복잡하다. 2교시가 끝난 후, 그리고 3교시와 4교시가 끝난 후에도 나는 그녀를 찾는다. 이런 내 마음을 내가 통제하고 있다는 느낌조차 없다. 그녀가 보고 싶다. 간단하지만 간단하지가 않다.

우리가 점심을 먹으러 갈 무렵 나는 이미 지쳤다. 저스틴의 몸은 너무 적게 잔 탓에 축 처지고, 그 몸 안에 있는 나는 너무 많이 생각하고 초조해한 탓에 축 처져 있다.

나는 저스틴의 사물함에서 그녀를 기다린다. 첫 번째 종이 울린다. 두 번째 종이 울린다. 리애넌은 나타나지 않는다. 다른 곳에서 만나기로 한 걸까? 어쩌면 저스틴이 늘 만나는 장소를 잊어버렸는지도 모른다.

만약 그렇다면 그녀는 뭘 자꾸 잊어버리는 저스틴에 익숙할 것이다. 내가 막 포기하려 할 때 그녀가 나를 찾아낸다. 수업을 끝낸 학생들이 썰물처럼 빠져나간 복도는 거의 비어 있다. 그녀는 이전보다 더 가까이 다가온다.

"안녕." 내가 말한다.

"안녕." 그녀가 말한다.

그녀가 나를 바라본다. 먼저 행동하는 사람은 저스틴이다. 할 일을 생각해 내는 사람은 저스틴이다. 둘이 함께 무얼 할 것인지 말하는 사람은 저스틴이다.

그 사실이 나를 우울하게 한다. 이런 경우를 전에 수없이 보아 왔다. 부당한 헌신. 혼자가 되는 두려움을 감당할 수가 없어서 못된 사람과 함께 있는 두려움을 참아 내는 것. 희망에 의심의 기미가 감돌고, 의심에 희망의 기미가 감돈다. 누군가의 얼굴에서 이런 감정을 볼 때마다 내 마음은 늘 무거워진다. 리애넌의 얼굴에는 단순한 실망 이상의 어떤 감정이 배어 있다. 그녀의 얼굴에는 온화함이 있다. 시간이 아무리 흘러도 저스틴은 결코 깨닫지 못할 온화함이다. 나는 그걸 즉시 알아차리지만, 다른 사람은 그러지 못한다.

나는 들고 있던 책을 모두 사물함에 넣는다. 그런 다음 그녀에게로 걸어가 그녀 팔에 가볍게 손을 얹는다.

나는 내가 지금 뭘 하고 있는지 모른다. 손을 얹고 있다는 것만 알 뿐이다.

"어디 가자." 내가 말한다. "어디 가고 싶어?"

지금은 그녀와 아주 가까워서 그녀 눈이 푸른색이라는 것을 알 수 있다. 그녀 눈이 얼마나 푸른지, 지금 나만큼 가까이서 들여다본 사람은 없다.

"모르겠어."

나는 그녀 손을 잡는다.

"말해 봐."

초조함의 정도를 넘어섰다. 무모함이다. 우리는 처음엔 손을 잡고 걷는다. 그런 다음 손을 잡고 달린다. 서로 뒤처지지 않으려고 현기증이 나도록 달리며 학교 건물들을 휙휙 지나친다. 우리가 아닌 모든 것들은 중요하지 않은 흐릿한 배경으로 물러난다. 우리는 웃고 까분다. 그녀 책을 그녀 사물함에 넣은 다음 그 건물을 빠져나와 바깥 공기 속으로, 진짜 공기와 햇볕과 나무가 있는 덜 힘든 세상으로 나온다. 원칙을 깨뜨리며 학교를 벗어난다. 원칙을 깨뜨리며 그녀와 함께 저스틴의 차에 탄다. 원칙을 깨뜨리며 열쇠를 돌려 시동을 건다.

"어디 가고 싶어?" 내가 다시 묻는다. "정말로 가고 싶은 곳을 말해 봐."

나는 처음에는 그녀 대답에 얼마나 많은 변수가 있을지 깨닫지 못한다. 만약 그녀가 쇼핑몰에 가자고 하면 나는 접속을 끊을 것이다. 만약 그녀가 네 집에 데려다줘라고 말하면 접속을 끊을 것이다. 만약 그녀가 실은 6교시 수업을 빼먹고 싶지 않아라고 말해도 접속을 끊을 것이다. 접속을 끊을 수밖에 없다. 나는 그런 걸 해서는 안 되니까.

그러나 그녀는 이렇게 말한다. "바닷가에 가고 싶어. 날 바닷가로 데려다주면 좋겠어."

나는 접속이 이루어진 것을 느낀다.

바다에 도착하는 데 한 시간이 걸린다. 9월 하순, 메릴랜드 주. 나뭇잎은 아직 물들지 않았다. 하지만 물들 준비를 시작했다는 것을 알 수 있다. 녹색이 흐릿해졌다. 머지않아 단풍이 들 것이다.

나는 리애넌에게 라디오 채널을 선택하게 한다. 그녀는 놀라지만 나는 개의치 않는다. 나는 시끄럽고 불쾌한 음악에 싫증이 났고, 그녀 역시 마찬가지라는 것을 알아차린다. 리애넌은 차 안에 감미로운 선율이 흐르게 한다. 아는 노래가 나와서 나는 따라 부른다.

할 수만 있다면 하느님과 거래를 해서라도…….

이제 리애넌의 표정은 놀라움에서 의심으로 바뀐다. 저스틴은 노래를 따라 부르는 법이 없었던 것이다.

"너, 왜 그러는 거야?" 그녀가 묻는다.

"음악 때문에."

"헐."

"아냐, 정말이야."

그녀가 오랫동안 나를 쳐다본다. 그러고 나서 빙그레 웃는다.

"그렇다면……." 그녀는 다음 노래를 찾으려고 채널을 돌린다.

우리는 곧 목이 터져라 노래 부른다. 마치 풍선이 부풀어 오른 듯한 팝송인데, 그 노래를 부를 때 풍선이 날아오르는 것처럼 우리도 들뜬다.

시간이 우리 곁에서 느긋하게 쉬고 있는 것 같다. 그녀는 이 상황이 얼마나 특별한지에 대해서는 이제 그만 생각하고 기꺼이 이 상황의 일부가 된다.

나는 그녀에게 멋진 하루를 주고 싶다. 단 하루, 멋진 시간을 선사하고 싶다. 나는 아주 오랫동안 아무런 목적도 없이 떠돌아다녔는데, 지금 이 덧없는 목적이 나에게 주어진 것이다.(이 목적이 나에게 주어진 것만 같은 느낌이다.) 내가 그녀에게 줄 수 있는 시간은 하루밖에 없으니, 멋진 하루를 선사하지 않을 이유가 어디 있겠는가? 하루를 함께하지 않을 이유가 어디 있겠는가? 내가 이 순간, 음악을 받아들여서 이 느낌이 얼마나 오래갈 수 있는지 알아보지 않을 이유가 어디 있겠는가? 원칙은 지울 수 있다. 나는 이 상황을 받아들일 수 있다. 기꺼이 즐길 수 있다.

노래가 끝나자 그녀는 그녀 쪽 창문을 내리고 손을 내밀어 허공을 가르며 차 안에 새로운 음악을 불러들인다. 내가 다른 창문도 모두 내리고 더 빨리 차를 몰자 바람이 난폭하게 우리 머리를 온통 헝클어뜨린다. 마치 차는 사라지고 우리가 속도 그 자체가 된 것만 같다. 이어 또 다른 좋은 노래가 흘러나오자 나는 다시 창문을 올려 바람을 막는다. 이번에는 그녀 손을 잡는다. 그렇게 손을 잡은 채로 수 킬로를 운전하며 그녀에게 질문을 던진다. 부모님은 어떻게 지내시는지, 언니가 대학에 들어가 집에 없으니 기분은 어떤지, 올해 학교생활에 달라진 게 있다고 생각하는지 따위를 묻는다.

그녀에게는 어려운 질문이다. 모든 대답은 잘 모르겠어로 시작한다. 그러나 내가 대답할 시간과 공간을 주면 대부분 그녀는 답을 알고 있다. 엄마와는 잘 지내고 있다. 아빠와는 엄마만 못하다. 언니는 집에 전화하지 않지만, 리애넌은 이해할 수 있다. 학교생활은 여느 때와 별로 다르지 않다. 얼른 졸업하고 싶지만 한편으로는 이 생활이 끝나는 게 두렵다. 그러면 다음에 무엇을 해야 할지 생각해야 하기 때문이다.

그녀가 나는 무슨 생각을 하는지 묻는다. 나는 이렇게 말한다. "솔직히, 하루하루 살아가려고 노력할 뿐이야."

만족스럽진 않지만 충실하게 대답한 것이다. 우리는 나무와 하늘과 표지판과 도로를 본다. 우리는 서로를 느낀다. 지금 이 순간 세상에는 우리뿐이다. 우리는 계속해서 노래를 따라 부른다. 음정과 가사에 맞게 부르는지 아닌지는 크게 신경 쓰지 않고 둘 다 똑같이 자유롭게 부른다. 노래를 부르면서 우리는 서로를 바라본다. 솔로 둘이 아니라 듀엣이다. 듀엣이라는 것을 심각하게 고려하지 않는 듀엣이다. 이 자체가 대화의 한 형식이다. 우리는 주고받는 이야기를 통해서 상대방에 대해 많은 걸 알 수 있지만, 노래 부르는 태도를 통해서도, 차창을 올리기를 좋아하는지 내리기를 좋아하는지 따위를 통해서도 사람을 알 수 있다. 지도에 의존하며 살아가는지 아니면 세상과 맞부닥뜨리며 살아가는지, 바다의 인력을 느끼는지 아닌지 등을 통해서도 알 수 있는 것이다.

그녀는 내게 어디로 가야 하는지 말해 준다. 고속도로를 벗어난다. 인적 드문 시골길이다. 여름이 아니다. 주말도 아니다. 월요일 한낮이므로 우리 말고 바닷가에 가는 사람은 없을 것이다.

"지금은 영어 시간인데." 리애넌이 말한다.

"난 생물." 내가 저스틴의 수업 시간표에 접속하며 말한다.

우리는 계속 나아간다. 처음 봤을 때 그녀는 불안정하고 위태롭게 균형을 유지하고 있는 듯했다. 그러나 지금은 좀 더 평화롭고 편안하다.

위험하다는 것을 나는 안다. 저스틴은 그녀에게 잘해 주지 않는다. 나는 안다. 나쁜 기억에 접속하면 눈물과 싸움, 그리고 뜨뜻미지근하게 사귀어 온 흔적들이 보인다. 그녀는 늘 저스틴 곁을 떠나지 않고 저스틴에게 잘해 준다. 그는 그걸 좋아하는 게 틀림없다. 저스틴의 친구들은 그녀를 좋아하는데 그는 그 점도 좋아하는 게 틀림없다. 그러나 그것과 사랑은 다르다. 그녀는 그에 대한 기대에 너무 오래 매달려 온 탓에 기대할 게 아무것도 남지 않았다는 사실을 깨닫지 못한다. 그들은 침묵을 함께 나누지 못한다. 시끄러울 때가 많다. 주로 그가 시끄럽다. 마음먹으면 나는 그들의 말다툼까지 깊이 찾아 들어갈 수 있다. 나는 저스틴이 그녀에게 상처를 준 그 많은 시간을 통해 그의 내부에 쌓인 파편들을 추적해 찾아낼 수도 있다. 내가 정말 저스틴이라면 나는 그녀의 단점을 찾아낼 것이다. 지금 당장. 그걸 그녀에게 말할 것이다. 소리 지르며. 정나미가 떨어지게 할 것이다. 그리하여 그녀를 제자리에 돌려놓을 것이다.

그러나 나는 그럴 수 없다. 나는 저스틴이 아니다. 그녀가 그 사실을 모른다 해도 말이다.

"재밌게 놀아 볼까." 내가 말한다.

"좋아." 그녀가 맞장구친다. "기분 진짜 좋다. 어디론가 떠나는 생각을 아주 많이 했는데 실제로 이렇게 하니까 너무 좋다. 하루 동안이라도 말이야. 창문 안에서만 지내다 바깥세상에 나오니 참 좋아. 이런 일은 아주 드물거든."

그녀 내부에는 내가 알고 싶은 게 너무 많다. 그와 동시에 나는, 우리가 나누는 모든 말에서, 내가 이미 알고 있는 것이 그녀 내부에 있을 거라고 느낀다. 내가 그녀 내부에 이르면 우리는 서로를 알아볼 것이다. 우리에겐 공통점이 많을 것이다.

주차를 한 뒤 우리는 바다로 간다. 신발은 벗어서 차 좌석 밑에 두었다. 모래밭에 이르자 나는 몸을 숙여 청바지 끝 부분을 말아 올린다. 내가 그러는 동안 리애넌은 앞으로 달려 나간다. 다시 고개를 들어 바라보자 그녀는 발로 모래를 튀기며 해변을 질주하면서 내 이름을 소리쳐 부른다. 그 순간 모든 것은 가볍고 경쾌하다. 그녀는 무척 즐거워한다. 나는 잠시 멈춰서 그 모습을 지켜보지 않을 수 없다. 잘 봐 둬. 나는 나에게 기억해 두라고 말한다.

"뭐해!" 그녀가 소리친다. "이리 와!"

나는 네가 생각하는 내가 아니야. 그녀에게 이렇게 말해 주고 싶다. 그러나 그럴 도리가 없다. 그럴 수는 없는 일이다.

우리는 해변을 독차지하고, 바다를 독차지한다. 나는 그녀를 독차지한다. 그녀는 나를 독차지한다.

유치한 어린 시절의 한때가 나타나고 우리의 순수한 부분도 나타난다. 우리는 갑자기 순수한 부분에 접촉하게 된다. 그렇게 해안선까지 달리고, 와락 밀려와서 발목까지 적시는 차가운 바닷물을 느껴 보고, 조수가 손가락 사이로 빠져나가기 전에 조가비를 주우려고 바닷물로 손을 뻗는다. 우리는 반짝이는 세상으로 돌아갔으며, 그 안에서 더욱 깊이 첨벙첨벙 걷는다. 우리는 바람을 껴안고 있는 것처럼 두 팔을 넓게 벌린다. 그녀는 짓궂게 내게 물을 튀기고, 나도 반격한다. 바지와 셔츠가 물에 젖지만 우리는 개의치 않는다.

그녀가 모래성 만드는 것을 도와 달라고 하고, 내가 돕는 동안 그녀는 언니와 함께 도와 가며 모래성을 만든 적이 한 번도 없었다고 얘기해 준다. 언제나 경쟁을 했다는 것이다. 언니는 가능한 높이 모래성을 쌓은 반면, 리애넌은 성 하나하나가 한 번도 가져 보지 못한 인형의 집이 되기를 바라며 세세한 모양에 주의를 기울였다. 그녀가 손을 오므려서 성의 작은 탑을 만들어 낼 때 나는 그때의 세심한 모래성이 지금 새로이 피어나는 것을 본다. 나 자신은 모래성을 만들어 본 기억이 없지만, 어떤 감각 기억이 들러붙은 게 틀림없다. 왜냐하면 어떻게 모래성을 쌓고, 어떻게 모양을 만드는지 알고 있다는 느낌이 들기 때문이다.

모래성 만들기를 끝낸 뒤 우리는 다시 물가로 가서 손을 씻는다. 고개를 돌려 뒤를 돌아보니 우리 발자국이 서로 섞여서 한 줄기 길을 만든 모습이 눈에 들어온다.

"뭔데 그래?" 내가 뒤를 돌아보는 것을 보고, 내 표정에 뭔가 서려 있는 것을 보고 그녀가 묻는다.

이걸 어떻게 설명할 수 있을까? 내가 아는 유일한 방법은 이렇게 말하는 것이다. "고마워."

그녀는 그 말을 한 번도 들어 본 적이 없는 것처럼 나를 바라본다.

"뭐가?"

"이거." 내가 말한다. "이 모든 것."

학교를 탈출하여 여기로 온 것이 고맙다. 바닷물이, 파도가, 그녀가 고맙다. 우리는 시간의 바깥으로 나와 있는 것 같은 느낌이다. 그런 공간은 없다 해도 말이다.

그녀는 마음 한구석에서 아직 뭔가를 기다리고 있다. 이 모든 기쁨이 잭나이프에 찔린 것 같은 고통으로 변해 버릴, 그 순간을 기다린다.

"괜찮아." 내가 말한다. "행복해도 괜찮은 거야."

그녀 눈에 눈물이 고인다. 나는 두 팔로 그녀를 껴안는다. 해서는 안 되는 행동이다. 그러나 해도 되는 행동이기도 하다. 나는 나 자신의 말에 귀 기울여야 한다. 행복은 내 어휘에서 아주 적은 부분을 차지하는데, 나에게 행복은 아주 잠깐 존재할 뿐이기 때문이다.

"나, 행복해." 그녀가 말한다. "정말 행복해."

저스틴이라면 그녀를 비웃을 것이다. 저스틴은 그녀를 모래밭에 쓰러뜨리고, 하고 싶은 건 뭐든 다 할 것이다. 저스틴이라면 결코 여기 오지 않았을 것이다.

나는 감정을 느끼지 않는 것에 신물이 난다. 단절된 생활에 신물이 난다. 여기에 그녀와 함께 있고 싶다. 그녀의 희망에 부응하는 사람이 되고 싶다. 주어진 시간 동안만이라도.

바다가 스스로 음악을 연주하고, 바람이 춤을 춘다. 우리는 서로를 붙들고 있다. 처음에는 서로의 몸을 붙들었는데, 잠시 후에는 몸이 아닌 훨씬 큰 어떤 것을 붙잡고 있는 느낌이 들기 시작한다. 훨씬 거대한 어떤 것을.

"무슨 일이야?" 리애넌이 묻는다.

"쉿." 내가 말한다. "묻지 마."

그녀가 내게 키스한다. 나는 수년 동안 누구와도 키스하지 않았다. 수년 동안 누구와도 키스해선 안 된다고 나 자신을 타일렀다. 그녀의 입술은 꽃잎처럼 부드럽지만, 그 뒤에는 강렬함이 있다. 나는 그것을 천천히 받아들이며 매 순간이 다음 순간으로 자연스럽게 흘러가도록 내버려 둔다. 그녀 피부를 느끼고 숨결을 느낀다. 짙고 감미로운 접촉을 음미하고, 그 뜨거움 속에 오래 머무른다. 그녀는 눈을 감고 있고 나는 눈을 뜨고 있다. 나는 이 키스를 하나의 감각 이상의 것으로 기억하고 싶다. 전체로서 기억하고 싶다.

우리는 키스보다 더한 것은 하지 않는다. 키스보다 덜한 것은 하지 않는다. 이따금 그녀는 더 깊게 받아들이려 꿈틀하지만 나는 그럴 필요가 없다. 나는 그녀의 어깨를 쓸고 그녀는 내 등을 쓸어 준다. 나는 그녀 목에 키스한다. 그녀는 내 귀밑에 입술을 댄다. 키스를 멈추었을 때 우리는 서로를 바라보며 미소 짓는다. 믿기지 않는 달뜬 기분, 그러나 믿을 수밖에 없는 달뜬 기분. 그녀는 영어 수업에 들어갔어야 하고 나는 생물 수업에 들어갔어야 한다. 오늘은 바닷가로 오면 안 되는 날이었다. 우린 우리에게 정해진 하루를 거역하고 이탈했다.

우리는 서로 손을 잡고 해변을 걷는다. 그 사이 하늘의 해는 조금 낮아졌다. 나는 과거를 생각하지 않는다. 미래도 생각하지 않는다. 나는 햇볕과 바다, 내 발이 모래를 밟는 감촉, 그녀 손을 잡은 내 손의 감촉에 감사하는 마음으로 가득하다.

"우리, 월요일마다 이렇게 하자." 그녀가 말한다. "그리고 화요일에도. 그리고 수요일에도. 목요일에도. 금요일에도."

"그러면 싫증이 날 거야. 딱 한 번만 하는 게 가장 좋아."

"앞으로 다시는 안 할 거야?" 그녀는 내 말이 마음에 들지 않는다.

"다시는이라는 말은 하지 마."

"그래, 다시는이라는 말은 다시 하지 않을게." 그녀가 말한다.

이제 해변에는 몇 사람이 더 눈에 띈다. 주로 오후 산책을 즐기는 나이 많은 남자와 여자 들이다. 그들은 우리가 지나갈 때면 우리를 향해 고개를 까딱한다. 안녕 하고 말해 주는 사람도 더러 있다. 우리도 고개를 까딱하거나 안녕하세요 하고 답례한다. 우리가 왜 여기 있는지 묻는 사람은 없다. 우리는 다른 모든 것과 마찬가지로 이 순간의 일부일 뿐이다.

해는 더 낮아졌다. 그와 더불어 기온도 낮아진다. 리애넌이 몸을 떤다. 나는 잡은 손을 놓고 그녀 몸에 팔을 두른다. 그녀가 차로 돌아가서 트렁크에서 '애무 담요'를 가져오자고 말한다. 우리는 트렁크에서 빈 맥주병과 꼬여 있는 점퍼 케이블과 다른 잡동사니 밑에 깔린 담요를 찾아낸다. 나는 리애넌과 저스틴이 애무 담요를 얼마나 자주 바로 그 목적으로 사용했는지 궁금하다. 그러나 굳이 기억에 접속하여 알아보려 하지 않는다. 대신 담요를 가지고 다시 해변으로 가서 우리 둘을 위해 모래밭에 깐다. 나는 누워서 하늘을 바라보고, 리애넌도 내 옆에 누워 나와 똑같이 한다. 우리는 구름을 쳐다보며 서로 떨어진 거리만큼의 공기를 모두 집어삼키려는 듯 숨을 깊이 들이쉰다.

"오늘은 내 생애 최고의 날 가운데 하나인 것 같아." 리애넌이 말한다.

나는 고개를 돌리지 않고 내 손으로 그녀 손을 찾는다.

"오늘같이 좋은 날이었던 다른 날에 대해 얘기해 줘." 내가 부탁한다.

"잘 모르겠어……."

"딱 하나만. 마음에 제일 먼저 떠오르는 거."

리애넌은 잠시 생각에 잠긴다. 그러더니 고개를 젓는다. "우스운 이야기야."

"얘기해 줘."

그녀가 내게로 얼굴을 돌리고 손을 내 가슴에 댄다. 그리고 가슴 위에서 천천히 동그라미를 그린다. "왜 그런지 모르겠지만, 내 마음에 제일 먼저 떠오른 건 엄마와 딸의 패션쇼야. 웃지 않겠다고 약속할 거야?"

약속해.

그녀는 내 표정을 살핀다. 내가 진지한 것을 확인한다. 얘기를 시작한다.

"4학년 때였던가, 아무튼 그 무렵이었어. 렌윅이라는 단체에서 허리케인 희생자를 위한 모금 행사를 준비하고 있었어. 그 사람들이 우리 반에서 자원봉사자를 구했지. 나는 엄마에게 묻지도 않고 덜컥 서명을 해 버렸어. 집에 가서 엄마에게 그 얘기를 했더니…… 너도 울 엄마가 어떤 분인지 잘 알잖아. 엄마는 질겁을 했어. 놀라서 슈퍼마켓에도 못 갈 정도였지. 패션쇼를 한다고? 모르는 사람들 앞에서? 차라리 엄마에게, 《플레이보이》 모델을 할 테니 허락해 달라고 부탁하는 편이 나을 것 같았다니까."

이제 그녀 손은 내 가슴 위에 가만히 놓여 있다. 그녀가 눈을 돌려 하늘을 바라본다.

"그런데 이해하지 못할 일이 일어났어. 엄마가, 안 된다고 하지 않은 거야. 난 지금에야 내가 엄마를 어떤 상황에 처하게 했는지 알 수 있을 것 같아. 선생님한테 가서 취소하라고 하지 않았어. 그리고 그날이 오자 우린 차를 몰고 렌윅으로 간 다음, 그 사람들이 가 보라는 곳으로 갔지. 난 그 사람들이 어울리는 옷을 우리에게 골라 주는 줄 알았어. 그런데 그런 게 아니더라고. 그들이 방식을 간단하게 얘기해 줬는데, 의상실에 있는 옷 중에서 우리가 원하는 옷은 뭐든 입을 수 있다고 했어. 그래서 우린 의상실로 가서 이 옷 저 옷 마구 입어 보았지. 물론 난 드레스를 좋아했어. 그땐 아주 어린 소녀였으니까 말이야. 난 결국 연푸른색 드레스를 골랐지. 온통 주름 장식이 달린 옷이었어. 내 생각엔 너무 멋을 부린 옷이었던 것 같아."

"세련된 옷이었겠지."

그녀가 나를 때린다. "그냥 듣기만 해. 내 얘기가 끊기지 않게 말이야."

나는 내 가슴에 놓인 그녀 손을 잡는다. 그리고 몸을 기울여 재빨리 키스한다.

"알았어, 계속해 봐." 나는 이 상황이 무척 마음에 든다. 나는 사람들이 자신의 얘기를 나에게 들려주게 한 적이 없다. 보통 그들의 얘기를 나 스스로 상상해야 한다. 사람들은 얘기를 하면, 상대가 기억할 거라고 예상할 것이다. 그런데 나는 그걸 보장할 수 없다. 내가 떠나 버린 후에 그 얘기가 남아 있을지 어쩔지, 알 도리가 없는 것이다. 누군가를 믿고 비밀을 털어놓았는데 그 믿음이 사라져 버리면 얼마나 충격적이겠는가? 나는 그 책임을 지고 싶지 않다.

그러나 리애넌에 대해서는 그 원칙을 지킬 수가 없다.

그녀가 얘기를 계속한다. "그래서 난 정말 입어 보고 싶었던 프롬 드레스를 입었어. 그다음은 엄마 차례였지. 엄마는 날 깜짝 놀라게 했어. 엄마도 드레스를 골랐으니까 말이야. 그렇게 차려입은 엄마 모습을 전에는 한 번도 본 적이 없었어. 그게 나에겐 가장 놀라운 일이었다고 생각해. 신데렐라는 내가 아니었어. 엄마였던 거야.

우리가 옷을 고르고, 그 사람들이 화장이랑 다른 것도 다 해 줬어. 난 엄마가 되게 성가셔할 거라고 생각했는데, 엄마는 사실 즐기셨던 거야. 그들이 엄마에겐 많은 걸 해 주지 않았어. 색을 약간 더 입혔을 뿐이야. 하지만 그걸로 충분했어. 엄만 예뻤어. 지금의 엄마를 생각하면 믿기 어렵다는 걸 알아. 하지만 그날 엄마는 영화배우 같았다니까. 다른 엄마들도 모두 우리 엄마를 칭찬했어. 패션쇼 시간이 되자 우린 워킹을 했고, 사람들이 박수갈채를 보냈지. 엄마와 나는 빙긋 미소 지었어. 정말이라니까.

그 드레스나 다른 어떤 걸 가져갈 순 없었어. 그렇지만 집으로 돌아가는 차 안에서 엄마가, 내가 너무 멋있었다고 계속 말했던 게 기억나. 집에 왔을 때 아빠는 우리를 외계인 보듯 쳐다봤지. 그래도 참 좋았던 건 아빠가 우리 기분에 맞춰 주기로 마음먹었다는 점이었어. 아빠는 낯설어하는 대신 계속 우리를 슈퍼모델이라고 불렀고, 아빠를 위해 거실에서 그 패션쇼를 다시 해 달라고 요청했어. 엄마와 난 그렇게 했지. 우린 실컷 웃었어. 이게 전부야. 그렇게 그날은 끝났어. 엄마가 그 뒤로 화장을 한 적이 있는지 잘 모르겠어. 내가 슈퍼모델이 되지도 않았고. 하지만 오늘, 그날 일이 떠오르네. 왜냐하면 그때도 모든 것에서 벗어나는 일이었으니까. 안 그래?"

"맞아, 그런 것 같아."

"내가 이 얘기를 너에게 하다니, 믿어지지가 않아."

"왜?"

"왜냐하면……. 모르겠어. 바보 같이 들렸을 거야."

"아니야. 아주 좋은 날이었던 것 같아."

"넌 어때?"

"난 엄마와 딸의 패션쇼를 한 적이 없잖아." 내가 농담을 한다. 사실은 몇 차례 그런 적이 있었지만 말이다.

그녀가 내 어깨를 가볍게 친다. "안 돼. 오늘 같았던 어떤 날의 얘기를 해 줘."

나는 저스틴의 기억에 접속하여 그가 열두 살 때 이 도시로 이사 왔다는 것을 알아낸다. 그러므로 그전의 얘기는 뭐든 해도 될 것이다. 리애넌이 없었을 테니까 말이다. 저스틴의 기억 속에서 하나를 찾아내어 얘기해 줄 수도 있지만, 그러고 싶지 않다.

리애넌에게 나 자신의 얘기를 들려주고 싶다.

"열한 살 때 오늘 같았던 날이 있었어." 그때 내가 들어가 있었던 소년의 이름을 기억하려 애쓰지만, 그 이름은 잊어버렸다. "친구들과 숨바꼭질을 했어. 보통 숨바꼭질이 아니라 몸싸움도 하는 거친 숨바꼭질이었지. 우리는 숲에 있었는데, 무슨 까닭에선지 나는 나무에 올라가겠다고 마음먹었어. 그전에는 나무를 타 본 적이 없었던 것 같아. 하지만 나뭇가지가 높지 않은 나무 하나를 찾아내서 무작정 오르기 시작했어. 위로 위로 계속. 걷는 것처럼 자연스러웠어. 내 기억 속 그 나무 높이는 수백 미터나 돼. 아니, 수천 미터……. 어느 지점에선가 난 주변 나무보다 더 높이 있었지. 그래도 여전히 위로 올라갔지. 그런데 어느 순간 주위에 나무가 하나도 없는 거였어. 나 혼자 그 나무 몸통에 매달려 있더라고. 땅에서 멀리 떨어져서 말이야."

지금도 그때 보았던 일렁이는 빛이 눈에 보이는 듯하다. 그 높이도. 내 밑에 펼쳐진 도시의 모습도.

"환상적이었어." 내가 말한다. "달리 표현할 말이 없네. 친구들이 술래에게 다 붙잡혀서 놀이가 끝났을 때, 소리 지르며 날 부르는 소리가 들렸지. 하지만 나는 완전히 다른 곳에 있었어. 위에서 세상을 내려다보고 있었으니까. 처음 경험한 거라 아주 특별했어. 난 그때까지 비행기를 타 본 적도 없었어. 높은 빌딩에 올라간 적도 없었던 것 같아. 그런 내가 그곳에, 내가 알고 있는 모든 것 위에 자리 잡고 있었던 거야. 그 일은 내겐 특별했고, 게다가 오로지 혼자 힘으로 거기 도달한 거였어. 날 데려다준 사람은 없었어. 그렇게 하라고 말해 준 사람도 없었어. 오르고 오르고 또 올랐는데, 그에 대한 보답이었던 거야. 세상을 내려다보는 거, 나 자신과 더불어 홀로 있는 것 말이야. 내게 필요했던 걸, 내가 바로 찾아낸 거야."

리애넌이 내게 몸을 기울인다. "놀라워." 나직이 말한다.

"맞아, 놀라운 경험이었어."

"미네소타 주에서 있었던 일이야?"

사실은 노스캐롤라이나 주에서 있었던 일이다. 하지만 나는 저스틴에 접속해서, 저스틴이었다면 미네소타 주에서 겪었을 일이라는 것을 알아낸다. 그래서 고개를 끄덕인다.

"오늘 같았던 또 다른 날 얘기를 듣고 싶어?" 리애넌이 몸을 웅크려 더 가까이 다가오며 묻는다.

나는 우리 둘 다 편안한 자세가 되도록 팔 위치를 바꾼다. "듣고 싶고말고."

"우리의 두 번째 데이트 얘기야."

이게 우리의 첫 번째 데이트잖아. 나는 장난스럽게 생각한다.

"정말?" 내가 묻는다.

"기억나?"

나는 저스틴이 두 번째 데이트를 기억하는지 확인해 본다. 그의 기억에 없다.

"댁의 파티 생각 안 나?" 그녀가 대답을 끌어내 본다.

여전히 기억에 없다.

"음……." 나는 얼버무린다.

"글쎄…… 그건 데이트가 아니었나. 하지만 우리가 두 번째로 만나서 함께 시간을 보낸 게 그때였어. 그리고 난 잘 모르긴 하지만, 네가 그날은…… 무척 다정했어. 화내지 않을 거지?"

이 얘기가 어디로 튈지 궁금하다.

"약속할게. 오늘은 무슨 일이 있어도 화내지 않을 거야." 내가 말한다. 그걸 증명하려고 맹세한다는 말까지 한다.

그녀가 빙긋 웃는다. "좋아. 음, 최근엔…… 네가 항상 너무 서두르는 것 같아. 그러니까, 우리가 같이 자긴 하지만 정말…… 친밀한 사이는 아닌 것처럼 말이야. 난 괜찮아. 그러는 것도 재밌으니까. 하지만 가끔 오늘 같은 날을 만들어 보면 참 좋잖아. 댁의 파티에서는…… 오늘 같았어. 네겐 세상의 모든 시간이 있는 것 같았고, 그 시간을 우리가 함께 나누길 바랐어. 난 너무 좋았어. 네가 정말로 나를 바라본 건 그때였어. 뭐랄까…… 음, 그건 네가 그 나무에 올라가서 꼭대기에서 나를 발견한 것과 같은 거였어. 그리고 우린 그 기분을 함께 나누었고. 비록 다른 사람집 뒤뜰이었지만 말이야. 어느 한 순간에 ─ 기억나니? ─ 넌 내가 달빛에 잠기도록 나를 약간 움직이게 했어. 그때 넌 '네 피부가 빛난다.'라고 말했지. 나도 그렇게 느꼈어. 은은하게 빛났지. 왜냐하면 달과 함께 네가 날 보고 있었으니까."

지금 그녀는, 낮 같지 않은 낮이 밤 같지 않은 밤으로 바뀌면서 수평선에 넓게 펼쳐 놓은 따뜻한 오렌지색에 자신이 물들어 있다는 것을 알고 있는 걸까? 나는 몸을 기울여 그녀의 그림자가 된다. 나는 그녀에게 다시 한 번 키스하고, 그런 다음 우리는 서로에게 빠져든다. 우리는 눈을 감고, 잠에 빠져든다. 잠에 빠질 때 나는 전에는 느껴 보지 못한 어떤 감정을 느낀다. 단순히 육체적인 것만이 아닌 친밀감이다. 우린 처음 만났을 뿐이라는 사실을 거역하는 유대감이다. 서로 하나가 되었다는 가장 행복한 느낌에서만 올 수 있는 감각이다.

당신이 사랑에 빠질 때 어떤 일이 일어나는가? 그토록 짧은 시간이 어떻게 그처럼 엄청난 것을 담을 수 있는가? 나는 왜 사람들이 기시감을 믿는지, 왜 자신에게 전생이 있었다고 믿는지, 그 이유를 갑자기 깨닫는다. 내가 이 땅에서 살아온 세월이, 내가 느끼는 것을 다 담아 낼 수 있다고 믿을 방법이 없기 때문이다. 사랑에 빠지는 순간 우리는 그 이면에 수 세기가, 수 세대가 있는 것처럼 느낀다. 그 정밀하고 놀라운 교감이 일어날 수 있도록 그 모든 세기와 세대가 스스로 자리를 바꾸는 듯싶다. 모든 것이 이 사랑을 향해 달려왔고, 모든 비밀의 화살이 여기를 가리키고, 우주와 시간 자체가 오래전에 그 사랑을 공들여 만들었다고, 참으로 바보 같은 생각이라는 걸 잘 알면서도 우리 심장 속에서, 뼛속에서 느낀다. 그 사실을 바로 지금 깨달았다고, 바로 지금, 우리가 늘 예감해 왔던 운명의 장소에 도착했다고 느끼는 것이다.

한 시간 뒤, 그녀의 핸드폰 벨 소리에 우리는 깨어난다.

나는 계속 눈을 감고 있다. 그녀가 끙 하는 소리를 듣는다. 엄마에게 곧 집에 가겠다고 말하는 소리를 듣는다.

물은 짙은 검은빛으로, 하늘은 짙은 청색으로 변했다. 담요를 집어 들고 새로운 발자국을 남기며 걸어갈 때 공기 속 차가운 기운이 우리를 더 세게 누른다.

그녀가 길을 안내하고 내가 운전한다. 그녀가 이야기하고 내가 듣는다. 우리는 노래를 몇 곡 더 부른다. 그녀가 내 어깨에 얼굴을 기댄다. 나는 그녀가 그대로 얼굴을 기댄 채 조금 더 자도록, 조금 더 꿈을 꾸도록 내버려 둔다.

나는 다음에 무슨 일이 생길지 생각하지 않으려 애쓴다.

나는 끝을 생각하지 않으려 애쓴다.

나는 잠든 사람을 보는 경우가 없다. 이런 건 처음이다. 그녀는 내가 처음 봤을 때와는 완전 딴판이다. 상처 받기 쉬운 약한 모습이 겉으로 드러났지만, 그 속에서 그녀는 안전하다. 나는 그녀 몸이 오르내리는 것을, 꼼지락하다가 잔잔해지는 것을 지켜본다. 얼마 후에 어디로 가야 하는지 물어야 했을 때에야 그녀를 깨운다.

그녀는 마지막 십 분 동안 내일은 우리가 무엇을 할지 묻고 얘기한다. 나는 대답할 말이 궁색하다.

"오늘처럼은 아니라 해도 점심시간에 만날 수 있는 거지?" 그녀가 묻는다.

나는 고개를 끄덕인다.

"그리고 수업이 끝난 후에 함께 뭔가 할 수 있겠지?"

"그럴 거야. 무슨 일이 생길지 모르니 장담은 못 하지만 말이야. 지금은 아직 거기까지 구체적으로 생각해 보지 않았어."

그녀는 납득한다. "일리가 있네. 내일은 내일이니까. 아무튼 오늘은 좋은 분위기로 끝내자."

일단 시내로 들어서자 나는 그녀에게 물어볼 필요 없이 그녀 집으로 가는 방향에 접속할 수 있다. 하지만 나는 길을 잃고 싶

다. 이 상황이 더 오래 지속되었으면 싶어서. 이 상황에서 달아
나고 싶어서.

"다 왔네." 그녀 집 진입로에 이르자 리애넌이 말한다.

나는 차를 세운다. 그러고 나서 문 잠금장치를 푼다.

그녀는 내게 몸을 기울여 키스한다. 그녀의 맛으로, 그녀의 냄
새로, 그녀의 감촉으로, 그녀의 숨소리로, 내게서 몸을 뗄 때의
그녀 모습으로 내 감각이 살아난다.

"멋진 작별 의식이었어." 그녀가 말한다. 그런 다음 내가 뭔가
말을 하기도 전에 문을 열고 나가서 가 버린다.

나는 잘 가라고 말할 기회도 얻지 못한다.


추측해 보건대 저스틴의 부모는, 저스틴이 집에서 별로 말도
섞지 않고 사는 것에, 또 저녁을 거르는 것에도 익숙한 것 같다.
그들은 저스틴에게 호통을 치지만, 모든 부모가 겉으로 보여 주
려고 꾸며 내는 행동이라는 것을 우리는 알 수 있다. 저스틴은
못마땅한 얼굴로 자리를 떠나 자기 방으로 들어가는데, 늘 되풀
이되는 일상일 뿐이다.

나는 저스틴의 숙제를 해야 하지만 — 할 수 있는 일이라면
그런 일은 아주 성실하게 하는 편이다. — 내 마음이 계속 리애
넌에게 머물러 있다. 집에 있는 그녀를 상상한다. 오늘 하루의
은총 같았던 시간에서 벗어난 그녀를 상상한다. 상황이 달라졌
다고 믿는, 저스틴이 어딘가 바뀌었다고 믿는 그녀를 상상한다.

그러지 말았어야 했다. 그러지 말았어야 했다는 것을 나는 안
다. 우주가 그렇게 하라고 말하는 것 같은 기분이 들었다 해도

그러지 말았어야 했다.

나는 몇 시간 동안 그 문제를 생각하며 고민한다. 무를 수가
없다. 없던 일로 만들 수는 없다.

한 번 사랑에 빠진 적이 있었다. 적어도 오늘 전까지는 한 번,
사랑에 빠졌었다고 생각했다. 그의 이름은 브레넌이었다. 거의
이야기만 나누었을 뿐인데도, 이게 바로 사랑이라는 느낌이 들
었다. 강렬하고 진심 어린 말이었다. 나는 어리석게도 그와 미래
를 함께할 수 있지 않을까 생각했다. 그러나 미래는 없었다. 나
는 길을 찾아보려 했지만 어떻게 해 볼 도리가 없었다.

그 일은 이 일과 비교하면 쉬웠다. 사랑에 빠진 다른 사람을
느끼고 그 사랑에 책임감을 느끼는 것은 그냥 사랑에 빠지는 것
과는 다른 문제다.

내가 이 몸에 남을 방법은 없다. 잠을 자지 않는다 해도 변화
는 어쨌든 일어날 것이다. 예전에는 밤새도록 자지 않는다면 내
가 있는 곳에 그대로 남을 거라고 생각했다. 하지만 그러기는커
녕 내가 들어가 있는 몸에서 찢겨 나가는 것 같았다. 찢어질 때
의 그 느낌은 우리가 상상하는 몸이 찢어질 때의 느낌과 아주
흡사했다. 모든 신경 하나하나가 끊어지는 고통을 겪고, 그런 다
음엔 그 고통이 새로운 사람 몸에 결합되어 고스란히 남는다. 그
때부터 나는 매일 밤 잔다. 잠과 싸워 봤자 아무 소용이 없다.

나는 그녀에게 전화를 해야 한다는 걸 깨닫는다. 그녀의 전화
번호는 저스틴의 핸드폰에 들어 있다. 그녀가 내일도 오늘 같을

거라고 생각하도록 내버려 둘 수는 없다.

"안녕!" 그녀가 전화를 받는다.

"안녕." 내가 말한다.

"오늘 일, 다시 한 번 고마워."

"알아."

이러고 싶지 않다. 이 상황을 망치고 싶지 않다. 그러나 그래야만 한다. 달리 방법이 없지 않은가.

나는 계속한다. "아무튼 오늘은 특별한 날이었어."

"너 지금, 우리가 날마다 수업을 빼먹을 순 없다는 말을 하는 거야? 너답지 않잖아."

맞다. 나답지 않다.

"알아." 내가 말한다. "하지만, 너도 알겠지만, 매일매일이 오늘 같을 거라고 생각하지 않았으면 해. 왜냐하면 실제로 오늘 같지 않을 테니까. 그렇지? 날마다 오늘 같을 순 없어."

침묵이 흐른다. 그녀는 뭔가 잘못되었다는 것을 느낀다.

"나도 알아." 그녀가 조심스레 말한다. "그렇지만 우리 사이가 더 좋아질 순 있을 거야. 좋아질 수 있고말고."

"난 모르겠어. 내가 말하고 싶었던 건 이것뿐이야. 난 모르겠어. 오늘은 특별했어. 하지만 오늘이 전부는 아니잖아."

"나도 알아."

"됐어."

"응."

나는 한숨을 쉰다.

앞으로도 어떤 식으로 내가 저스틴을 스치고 지나갈 가능성은

늘 있다. 저스틴의 생활이 실제로 바뀔 ― 그가 바뀔 ― 가능성
도 늘 있다. 그러나 내가 그걸 알 방법이 없다. 내가 떠난 뒤 그
몸을 다시 보는 경우는 매우 드물다. 만약 보게 된다 할지라도
보통 몇 달 뒤, 몇 년 뒤다. 내가 그 몸을 알아본다 해도 말이다.

나는 저스틴이 그녀에게 더 잘해 주기를 바란다. 그러나 그녀
에게 그걸 기대하게 해서는 안 된다.

"내 얘긴 다했어." 내가 말한다. 저스틴의 말투처럼 느껴진다.

"그럼 내일 봐."

"그래. 그러자."

"다시 한 번, 오늘 고마웠어. 오늘 일 때문에 내일 우리에게
어떤 문제가 생긴다 해도 오늘은 그럴 가치가 있는 날이었어."

"그래."

"사랑해." 그녀가 말한다.

나도 그렇게 말하고 싶다. 나도 널 사랑해라고 말하고 싶다. 지
금 현재, 지금 이 순간에 나의 모든 부분이 진심으로 그러고 싶
어 한다. 하지만 그건 고작 앞으로 몇 시간만 더 지속될 뿐이다.

"잘 자." 나는 이렇게 말하고 전화를 끊는다.


저스틴의 책상 위에 공책이 있다.

네가 리애넌을 사랑한다는 걸 잊지 마. 나는 그의 필체로 이렇게
쓴다.

그가 기억할 수 있을지 의심스럽다.


나는 그의 컴퓨터 앞에 앉는다. 나 자신의 메일 계정을 열어

서 그녀 이름과 전화번호, 이메일 주소를 입력한다. 저스틴의 이메일과 패스워드도 입력한다. 오늘 있었던 일에 대해 쓴다. 그리고 나에게 보낸다.

그 일을 모두 마치자마자 사용 기록을 깨끗이 지운다.

이 일은 쉽지 않다.

나는 나라는 존재와 내 삶의 방식에 매우 익숙하다.

나는 머무르려 하지 않는다. 나는 늘 떠날 준비가 되어 있다.

그러나 오늘 밤은 그렇지 않다.

오늘 밤 나는, 내일이면 저스틴은 여기 있는데 나는 여기 없을 거라는 사실에 사로잡혀 괴로워한다.

나는 남아 있고 싶다.

남아 있게 해 달라고 빈다.

남아 있기를 바라며 눈을 감는다.

# 5995일

나는 어제 일을 생각하며 눈을 뜬다. 기억 속에 기쁨이 있다. 그러나 그것이 어제라는 사실에 고통이 있다.

나는 거기 있지 않다. 저스틴의 침대에, 저스틴의 몸 안에 있지 않다.

오늘 나는 레슬리 윙이다. 알람이 울리는데도 계속 자고 있어서 레슬리의 엄마는 화가 나 있다.

"일어나!" 그녀의 엄마가 새로운 내 몸을 흔들며 소리 지른다. "이십 분밖에 안 남았어. 이러다 오웬 혼자 가 버릴라!"

"알았어요, 엄마." 내가 낑낑대며 말한다.

"엄마? 네 엄마가 여기 있다면 뭐라고 했을지 상상도 안 되는구나!"

나는 재빨리 레슬리의 마음에 접속한다. 엄마가 아니고 할머니다. 엄마는 이미 일하러 나갔다.

나는 샤워기 앞에 서서 빨리 샤워를 끝내야 한다고 나 자신에게 되뇌인다. 리애년 생각에 정신이 팔려 잠시 시간을 까먹은 것이다. 리애년 꿈을 꾼 게 틀림없다. 내가 저스틴 몸속에 있을 때 꿈을 꾸기 시작하면 저스틴이 계속해서 그 꿈을 꾸는 것일까? 리애년의 달콤함을 느끼며 깨어나는 걸까? 나는 그게 궁금하다.

아니면 나 혼자 꾼 또 다른 꿈일 뿐인 것일까?

"레슬리! 서둘러!"

나는 샤워를 마치고 몸을 말린 다음 재빨리 옷을 입는다. 레슬리가 특별히 인기 있는 여자애는 아니라는 걸 알 수 있다. 몇 장 안 되는 사진 속 친구들은 표정이 어정쩡해 보이고, 그녀 옷차림은 열여섯 살 여자애라기보다는 열세 살짜리 옷차림에 더 가까워 보인다.

나는 부엌으로 달려가고, 할머니가 나를 노려본다.

"클라리넷 잊지 말고 챙겨 가라." 할머니가 일러준다.

"그럴 거예요." 내가 흐릿한 목소리로 말한다.

식탁에 앉은 한 남자애가 음침한 표정으로 나를 본다. 나는 레슬리의 오빠일 거라고 추측하고, 곧이어 확인한다. 오웬. 졸업반이다. 나를 학교까지 차로 태워 주는 사람이다.

대부분의 가정, 대부분의 아침 풍경이 거의 똑같다는 사실에 나는 익숙하다. 휘청휘청 침대에서 나온다. 휘청휘청 욕실로 들어간다. 식탁에 앉아 아침을 먹으며 웅얼웅얼 몇 마디 한다. 만약 엄마 아빠가 아직 자고 있는 집이라면 소리 나지 않게 조용히 밖으로 나간다. 흥미를 유지하는 유일한 방법은 다른 요소를 찾는 것이다.

오늘 아침의 다른 요소는 오웬에게서 발견된다. 우리가 차에

타자마자 오웬은 마리화나를 피워 문다. 이게 그의 아침 일과 중한 부분일 거라고 추측하며 확인해 보니, 과연 레슬리는 나만큼 놀라지 않는 것 같다.

그럼에도 오웬은 차에 타고 삼 분쯤 뒤에 "아무 말도 하지마."라고 지레짐작으로 말한다. 나는 창밖을 쳐다본다. 이 분 뒤에 그가 말한다. "있잖아, 네 비판 따위 필요 없어. 알았니?" 이제는 마리화나를 다 피운 후다. 마리화나를 피웠는데도 그는 조금도 부드러워지지 않았다.

나는 외아들이나 외딸이 되는 것이 더 좋다. 멀리 보면 형제자매가 삶에 얼마나 도움이 되는지 잘 안다. 형제자매는 가족의 비밀을 공유할 수 있고, 우리와 같은 세대이며 우리 기억이 옳은지 그른지 안다. 또한 우리를 여덟 살 때 보고 열여덟 살 때도 보고 어느 날 갑자기 마흔여덟 살이 된 모습을 보면서도 전혀 개의치 않는 사람이다. 나는 그걸 이해한다. 그러나 당장에는, 형제자매는 기껏해야 귀찮은 존재이고 최악의 경우에는 공포의 대상이다. 명백히 특이한 내 삶에서 내가 겪은 학대 대부분은 형제자매의 소행이었고, 가장 심하게 학대하는 사람은 대개 손위 형제자매였다. 처음에는 순진하게도 형제자매를 자연스러운 협력자이자 얼마 동안의 동반자라고 생각했다. 그리고 이런 내 생각이 들어맞는 상황도 종종 있었다. 예를 들어 가족 여행을 하거나, 나와 짝을 이루어 노는 게 내 형제나 자매의 유일한 오락 거리인 권태로운 일요일인 경우 그랬다. 그러나 보통 때는 협력이 아닌 경쟁이 지배한다. 형제자매라는 것은, 실은 내가 들어가 사는 아이에게 뭔가 이상한 점이 있다는 것을 감지하고서 그걸 이용해 먹는 작자들이 아닐까 하는 생각이 들 때가 있다. 내가 여덟 살이었을 때, 언니가 나에게 함께 도망가자고 말했다. 그리고 기차역에 도착해서는 그 '함께'라는 부분을 팽개치고 나 혼자 내버려 둔 채 떠나 버렸다. 나는 거기서 몇 시간을 헤매며 돌아다녔는데, 너무 겁이 나서 사람들에게 도와 달라는 말도 못 했다. 언니가 나를 찾아내서는 우리 게임을 끝내 버렸다며 나를 호되게 나무랄 것 같아 겁이 났던 것이다. 내가 남자일 때는 형제가 — 형뿐 아니라 더러는 동생도 — 나를 넘어뜨리고, 때리고, 발로 차고, 깨물고, 밀치고, 목록을 작성할 수 없을 정도로 많은 비속한 이름으로 나를 부르곤 했던 경우도 적잖이 겪었다.

내가 바라는 최선의 상황은 조용한 형제나 자매를 만나는 것이다. 처음에는 오웬이 그런 조용한 사람인 줄 알았다. 차를 타고 가는 동안 내 생각이 틀린 것처럼 보인다. 그러나 학교에 도착해 일단 차에서 내리자 다시 내 생각이 옳은 것처럼 보인다. 다른 학생들에 둘러싸여 고개를 숙이고 학교로 걸어 들어가는 그의 모습이 보이지 않게 된다. 나는 완전히 뒤에 남겨졌다. 잘 가라는 인사도, 하루 즐겁게 보내라는 말도 없다. 차 문을 잠그기 전에 내 쪽 문이 닫혔는지 보려고 흘깃 쳐다본 게 전부다.

"뭘 보니?" 그가 혼자 학교 안으로 들어가는 것을 지켜보고 있을 때 내 왼쪽 어깨 너머에서 누가 묻는다.

나는 고개를 돌리고 누군지 알아내기 위해 열심히 접속한다.

캐리. 초등학교 4학년 이후로 가장 친한 친구다.

"오빠를 보고 있었어."

"왜? 우주의 쓰레기 같은 사람을 뭐하러?"

이상하다. 내가 그렇게 생각하는 건 괜찮지만, 캐리의 입에서 그 말이 나오는 걸 들으니 방어적인 심정이 된다.

"그러지 마." 내가 말한다.

"그러지 마라고? 농담하는 거니?"

나는 생각한다. 캐리는 내가 모르는 뭔가를 알고 있구나. 나는 입을 다물기로 작정한다.

캐리가 안심이 되는 듯 화제를 바꾼다.

"어젯밤에 뭐했니?" 그녀가 묻는다.

내 마음의 눈에 리애넌이 갑자기 떠오른다. 그걸 눌러 담으려고 애쓰지만, 생각만큼 쉬운 일이 아니다. 한번 엄청난 경험을 하고 나면 그 경험은 우리가 보는 모든 곳에서 아른거리고 우리가 하는 모든 말에 존재하고 싶어 한다.

"특별히 한 거 없는데." 나는 굳이 레슬리에게 접속할 필요를 못 느끼며 말한다. 이런 대답은 질문이 무엇이든 늘 효과를 발휘한다.

"넌?"

"내 문자 못 받았니?"

내 핸드폰이 먹통이었다는 식으로 얼버무린다.

"그래서 나한테 아직 물어보지 않았구나! 있잖아, 코리가 내게 채팅을 신청했어! 우린 거의 한 시간 동안이나 채팅을 했어."

"와."

"놀랍지?" 캐리가 만족스럽게 숨을 내쉰다. "그런데도 그동안 난 코리가 내 닉네임을 안다는 것조차 몰랐다니까. 네가 걔한테 얘기해 준 거 아니지?"

다시 접속을 한다. 사람을 곤란에 빠뜨릴 수 있는 질문이다. 지금 당장은 아니겠지만 앞으로 말이다. 만약 코리에게 얘기해 주지 않았다고 대답했는데 실은 레슬리가 얘기해 줬고, 그 사실을 캐리가 알게 된다면, 둘의 우정은 삐걱거릴 수 있다. 반대로 얘기해 줬다고 말했는데, 실은 그녀가 얘기하지 않았다는 것을 캐리가 알게 될 수도 있다.

코리는 2학년인 코리 핸들맨을 말하는데, 캐리가 최소한 석 주 동안 짝사랑한 아이다. 레슬리는 그를 잘 모르고, 나는 그에게 닉네임을 알려 준 기억을 찾을 수 없다. 나는 이번 경우는 안전하다고 생각한다.

"아니." 내가 고개를 저으며 말한다. "얘기 안 했는데."

"흠, 걘 내 닉네임을 알아내느라 고생깨나 했을 거야." 캐리가 말한다.(네 페이스북 프로필에서 봤을 수도 있잖아. 나는 생각한다.)

속으로 캐리를 비난한 것에 나는 즉시 죄책감을 느낀다. 이 점이 가장 친한 친구인데도 애착을 느낄 수 없는 사람을 만날 때 곤혹스러운 부분이다. 나는 친구 말을 곧이곧대로 다 받아 주고 믿어 줄 수가 없다. 하지만 가장 친한 친구라는 것은, 반증할 수 없는 한 항상 믿어 주는 사이이다.

캐리는 코리 때문에 매우 흥분해서 나도 그녀 일로 매우 흥분한 척한다. 각자 홈룸에 참석하려고 그녀와 헤어진 직후에야 나는 어떤 감정이 나를 건드리는 것을 느낀다. 내가 문제없이 통제하고 있다고 생각했던 감정, 바로 질투다. 여러 단어로 분명히 소리 내어 말하지는 않지만, 나는 결코 리애넌을 가질 수 없는 데 반해 캐리는 코리를 가질 수 있다는 사실에 질투를 느끼고 있는 것이다.

말도 안 돼. 나는 나 자신을 꾸짖는다. 넌 정말 웃기는 애구나.

나와 같은 삶을 산다면 질투에 빠져서는 안 된다. 만약 질투에 빠지면 갈가리 찢기는 아픔이 찾아들 것이다.

＊＊

3교시는 악기 연습 시간이다. 내 클라리넷이 사물함에 들어 있지만, 선생님에겐 클라리넷을 집에 두고 왔다고 말한다. 레슬리는 감점을 당하고 이 시간에 자습실에서 자습을 해야 하지만, 나는 개의치 않는다.

나는 클라리넷을 연주할 줄 모른다.

캐리와 코리에 관한 소문이 급속히 퍼진다. 우리 친구 모두 그 얘기를 하는데, 대부분 즐거운 표정이다. 두 사람이 정말 잘 어울리는 짝이기 때문에 즐거워하는 것인지, 아니면 이제 캐리가 그 문제에 관해 입을 다물 것이기 때문에 즐거워하는 것인지, 나는 알 수가 없다.

점심시간에 코리를 보았을 때, 나는 그가 너무 평범한 것을 보고도 놀라지 않는다. 어떤 사람이, 그를 사랑하는 사람의 눈에 비친 것만큼이나 실제로도 매력적인 경우는 거의 없는 법이다. 나는 그게 당연하다고 생각한다. 애착의 감정이 다른 어떤 영향 못지않게 인식을 규정할 수 있다는 점을 생각하면 용기가 불끈

솟을 정도다.

코리가 점심을 먹고 있는 우리 쪽으로 다가와서 안녕 하고 말한다. 우리 탁자에 그가 앉을 수 있는 자리가 있지만 그는 우리와 함께 점심을 먹지 않고 다른 데로 가 버린다. 캐리는 알아차리지 못한 듯하다. 캐리는 그가 자기에게로 다가왔다는 사실에 들떴고, 그와 오랫동안 채팅을 한 게 꿈이 아니었다는 사실에 들떴고, 그 채팅이 얼굴을 보며 말하는 것으로 발전한 것에 마냥 들떴을 뿐이다. 그리고…… 다음에는 무슨 일이 벌어질지 누가 알겠는가? 혹시나 했지만, 레슬리는 행실이 좋지 않은 친구들과 어울리지는 않는다. 이 여자애들은 키스를 생각할 뿐 섹스는 생각하지 않는다. 입술이 이들 욕구의 문이다.

나는 다시 밖으로 도망쳐서 오후 수업을 빼먹고 싶어진다.

하지만 그녀 없이 그러는 건 옳지 않은 일일 것이다.

시간을 낭비하고 있는 것 같은 느낌이 든다. 실은 언제나 그렇다. 내 삶은 아무것도 되지 못한다.

어제 오후 같은 시간을 빼고는…….

어제는 또 다른 세계였다. 그곳으로 돌아가고 싶다.

＊＊

점심시간 직후인 6교시가 시작되고 얼마 안 돼서 오빠가 교장실로 호출되었다는 얘기가 들린다.

처음에는 잘못 들은 모양이라고 생각한다. 그렇지만 이내 교실 안 다른 학생들이 나를 보고 있다는 것을 깨닫는다. 캐리도 나를 보고 있는데, 그녀 눈에 연민이 담겨 있다. 그러므로 내가 잘못 들은 게 아니다.

나는 놀라지 않는다. 만약 정말 안 좋은 일이 생겼다면 나와 오빠 두 사람을 호출했을 테니까. 우리 가족이 죽은 게 아니다. 우리 집에 불이 난 게 아니다. 내 문제가 아니라 오웬의 문제로 부른 것일 뿐이다.

캐리가 나에게 쪽지를 보낸다. 무슨 일이야?

나는 캐리를 향해 어깨를 으쓱해 보인다. 내가 어떻게 알아?

나는 다만 오빠가 나를 차로 집에 데려다주지 못하는 일이 일어나지 않기만을 바란다.


6교시가 끝난다. 나는 책을 챙겨 들고 영어 수업을 들으러 간다. 「베어울프」 수업이므로 완벽히 준비되어 있다. 이 작품은 여러 차례 공부했다.

교실에서 열 걸음쯤 떨어진 곳에 이르렀을 때 누가 나를 붙잡는다.


고개를 돌리고 쳐다보니 오웬이다.

오웬은 피를 흘리고 있다. "쉿." 그가 말한다. "아무 말 말고 따라와."

"무슨 일이야?"

"쉿, 조용. 알았어?"

그는 누군가에게 쫓기고 있는 것처럼 주위를 둘러본다. 나는 그를 따라가기로 마음먹는다. 어쨌든 이건 「베어울프」보다 흥미롭다.

우리는 물품 보관실로 간다. 그가 들어오라고 손짓한다.

"장난하자는 거야?" 내가 말한다.

"레슬리."

더 이상 따지지 않는다. 그를 따라 안으로 들어간다. 나는 전등 스위치를 쉽게 찾는다.

그는 거칠게 숨을 쉰다. 잠시 아무 말도 하지 않는다.

"무슨 일인지 말해 봐."

"내가 큰 어려움에 빠진 것 같아."

"저런. 교장실에서 호출했다는 얘긴 들었어. 그런데 왜 교장실이 아니라 여기 있는 거야?"

"거기 있다 왔어. 그러니까 내 말은, 날 부르기 전에 말이야. 거기 있다가…… 나와 버렸어."

"그럼 교장실에서 뛰쳐나왔단 말이야?"

"응. 교장실은 아니고 대기실에서. 선생들이 내 사물함을 검사한 게 틀림없어."

피는 그의 눈 위 찢어진 곳에서 흘러나오고 있다.

"누가 오빨 때린 거야?"

"아무것도 아냐. 그냥 입 다물고 내 말 듣기나 해. 알았어?"

"듣고 있잖아. 그런데 오빠가 아무 말도 해 주지 않잖아!"

내 생각에 레슬리는 보통, 오빠에게 말대꾸를 하지 않은 것 같다. 하지만 나는 개의치 않는다. 어쨌든 그는 나에게 별로 주의를 기울이지 않는다.

"선생들이 집에 전화를 할 거야. 알았어? 네가 날 좀 도와줘야겠어." 그가 나에게 차 열쇠를 건넨다. "수업 끝나고 집에 가서 상황이 어떤지 살펴봐. 내가 너한테 전화할게."

다행히도 나는 운전을 할 줄 안다.

내가 반박하지 않자 그는 묵인으로 받아들인다.

"고마워."

"지금 교장실로 갈 거야?"

그는 대답하지 않고 가 버린다.


그날 학교가 끝날 무렵 캐리가 소식을 가져온다. 그게 사실인지 아닌지는 별로 중요하지 않다. 지금 막 퍼지고 있는 소식이고, 캐리는 그걸 나에게 알려 주려고 안달이 나 있다.

"네 오빠랑 조시 울프가 점심시간에 잔디밭 옆에서 싸웠대. 마약 때문이라더라. 네 오빠가 마약을 판다나 뭐 그렇대. 네 오빠가 마리화나 같은 마약을 좋아한다는 건 알고 있었지만, 팔기까지 하는 줄은 몰랐어. 네 오빠와 조시는 교장실에 불려 갔는데, 오빠는 달아나 버렸대. 그게 말이나 되니? 그래서 선생님들이 오빠에게 연락해서 돌아오라고 했다는 거야. 하지만 내 생각엔 안 돌아올 것 같아."

"누구한테 들었는데?" 내가 묻는다. 그녀는 흥분감으로 들떠 있다.

"코리한테서! 코리가 직접 본 건 아닌데, 걔랑 잘 어울려 다니는 애들이 네 오빠와 조시가 싸우는 걸 끝까지 다 봤다더라."

코리가 그녀에게 얘기해 준 것이 꽤나 심각한 소식이라는 걸 이제 나도 안다. 캐리는 오빠가 곤경에 빠진 이때에 내가 자기를 축하해 주기를 바랄 만큼 이기적이지는 않다. 그러나 그녀에게 가장 중요한 게 무엇인지는 명백하다. ·

"내가 운전해서 집에 가야 해." 내가 말한다.

"내가 같이 가 줄까?" 캐리가 묻는다. "너 혼자 차까지 걸어가게 두는 게 좀 그렇잖아."

나는 잠시 그 말에 솔깃한다. 하지만 그 순간, 캐리가 코리에게 무슨 일이 있었는지 시시콜콜 얘기하는 모습을 상상해 본다. 설령 온당한 생각이 아니라 해도, 그녀와 함께 차에 있고 싶지 않다는 것을 깨닫기엔 충분하다.

"괜찮아." 내가 말한다. "혼자 차를 몰고 가는 게 더 착한 딸처럼 보이지 않겠어?"

캐리가 웃는다. 우스운 말이라서 웃는다기보다는 날 응원하는 뜻에서 웃는 것이다.

"코리에게 안부 전해 줘." 나는 사물함을 닫으며 쾌활하게 말한다.

그녀가 다시 웃는다. 이번에는 행복해서 웃는 것이다.


＊＊


"오웬은 어딨니?"

부엌문을 지나가기도 전에 심문이 시작된다.

레슬리의 엄마, 아빠, 할머니가 다 모여 있다. 엄마의 마음에 접속할 필요도 없이 오후 3시에 이렇게 다 함께 모인 것은 흔치 않은 일이라는 것을 알 수 있다.

"모르는데요." 내가 말한다. 오웬이 나한테 안 가르쳐 준 것이 다행이라고 생각한다. 이렇게 거짓말을 하지 않아도 되니까.

"모르다니, 그게 무슨 말이냐?" 아빠가 묻는다. 가족 중에서 아빠가 주도적으로 심문한다.

"어디 있는지 모른다고요. 오빠는 차 열쇠를 내게 줬지만 무슨 일이 있었는지는 말해 주지 않았어요."

"오빠가 가는 걸 막지 않고 내버려 뒀단 말이냐?"

"경찰이 오빠를 뒤쫓는 걸 보지 못했거든요." 이렇게 말하고 나서는 실제로 오빠를 뒤쫓은 경찰이 있었는지 궁금해한다.

할머니가 넌더리를 내며 코웃음을 친다.

"넌 항상 오빠 편이구나." 아빠가 말한다. "하지만 이번에는 그러지 말아라. 이번에는 우리에게 모든 걸 다 말해야 해."

아빠는 자신이 방금 나를 도와줬다는 걸 알지 못한다. 이제 나는 레슬리가 항상 오웬을 편든다는 걸 알게 된다. 내 직감이 옳았던 것이다.

"아빠가 나보다 더 많이 아실걸요."

"오웬이 왜 조시 울프와 싸운 거니?" 엄마가 정말로 의아한 표정으로 묻는다. "둘은 굉장히 친하잖아!"

기억에 저장된 조시 울프의 모습은 열 살 때여서 나는 오빠가 오래전에 조시 울프와 친한 친구였을 거라고 믿는다. 그러나 이제는 아니다.

"앉아." 아빠가 부엌 의자를 가리키며 명령한다.

나는 앉는다.

"다시 묻는데…… 오빠는 어딨지?"

"정말 몰라요."

"얘는 정말 모르나 봐요." 엄마가 말한다. "얘가 거짓말할 땐 내가 눈치채거든요."

약물 문제는 나 자신도 수없이 겪어 왔지만, 나는 오웬이 약을 하고 싶어 하는 이유를 짐작하기 시작한다.

"그럼 이렇게 한번 물어보자." 아빠가 다시 말한다. "오빠가 마약을 팔기도 해?"

매우 좋은 질문이다. 내 직감에 따르면 그렇지 않다. 하지만 잔디밭에서 조시 울프와 어떤 일이 있었는지에 따라 많은 게 좌우될 것이다.

그래서 나는 대답하지 않는다. 아빠 얼굴을 빤히 쳐다만 본다.

"조시 울프가, 자기 옷 속에 들어 있던 마약을 오웬한테서 샀다고 했다는 거야." 아빠가 내 대답을 다그친다. "넌 그렇게 생각하지 않는 거냐?"

"오빠에게서 마약을 찾아냈나요?"

"아니." 엄마가 대답한다.

"오빠 사물함에서는요? 선생님들이 오빠 사물함도 뒤져 봤을 거 아녜요."

엄마가 고개를 젓는다.

"오빠 방에서는요? 오빠 방에서 찾아낸 게 있어요?"

엄마가 놀란 표정을 짓는다.

"엄마가 오빠 방을 뒤졌다는 걸 알아요."

"우린 아무것도 찾지 못했다." 아빠가 대답한다. "아직까지는. 그리고 오빠 차도 좀 살펴봐야 할 것 같구나. 차 열쇠 좀 줄 수 있겠니?"

나는 오웬이 차 속을 깨끗이 치워 놓을 만큼 분별 있는 사람이기를 기대한다. 어쨌거나 나로서는 어쩔 수 없는 일이다. 나는 차 열쇠를 건넨다.

놀랍게도 엄마 아빠는 내 방도 뒤졌다.

"미안하다." 엄마가 복도에서 말한다. 이제 엄마 눈에는 눈물이 고여 있다. "아빠 오빠가 네 방에 마약을 숨겨 뒀을 수도 있다고 생각하셨어. 너 모르게 말이야."

"괜찮아요." 무엇보다도 엄마를 얼른 방에서 내보내고 싶은 마음에 이렇게 말한다. "방 정리는 내가 할게요."

그러나 나는 동작이 빠르지 못하다. 내 핸드폰이 울린다. 손에 들고 있으므로 엄마는 화면에 뜬 오웬의 이름을 보지 못한다.

"캐리, 안녕." 내가 말한다.

오웬은 적어도 옆에 있는 사람이 엿듣지 못하도록 목소리를 낮출 만큼은 눈치가 있다.

"엄마 아빠 화났어?" 그가 속삭인다.

나는 웃음이 나오려 한다. "그걸 말이라고 해?"

"심각해?"

"엄마 아빠가 오빠 방을 뒤졌어. 하지만 아무것도 찾지 못하셨대. 이젠 오빠 차를 살펴보려나 봐!"

"캐리한테 그런 얘기 하지 마!" 엄마가 말한다. "그 전화 그만

끊어라."

"미안. 우리 엄마가 옆에 있는데, 이런 얘기를 너랑 하는 게 마음에 안 드시나 봐. 너 지금 어디니? 집이야? 조금 있다가 다시 전화할까?"

"난 뭘 어떻게 해야 할지 모르겠어."

"음, 아무튼 오빠는 집에 들어와야겠지? 너도 그렇게 생각하지?"

"레슬리…… 삼십 분 뒤에 운동장에서 좀 보자. 알았니?"

"그래, 가 봐야겠지. 알았어, 그렇게 할게."

나는 전화를 끊는다. 엄마는 아직도 나를 쳐다보고 있다.

"엄만 나한테 화난 건 아니잖아요!" 엄마에게 그 점을 일깨워 준다.

가엾은 레슬리는 내일 아침 엉망으로 어질러진 자기 방을 정리해야 할 것이다. 나는 굳이 이 모든 물건들을 어디에 둬야 하는지 알아내고 싶지 않다. 그렇게 하려면 너무 많은 접속을 해야 하기 때문이기도 하고, 우선 당장은 오웬이 말한 운동장이 어느 운동장인지 알아내는 일이 먼저이기 때문이기도 하다. 집에서 네 구역쯤 떨어진 곳에 초등학교 운동장이 하나 있는데, 그곳일 것이라고 추측한다.

가족 몰래 집을 빠져나가기가 쉽지 않다. 다시 한 번 샅샅이 뒤져 보려고 세 사람이 오웬 방으로 들어갈 때까지 기다렸다가 뒷문을 통해 살금살금 밖으로 나간다. 위험한 행동이라는 것을 안다. 내가 나간 것을 안 순간 엄마 아빠는 노발대발할 것이다.

하지만 오웬이 나와 함께 집으로 돌아오면 그런 건 다 잊어버릴 것이다.

눈앞에 닥친 문제에 집중해야 한다. 그러나 리애넌을 생각하지 않을 수 없다. 그녀도 이제 수업이 끝났을 것이다. 저스틴과 함께 시간을 보내고 있을까? 만약 그렇다면 저스틴은 그녀에게 잘해 주고 있을까? 어제 일이 조금이라도 그에게 영향을 미쳤을까?

그랬기를 바라지만, 전혀 기대하지 않는다.

어디에서도 오웬 모습이 눈에 띄지 않는다. 그래서 나는 그네로 가서 잠시 올라앉는다. 이윽고 길가에서 그가 나타나 나에게로 걸어온다.

"항상 그 그네에 앉는구나." 그가 옆 그네에 앉으며 말한다.

"내가 그래?"

"응."

나는 그가 뭔가 다른 말을 하기를 기다린다. 하지만 아무 말도 하지 않는다.

"오빠." 내가 마침내 말을 꺼낸다. "무슨 일이 있었던 거야?"

그가 고개를 젓는다. 나에게 얘기하지 않을 작정이다.

나는 발을 땅에 대서 앞뒤로 움직이던 그네를 멈춰 세운다.

"얘기하지 않는 건 어리석은 짓이야, 오빠. 오 초 안에 무슨 일이 있었는지 말해 줘. 안 그러면 바로 집으로 돌아가 버릴 거야. 그럼 오빠 그다음에 무슨 일이 일어나든 다 혼자 감당해야 해."

오웬은 놀란다. "내가 무슨 말을 했음 좋겠냐? 조시 울프가 내게 마리화나를 가져다줬어. 오늘 그것 때문에 싸운 거야. 나는 빚진 게 없는데도 그 자식이 자꾸 내가 자기한테 빚졌다고 하잖아. 걔가 먼저 날 난폭하게 떠밀기 시작했어. 그래서 나도 걔를 밀쳤지. 그러다 들킨 거라고. 그 자식은 마약을 가지고 있었는데, 내가 그 마약을 방금 전 자기한테 팔았다고 말하는 거야. 얌전한 태도로 말이지. 난 그건 새빨간 거짓말이라고 말했지만, 그 자식은 대학 선행반이나 수준 높은 과목을 잔뜩 듣고 있단 말이야. 그러니 선생들이 누구 말을 믿을 거라고 생각해?"

오웬은 틀림없이 자기 생각대로일 거라고 확신한다. 그러나 그렇게 될지 아닐지, 나는 알 수 없다.

"아무튼." 내가 말한다. "오빠는 집에 가야 해. 아빠가 오빠 방을 마구 뒤졌지만 아직 마약은 하나도 못 찾았어. 선생님들도 오빠 사물함에서 아무것도 발견하지 못했고, 오빠 차에서도 발견된 게 전혀 없는 것 같아. 만약 뭐가 발견되었다면 내가 들었을 테니까 말이야. 그러니 지금은 모든 게 다 괜찮아."

"분명히 말하는데, 마약은 가지고 있지 않아. 마리화나 남은 걸 오늘 아침에 다 피웠으니까. 그래서 조시에게서 더 얻으려 한 거야."

"조시 오빠랑은 전엔 가장 친했잖아."

"무슨 말이니? 여덟 살 때쯤이던가, 아무튼 그때 이후로 그 자식은 친구가 아니야."

내가 느끼기에, 오웬에게 정말 친한 친구가 있었던 것은 그때가 마지막 같다.

"집에 가자." 내가 말한다. "이게 세상의 끝은 아니잖아."

"쉽게도 말하는구나."

아빠가 오웬을 때릴 줄은 몰랐다. 그러나 집에 들어온 오웬을 보자마자 아빠는 주먹을 날린다. 정말로 깜짝 놀란 사람은 나밖에 없는 것 같다.

"너 무슨 짓을 했냐?" 아빠가 소리 지른다. "어떤 망나니 같은 짓을 했냐고!"

엄마와 나는 걸음을 옮겨 둘 사이에 선다. 할머니는 한쪽 구석에서 지켜만 보고 있는데, 은근히 즐기는 듯한 표정이다.

"아무 짓도 안 했어요!" 오웬이 항변한다.

"그래서 달아난 거냐? 그래서 퇴학당할 처지에 놓인 거냐? 아무 짓도 안 한 죄로?"

"오빠 얘기를 듣기 전엔 퇴학시키지 않을 거예요." 틀림없이 그럴 거라고 확신하며 내가 말한다.

"넌 끼어들지 마!" 아빠가 경고한다.

"우리 모두 앉아서 이 문제를 얘기해 보는 게 좋겠어요." 엄마가 제안한다.

아빠는 불같이 화를 낸다. 나는 다소 위축되었는데, 레슬리가 가족과 함께 있을 때면 보통 이런 식인 것 같다. 오늘 아침 깨어나 처음 눈을 떴을 때가 그리워진다. 어떤 추한 일들이 기다리고 있는지 아무런 낌새도 알아차리기 전인 그때가 그립다.

이제 우리는 자리에 앉는다. 아니, 다는 아니고 오웬과 엄마와 내가 자리에 — 오웬과 나는 소파에, 엄마는 가까운 의자에 — 앉는다. 아빠는 우리를 내려다보며 서성거린다. 할머니는 망을 보는 사람처럼 여전히 문 쪽에 서 있다.

"넌 마약을 팔잖아!" 아빠가 소리 지른다.

"난 마약을 팔지 않아요." 오웬이 대답한다. "만약 내가 마약을 판다면 돈이 아주 많아야 할 거 아니에요. 그리고 마약을 숨겨 뒀을 테니 지금쯤은 아빠가 찾아냈어야 하잖아요!"

오웬은 입을 다물어야 할 것 같다고 나는 생각한다.

"마약을 파는 건 조시 울프예요." 내가 나선다. "오빠가 아니고."

"그럼 네 오빠는 뭘 하는데? 조시에게서 마약을 사는 거냐?"

아마도 하고 나는 생각한다. 입을 다물어야 할 사람은 나인 것 같다.

"우리가 싸운 건 마약과는 아무 상관없어요." 오웬이 말한다. "나중에 선생님들이 조시에게서 마약을 발견했을 뿐이에요."

"그럼 무슨 일로 싸운 거니?" 마치 두 친구가 싸운 사실이 이번 일에서 가장 믿기 어려운 부분이라는 듯 엄마가 묻는다.

"여자애 때문에." 오웬이 말한다. "여자애 하나를 두고 싸웠어요."

오웬이 이 대답을 미리 생각해 뒀는지, 아니면 즉흥적으로 떠올렸는지 궁금하다. 어찌 되었든 오웬으로서는 이렇게 말하는 게 엄마 아빠를 순간적으로나마…… 조금 과장하자면 행복하게 만들어 줄 수 있는 유일한 대답일 터였다. 아무튼 화가 누그러졌다. 엄마 아빠는 아들이 마약을 사거나 파는 것을 원치 않고, 누군가로부터 괴롭힘을 당하거나 누구를 괴롭히는 것도 원치 않는다. 하지만 여학생을 두고 싸웠다면? 얼마든지 받아들일 수 있는 문제다. 특히, 내가 추측하기로는, 전에는 오웬이 엄마 아빠에게 여자 얘기를 한 적이 없었기에 더욱 납득을 하는 것 같다.

에브리데이

오웬은 자기 말이 먹혔다는 것을 알고 더 나아간다. "그 여자애가 이 일을 안다면…… 아, 안 돼, 걔가 알아선 안 돼. 여자아이들 중에 자기를 두고 남자들이 서로 싸우는 걸 좋아하는 애도 있다는 건 나도 알아요. 하지만 걔는 절대 그런 애가 아니에요."

엄마가 공감한다는 의미로 고개를 끄덕인다.

"그 애 이름은 뭐냐?" 아빠가 묻는다.

"꼭 말해야 해요?"

"그래."

"나타샤. 나타샤 리."

우와, 그는 심지어 그 여자애를 중국인으로 만들어 버렸다. 놀랍다.

"너도 그 애를 아니?" 아빠가 나에게 묻는다.

"예." 내가 말한다. "멋진 학생이에요." 그러고 나서 오웬에게 고개를 돌려 화가 잔뜩 나서 노려보는 척한다. "하지만 여기 있는 로미오는 그 애를 좋아한다는 얘기를 나한테 한 적이 없어요. 지금 오빠가 하는 말을 들으니 이제야 좀 이해가 돼요. 왠지 요즘 오빠 행동이 매우 이상했어요."

엄마가 다시 고개를 끄덕인다. "맞아, 그랬어."

나는 이렇게 말하고 싶어진다. 눈은 충혈되고, 치토스를 마구 먹어 대고, 게임 속 우주에서 눈을 떼지 않고, 다시 치토스를 먹어 대고……. 그런 게 사랑이잖아요. 사랑이 아니면 뭐겠어요?

전면전이 벌어질 것만 같았던 상황이 작전 회의를 하는 분위기로 바뀐다. 엄마 아빠는 교장이 들었을 내용에 관해, 특히 오웬이 달아나 버린 행동에 관해 어떻게 대처할지 전략을 짠다. 나는 오웬을 위해, 나타샤 리가 실제로 고등학교 학생이기를 바라는 심정이다. 오웬이 그녀에게 반했든 아니든 상관없이 말이다. 내가 아무리 접속을 해도 그녀에 대한 기억은 없다. 그녀 이름은 허공에서 공허하게 메아리칠 뿐이다.

아빠는 이제 체면을 잃지 않을 방법을 찾을 수 있다는 생각에 무척 부드러워졌다. 오웬에게 내려진 벌이라곤 저녁을 먹기 전까지 자기 방을 깨끗이 치워야 한다는 게 전부다.

내가 만약 남자애 문제로 다른 여학생을 패 줬다면, 엄마 아빠가 내게도 똑같은 반응을 보였을 거라고는 상상할 수 없다.

나는 오웬을 따라 그의 방에 들어간다. 문이 닫히고 주위에 엄마 아빠가 없어서 안심이 되자 그에게 말한다. "꽤나 훌륭한 대답이었어."

그가 귀찮다는 표정을 숨기지 않은 채 나를 보며 말한다. "네가 지금 무슨 말을 하는지 모르겠다. 내 방에서 나가 줄래?"

내가 외딸이나 외아들이기를 더 좋아하는 이유가 바로 이것이다.

레슬리라면 그냥 나갈 것 같다. 그러므로 나도 그냥 나가야 한다. 그것이 나 자신을 위해 내가 세운 법칙이다. 내가 안에 들어가서 사는 그 삶을 방해하지 말자는 법칙인 것이다. 가능한 한 원래 모습에 가깝게 행동하자는 것이다.

그러나 나는 화가 난다. 그래서 법칙에서 약간 벗어난다. 나는 리애넌도 이걸 원할 거라는 기만적인 생각을 한다. 리애넌은 오웬이 누구인지 레슬리가 누구인지, 심지어 내가 누구인지도 모르는데 말이다.

"오빠." 내가 말한다. "이 거짓말쟁이 마리화나 중독자 같으니라고. 오빠는 나한테 잘해 줘야 해. 알겠어? 왜냐하면 나는 오빠가 뒷감당할 수 있도록 도와주고 있을 뿐 아니라 이 세상에서 지금 오빠를 점잖게 대하는 사람은 나밖에 없으니까 말이야. 이해하겠어?"

오웬이 충격을 받고, 어쩌면 약간 뉘우치기도 하면서, 혼잣말처럼 낮은 목소리로 알았다고 말한다.

"좋았어." 내가 책장에서 몇 가지 물건을 떨어뜨리며 말한다. "이제 즐거운 마음으로 방을 좀 치웠으면 좋겠네."

저녁을 먹는 동안 아무도 얘기를 하지 않는다.
이런 일이 드문 건 아니라는 생각이 든다.

나는 모두가 잠들 때까지 기다렸다가 컴퓨터를 켠다. 내 이메일에서 저스틴의 이메일과 패스워드를 확인한 다음 저스틴의 계정으로 로그인한다.

리애넌으로부터 메일이 와 있다. 밤 10시 11분에 보낸 것이다.

---

저스틴

난 이해가 안 돼. 내가 뭘 잘못한 거야?
어제는 너무너무 좋았어.

그런데 오늘 넌 내게 다시 화를 냈어.

내가 뭘 잘못한 거라면 얘기해 줘.

그럼 내가 고칠게. 난 우리 둘이 잘 지냈으면 해.

우리의 하루하루가 늘 멋지게 끝났으면 해.

오늘 밤과는 달랐으면 좋겠어.

진심을 담아, 리애넌

___

나는 앉은 채 뒤로 약간 휘청한다. 답장을 쓰고 싶다. 더 나아질 거라고 그녀를 안심시키고 싶다. 그러나 그럴 수는 없다. 너는 더 이상 저스틴이 아니야. 나는 나 자신에게 그 사실을 일깨워 줘야 한다. 너는 거기 없어.

그러고 나서 나는 생각한다. 도대체 내가 무슨 짓을 한 거지?

\*\*

오웬이 자기 방에서 움직이는 소리가 들린다. 증거물을 숨기는 것일까? 아니면 두려워서 잠을 이루지 못하는 것일까?

그가 내일 곤경에서 잘 벗어날 수 있을지 궁금하다.

나는 그녀에게로 돌아가고 싶다. 어제로 돌아가고 싶다.

# 5996일

내가 가게 되는 곳은 언제나 내일일 뿐이다.

잠들어 있는 동안 번뜩이는 아이디어가 떠올랐다. 그러나 깨어났을 땐, 번뜩이는 빛이 사라지고 없다는 것을 깨닫는다.

오늘은 남자다. 스카일라 스미스. 축구 선수. 그러나 인기가 많은 건 아니다. 방은 깨끗하지만 강박적일 정도는 아니다. 그의 방엔 비디오게임 콘솔이 있다. 나는 일어날 준비를 한다. 엄마 아빠는 잠들어 있다.

그는 리애넌이 사는 곳에서 차로 약 네 시간 거리에 있는 조그만 도시에 산다.

리애넌이 사는 곳과 전혀 가깝지 않다.

대부분 그렇듯 오늘도 특별한 일이 없는 날이다. 유일한 긴장감은, 필요할 때 충분히 빨리 접속할 수 있는지에 달렸을 뿐이다.

축구 훈련은 몹시 힘든 부분이다. 감독님이 계속해서 이름을 부르고, 나는 모두에 대해 누가 누구인지 알아내려고 미친 듯이 접속해야 한다. 오늘은 스카일라의 훈련 상태가 신통치 않은 날이다. 하지만 그는 당황하지 않는다.

나는 스포츠 경기 방식을 대부분 알지만, 동시에 내 한계도 깨닫고 있다. 열한 살 때 비싼 대가를 치르고 그 한계를 깨달은 것이다. 그때 스키 여행을 온 어떤 아이의 몸 안에서 깨어난 나는 야호, 스키는 언제나 재미있어 보였어 하고 생각했다. 그래서 한번 타 보겠다고 마음먹었다. 타면서 배워 보겠다고 생각했다. 어려우면 얼마나 어렵겠어?

아이는 이미 초보자용 버니 슬로프를 졸업했는데, 나는 그런 게 있는지조차 몰랐다. 썰매처럼 살짝 경사진 곳을 단번에 내려가는 줄로만 알았던 것이다.

아이의 다리는 세 군데나 부러졌다.

고통이 몹시 심했다. 그리고 솔직히 말해서 나는, 다음 날 아침 새로운 몸에서 깨어났을 때도 여전히 부러진 다리의 고통을 느끼는 건 아닐까 걱정했다. 하지만 고통은 없었고, 그 대신 그만큼이나 아픈 뭔가를 느꼈다. 맹렬한 기세로 나를 짓누르는 끔찍한 죄책감이었다. 마치 내가 그를 차로 들이받아서 모르는 사람인 그가 나 때문에 병상에 누워 있다는 생각에 사로잡혀 괴로운 것과도 같은 죄책감이었다.

그리고 만약 그가 죽는다면…… 나도 죽는 건 아닐까 하는 생각이 들었다. 나로서는 그걸 알 방법이 없다. 내가 아는 거라곤, 어떤 면에서는 별 차이가 없다는 것뿐이다. 내가 죽거나, 아니면

에브리데이

다음 날 아침에 아무 일도 없었던 것처럼 눈을 뜬다 해도 '죽음'
이라는 사실이 나를 파괴할 것이다.

그래서 나는 조심한다. 축구, 야구, 필드하키, 미식축구, 소프
트볼, 농구, 수영, 트랙경기…… 이런 운동은 할 만하다. 그러나
아이스하키 선수나 펜싱 선수나 승마 선수 몸에서 깨어난 때도
있었고, 한번은 최근, 체조 선수 몸에서 깨어나기도 했다.

나는 그런 운동에는 빠졌다.

내가 잘하는 게 하나 있다면 비디오게임이다. 비디오게임은
텔레비전이나 인터넷처럼 어디에나 보편적으로 존재한다. 어디
에 있든 자주 이런 것들에 접속해 왔는데, 비디오게임은 마음을
가라앉히는 데 특히 도움이 된다.

축구 훈련 뒤, 스카일라의 친구들이 집에 놀러 와서 함께 '월
드 오브 워크래프트'를 한다. 우리는 학교 얘기와 (남자애들 얘기
를 하는 크리스와 데이비드를 제외하고는) 여자애들 얘기를 한다.
내가 아는 한 시간을 보내는 가장 좋은 방법이다. 친구들에 둘러
싸인 채 화면을 들여다보며 게임을 하고, 군것질을 하고, 실없는
얘기를 하고, 때로는 진지한 얘기를 하는 것은 실은 시간을 허비
하는 게 아니기 때문이다.

나는 심지어 그런 걸 즐길 수도 있을 것 같다. 내 마음이 내가
있고 싶어 하는 그곳에서 벗어날 수만 있다면.

# 5997일

다음 날은 일이 얼마나 잘 풀리는지, 기이할 정도다.

나는 일찍 눈을 뜬다. 아침 6시다.

여자아이 몸이다.

자기 차가 있는 여학생이다. 운전면허도 있다.

리애넌이 사는 곳에서 차로 한 시간 거리인 소도시다.

눈을 뜬 지 삼십 분 뒤에 집을 나와 운전을 하면서 나는 에이미 트랜에게 사과한다. 내가 지금 하고 있는 행동은 명백히 어떤 이상한 형태의 납치다.

하지만 에이미 트랜은 신경 쓰지 않을 거라는 생각이 강하게 든다. 오늘 아침 옷을 입을 때, 선택할 수 있는 색깔이 검정, 검정, 또…… 검정색이었다. 고스 패션은 아니고 ─ 검정색 옷들 가운데 그 무엇도 레이스 장갑과는 어울리지 않았다. ─ 로큰롤 패션에 한결 가깝다. 카스테레오에서는 재니스 조플린과 브라이언 이노의 음악이 차례로 나오는데, 꽤 들을 만하다.

이곳에서는 에이미의 기억에 의존할 수가 없다. 에이미가 가 본 적 없는 곳에 가고 있기 때문이다. 그래서 나는 샤워를 한 직후에 구글 지도에서 리애넌이 다니는 학교 주소를 입력했고, 내 눈앞에서 지도가 펼쳐지는 것을 지켜보았다. 간단한 일이었다. 나는 그걸 프린트한 다음 검색 기록을 삭제했다.

검색 기록을 삭제하는 일은 아주 잘하게 되었다.

이렇게 하면 안 된다는 것을 안다. 이런 행동은 상처를 치료하는 것이 아니라 덧나게 하는 일이라는 것을 안다. 리애넌과 미래를 함께할 수 있는 방법이 없다는 것을 안다.

내가 하는 이 행동은 과거를 하루 연장하는 것일 뿐이다.

보통 사람들은 기억할 가치가 있는 게 무엇인지 판단할 필요가 없다. 사람들을 되풀이하여 만나고 떠올림으로써, 반복과 기대감의 도움으로 긴 세월을 단단히 움켜쥠으로써, 자연스럽게 기억 체계가 형성되는 것이다. 하지만 나는 매일매일 모든 기억의 중요성을 결정해야 한다. 몇 안 되는 사람만 기억할 뿐인데, 그렇게만 하는 데도 잊어버리지 않기 위해 애를 써야 한다. 왜냐하면 그들을 되새길 수 있는 유일한 길은 — 내가 그들을 다시 보는 유일한 방법은 — 내 마음속에서 그들을 생각해 내는 것뿐이기 때문이다.

나는 무엇을 기억할 것인지 선택하는데, 지금은 리애넌을 선택하고 있다. 자꾸자꾸 되풀이하여 그녀를 선택하고, 그녀를 생각해 내고 있다. 잠시 그녀를 놓아 버리면 그녀가 사라질 것이기 때문이다.

저스틴의 차에서 들었던 음악이 흘러나온다. 할 수만 있다면 하느님과 거래를 해서라도…….

나는 이 우주가 내게 뭔가 말을 하고 있다고 느낀다. 그게 사실이든 아니든 전혀 중요하지 않다. 중요한 것은 내가 그렇게 느낀다는 것이고, 그렇게 믿는다는 것이다.

어떤 거대한 것이 내 속에서 솟아오른다.

우주가 노래에 맞춰 고개를 끄덕인다.


＊＊


나는 재미없고 일상적인 기억들은 가능한 붙잡아 두지 않으려 한다. 그러나 중요한 사실들은 꼭 기억하려고 한다. 내가 읽은 책, 알아야 할 정보, 예컨대 축구 경기 규칙, 「로미오와 줄리엣」 플롯, 비상시에 연락할 전화번호……. 이런 것들은 기억한다.

하지만 모든 사람에게 쌓이는 일상적인 수천 가지 기억, 일상적으로 생각해야 하는 수천 가지 일, 이런 것들은 어떤가? 집 열쇠를 보관해 두는 장소, 엄마 생일, 첫 애완동물의 이름, 지금 기르는 애완동물의 이름, 사물함 비밀번호, 은 식기를 넣어 둔 서랍 위치, 음악 방송 엠티브이 채널 번호, 가장 친한 친구의 성…….

이런 것들은 내가 기억할 필요가 없다. 그리고 매일같이 배선이 바뀌듯 내 마음속에서 바뀌는 것들이다. 그래서 이런 정보는 모두 다음 날 아침이 되자마자 기억에서 떨어져 나간다.

내가 리애넌의 사물함이 있는 곳을 정확히 기억한다는 사실이 특별한 ─ 그러나 놀랍지는 않은 ─ 이유가 바로 그것이다.

나는 여기 온 이유에 대한 변명거리를 미리 준비해 두었다. 누가 묻는다면 우리 가족이 곧 이 도시로 이사 올 것이기 때문에 학교에 대해 미리 알아보러 왔다고 얘기할 것이다.

주차 공간이 얼마나 있었는지 기억나지 않아서 만일의 경우를 대비해 학교에서 멀찍이 떨어진 곳에 주차한다. 그런 다음 걸어서 안으로 들어간다. 복도를 걸어가는 나는 어떤 한 여학생일 뿐이다. 1학년 학생은 나를 3학년이라고 생각할 것이고, 3학년 학생은 나를 1학년이라고 생각할 것이다. 나는 에이미의 책가방을 메고 있다. 만화영화 장면이 그려진 검은 가방으로, 이 학교에서는 쓰지 않는 책들이 가득 들어 있다. 나는 목적지가 있는 사람처럼 보인다. 그리고 실제로 그렇다.

만약 우주가 이 일이 일어나기를 바란다면 리애넌은 자기 사물함 앞에 있을 것이다.

속으로 이렇게 중얼거리는데, 정말 그녀가 거기에 있다. 내 앞에 있다.

때로는 기억이 장난을 치기도 한다. 때로는 멀리 떨어져 있을 때 가장 아름다워 보인다. 그러나 그녀로부터 서른 걸음쯤 떨어진 여기에서도 나는 그녀 실제 모습이 내 기억과 일치하리라는 것을 안다.

이제 스무 걸음 거리다.

학생들로 붐비는 복도에서도 그녀에게는 나를 향해 내뿜는 뭔가가 있다.

열 걸음.

그녀는 하루 일과를 헤쳐 나가고 있지만, 쉬운 일은 아닌 것 같다.

다섯 걸음.

내가 여기 서 있어도 그녀는 내가 누구인지 모른다. 나는 여기 서서 그녀를 지켜볼 수 있다. 그녀 표정에 다시 슬픔이 어려 있는 게 보인다. 아름다운 슬픔이 아니다. 아름다운 슬픔은 환상일 뿐이다. 슬픔은 우리 얼굴을 도자기가 아닌 점토로 바꾸어 버린다. 그녀가 천천히 움직인다.

"저기……." 이곳 학생이 아닌 내가 가느다랗게 말한다.

그녀는 처음에는 내가 자기한테 말을 했다는 것을 깨닫지 못하다가 잠시 후에야 알아차린다.

"응?" 그녀가 반응을 보인다.

내가 그동안 보아 온 바에 따르면, 사람들 대부분은 본능적으로 낯선 사람을 꺼린다. 그들은 낯선 사람의 접근은 모두 공격으로 여기고, 질문은 모두 방해로 여기는 경향이 있다. 그러나 리애넌은 그렇지 않다. 그녀는 내가 누구인지 전혀 모르지만, 나에게 그런 반감을 드러내지 않을 것이다. 나쁜 쪽으로만 생각하지 않을 것이다.

"안심해. 우린 모르는 사이야." 내가 재빨리 말한다. "여기가…… 난 여기가 처음이야. 학교가 어떤지 알아보려고 왔어. 그런데 네 치마랑 가방, 참 마음에 든다. 그래서 네게 말을 걸어 보고 싶었던 거야. 왜냐하면, 솔직히 말해서 난 지금 혼자거든."

다시 말하지만, 어떤 사람들은 이런 말에 겁을 집어먹을 것이다. 그러나 리애넌은 그렇지 않다. 그녀는 손을 내민다. 우리가 악수를 하는 동안 자기소개를 하고 나서 왜 학교를 안내해 줄 사람이 없는지 묻는다.

"나도 모르겠어." 내가 말한다.

"그럼 나랑 같이 학교 사무실로 갈까? 그분들은 뭔가 방법을 찾아낼 게 틀림없어."

나는 질겁한다. "안 돼!" 나도 모르게 불쑥 말한다. 그런 다음 내 마음을 숨기려 노력하면서 그녀와 함께 있는 시간을 늘리려 애를 쓴다. "그냥…… 내가 여기 정식으로 온 게 아니거든. 실은 우리 부모님은 내가 여기서 이러고 있는 거 모르셔. 부모님은 우리가 여기로 이사할 거라는 얘기만 하셨으니까. 그런데 난…… 난 미리 학교를 구경하고 싶었어. 얼마나 멋진 곳인지, 아니면 그저 그런 곳인지 알고 싶어서 말이야."

리애넌이 고개를 끄덕인다. "네 마음 이해해. 그래서 우리 학교를 구경하러 수업을 빼먹고 온 거야?"

"맞아."

"몇 학년이니?"

"2학년."

"나랑 같네. 무슨 좋은 방법이 없는지 생각해 보자. 오늘 나랑 함께 다닐래?"

"그럼 정말 좋지."

나는 그녀가 다정한 사람이라는 것을 안다. 그녀가 어떤 식으로든 나를 알아봤으면 하는 이성적이지 않은 바람도 가져 본다. 나는 그녀가 이 몸 너머를 볼 수 있기를, 몸 안 여기에 있는 나를 볼 수 있기를, 안에 있는 사람이 해변에서 오후를 함께 보낸 그 사람이라는 것을 알 수 있기를 바라는 심정이다.

나는 그녀를 따라간다. 걸어가는 동안 그녀는 몇몇 친구에게 나를 소개한다. 나는 친구를 볼 때마다 안도한다. 그녀 삶에 저스틴 말고도 많은 사람들이 있다는 것에 안도하는 것이다. 그녀가 나를 대하는 태도에, 전혀 모르는 낯선 사람인 나를 받아들여서 이 세상의 한 부분으로 느끼는 그녀의 태도에, 그녀가 더욱더 좋아진다. 남자친구를 만나 사랑스럽게 행동하는 것과, 모르는 여자애를 똑같은 태도로 대해 주는 것은 아주 다른 문제다. 나는 이제 그녀가 단순히 다정하다고만 생각하지 않는다. 그녀는 친절한 것이다. 단순한 다정함보다는 친절이 성격을 훨씬 잘 보여 준다. 친절은 어떤 사람인지와 관련 있지만, 다정함은 남들에게 어떻게 보이고 싶어 하는지와 관련 있기 때문이다.

저스틴은 2교시와 3교시 사이에 처음으로 나타난다. 우리는 복도에서 그를 지나친다. 그는 리애넌을 거의 본체만체하고 나는 완전히 무시한다. 그는 걸음을 멈추지 않고 그녀를 향해 고개만 까닥인다. 그녀는 마음이 안 좋지만 — 나는 알 수 있다. — 그것에 대해서는 나에게 아무 말도 하지 않는다.

4교시 수학 시간이 되었을 무렵, 내 하루는 교묘한 고문으로 변해 간다. 나는 그녀 바로 옆에 있지만, 할 수 있는 건 없다. 선생님이 우리에게 몇 가지 정리를 가르치는 동안 조용히 앉아 있을 수밖에 없다. 나는 그녀의 어깨를 만지기 위한 방편으로 쪽지에 몇 자 써서 그녀에게 건넨다. 그러나 쪽지 내용은 별거 아니다. 청강생의 군소리일 뿐이다.

나는 내가 그녀를 변화시켰는지 알고 싶다. 단 하루뿐이었지만 그날의 경험이 그녀를 변화시켰는지 알고 싶다.

나는 그녀가 나를 봐 주기를 바란다. 그럴 수 없다는 것을 잘 알면서도.

저스틴은 점심시간에 우리에게 온다.

리애넌을 다시 본 것도 신기하고 그녀가 내 기억과 너무 잘 맞는 것도 신기하지만, 내가 사흘 전에 그 몸 안에 들어가 지냈던 얼간이의 맞은편에 앉아 있는 것은 더더욱 신기하다. 거울로 본 모습은 실물을 제대로 반영하지 못한다. 저스틴은 내가 생각했던 것보다 매력적이지만, 동시에 더 추하다. 그의 얼굴은 매력적이다. 하지만 그 얼굴로 하는 행동은 매력적이지 않다. 열등감을 숨기지 못하는 사람이 우월감을 드러내려고 하는 못마땅한 표정을, 그런 얼굴을 하고 있다. 그의 눈에는 무차별적인 분노가 담겨 있고, 그의 자세에는 방어적인 허세가 깃들어 있다.

나는 그의 눈에 띄지 않는 모양이다.

리애넌이 그에게 내가 누구인지, 어디에서 왔는지 설명한다. 그는 전혀 관심이 없음을 분명히 드러낸다. 그는 리애넌에게 지갑을 집에 두고 왔다고 말하고, 리애넌은 자리에서 일어나 그가 먹을 것을 사러 간다. 그녀가 음식을 가지고 탁자로 돌아오자 그는 고맙다고 하는데, 나는 그가 그러는 것에 마음이 상한다. 고맙다는 그 한 마디도 분명 그녀 마음속에 오래 남아 있을 것이기 때문이다.

나는 사흘 전 일에 관해 알고 싶다. 그가 무얼 기억하는지 알고 싶다.

"여기서 바다까지는 얼마나 돼?" 내가 리애넌에게 묻는다.

"네가 그런 말을 하다니 참 재미있다." 그녀가 나에게 말한다. "우린 며칠 전에 거기 갔었어. 한 시간쯤 걸렸어."

나는 그를 다시 쳐다보며 뭔가 눈에 띄는 변화가 있는지 살펴본다. 그러나 그는 계속 먹기만 한다.

"좋았어?" 내가 그에게 묻는다.

그녀가 대답한다. "엄청 좋았어."

그는 여전히 아무런 반응도 보이지 않는다.

나는 다시 시도한다. "네가 운전했니?"

정말 바보 같은 질문이라는 표정으로 그가 나를 쳐다본다. 나역시 바보 같은 질문이라고 생각한다.

"그래, 내가 운전했어." 이게 대답의 전부다.

"아주 멋진 시간이었어." 리애넌이 계속 말한다. 이 얘기에 리애넌은 행복하다. 그날의 기억이 그녀를 행복하게 해 주는 것이다. 나는 더 슬플 뿐이다.

여기 오지 말았어야 한다. 이런 일을 시도하지 않았어야 한다. 그냥 이곳을 떠나야 한다.

그러나 그럴 수 없다. 나는 그녀와 함께 있다. 나는 이 점이 중요하다고 생각하려 애쓴다.

나는 그녀 말에 동의하는 체한다.

에브리데이

그녀를 사랑하고 싶지 않다. 사랑에 빠지고 싶지 않다.

사람들은 자기 몸이 지속되는 것을 당연하게 여기는 것처럼, 사랑도 당연히 지속될 거라고 생각한다. 사람들은 사랑에서 가장 좋은 것은 지속적인 만남이라는 것을 깨닫지 못한다. 일단 그런 만남이 이루어지면, 그건 우리 삶에 추가된 또 하나의 토대가 된다. 그러나 그런 지속적인 만남을 얻지 못한다면 우리를 지탱해 줄 토대는 늘 하나뿐이다.

그녀는 바로 내 옆에 앉아 있다. 나는 손가락으로 그녀 팔을 쓸어 주고 싶다. 그녀 목에 키스하고 싶다. 귀에 대고 진실을 속삭여 주고 싶다.

그러나 그 대신, 동사 활용을 공부하는 그녀 모습을 지켜본다. 되는대로 내뱉은 외국어로 공기가 가득 찰 때 나는 그 소리에 귀 기울인다. 공책에 그녀 모습을 그려 본다. 그러나 화가가 아니라서 형태는 일그러지고 선은 왜곡되기 일쑤다. 나는 그녀의 어떤 것도 붙잡지 못한다.

마지막 종이 울린다. 차는 어디에 세워 두었느냐고 그녀가 묻는다. 나는 때가 되었다는 것을, 이것이 끝이라는 것을 안다. 그녀는 나에게 주려고 종이쪽지에 자기 이메일 주소를 적는다. 이제 안녕이다. 아마도 에이미 트랜의 엄마 아빠는 경찰에 연락했을 것이다. 아마도 차로 한 시간 거리 저쪽에서는 범인 수색 작업이 벌어지고 있을 것이다. 내가 너무 야멸찬 것 같지만, 개의치 않는다. 나는 리앤넌이 영화 보러 가자고 청해 주길 바란다.

자기 집으로 초대해 주길 바란다. 해변으로 드라이브 가자고 말해 주길 바란다. 그러나 그때 저스틴이 나타난다. 짜증이 난 얼굴이다. 두 사람이 무엇을 할지 모르지만, 아무튼 나는 기분이 안 좋다. 섹스와 관련된 일이 아니면 그는 심하게 고집을 부리지는 않을 것이다.

"내 차가 있는 곳까지 바래다줄래?" 내가 묻는다.

그녀는 저스틴을 쳐다보며 허락을 구한다.

"내 차 가져올게." 그가 말한다.

우리 사이에는 주차장으로 가는 거리만큼의 시간이 남아 있다. 난 그녀에게서 뭔가를 원하지만, 무엇인지는 확실치 않다.

"다른 누구도 알지 못하는 네 얘기를 해 줘." 내가 말한다.

그녀가 나를 이상한 눈으로 바라본다. "뭐?"

"사람들에게 늘 물어보는 거야. 다른 사람은 모르는, 너에 관한 얘기를 해 달라고. 크고 중요한 얘기일 필요는 없어. 그냥 아무거나."

이제 그녀가 이해한다. 그녀는 도전적인 질문을 좋아하는데, 그래서 그녀가 더욱 좋다.

"좋아." 그녀가 말한다. "열 살 때 바느질 바늘로 귀를 뚫으려고 했어. 절반쯤 뚫었을 땐 까무러치고 말았어. 집에 아무도 없었으니까 아무도 나를 발견하지 못했지. 얼마 후 나는 눈을 떴어. 바늘이 귀에 꽂혀 있고, 핏방울이 셔츠에 잔뜩 떨어져 있었어. 난 바늘을 빼낸 다음 깨끗이 닦았지. 그 후로 다시는 그러지 않았어. 그러다가 열네 살 때 엄마랑 쇼핑몰에 가서 정식으로 귀를 뚫었어. 엄만 내가 그전에 귀를 뚫으려 했다는 걸 전혀 몰랐지. 이제 네 얘기 해 줘."

그동안 겪어 온 수많은 삶에서 골라야 한다. 대부분의 삶은 기억나지 않지만 말이다.

에이미 트랜이 귀를 뚫었는지 안 뚫었는지도 기억나지 않는다. 그러므로 귀를 뚫은 기억에 대해 이야기할 수는 없다.

"여덟 살 때 주디 블룸이 쓴 『포에버』라는 언니 책을 훔쳐서 읽었어." 내가 말한다. "『슈퍼퍼지』 작가가 쓴 책이라면 재미있을 게 틀림없다고 생각한 거야. 그런데 난 곧 언니가 그 책을 침대 밑에 숨겨 둔 이유를 알게 됐어. 내용을 전부 이해한 건 아니었겠지만, 나는 책 속 소년이 자기, 음, 자기 성기에 이름을 지어 주는데, 소녀는 자기 성기에 이름을 지어 주지 않은 게 불공평하다고 생각했어. 그래서 난 내 성기에 이름을 지어 주기로 마음먹었지."

리애년이 웃는다. "뭐라고 지었어?"

"헬레나. 난 그날 저녁 식사 시간에 헬레나에게 가족을 다 소개했어. 아주 좋았어."

우리는 내 차가 있는 곳에 다다른다. 리애년은 그게 내 차라는 것을 모르지만, 가장 멀리 떨어져 있는 차이므로 우린 더 걸을 수가 없을 것 같다.

"만나서 반가웠어." 그녀가 말한다. "내년엔 널 우리 학교에서 볼 수 있으면 좋겠다."

"그래." 내가 말한다. "나도 널 만나서 반가웠어."

나는 다섯 가지 정도 다른 방식으로 고마움을 전한다. 그때 저스틴이 차를 몰고 와서 빵빵거린다.

우리의 시간이 끝난다.

에이미 트랜의 엄마 아빠는 경찰에 연락하지 않았다. 그뿐 아니라 아직 집에 들어오지도 않았다. 집 전화 음성 메시지를 확인해 보는데, 학교에서 온 전화도 없다.
하루 종일 운이 좋은 날이다.

# 5998일

다음 날 아침 눈을 뜬 순간 뭔가 문제가 있다고 느낀다. 마약 문제다.

아침이라 할 수도 없다. 이 몸뚱이는 정오가 다 될 때까지 늦잠을 잤다. 늦게까지 자지 않고 마약에 취해 있었기 때문이다. 그리고 몸은 지금도 다시 취하고 싶어 한다. 지금 당장.

전에도 마리화나 중독자의 몸 안에 들어간 적이 있었다. 전날 저녁에 피워 댄 마리화나에 여전히 취한 채 잠에서 깨어났었다. 그러나 이번은 더 심하다. 훨씬 심하다.

오늘 나는 학교에 갈 일이 없다. 나를 깨워 주는 엄마 아빠도 없다. 나는 혼자다. 더러운 방에, 더러운 매트리스 위에, 어린아이에게서 훔쳐 온 것처럼 보이는 담요를 덮은 채 널브러져 있다. 이 집 다른 방들에서 사는 사람들의 고함 소리가 들린다.

몸이 삶을 장악하는 때가 있다. 몸의 충동과 몸의 욕구가 삶을 좌우하는 때가 있다. 우리가 몸뚱이에게 열쇠를 주고 있다는 것을 모르는 채 우리는 열쇠를 몸에게 건네 버린다. 그러면 몸이 우리를 지배한다. 우리는 몸의 각 기관들을 아무렇게나 함부로 다루고, 기관들은 걷잡을 수 없는 상태에 빠지게 된다.

전에는 이런 현상을 언뜻 보았을 뿐이다. 그러나 지금은 또렷이 느낀다. 나는 내 마음이 즉시 몸과 싸우는 것을 느낀다. 그러나 쉬운 싸움이 아니다. 나는 즐거움을 감지할 수가 없다. 즐거운 기억에 매달리는 수밖에 없다. 이 몸 안에 단 하루만 있을 것이기 때문에 잘 견뎌 내는 수밖에 없다는 생각을 단단히 붙들고 있어야 한다.

다시 참을 청하려 하지만 몸이 허락하지 않는다. 이제 몸은 깨어났다. 그리고 몸은 자기가 무엇을 원하는지 알고 있다.

나 역시 내가 무엇을 해야 하는지 알고 있다. 비록 무슨 일이 벌어질지는 모르지만 말이다. 이전에 이런 상황에 빠진 적은 없지만, 몸에 대항해서 싸워야 하는 상황에 빠진 적은 있었다. 그때 나는 아팠다. 심하게 아팠다. 내가 할 수 있는 거라곤 힘을 내서 하루를 헤쳐 가는 것뿐이었다. 처음에는 단 하루라 해도 많은 것들을 개선하는 데 도움이 되도록 내가 할 수 있는 일들이 있을 거라고 생각했다. 그러나 얼마 안 가서 나 자신의 한계를 깨달았다. 몸은 하루 사이에 바뀔 수 없다. 특히 그 사람의 진짜 마음이 통제하지 못하면 더욱 그렇다.

방을 나가고 싶지 않다. 방을 나가면 어떤 불상사가 벌어질지 모른다. 나는 필사적으로 방을 둘러보며 도움이 될 만한 것을 찾는다. 낡은 책꽂이가 하나 있고, 그 위에 낡은 페이퍼백 책들이 여러 권 놓여 있다. 이것들이 날 구해 줄 거야, 나는 결정을 내린다. 오래전 출간된 스릴러 한 권을 펼쳐서 첫 줄을 응시한다. 버지니아 주 머내서스에 어둠이 깔리고······.

몸은 책을 읽고 싶어 하지 않는다. 몸은 전류가 흐르는 가시철조망처럼 화끈거린다. 이것을 가라앉힐 방법은 하나뿐이라고 몸이 내게 말한다. 고통을 끝낼 방법은 하나뿐이라고, 기분을 끌어올릴 방법은 하나뿐이라고 말한다. 몸은 내가 그 말을 듣지 않으면 나를 죽일 기세다. 몸이 비명을 지른다. 몸이 자기만의 독자적인 논리로 다그친다.

나는 다음 문장을 읽는다.

문을 잠근다.

세 번째 문장을 읽는다.

몸이 맞받아친다. 손이 떨린다. 시야가 흐려진다.

이런 일에 저항할 수 있는 힘이 내게 있는지, 나도 잘 모른다.

나는 어디에선가 리애넌이 나를 보고 있다고 스스로를 설득하려 애쓴다. 몸은 이 삶이 무의미하다고 내게 말하지만, 나는 이 삶이 무의미하지 않다고 스스로를 설득하려고 안간힘을 쏟는다.

몸은 자기주장을 강요하기 위해 기억들을 지워 버렸다. 접속할 수 있는 게 별로 없다. 따라서 나는 이 상황과는 별개인 나 자신의 기억에 의존해야 한다.

나는 이 상황에서 떨어져 있어야 한다.

나는 다음 문장을 읽고, 또 다음 문장을 읽는다. 소설 내용에는 전혀 신경 쓰지 않는다. 한 단어, 한 단어마다 몸과 싸우면서 나아갈 뿐이다.

책이 잘 읽히지 않는다. 몸이 대변을 보고 싶어 하고 토하고 싶어 하는 것 같다. 몸이 그렇게 느끼게 만든다. 처음에는 평범하게. 그러나 얼마 후, 입으로 대변을 보고 항문으로 토하고 싶다는 느낌이 든다. 모든 게 엉망진창이다. 벽을 손톱으로 할퀴고 싶다. 악을 쓰고 싶다. 나 자신을 마구 패고 싶다.

나는 내 마음이, 몸을 통제할 수 있는 어떤 물질적인 것이라고 상상하려 애쓴다. 내 마음이 몸을 제압하는 모습을 상상하려 애쓴다.

나는 또 하나의 문장을 읽는다.

그런 다음 또 한 문장을 읽는다.

방문을 두드리는 소리가 들린다. 나는 책을 읽고 있다고 소리지른다.

그들은 나를 내버려 두고 떠난다.

이 방 안의 내게는 그들이 원하는 것이 없다.

이 방 바깥의 그들은 내가 원하는 것을 가지고 있다.

이 방을 나가서는 안 된다.

몸이 이 방을 나가려는 것을 허락해서는 안 된다.

나는 복도를 걸어가는 리애넌을 상상한다. 내 옆에 앉아 있는 그녀를 상상한다. 그녀 눈이 내 눈을 바라보는 모습을 상상한다.

그런 다음 그녀가 저스틴의 차에 탄 모습을 상상한다. 그리고 상상을 멈춘다.

몸이 내 안으로 침투해 들어온다. 나는 화가 난다. 내가 여기 있다는 게 화가 난다. 이게 내 삶이라는 게 화가 난다. 아주 많은 것들이 불가능하다는 게 화가 난다.

나 자신에게 화가 난다.

멈추고 싶지 않니? 몸이 묻는다.

나는 나 자신을 가능한 한 몸에서 멀리 떨어뜨려 놓아야 한다.

비록 내가 그 몸 안에 있지만……

나는 용변을 보러 가야 한다. 더 이상 참을 수 없다.

결국엔 음료수 병에 오줌을 눈다. 오줌이 사방으로 튄다.

그러나 이 방을 나가는 것보다는 그게 낫다.

만약 내가 이 방을 나간다면, 몸이 원하는 것을 얻으려고 벌이는 행동을 막을 수 없을 것이다.

나는 책의 90쪽을 읽고 있다. 소설 내용은 아무것도 기억할 수 없다.

한 단어 한 단어 읽어 나갈 뿐이다.

이 싸움이 몸을 지치게 한다.

나는 이기고 있다.

＊＊

몸이 일종의 그릇이라고 생각하는 것은 착각이다. 몸은 마음처럼, 영혼처럼 능동적이다. 자기 자신을 몸에 더 많이 내주면 내줄수록 우리 인생은 더 어렵고 힘들어질 것이다. 나는 일부러 굶는 사람의 몸속에도 있었고, 음식을 먹고 나서 토하는 사람, 대식가, 약물 중독자의 몸속에도 있어 보았다. 그들은 모두 그런 행위가 그들의 삶을 더 바람직하게 만든다고 생각한다. 그러나 몸은 결국 언제나 그들을 무너뜨린다.

나는 내가 그런 몸 안에 있는 동안, 무너지는 일이 절대 생기지 않게 하려는 것뿐이다.


나는 해가 지도록 그대로 있다. 265페이지를 읽었다. 더러운 담요를 뒤집어쓴 채 떨고 있는데, 방 안 온도가 낮아서 떠는 것인지 오한이 이는 것인지 모른다.

이제 거의 다 왔어. 속으로 중얼거린다.

이 상황에서 벗어날 방법은 하나뿐이야. 몸이 내게 말한다.

이 시점에서는 그게 마약을 의미하는지 아니면 죽음을 의미하는지 잘 모르겠다.

이 시점에서는 몸도 신경조차 쓰지 않는 것 같다.


마침내 몸이 자고 싶어 한다.

그러도록 내버려 둔다.

# 5999일

내 마음은 완전히 지쳤지만, 네이선 달드리가 푹 잤다는 것을 알 수 있다.

네이선은 착한 아이다. 방 안 모든 물건이 잘 정돈되어 있다. 지금은 토요일 아침일 뿐이지만 주말에 해야 할 숙제를 이미 끝냈다. 그는 주말을 헛되이 보내고 싶지 않아서 시계 알람을 8시에 맞추어 놓았다. 아마 어젯밤엔 10시쯤 잠자리에 든 것 같다.

나는 그의 컴퓨터로 가서 내 이메일을 연 다음, 지난 며칠 동안의 일을 기억할 수 있도록 몇 가지 내용을 기록한다. 그러고 나서 저스틴의 계정에 로그인하여 오늘 밤 스티브 메이슨의 집에서 파티가 열린다는 것을 알아낸다. 스티브의 집이 얼마나 멀리 떨어져 있는지는 구글로 검색하면 쉽게 알 수 있다. 구글 지도에서 나는, 네이선 집과 스티브 집이 차로 구십 분밖에 걸리지 않는다는 것을 알아낸다.

오늘 밤 네이선은 파티에 갈 것이다.

나는 먼저 그의 엄마 아빠를 설득해야 한다.

내가 내 메일로 돌아가서 리애넌과 함께 보낸 날에 대해 쓴 글을 다시 읽고 있을 때 그의 엄마가 방에 들어온다. 나는 황급히 화면을 끄고 엄마 말을 조용히 들어 준다. 엄마는 오늘은 컴퓨터를 하는 날이 아니라고 말한 뒤, 내려와서 아침을 먹으라고 한다. 나는 금세, 네이선의 엄마 아빠는 아주 점잖은 분이라는 것을 알게 된다. 자신들의 점잖음이 도전을 받거나 궁지에 처하지 않도록 처신을 분명히 하는 분들이다.

"차를 좀 빌려 타도 될까요?" 내가 묻는다. "오늘 밤 학교에서 뮤지컬을 해요. 보러 가고 싶어요."

"숙제는 다 했니?"

나는 고개를 끄덕인다.

"하기로 한 다른 일들은?"

"할 거예요."

"자정까지는 돌아오겠지?"

나는 고개를 끄덕인다. 만약 내가 자정까지 돌아오지 않으면 나는 지금의 이 몸에서 찢어져 나갈 거라는 말은 하지 않기로 한다. 그 말을 들으면 두 분이 불안해할 것이다.

내가 보기에 두 분은 오늘 밤 차가 필요하지 않은 게 분명하다. 이분들은 사교 생활의 필요성에 공감하지 않는 부모. 그 대신 두 분에겐 텔레비전이 있다.

나는 거의 온종일 이런저런 잡다한 일을 하며 시간을 보낸다. 그리고 엄마 아빠와 저녁을 먹은 후, 순조로이 출발한다.

파티는 7시에 시작될 터이므로 9시까지 기다렸다가 모습을 드러내야겠다고 생각한다. 그 시각이면 내 모습이 별로 눈에 띄지 않을 만큼 사람들이 많아질 것이다. 가 보니 십여 명 정도에게만 참석이 허락된 파티라면 돌아와야 할 것이다. 하지만 저스틴은 그런 파티엔 가지 않을 것 같다.

네이선네 파티에는 보드게임이나 닥터페퍼가 등장할 거라고 추측해 본다. 차를 몰고 리애넌이 사는 지역으로 가는 동안 네이선의 기억에 접속한다. 젊은 사람이든 나이 든 사람이든 누구에게나 남에게 들려 줄 만한 좋은 이야기가 적어도 하나는 있다고 나는 확고히 믿는다. 하지만 네이선에게서는 그런 이야기를 찾기가 무척 어렵다. 그의 삶에서 내가 찾을 수 있는 유일한 감정의 떨림은 아홉 살 때 그의 개 에이프릴이 죽었을 때다. 그 후로는 그의 마음을 심하게 어지럽힌 일이 없는 것 같다. 그의 기억 대부분은 숙제와 관련 있다. 그에게도 친구가 있지만 학교 밖에서 어울리는 경우는 그리 많지 않다. 어린이 야구단 활동이 끝난 후 운동은 포기했다. 내가 아는 한 그는 맥주보다 더 독한 술은 입에 댄 적이 없다. 맥주조차도 아버지날 기념 바비큐 파티 때 삼촌 성화에 못 이겨 마신 것이었다.

평상시라면 나는 이러한 행동은 넘어서는 안 될 한계로 받아들일 것이다. 평상시라면 네이선의 안전지대에 머무를 것이다.

그러나 오늘은 아니다. 리애넌을 다시 볼 수 있는 기회인 오늘은 아니다.

나는 어제 일을 기억한다. 그 어둠을 헤치고 나온 자취가 어떤 식으로든 그녀와 관련 있는 것 같았다. 누군가를 사랑하게 되면 그 사람이 우리의 이유가 된다. 내가 그녀를 사랑하게 된 것은 어쩌면 내 마음이 그녀와 함께한 시간으로 자꾸 되돌아가기 때문인지도 모르고, 어쩌면 단지 내가 이유를 필요로 하기 때문인지도 모른다. 하지만 나는 그게 전부라고는 생각하지 않는다. 만약 그녀를 만나지 않았더라면 나는 의식하지 못한 채 계속 앞으로 나아가기만 했을 것이다.

나는 지금, 내가 하루 동안 들어가 사는 다른 삶들을 납치하고 있는 것이다. 그들의 한계 안에 머무르지 않고서 말이다. 설령 그게 위험하다 할지라도.

8시에 스티브 메이슨의 집에 도착한다. 하지만 어디를 둘러봐도 저스틴의 차는 눈에 띄지 않는다. 사실, 집 앞에는 세워 놓은 차들이 별로 없다. 그래서 나는 기다리면서 살펴본다. 얼마 후 사람들이 도착하기 시작한다. 하루하고도 반나절을 같은 학교에서 보냈는데도 눈에 익은 사람이 한 명도 없다. 모두 다 그저 그런 학생들이다.

9시 30분 직후, 마침내 저스틴의 차가 도착한다. 내가 바란 대로 리애넌이 함께 있다. 둘은 집을 향해 걸어가는데, 그가 조금 앞에서 걷고 그 뒤를 그녀가 따라간다. 나는 차에서 내려 그들을 따라 집 안으로 들어간다.

문 앞에 누가 있을까 봐 걱정하지만, 파티는 이미 한창 무르익어서 어지러울 지경이다. 일찍 온 아이들은 얼근히 취했고, 다른 아이들도 금세 따라붙는다. 내 차림새가 어울리지 않는다는 것을 나도 안다. 네이선의 복장은 토요일 밤 하우스 파티보다는 토론 대회에 더 적합해 보인다. 그러나 신경 쓰는 사람은 없다. 그들은 얘기를 나누는 상대방이나 자기 자신에 정신이 팔려서 그들 속에 낀 어떤 이상한 녀석을 알아보지 못한다.

불빛은 흐리고 음악은 시끄럽다. 리애넌을 찾기가 쉽지 않다. 그러나 그녀와 같은 공간에 있다는 사실만으로도 나는 몹시 들떠 있다.

저스틴은 부엌에서 몇몇 친구들과 얘기하고 있다. 그는 물 만난 물고기처럼 즐겁고 편안해 보인다. 그는 맥주 한 캔을 다 마시고 나서 곧바로 또 맥주를 집어 든다.

나는 사람들을 헤치며 그를 지나가고 거실도 지나간 다음 아담한 방에 들어선다. 그 방에 발을 들여놓는 순간, 그녀가 여기 있다는 것을 안다. 노트북에 연결된 스피커에서 음악이 울려 퍼지고 있는데도 그녀는 수집해 놓은 시디 케이스를 손가락으로 하나하나 넘기면서 살펴본다. 옆에서 여자애 둘이 얘기를 나누고 있는데, 한순간 나는 리애넌도 그들과 이야기 중이라고 생각했으나 곧 아니라고 판단한다.

그녀에게로 걸어간 나는 그녀가 보고 있는 시디 중 우리가 차를 타고 가면서 들었던 노래가 담긴 것을 발견한다.

"나는 저 노래들이 무척 맘에 들더라." 내가 그 시디를 가리키며 말한다. "넌 어때?"

그녀가 깜짝 놀란다. 이 조용한 방에서 내가 갑자기 큰 소리를 내기라도 한 것 같은 표정이다. 난 너를 보고 있어. 나는 이렇게 말하고 싶다. 아무도 너를 보지 않을 때도 난 너를 보고 있다고. 앞으로도 그럴 거야.

"나도." 그녀가 말한다. "나도 좋아해."

나는 차 안에서 들었던 그 노래를 부르기 시작한다. 그런 다음 이렇게 말한다. "난 특히 이 노래가 마음에 들어."

"너, 나 알아?" 그녀가 묻는다.

"난 네이선이라고 해." 나는 그녀 물음에는 대답하지 않고 이렇게 말한다.

"나는 리애넌."

"이름이 참 좋네."

"고마워. 난 이 이름이 싫었어. 하지만 지금은 예전만큼 싫어하지 않아."

"왜 싫었는데?"

"그냥, 철자를 쓰기가 힘들어서." 그녀는 나를 자세히 쳐다본다. "너, 옥타비안 고등학교에 다니니?"

"아니. 주말을 보내러 왔을 뿐이야. 사촌을 보러."

"사촌이 누군데?"

"스티브."

누가 스티브인지 모를 뿐 아니라 정보에 접속할 방법이 없으므로 위험한 거짓말이다.

"아, 그렇구나."

그녀는 우리 옆에서 얘기하고 있는 여자애들에게 관심이 없다는 생각했었는데, 그와 마찬가지로 나에게서도 관심을 거두려 한다.

"난 내 사촌이 싫어."

이 말에 그녀가 관심을 보인다.

"여자애들을 대하는 태도가 싫어. 이런 파티를 열어서 모두의 환심을 살 수 있다고 생각하는 태도가 싫고, 뭐가 필요하면 누군가에게 그저 말만 해서 얻으려는 태도도 싫어. 사랑을 할 줄 모르는 것 같은 태도도 싫어."

나는 지금 스티브가 아니라 저스틴에 대해 말하고 있다는 것을 깨닫는다.

"그럼 왜 여기 있는 거니?"

"난장판이 돼 가는 꼴을 보고 싶어서 그래. 이 파티가 단속에 걸릴 때 — 계속 이렇게 시끄러우면 분명 경찰이 올 거야. — 내 눈으로 보고 싶어서 여기 있는 거야. 물론 안전하게 멀찍이 떨어져서 말이야."

"그런데 넌 스티브가 스테파니를 사랑할 줄 모른다고 말하는 거니? 일 년 넘게 사귀고 있는데도?"

나는 속으로 스테파니와 스티브에게 용서를 구하면서 이렇게 말한다. "그건 큰 의미가 없잖아. 안 그래? 그러니까 내 말은, 누군가와 일 년 이상 사귀었다는 건, 그를 사랑한다는 의미일 수도 있지만…… 또 그 사람한테 갇혀 있다는 의미일 수도 있는 거야."

나는 처음에는 너무 멀리 나간 것 같다고 생각한다. 리애넌이 내 말을 이해한다는 걸 느낄 수 있다. 하지만 그래서 그녀가 뭘 어떻게 할 것인지는 모른다. 말할 때의 소리는 들릴 때의 소리와 늘 다르다. 왜냐하면 말하는 사람이 자신의 내부에서 그 소리의 일부를 듣기 때문이다.

이윽고 그녀가 말한다. "경험에서 하는 말이야?"

네이선이 —— 내가 아는 한 그는 중학교 2학년 이후로 여자랑 데이트를 해 본 적이 없다. —— 경험에서 이런 말을 했을 거라고 생각하는 건 웃기는 일이다. 그러나 그녀는 네이선을 모르므로 한결 나답게 말해도 될 것이다. 물론 나도 경험에서 한 말은 아니다. 관찰한 경험이 있을 뿐이다.

"관계를 계속 유지할 수 있게 해 주는 여러 이유가 있어." 내가 말한다. "홀로 있는 것에 대한 두려움, 인생 계획이 혼란에 빠질지 모른다는 두려움, 더 좋은 걸 가질 수 있을지 아닐지 모르니까 그런대로 괜찮은 것에 만족하겠다는 결심, 또는 그가 바뀌지 않을 거라는 걸 알면서도 더 나아질 거라고 믿는 비이성적인 믿음……."

"그?"

"응."

"아, 알았어."

나는 처음엔 그녀가 뭘 알았다고 하는지 이해하지 못한다. 분명 나는 그녀에 대한 이야기를 하고 있었으니까. 잠시 후에야 나는 리애넌이 '그'라는 대명사를 어떻게 이해했는지 알아차린다.

"그 정도로 눈치가 빨라?" 만약 네이선이 게이라면 지금보다도 훨씬 소심했을 거라고 생각하면서 묻는다.

"그럼."

"넌 어때?" 내가 묻는다. "누구 사귀는 사람 있어?"

"응." 그녀가 말한다. 그런 다음 무표정해진다. "일 년 넘었어."

"여전히 사귀는 이유는? 홀로 있는 것에 대한 두려움? 만족하겠다는 결심? 그가 바뀔 거라는 비이성적인 믿음?"

에브리데이

"맞아. 셋 다야."

"그러면……."

"하지만 그에겐 굉장히 다정한 면도 있어. 그도 내심 나를 이 세상 누구보다 좋아한다는 걸 알아."

"내심이라고? 나에겐 그 말이 만족하겠다는 뜻으로 들리는걸. 사랑하기 위해서 내심까지 파고들 필요는 없는 거야."

"화제를 바꾸자. 파티에서 얘기하기 좋은 화제가 아니잖아. 난 네가 노래를 불러 줄 때가 더 좋았어."

우리가 차에서 들었던 또 다른 노래에 대해 내가 막 언급하려 할 때 — 그러면 어떤 식으로든 그녀가 그때로 돌아가지 않을까 하는 기대감에서 — 내 어깨 너머로 저스틴의 목소리가 이렇게 묻는다. "그런데 이 친구는 누구야?" 그를 부엌에서 보았을 때 는 편안해 보였지만 지금은 짜증이 난 표정이다.

"걱정 마, 저스틴." 리애넌이 말한다. "얘는 게이야."

"어쩐지. 옷 입은 꼴을 보니 그런 것 같다. 넌 여기서 뭐해?"

"네이션, 얘는 저스틴, 내 남자 친구야. 저스틴, 이쪽은 네이션 이라고 해."

나는 안녕 하고 말한다. 그는 반응을 보이지 않는다.

"스테파니 봤니?" 그가 리애넌에게 묻는다. "스티브가 찾아. 걔들 또 싸웠나 봐."

"스테파니는 지하실로 내려가지 않았을까?"

"아니. 지하실에서는 지금 춤판이 벌어졌거든."

리애넌이 그 소식을 좋아한다는 것을 알 수 있다.

"거기 내려가서 춤추지 않을래?" 그녀가 저스틴에게 묻는다.

"천만에! 난 춤추러 온 게 아니야. 술 마시러 온 거라고."

"잘났어." 리애넌이 말한다. 저스틴보다는 (내 생각에는) 나를 위해 한 말 같다. "그럼 네이선이랑 춤추러 가도 돼?"

"얘가 게이란 걸 확신해?"

"내가 증명해 보이길 원한다면 너한테 게이 노래를 불러 줄 게." 내가 나선다.

저스틴이 내 등을 찰싹 친다. "됐어, 이 친구야. 그딴 거 하지 마. 알았어? 가서 춤춰."

그렇게 해서 리애넌이 나를 이끌고 스티브 메이슨의 집 지하실로 간다. 계단을 내려갈 때 발밑에서 베이스 기타 소리가 들려온다. 여기서는 다른 영화음악이 울려 퍼진다. 강한 리듬이 맥동하는 음악이다. 지하실을 밝히고 있는 것은 붉은 전등 몇 개뿐이어서 우리가 볼 수 있는 거라곤 서로 뒤섞여 춤을 추는 사람들의 실루엣뿐이다.

"스티브!" 리애넌이 큰 소리로 부른다. "네 사촌 맘에 들어!"

스티브인 게 분명한 남자애가 그녀를 바라보며 고개를 끄덕인다. 그가 그녀 말을 못 알아들은 것인지 아니면 그냥 무시해 버린 것인지, 알 수 없다.

"스테파니 못 봤니?" 그가 소리 지른다.

"못 봤어!" 리애넌이 소리 질러 대답한다.

우리는 춤을 추는 사람들 사이에 끼어든다. 슬픈 사실은 나역시 이런 데서 춤을 춰 본 경험이 네이선만큼이나 적다는 것이다. 나는 나를 잊고 음악에 빠져 보려 하지만 쉽지 않다. 그 대신, 나를 잊고 리애넌에 빠져야겠다고 생각한다. 나는 나 자신을 완전히 리애넌에게 줘야 한다. 그녀의 그림자여야 하고, 그녀를 보완해 주는 존재여야 하고, 이 몸의 대화에서 나머지 반쪽이어야 한다. 나는 그녀의 움직임에 맞추어 움직인다. 그녀의 등을 만지고, 허리를 만진다. 그녀가 더 가까이 다가선다.

나를 잊고 그녀에게 몰두함으로써 그녀를 얻는다. 몸의 대화가 원활하다. 우리는 우리 리듬을 찾고, 그 리듬을 타며 춤을 춘다. 나는 나도 모르게 노래를 부른다. 그녀에게 노래를 불러 준다. 그녀가 좋아한다. 그녀는 다시 한 번 근심 걱정 없는 사람으로 탈바꿈하고, 나는 그녀만이 내 유일한 걱정거리인 사람으로 탈바꿈한다.

"너, 제법이구나!" 그녀가 음악 소리에 묻히지 않을 만큼 큰 소리로 말한다.

"넌 정말 굉장해!" 내가 소리쳐 대답한다.

나는 저스틴이 여기로 내려오지 않을 거라는 걸 안다. 그녀는 스티브 메이슨의 게이 사촌과 함께 있으니 안전하고, 나는 아무도 이 순간을 방해하지 않을 거라는 걸 알기 때문에 안전하다. 느낌이 비슷한 노래 여러 곡이 끝나고 긴 노래가 흘러나온다. 마치 이전 가수 차례가 끝나자 새 가수가 넘겨받고, 우리에게 이런 노래를 선사하기 위해 가수들이 교대로 노래하는 것만 같다. 노래 선율이 우리를 더욱 밀착시키며, 우리를 빛깔처럼 감싼다. 서로에게 마음을 쏟아붓는 우리는 드넓게 펼쳐진 공간을 느낀다. 이 방에는 천장이 없다. 이 방에는 벽이 없다. 광활한 흥분의 평야가 있을 뿐이다. 우리는 조그만 움직임으로 이곳을 가로질러 달리고, 때로는 발 없이 사뿐히 날아오른다. 우리가 그렇게 어우러지는 동안 수 시간이 흐른 것처럼 느껴진다. 동시에 시간이 전혀 흐르지 않은 것처럼 느껴지기도 한다. 우리는 음악이 멈출 때까지 그렇게 춤을 춘다. 그때 누군가가 불을 켜고 파티는 끝이라고 말한다. 이웃 주민이 경찰에 신고해서 아마 경찰이 곧 올 거라고 한다.

리애넌도 나만큼 아쉬운 표정이다.

"난 저스틴을 찾으러 가야 해." 그녀가 말한다. "괜찮지?"

아니, 나는 이렇게 말하고 싶다. 난 괜찮지 않아. 내가 다음번에 가게 될 그 어떤 곳으로 네가 나랑 같이 갈 수 있기 전에는 말이야.

나는 그녀에게 이메일 주소를 알려 달라고 부탁하고, 그녀가 눈썹을 추켜올리며 놀라는 표정을 짓자 걱정 말라고, 나는 여전히 게이라고 다시 말한다.

"게이라니, 참 유감이야." 그녀가 말한다. 나는 그녀가 말을 더 해 주기를 바라지만, 그녀는 대신 자기 이메일 주소를 내게 알려 주고, 나는 그에 응하여 가짜 이메일 주소를 그녀에게 알려 준다. 나는 집에 가자마자 그 이메일 주소를 새로 만들어야 할 것이다.

사람들이 집 밖으로 뛰어나가기 시작한다. 멀리서 사이렌 소리가 들린다. 시끄러웠던 파티 못지않게 많은 사람들을 깨울 것 같다. 리애넌은 나를 두고 저스틴을 찾으러 가면서 자신이 운전해야 할 거라고 잘라 말한다. 나는 그들을 보지 않고 내 차가 있는 곳으로 달린다. 너무 늦었다는 것은 알지만, 얼마나 늦었는지는 알지 못한다. 시동을 걸고 시계를 보고 나서야 안다.

11시 15분이다.

　　　　　　　　　　　　　　　에브리데이

제시간에 집에 도착할 방법이 없다.

시속 110킬로.

시속 130킬로.

135킬로.

가능한 한 빨리 차를 몰지만, 충분하지 않다.

11시 50분에 차를 갓길에 세운다. 눈을 감으면 자정 전에 잠에 빠질 수 있을 것이다. 몇 분 내에 잠에 빠질 수 있다는 것은 내 상황을 생각할 때 축복이 아닐 수 없다.

가엾은 네이선 달드리. 그는 자기 집에서 한 시간 거리만큼 떨어진 고속도로 갓길에서 눈을 뜰 것이다. 그가 얼마나 질겁할지, 나는 상상만 할 수 있을 뿐이다.

그에게 이런 짓을 한 나는 괴물이다.

하지만 나에게는 이유가 있다.

# 6000일

로저 윌슨이 교회 갈 시간이다.

나는 재빨리 일요일에 어울리는 가장 좋은 옷을 입는다. 편리하게도 로저나 엄마 중 한 사람이 전날 밤 미리 챙겨 놓은 옷이다. 그런 다음 아래층으로 내려가 엄마와 세 여동생과 함께 아침을 먹는다. 아빠는 보이지 않는다. 나는 접속을 많이 하지 않고도 아빠가 가족을 두고 떠났다는 걸 쉽게 알아낸다. 아빠는 막내 여동생이 태어난 지 얼마 안 되어 떠나 버렸고, 그 후로 엄마 삶은 줄곧 고달팠다.

집 안에는 컴퓨터가 한 대밖에 없기 때문에 나는 로저의 엄마가 동생들을 준비시킬 때까지 기다렸다가 재빨리 컴퓨터를 켠 다음 어젯밤에 내가 리애넌에게 줬던 이메일 주소를 새로 만든다. 리애넌이 아직 나에게 메일을 보내지 않았기를 바랄 뿐이다.

엄마가 로저를 부른다. 교회 갈 시간이 다 된 것이다. 나는 메일 계정을 만들고 나서 기록을 삭제한 뒤에 여동생들이 타고 있

에브리데이

는 차 안으로 들어간다. 동생들 이름을 제대로 알기까지는 몇 분이 걸린다. 팸은 열한 살, 레이시는 열 살, 제니는 여덟 살이다. 제니만 교회에 가는 것을 즐거워하는 것 같다.

도착해서는 동생들은 교회학교로 가고 나만 로저의 엄마를 따라 본 예배에 참석한다. 나는 침례교 예배를 준비하면서 내가 그동안 경험했던 다른 교파의 예배와는 무엇이 다른지 기억해 보려고 한다.

나는 오랫동안 많은 종교 의식을 치러 왔다. 내가 경험한 종교는 모두 다, 종교란 것엔 사람들이 인정하고 싶어 하는 것보다 훨씬 많은 공통점이 있다는 내 생각을 확고히 해 줄 뿐이었다. 믿음은 거의 언제나 똑같다. 내력이 다를 뿐이다. 모든 사람이 더 높은 권능을 믿고 싶어 한다. 모든 사람이 자기 자신보다 더 큰 어떤 존재에 속하기를 바라고, 모든 사람이 그런 활동을 통해 서로 친교를 맺고 싶어 한다. 그들은 자신이 속한 종교가 이 세상의 선한 세력이 되기를 바라며, 자신은 그 세력의 일원이 되는 혜택을 받고 싶어 한다. 그들은 의식과 헌신을 통해 자신의 믿음과 소속감을 증명할 수 있기를 바란다. 그들은 거대하고 장엄한 것에 닿아 있고 싶어 한다.

복잡한 것, 논쟁이 되는 것은 극히 사소하고 작은 부분에서만 발생한다. 종교, 성별, 인종, 지리적 배경이 무엇이든 우리 모두에겐 서로 98퍼센트 정도 공통점이 있다는 사실을 깨닫지 못하는 것은 이러한 극히 사소하고 작은 부분 때문이다. 남성과 여성의 차이는 생물학적인 것이다. 하지만 생물학을 백분율 문제로 본다면, 서로 다른 것은 그리 많지 않다. 인종은 본질적인 차이가 아니라 순전히 사회 구성적 면에서의 차이일 뿐이다. 종교 역시 마찬가지다. 우리가 하느님을 믿든 여호와를 믿든 알라를 믿든 다른 무엇을 믿든 간에, 마음속 깊은 곳에서는 똑같은 것을 원할 가능성이 아주 높다. 이런저런 이유로 우리는 서로 다른 2퍼센트에 초점을 맞추려 하고, 이 세상 갈등 대부분은 거기에서 초래된다.

내가 내 삶의 항해를 계속해 나갈 수 있는 이유는 단 하나, 모든 삶에 공통되는 98퍼센트 때문이다.

교회에서 일요일 오전 예배를 보는 동안 이런 생각을 한다. 나는 계속해서 로저의 엄마를 쳐다본다. 몹시 지치고 시달린 얼굴이다. 나는 엄마에게서, 하느님에게서 느끼는 것만큼이나 큰 믿음을 느낀다. 나는 우주가 우리 인생길에 줄기차게 어려운 과제를 던지는 데도 그걸 참아 내고 나아가는 인간의 끈기와 인내를 신뢰한다. 리애넌에게서도 이러한 점을 발견했던 것 같다. 인내하고자 하는 욕구 말이다.

예배를 마치고 우리는 일요일 점심을 먹기 위해 로저의 할머니 댁에 간다. 그 집에는 컴퓨터가 없다. 리애넌이 사는 지역이 차로 세 시간 거리라는 점을 제외하고도 리애넌에게 연락을 취할 방법이 전혀 없다. 그래서 오늘은 그냥 쉬기로 한다. 나는 동생들과 놀아 주고, 식전 감사 기도를 드릴 때는 둥글게 둘러앉아 서로 손을 맞잡는다.

집으로 돌아갈 때 차 뒷좌석에서 말다툼이 이는데, 그것이 그날의 유일한 불화다. 자매인 그들에겐 거의 99퍼센트 정도 공통점이 있을 테지만, 그들은 알 리 없다. 동생들은 집에서 어떤 애완동물을 기를 것인가 하는 문제로 다툰다. 정작 엄마에게서는 가까운 장래에 애완동물을 집에 들여놓을 거라는 어떠한 조짐도 느낄 수 없는데도 말이다. 그저 말다툼을 위한 말다툼일 뿐이다.

집으로 돌아간 뒤 나는 컴퓨터를 쓰겠다고 말하기 전에 알맞은 때를 기다리기로 한다. 컴퓨터는 가족이 함께 사용하는 장소에 놓여 있어서 내 이메일을 확인하기 위해서는 모두 다른 방에 들어가 있어야 할 것이다. 동생 셋이 뛰어다니며 노는 동안 나는 로저 방으로 들어가서 최선을 다해 그의 숙제를 한다. 나는 로저가 동생들보다 늦게 잠자리에 든다는 사실에 기대를 거는데, 과연 내 생각대로다. 저녁을 먹은 후 동생들은 컴퓨터가 있는 그 방에서 텔레비전을 한 시간쯤 본다. 로저의 엄마가 아이들에게 잘 준비를 할 시간이라고 말한다. 아이들이 불만의 목소리를 쏟아 내지만 엄마는 귀를 닫고 있다. 의례적인 행사처럼 늘 있는 일이고, 언제나 엄마가 이긴다.

로저의 엄마가 아이들에게 잠옷을 입히고 내일 입을 옷을 꺼내 놓는 동안 나에게는 몇 분의 시간이 난다. 나는 재빨리 아침에 만들어 놓은 이메일을 확인하는데, 리애넌에게서 온 메일은 아직 없다. 내가 먼저 연락을 하는 것도 나쁘지 않을 거라고 생각한 나는 그녀의 메일 주소를 입력하고 정신없이 이메일을 쓰기 시작한다.

---

리애넌, 안녕?

어젯밤에 널 만나고 춤을 춘 게 너무 좋았다는 말을 하고 싶어서 메일 쓴다.

경찰이 와서 우리를 떼어 놓은 게 너무 아쉽다.

넌 성별에서는 내 취향이 아니지만, 사람 됨됨이 면에서 보면 딱 내 취향이거든.

계속 연락했으면 좋겠어.

N

---

이 정도면 나에게 문제될 게 없을 것 같다. 영리하게 할 말은 하지만 자기도취적이지는 않다. 진지하지만 오만하지는 않다. 몇 줄 안 되는 글이지만 보내기 버튼을 누르기 전에 적어도 열 번은 다시 읽어 본다. 메일을 보내면서 어떤 답장이 올 것인지 궁금해한다. 만약 답 메일이 온다면 말이다.

잘 준비를 하는 시간이 생각보다 오래 걸리는 것 같다. 책을 어디까지 읽어 줬는지에 대해 약간 실랑이가 있는 것 같다. 그래서 나는 내 개인적인 메일을 확인해 보기로 마음먹는다.

지극히 일상적인 일이다. 클릭 한 번이면 즉시 눈에 익은 편지함이 나타난다.

그러나 이번에는 다르다. 마치 방 안으로 걸어 들어갔는데, 방 한가운데 폭탄이 있는 것을 발견한 느낌이다.

책방 소식이라는 메일 밑에 다른 메일이 하나 와 있는데, 다름 아닌 네이선 달드리에게서 온 것이다.

제목에는 '경고'라고 쓰여 있다.

나는 메일을 읽는다.

---

나는 네가 누구인지 혹은 무엇인지 모르고,

네가 어제 내게 무슨 짓을 했는지도 모르지만,

넌 그 벌을 면치 못하리라는 것을 밝혀 둔다.

네가 날 소유하거나 내 삶을 파괴하도록 놔두지 않을 거야.

가만 있지 않을 거란 말이다.

무슨 일이 일어났는지 알고 있고, 네게 분명히 어떤 식으로든

책임이 있어.

날 가만 내버려 둬. 난 네 숙주가 아니야.

---

"너, 어디 아프니?"

고개를 돌리니 로저의 엄마가 문 앞에 서 있다.

"아니, 괜찮아요." 내가 몸으로 화면을 가리며 말한다.

"그래, 알았다. 십 분만 더 할 거 하고, 그런 다음 자러 가기 전
에 설거지를 좀 도와주렴. 다음 주도 바쁘고 빠듯할 것 같구나."

"알았어요, 엄마. 십 분 뒤에 갈게요."

다시 이메일을 들여다본다. 나는 어떻게 대응해야 할지, 또는
대응해야 할지 말아야 할지도 모르겠다. 그날 내가 컴퓨터를 보

고 있을 때 네이선의 엄마가 방에 들어왔던 기억이 흐릿하게 난다. 기록을 삭제하지 않고 화면을 급히 닫아 버린 게 분명하다. 그래서 네이선이 자신의 이메일을 열었을 때 내 주소가 나타난 게 틀림없다. 네이선은 내 패스워드를 모르므로 이메일 계정 자체는 안전할 것이다. 그렇지만 만약을 대비해서 내 패스워드를 변경하고, 이전 메일을 모두 속히 옮겨야 한다.

가만 있지 않을 거란 말이다.

이 말이 무얼 의미하는지 궁금하다.

＊＊

이전의 모든 메일을 내게 허락된 십 분 안에 다 옮길 수는 없다. 하지만 일부나마 옮기기 시작한다.

"로저!"

로저의 엄마가 나를 부르고, 나는 가야 한다. 그러나 기록을 삭제하고 컴퓨터를 꺼도 생각이 계속 이어진다. 갓길에 세워진 차 안에서 눈을 떴을 네이선을 생각한다. 그 느낌이 어땠을지 상상해 본다. 그렇지만 사실, 나는 그 느낌을 모른다. 그는 자신이 뭔가에 씌었던 것 같다고 느낀 걸까? 아니면 뭔가 잘못되었다는 것을, 누군가 다른 존재가 자신을 장악했다는 것을 곧장 알아차린 걸까? 그가 자기 컴퓨터에서 내 메일 주소를 봤을 때 확신한 것일까?

그는 나를 누구라고 생각할까?

그는 나를 무엇이라고 생각할까?

내가 부엌에 들어서자 로저의 엄마가 또다시 걱정스러운 눈으로 나를 쳐다본다. 로저의 엄마와 로저는 무척 친밀하다는 것을 알 수 있다. 엄마는 아들을 읽는 법을 안다. 오랜 세월 두 사람은 서로를 위하며 살아왔다. 로저는 동생들을 키우는 것을 도왔다. 엄마는 그를 키웠다.

내가 진짜 로저라면 엄마에게 모든 것을 말할 수 있을 것이다. 내가 진짜 로저라면, 아무리 이해하기 어려운 이야기라 해도 엄마는 내 편이 되어 줄 것이다. 치열하게. 무조건적으로.

하지만 나는 엄마의 진짜 아들이 아니다. 그 누구의 아들도 아니다. 나는 오늘 로저를 괴롭힌 문제가 무엇이었는지 밝힐 수 없다. 그 문제는 내일의 로저와 별 관계가 없기 때문이다. 그래서 나는 아무 일도 아니라는 말로 로저 엄마의 걱정을 덜어 준 다음 엄마를 도와 식기 세척기에서 식기를 꺼낸다. 우리는 설거지가 끝날 때까지 동지애 같은 걸 느끼며 조용히 일한다. 이제 잘 시간이다.

하지만 나는 얼마 동안 잠을 이루지 못한다. 침대에 누워 천장을 바라본다. 역설적이게도, 매일 아침 다른 사람 몸에서 깨어나면서도 어쨌든 내가 장악하고 있다는 느낌이 늘 뇌리에 자리 잡고 있었다.

그러나 지금은 장악하고 있다는 느낌이 전혀 들지 않는다.

지금은 다른 사람도 관련되어 있으니까 말이다.

# 6001일

다음 날 내가 있게 된 곳은 리애넌으로부터 훨씬 멀리 떨어진 곳이다.

리애넌과는 네 시간 거리인 마거릿 바이스의 몸 안이다. 다행히도 마거릿에게는 노트북이 있어서 학교에 가기 전에 이메일을 확인할 수 있다.

리애넌에게서 메일이 와 있다.

---

네이선!

네가 먼저 메일 보내 줘서 무척 기뻤어.
왜냐하면 네 메일 주소가 적힌 쪽지를 잃어버렸거든.
나 역시 너랑 같이 얘기하고 춤춘 게 너무 좋았어.

우리를 그렇게 떼어 놓은 경찰이 너무 얄미웠어!

너 또한 사람 됨됨이 면에서 맘에 들어.

네가 일 년 이상 지속된 관계를 신뢰하지 않는다 해도 말이야.(그렇다고 네가 틀렸다는 건 아니야. 아직은 판단 보류야.)

내가 이런 말을 하게 될 거라고는 전혀 생각지 않았지만, 스티브가 머잖아 파티를 다시 열었으면 좋겠다.

그래야만 네가 너저분한 파티를 똑똑히 지켜볼 수 있잖아.

사랑을 담아, 리애넌

───────────────────────

나는 그녀가 이 글을 쓰면서 빙그레 웃는 모습을 상상할 수 있다. 나 역시 이 글을 읽으며 빙긋 웃는다.

이어서 내 다른 계정을 연다. 거기에는 네이선에게서 온 메일이 있다.

───────────────────────

경찰에게 이 메일 주소를 알려 줬어.

네가 이번 일에서 벗어날 수 있을 거라고 생각한다면, 틀렸어.

───────────────────────

경찰?

나는 재빨리 검색창에 네이선의 이름을 친다. 오늘 아침 날짜 뉴스가 나타난다.

---

악마가 시켰다
주차 단속에 적발된 소년,
악령에 사로잡혔다고 주장

일요일 새벽, 경찰이 23번 도로 갓길에서 차 안에서 자고 있던 네이선 달드리(16세, 아든레인 22번지 거주)를 발견했을 때, 경찰은 소년이 그런 얘기를 할 줄 몰랐다. 10대 대부분은 음주 탓을 하지만 달드리는 달랐다. 그는 자기가 어떻게 거기 있게 되었는지 모르겠다고 주장했다. 자신이 악령에 사로잡힌 게 틀림없다고 소년은 말했다.

"꿈속을 걷는 것만 같았어요." 달드리는 따져 묻는 조사관에게 이렇게 말한다. "그것이 하루 종일 내 몸을 지배했어요. 부모님에게 거짓말을 하도록 시켰고, 한 번도 가 본 적 없는 지역에서 열린 파티에 차를 몰고 가게 했어요. 구체적인 일들은 기억나지 않아요. 그게 내가 아니었다는 것만 알 뿐이에요."

더욱 이상한 점은 그가 집에 돌아왔을 때 누군가 다른 사람의 메일 계정이 자기 컴퓨터에 남아 있었다는 점이라고 달드리는 말한다.

"나는 내가 아니었어요."라고 그는 말한다.

에브리데이

주 경찰국 소속 랜스 휴스턴 경찰관은 음주를 한 흔적이 없고 차를 훔쳐 탄 것도 아니므로 달드리는 어떤 명목으로도 기소되지 않았다고 밝혔다.

"소년이 그렇게 말한 데는 그럴 만한 이유가 있다고 믿습니다. 내가 말할 수 있는 건, 그는 불법적인 일은 전혀 저지르지 않았다는 것뿐입니다." 휴스턴 경찰관은 이렇게 말한다.

하지만 달드리는 그것으로 충분치 않다.

"만약 이런 일을 겪은 사람이 있다면 적극 나서 주기 바랍니다."라고 그는 말한다. "나 혼자만 겪었을 리는 없을 테니까요."

---

지역 신문 웹사이트에 올라온 글이니 크게 걱정할 일은 아닌 것 같다. 경찰도 특별히 심각한 문제로 여기는 것 같지 않다. 그렇지만 나는 걱정스럽다. 지금까지 살아오는 동안 누가 나에게 이렇게 한 적은 한 번도 없었다.

어떻게 이런 일이 일어났는지 상상할 수 없는 건 아니다. 네이선은 아마 자기 차 창을 두드리는 경찰관 때문에 갓길에서 깼을 것이다. 어쩌면 어둠을 붉은빛과 푸른빛으로 물들이는 경찰차 경광등도 있었을 것이다. 네이선은 이내 자신이 어떤 곤경에 처했는지 깨닫는다. 자정이 훨씬 지났다. 엄마 아빠는 그를 죽이려 할 것이다. 옷에서는 담배 냄새와 술 냄새가 나는데, 자신이 술을 마시거나 마약을 했는지 안 했는지 따위는 전혀 기억나지 않는다. 머릿속이 텅 비었다. 잠에서 깬 몽유병자 같다. 그는 다만…… 어렴풋이 나를 느낄 뿐이다. 자기 자신이 아니었다는 흐릿한 기억이 가물거린다. 경찰관이 어떻게 된 거냐고 묻자 그는 모르겠다고 말한다. 경찰관이 어디에서 오는 길이냐고 묻자 그는 모르겠다고 말한다. 경찰관이 그를 차에서 내리게 한 다음 음주측정기를 불게 한다. 술기운이 전혀 없다는 게 밝혀진다. 그렇지만 경찰이 여전히 답변을 요구해서 네이선은 경찰에게 진실을 얘기한다. 자기 몸이 탈취되었었다고 말한다. 하지만 몸을 탈취하는 존재에 대해서는 알 도리가 없다. 악마를 빼고는 말이다. 이것이 그가 한 얘기일 것이다. 그는 착한 학생이다. 그 점에 대해서는 모두 인정해 줄 거라는 사실을 그도 안다. 사람들은 그를 신뢰할 것이다.

경찰관은 그가 집으로 안전하게 돌아가기만을 바란다. 어쩌면 그의 부모에게 미리 연락한 다음, 네이선을 집까지 데려다줬을지도 모른다. 네이선이 집에 도착했을 때 부모님은 자지 않고 기다리고 있다. 부모님은 화도 나고 걱정스럽기도 한 표정이다. 그는 자기 얘기를 엄마 아빠에게 되풀이한다. 엄마 아빠는 뭘 믿어야 할지 알 수가 없다. 한편 경찰관이 무전기로 그에 관해 말하는 것을 어떤 기자가 듣는다. 아니면 경찰국에 그 얘기가 떠돌았을지도 모른다. 슬그머니 집을 나가 어떤 파티에 참석한 십 대 소년이 그 이유를 악마 탓으로 돌리려 한다는 얘기다. 그 기자가 일요일에 달드리의 집으로 전화하고, 네이선 달드리는 기자에게 말해 주겠다고 마음먹는다. 그러면 자기 말이 더 사실로 여겨질 테니까. 안 그렇겠는가?

나는 죄책감과 더불어 자기방어적인 마음이 든다. 내 의도가 무엇이었든 간에 내가 네이선에게 그런 짓을 했다는 점에서 죄책감을 느낀다. 하지만 분명히 말해서 그가 이런 식으로 반응하도록 내가 그에게 못되게 굴지 않았다는 점에서 자기방어적인 마음이 생긴다. 이런 반응은, 나에게 해를 입히지 못한다면 그에게 더 해가 될 뿐일 것이다.

네이선이 누군가를 설득해 내 메일을 추적할 가능성이 100만분의 1쯤은 되므로 앞으로는 내가 이 메일 계정을 다른 사람 집에서 확인해서는 안 될 것이다. 네이선은 할 수만 있다면 내가 지난 이삼 년 동안 지내 온 집 대부분을 도식화하려 할 것이다. 그러면 혼란스러운 얘기들이 적잖이 생겨날 것이다.

그에게 답장을 써서 설명해 주고 싶은 마음도 한구석에 있다. 하지만 어떤 설명도 만족스럽지 못할 거라고 확신한다. 특히 대부분의 의문점에 대한 답을 나도 모르기 때문에 더욱 그렇다. 나는 오래전에 이유를 알아내려는 노력을 포기했다. 네이선은 쉽게 포기하지 않을 거라는 생각이 든다.


마거릿 바이스의 남자 친구인 샘은 그녀에게 키스하기를 좋아한다. 자주. 주변에 사람이 있든 없든 개의치 않는다. 키스할 기회가 생기면 주저 없이 키스한다.

나는 그럴 기분이 아니다.

마거릿은 곧 감기에 걸린다. 키스는 중단되고 다른 사랑의 표현이 시작된다. 샘은 마거릿에게 홀딱 빠졌다. 그는 빠져나가기 힘든 자신의 달콤한 사랑의 늪으로 마거릿을 에워싼다. 최근 기억을 통해서 나는 보통은 마거릿도 샘과 마찬가지로 기꺼이 즐긴다는 것을 알 수 있다. 그 어떤 것도 샘과 함께 있는 것보다 우선순위에서 밀린다. 그녀에게 아직 친구가 있다는 게 기적이다.

과학 시간에 간단한 시험을 본다. 접속을 통해 판단해 보건대 이 과목은 마거릿보다 내가 더 많이 아는 것 같다. 마거릿으로서는 행운의 날이다.

나는 학교 컴퓨터를 쓰고 싶어 안달이 났다. 그러나 샘을 떼어 놓는 것이 먼저 할 일이다. 나는 샘과 마거릿의 입술을 떼어 놓는 데 성공했지만, 엉덩이를 떼어 놓지는 못한 것 같다. 점심 시간에 그는 한쪽 손을 그녀 뒷주머니에 넣은 채 점심을 먹는다. 그리고 마거릿이 자기와 똑같이 그렇게 해 주지 않자 입이 뿌로통해진다. 점심을 먹은 뒤에는 함께 자습실로 가는데, 그는 자습 시간 내내 그녀를 쓰다듬으며 어젯밤에 둘이 함께 본 영화 얘기를 한다.

8교시는 둘이 함께하지 않는 유일한 시간이므로 나는 땡땡이 치기로 작정한다. 샘이 교실 문 앞에 그녀를 두고 걸음을 옮기자마자 나는 마거릿으로 하여금 선생님에게 가서 몸이 아파 양호실에 가야겠다고 말하게 한다. 그리고 곧장 도서관으로 향한다.

먼저 내 메일을 모두 이전 계정에서 새 계정으로 옮기는 작업을 끝낸다. 남은 것은 네이선이 보낸 메일 두 개뿐이다. 나는 그 것을 차마 삭제하지 못하는데, 이전 메일 계정을 차마 삭제하지 못하는 것과 똑같은 심정 때문이다. 왠지 모르게 나는 네이선이 나와 접촉할 수 있기를 원한다. 그만큼 나는 책임감을 느끼는 것이다.

나는 리애넌에게 답장을 쓸 생각으로 새 메일 계정을 연다. 놀랍게도 그녀로부터 또 다른 메일이 와 있다. 현기증을 느끼며 열어 본다.

---

네이선

알고 보니 스티브에겐 네이선이라는 사촌이 없더라.
　그리고 그의 사촌 중 누구도 그 파티에 참석하지 않았다던데.
설명해 보겠니?
　리애넌

---

　나는 깊이 생각하지 않는다. 내겐 선택의 여지가 없다. 바로
글을 입력하여 보내기를 누른다.

---

리애넌

물론 설명할 수 있어. 우리 만날 수 있을까? 직접 만나서 설명
해야 할 문제라서 그래.
　사랑을 담아, 네이선

---

진실을 애기할 계획은 아니다. 최선의 거짓말을 생각할 시간을 벌고 싶을 뿐이다.

마지막 종이 울린다. 나는 샘이 곧 마거릿을 찾을 거라는 사실을 안다. 그의 사물함이 있는 곳에서 그를 보자 그는 몇 주 동안이나 만나지 못한 것처럼 행동한다. 그와 키스할 때 나는 리애넌을 위해 연습하고 있다는 상상을 한다. 그와 키스할 때 리애넌을 배신한 것 같은 느낌이 든다. 그와 키스할 때 내 마음은 멀리 떨어진 그녀에게 가 있다.

# 6002일

다음 날 아침, 우주가 내 편인 것 같은 기분이 든다. 미건 파월의 몸에서 눈을 뜬 내가 있는 곳이, 리애넌으로부터 고작 한 시간 거리밖에 안 되기 때문이다.

일어나서 확인해 보니 그녀에게서 메일이 와 있다.

---

네이선

제대로 설명하지 못하면 가만 안 있을 거야. 5시에 클로버 서점에 있는 커피숍에서 만나자.

리애넌

---

나는 답 메일을 쓴다.

---

리애넌

알았어, 그때 보자.

네가 예상하지 못한 모습으로 내가 나타나더라도 날 참아 주고 내 말을 끝까지 들어 줬으면 좋겠어.

A

---

미건 파월은 오늘은 조금 일찍 치어리더 연습에서 빠져나와야 할 것이다. 나는 그녀 옷장을 뒤져서 리애넌이라면 골라 입었을 옷과 가장 가까워 보이는 옷을 고른다. 내가 보아 온 바로는, 사람들은 자기와 비슷한 옷을 입은 사람을 신뢰하는 경향이 있다. 아무튼 나는 신뢰를 얻을 수 있는 모든 방법을 강구해야 할 것이다.

하루 종일 그녀에게 무슨 말을 해야 할지, 그리고 그녀는 무슨 말을 할지 생각한다. 그녀에게 진실을 얘기하는 것은 대단히 위험할 거라는 생각이 든다. 나는 누구에게도 진실을 얘기한 적이 없다. 진실 가까이에 가 본 적도 없다.

하지만 어떤 거짓말도 잘 들어맞지 않는다. 그리고 계속해서 거짓말을 하며 휘청휘청 나아갈수록, 그녀에게 모든 것을 말하는 방향으로 가고 있다는 사실을 깨닫는다. 삶이란, 다른 사람이 그 실재를 알지 못한다면 실재하는 게 아니라는 사실을 배우고 있는 중이다. 나는 내 삶이 실재하기를 원한다.

내가 내 삶에 익숙하다고 해서 다른 사람도 내 삶에 익숙해질 수 있는 걸까?

리애넌이 나를 신뢰한다면, 나처럼 어떤 거대한 신비감을 느낀다면, 그녀는 나의 이 삶을 믿을 것이다.

그녀가 나를 신뢰하지 않는다면, 어떤 거대한 신비감을 느끼지 못한다면, 그땐 나는 그저 이 세상을 제멋대로 살아가는 또 한 명의 미친 사람처럼 보일 것이다.

그런 경우에도 잃을 건 별로 없다.

그렇지만 말할 것도 없이, 모든 것을 다 잃은 듯한 기분일 것이다.


나는 병원을 예약했다는 얘기를 지어내서 4시에 리애넌이 사는 곳을 향해 출발한다.

차가 조금 막히고 길을 약간 잘못 들어선 탓에 십 분쯤 늦게 서점에 도착한다. 커피숍 유리창을 통해 그녀가 거기 앉아 있는 모습을 본다. 잡지를 뒤적이면서 때때로 문 쪽을 쳐다본다. 나는 그녀를 이대로 간직하고 싶다. 이 순간의 그녀를 붙잡고 싶다. 나는 모든 게 변하기 직전이라는 것을 안다. 어느 날 나는, 모든 걸 말하기 전의 이 순간을 그리워하고, 시간을 거슬러 지금 이 시점으로 돌아와서 잠시 후에 벌어질 일이 일어나지 않도록 되돌리고 싶어 하지 않을까 두렵다.

미건은 물론 리애넌이 기다리는 사람이 아니다. 그래서 내가 그녀 탁자로 가서 앉자 그녀는 약간 놀란다.

"죄송하지만…… 올 사람이 있는데요."

"알고 있어." 내가 말한다. "네이선이 보내서 온 거야."

"네이선이 보냈다고? 그는 어디 있는데?" 리애넌은 마치 그가 서가 뒤편 어딘가에 숨어 있기라도 하듯 실내를 둘러본다.

나도 실내를 둘러본다. 우리 자리 근처에 다른 사람들이 있긴 하지만, 다들 우리 얘기가 들릴 만한 거리는 아닌 것 같다. 내가 그녀에게 얘기할 때 주위에 아무도 없어야 하므로 나는 리애넌에게 잠시 나랑 같이 걷자고 부탁해야 한다. 하지만 그녀가 왜 나랑 같이 가려고 할 것인지, 그 이유를 댈 수 없다. 그리고 내가 그런 부탁을 하면 그녀는 아마 겁을 낼 것이다. 그러니 여기서 얘기하는 수밖에 없다.

"리애넌." 나는 그녀 눈을 들여다본다. 다시 느낀다. 그 유대감 말이다.

그녀도 같은 걸 느끼는지는 알 수 없다. 확실치 않다. 하지만 그녀는 자기 자리에 가만히 앉아 있다. 그녀도 내 눈을 바라본다. 유대감을 느끼는 듯싶다.

"응?" 그녀가 낮은 목소리로 말한다.

"네게 할 말이 있어. 너무너무 이상하게 들릴 거야. 내게 필요한 건 네가 내 얘기를 끝까지 들어 주는 거야. 넌 아마 나가 버리고 싶을 거야. 웃음이 나올지도 몰라. 하지만 내 말을 진지하게 받아들여 주길 바라. 내 말이 믿기지 않을 거라는 걸 잘 알아. 하지만 사실이야. 알겠니?"

이제 그녀 눈에 두려움이 어린다. 나는 손을 뻗어 그녀 손을 잡아 주고 싶다. 하지만 그래선 안 된다는 것을 안다. 아직은.

나는 목소리를 차분히 가라앉힌다. 진실하게 들리도록.

"나는 매일 아침 다른 사람 몸에서 깨어나. 태어난 후로 계속 그래 왔어. 오늘 아침에는 미건 파월의 몸 안에서 깨어났어. 바로 네 앞에 있는 아이가 미건 파월이야. 사흘 전인 지난 토요일에는 네이선 달드리의 몸이었어. 그 이틀 전에는 에이미 트랜이었지. 네가 다니는 학교를 찾아가서 너랑 함께 한나절을 보낸 아이 말이야. 그리고 지난주 월요일에는 네 남자 친구 저스틴이었어. 넌 그와 함께 바닷가에 갔다고 생각하겠지만 사실은 나였어. 그날이 바로 우리가 처음 만난 날이야. 그날 이후 난 널 잊을 수 없었어."

나는 말을 멈춘다.

"너, 날 놀리는 거지? 그렇지?" 리애넌이 말한다. "날 놀리는 게 틀림없어."

나는 얘기를 계속한다. "우리가 바닷가에 갔을 때 넌 엄마랑 같이 했던 패션쇼에 관해 얘기해 줬어. 그리고 엄마가 화장한 모습을 본 건 아마 그때가 마지막이었을 거라고 말했지. 에이미가, 다른 사람에게는 얘기한 적 없는 네 얘기를 해 달라고 부탁했을 때, 넌 열 살 때 혼자서 귀를 뚫으려 했던 이야기를 해 줬어. 그러자 에이미는 주디 블룸의 『포에버』라는 책을 읽은 얘기를 해 줬잖아. 네이선은 네가 음악 시디를 손으로 하나하나 넘기면서 살펴보고 있을 때 너한테 다가갔어. 그리고 너와 저스틴이 해변으로 가는 동안 차 안에서 불렀던 노래를 불렀지. 그는 자기가 스티브 사촌이라고 말했어. 하지만 실은 널 보기 위해 거기 간 거야. 그는 일 년 이상 사귀어 온 관계에 대해 얘기했고, 넌 저스틴이 마음속으론 너를 무척 좋아한다고 말했어. 그러자 그는 마음속만으론 충분치 않다고 했지. 그러니까 내 말은…… 그 모든 사람이 다 나였다는 거야. 하루 동안 말이야. 지금의 나는 미건 파월이고. 나는 내가 다시 바뀌기 전에 너에게 진실을 얘기하고 싶은 거야. 왜냐하면 넌 특별하니까. 난 다른 사람인 채 너를 계속 만나고 싶진 않으니까. 나 자신으로 널 만나고 싶으니까.”

믿을 수 없다는 표정이 역력한 그녀의 얼굴을 나는 쳐다본다. 내 말을 믿는 것 같은 아주 작은 기미라도 찾아보려 하지만 찾을 수 없다.

“저스틴이 이렇게 하라고 시킨 거야?” 그녀가 말한다. 목소리에는 역겨움이 배어 있다. “넌 정말 이게 재미있다고 생각해?”

“아니. 재미있는 게 아니야.” 내가 말한다. “이건 사실이야. 네가 곧바로 이해할 거라고는 생각하지 않아. 내 말이 얼마나 황당하게 들릴지 나도 알아. 그러나 사실이야. 맹세코, 사실이야.”

“네가 왜 이런 짓을 하는지 모르겠어. 난 널 알지도 못하는데 말이야!”

“내 말 좀 들어 봐. 그날 너랑 같이 있었던 사람은 저스틴이 아니었다는 건 너도 알잖아. 네 마음속에선 알고 있잖아. 그는 저스틴처럼 행동하지 않았어. 저스틴이 평소에 하는 행동이 아니었다고. 그건 바로 나였기 때문이야. 그럴 생각은 아니었어.

너를 사랑하려고 한 건 아니란 말이야. 하지만 그렇게 되고 말았어. 그리고 지워 버릴 수 없었어. 무시해 버릴 수 없었어. 난 평생 이렇게 살아왔는데, 네가 나로 하여금 이런 삶이 끝났으면 하고 바라게 만든 거야."

그녀 얼굴에, 몸에 여전히 두려움이 배어 있다. "그런데 왜 하필 나야? 말이 안 되잖아."

"넌 놀랍도록 좋은 사람이니까. 학교에 나타난, 아무 상관도 없는 여학생에게도 친절을 베푸는 사람이니까. 창밖 세계를 동경하는 사람이니까. 그런 세계를 그저 생각만 하는 게 아니라 실제로 살아 보고 싶어 하는 사람이니까. 그리고 아름다우니까. 지난 토요일 저녁 스티브 집 지하실에서 너랑 같이 춤을 췄을 때 나는 불꽃놀이를 하는 기분이었어. 바닷가에서 네 옆에 누웠을 때는 더없이 평온한 느낌이었어. 저스틴이 마음속으로 너를 사랑한다고 생각하는 걸 알아. 하지만 나는 너를 하나부터 열까지 다 사랑해."

"그만." 리애넌이 목소리를 높이자 약간 갈라진 소리가 나온다. "이제 됐으니…… 그만해. 알았지? 네 말, 알아들은 것 같아. 어쨌거나 황당한 얘기지만 말이야."

"그날 그 사람은 저스틴이 아니었다는 거, 알지?"

"난 아무것도 몰라!" 목소리가 너무 커서 주위에 있던 몇 사람이 우리 쪽을 쳐다본다. 리애넌이 그걸 알아차리고 다시 목소리를 낮춘다. "난 몰라. 정말 모른단 말이야."

그녀는 거의 울 것 같은 표정이다. 나는 손을 내밀어 그녀 손을 잡는다. 그녀는 내키지 않지만 손을 뿌리치지는 않는다.

"너무 엄청난 얘기라는 거 알아. 그냥 날 믿어."

"있을 수 없는 일이야." 그녀가 나직이 말한다.

"있을 수 있어. 내가 그 증거잖아."

미리 이런 대화를 머릿속에 그려 보았을 때 두 가지 결과를 상상할 수 있었다. 진실이 드러나든가 혹은 혐오감이 드러나든가. 그러나 지금 우리는 그 사이 어딘가에 박혀 더 나아가지 못한다. 그녀는 내가 진실을 말한다고 생각하지 않는다. 아직 그녀가 믿을 수 있을 정도가 못 된다. 동시에 그녀는 밖으로 뛰쳐나가지 않는다. 단지 누군가가 자신을 놀리려고 고약한 장난을 치고 있을 뿐이라는 생각을 계속 고수하지는 않는다.

나는 그녀를 납득시킬 수 없을 거라는 사실을 깨닫는다. 이런 식으로는, 여기서는 납득시키지 못할 것이다.

"리애넌." 내가 말한다. "우리, 내일 여기서 같은 시각에 다시 만나면 어떨까? 나는 같은 몸 안에 있지 않겠지만 같은 사람일 거야. 그럼 좀 더 쉽게 이해되지 않을까?"

그녀는 회의적이다. "하지만 네가 다른 사람에게 이리로 가라고 할 수도 있잖아?"

"그건 그래. 그렇지만 내가 왜 그러겠니? 장난하는 게 아니야. 농담이 아니라고. 이건 내 삶이야."

"넌 미쳤어."

"말만 그렇게 하는 거잖아. 내가 미치지 않았다는 걸 넌 알아. 너도 그 정도는 느낄 수 있잖아."

이제 그녀가 내 눈을 들여다본다. 나를 판단한다. 어떤 유대감을 찾을 수 있는지 살펴본다.

"네 이름은 뭐야?" 그녀가 묻는다.

"오늘은 미건 파월."

"아니. 네 진짜 이름."

나는 숨을 가다듬는다. 이전에 나에게 이런 질문을 한 사람은 없었다. 당연히 내가 이름을 알려 준 적도 없다.

"A."

"그냥 A?"

"그냥 A. 어렸을 때 이 이름을 생각해 냈어. 나 자신을 온전히 지키려는 방법이었어. 내가 비록 몸에서 몸으로, 이 삶에서 저 삶으로 옮겨 다니기는 하지만 말이야. 뭔가 순수한 게 필요했어. 그래서 A라는 글자를 내 이름으로 삼은 거야."

"내 이름에 대해선 어떻게 생각해?"

"전에 얘기했잖아. 이름이 참 좋다고. 넌 예전에는 철자를 쓰기가 힘들었다고 했지만 말이야."

그녀가 자리에서 일어선다. 나도 일어선다.

그녀는 선 채로 가만히 있다. 그녀가 많은 걸 생각하고 있다는 것을 알 수 있다. 하지만 그게 무엇인지는 모른다. 누군가를 사랑한다고 해서 그 사람이 어떻게 느끼는지를 더 잘 알게 되는 것은 아니다. 단지 자신의 느낌을 아는 것일 뿐이다.

"리애넌."

그녀는 손을 들어 내 말을 막는다.

"그만해." 그녀가 말한다. "오늘은 그만. 내일 얘기해. 내일 다시 널 만날게. 널 다시 만나는 게 진실을 아는 한 가지 방법일 테니까. 그렇지? 만약 네가 말한 일이 정말로 일어난다면…… 그걸 아는 데 하루만으로는 부족하잖아."

"고마워."

"내가 내일 나타날 때까지는 고마워하지 마." 그녀가 말한다. "정말 너무 혼란스러워."

"알아."

그녀는 재킷을 걸치고 문을 향해 걸어간다. 도중에 마지막으로 나에게로 몸을 돌린다.

"실은." 그녀가 말한다. "그날 난 저스틴이 아닌 것 같다고 느꼈어. 평소의 그와는 아주 달랐으니까. 그리고 그 후로도 저스틴은 거기 가지 않은 것처럼 행동했어. 그날 일을 기억하지 못하더라고. 그 점에 대해선 수많은 설명이 가능하겠지만, 아무튼 그는 기억하지 못하는 것 같아."

"그러겠지." 내가 맞장구친다.

그녀가 고개를 젓는다.

"내일." 내가 말한다.

"내일." 그녀가 말한다. 약속보다는 약하지만 기대감을 갖기엔 충분한 말이다.

# 6003일

다음 날 아침 눈을 떴을 때는 혼자가 아니다.

다른 두 남자애와 방을 함께 쓰고 있다. 형제인 폴과 톰이다. 폴은 나보다 한 살 많고 톰은 내 쌍둥이 형제다. 내 이름은 제임스다.

제임스는 키가 큰 풋볼 선수다. 톰과 거의 체격이 같다. 폴은 훨씬 크다.

방은 깨끗하다. 그러나 이곳이 어느 지역인지 알기도 전에 환경이 좋지 않다는 것을 알게 된다. 조그만 집에서 많은 가족이 살고 있다. 집엔 컴퓨터도 없는 것 같다. 제임스에겐 차도 없는 것 같다.

우리를 깨우고 일어나게 하는 일은 폴의 몫 ── 스스로 떠맡았든 다른 이유가 있든 ── 이다. 아빠는 야간 근무에서 아직 돌아오지 않았고, 엄마는 이미 일을 하러 일터로 나갔다. 두 여동생은 욕실에 있는데, 이제 곧 나올 것이다. 우리가 다음 차례.

나는 접속을 해서 내가 있는 마을은 네이선이 사는 지역 옆이고 리애넌이 사는 곳에서는 한 시간 거리라는 것을 알아낸다.

오늘은 힘든 하루가 될 것 같다.

버스를 타고 학교까지 가는 데 사십오 분이 걸린다. 학교에 도착한 우리는 구내식당으로 가서 무료로 제공되는 아침을 먹는다. 나는 제임스의 식욕에 놀란다. 팬케이크를 잇따라 먹는다. 그러고도 여전히 배가 고프다. 톰도 제임스와 거의 비슷하게 먹는다.

다행히도 1교시가 자습 시간이다. 불행히도 아직 해야 할 숙제가 있다. 가능한 빠르게 숙제를 해치운 덕에 1교시가 끝날 때까지 십 분 정도 컴퓨터를 할 수 있는 시간이 생긴다.

리애넌에게서 메일이 와 있다. 새벽 1시에 쓴 글이다.

---

A

널 믿고 싶지만 어떻게 믿어야 할지 모르겠어.
리애넌

---

나는 답장을 쓴다.

리애넌

어떻게 믿어야 할지 알 필요가 없어.

그냥 결심을 하면 돼. 그러면 믿어지는 거야.

나는 지금 로렐에 있어. 한 시간 정도 거리야. 제임스라는 풋
볼 선수 몸 안에 있어.

이 말이 얼마나 이상하게 들릴지 나도 알아.

하지만 내가 너에게 다 말해 준 것처럼, 모두 사실이야.

사랑을 담아, A

다른 메일 계정을 볼 수 있을 만한 시간이 남았다. 네이선에
게서 또 다른 메일이 와 있다.

넌 내 질문을 영원히 피할 수는 없어.

나는 네가 누구인지 알고 싶어.

네가 무엇을, 왜 했는지 알기를 원해.

말해 줘.

나는 이번에도 대답하지 않고 그냥 내버려 둔다. 내가 그에게 설명을 해 줘야 할 빚이 있는 것인지 아닌지, 모르겠다. 아마 뭔가 그에게 빚진 게 있을 것이다. 그러나 그게 설명을 해 줘야 할 빚인지에 대해선 잘 모르겠다.

오전을 무사히 보내고 점심시간을 맞는다. 곧장 도서관으로 가서 다시 컴퓨터를 확인해 보고 싶다. 그러나 제임스는 배가 고프고 톰과 함께 있다. 게다가 지금 점심을 먹지 않으면 저녁 식사 때까지 아무것도 먹지 못할 것이라는 생각이 든다. 지갑을 확인해 보니 동전을 포함해서 3달러 정도밖에 없다.

나는 구내식당에서 무료 점심을 받아 재빨리 먹는다. 그런 다음 톰에게 도서관에 간다고 말하며 걸음을 옮기려는데, 톰이 조롱에 가까운 반응을 보이며 말한다. "도서관은 계집애들이나 가는 곳이야." 과연 내 형제답다. 나는 되쏘아 준다. "그러니까 네가 항상 그 모양 그 꼴이지." 이어 가벼운 몸싸움이 뒤따른다. 이런 짓들이, 내가 해야 할 일에 필요한 시간을 앗아간다.

도서관에 가니 빈 컴퓨터가 하나도 없다. 한 1학년생 주위에서 이 분쯤 시위하듯 얼쩡거리자 그 학생이 놀라서 나에게 자리를 비켜 준다. 나는 재빨리, 대중교통으로 리애넌이 있는 지역으로 가기 위해선 버스를 두 번 갈아타야 한다는 것을 알아낸다. 그렇게 결심을 하고는 내 메일을 확인하자 바로 이 분 전에 리애넌에게서 온 메일이 있다.

---

A

차는 있니? 없다면 내가 그쪽으로 가는 게 좋을 것 같다.

로렐에는 스타벅스가 있어. 스타벅스에서는 절대 나쁜 일이 일어나지 않는다는 말이 있더라.

너도 거기서 만나는 게 좋은지 알려 줘.

리애넌

---

나는 자판을 두드린다.

---

리애넌

이쪽으로 와 준다면 정말 감사하지. 고마워.

A

---

이 분 뒤 그녀에게서 새 이메일이 온다.

A

5시까지 갈게. 네가 오늘은 어떤 모습일지 몹시 궁금하다.
(아직 믿지는 않지만 말이야.)
리애넌

___

내 신경이 가능성으로 곤두선다. 그녀는 내 얘기를 곰곰이 생
각해 보았고, 그 결과가 나에게 부정적이지는 않은 것이다. 기대
이상이다. 나는 너무 고마워하지 않으려고 조심한다. 운이 달아
나면 안 되니까 말이다.

나머지 일과는…… 7교시에 있었던 잠깐 동안의 일을 빼고는
평범하다. 7교시 생물 시간에 프렌치 선생님이 숙제를 해 오지
않은 한 아이를 나무란다. 실험 관련 과제인데, 그 아이는 아무
것도 해 오지 않은 것이다.

"내가 뭐에 씌었는지 모르겠어요." 태만한 아이가 말한다.
"악마에 사로잡혔던 게 분명해요!"

다른 학생들이 웃고, 프렌치 선생님조차도 고개를 설레설레
젓는다.

"맞아요, 저도 악마에 사로잡혔었어요." 또 다른 아이가 말한
다. "맥주 일곱 잔을 마시고 나서요!"

에브리데이

"자, 여러분." 프렌치 선생님이 말한다. "그 얘긴 이제 그만."

아이들의 얘기에, 네이선 이야기가 널리 퍼지고 있다는 걸 알게 된다.

"톰." 풋볼 훈련을 하러 갈 때 내가 톰에게 말한다. "자기가 악마에 사로잡혔었다고 하는, 먼로빌에 사는 아이 얘기 들었어?"

"바보냐." 그가 대답한다. "우리도 어제 그 얘길 했잖아. 그 얘기가 모든 뉴스에 다 나왔으니까."

"그랬지. 그러니까 내 말은 오늘 그에 관해 더 들은 게 있느냐는 거야."

"더 말할 게 뭐 있겠어? 걔가 황당한 거짓말을 한 거지, 뭐. 이젠 종교 쪽 미치광이들이 걔를 홍보 수단으로 써먹고 싶어 하나봐. 참 안됐어."

좋은 현상이 아니야 하고 나는 생각한다.

감독님은 아내의 라마즈 분만 수업에 가야 한다. 그는 그 수업에 대해 우리에게 구체적으로 얘기해 주며 투덜거린다. 아무튼 감독님은 그 때문에 훈련을 일찍 끝낼 수밖에 없다. 나는 톰에게 스타벅스까지 뛰어갈 거라고 말한다. 톰은 내가 구제할 수 없을 만큼 완전히 계집애처럼 변해 버렸다는 듯한 눈으로 나를 쳐다본다. 내 모습에 그가 역겨워할 거라고 생각했는데, 기대한 반응을 얻으니 마음이 놓인다.

도착했을 때 그녀는 거기 없다. 블랙커피를 스몰 사이즈로 주문하고 — 내게 있는 돈으로 살 수 있는 거의 유일한 커피다. — 자리에 앉아 그녀를 기다린다. 실내는 손님으로 붐벼서 내 탁자에 있는 다른 의자에 누군가 앉지 못하게 하려고 눈에 불을 켜고 지켜본다.

이윽고 5시 20분쯤 그녀가 나타난다. 두리번거리며 손님들을 살펴보는 그녀를 향해 내가 손을 흔든다. 풋볼 선수라고 미리 말했는데도 그녀는 나를 보고 약간 놀란다. 어쨌든 그녀는 내게로 다가온다.

"좋아." 그녀가 자리에 앉으며 말한다. "다른 얘기 하기 전에 네 핸드폰 좀 보여 줄 수 있어?" 내가 어리둥절해 보였는지 그녀가 덧붙인다. "네가 지난 주에 걸었거나 받은 통화 기록을 모두 보고 싶어. 이게 교묘한 장난이 아니라면 넌 숨길 게 없을 거야."

나는 제임스의 핸드폰을 건넨다. 그 핸드폰을 그녀가 나보다 더 잘 다룬다.

몇 분 동안 살펴본 그녀는 만족스러운 표정이다.

"그럼 이제 내가 몇 가지 문제를 낼게." 그녀가 핸드폰을 돌려주며 말한다. "첫 번째 문제, 저스틴이 나를 데리고 바닷가에 간 날, 나는 무슨 옷을 입었지?"

생각해 내려 애쓴다. 그날의 구체적인 모습들을 떠올리려 애쓴다. 하지만 그런 세세한 것들은 이미 뇌리에서 빠져나갔다. 나는 그녀가 입은 옷이 아니라 그녀를 기억한다.

"모르겠어." 내가 말한다. "그럼 넌 그날 저스틴이 무슨 옷을 입었는지 기억하니?"

그녀는 잠시 생각한다. "좋은 지적이야. 그럼 우리가 애무를 했니?"

나는 고개를 젓는다. "애무 담요를 쓰긴 했지만, 진하겐 안 했어. 키스만 했어. 그리고 그것으로 충분했어."

"내가 차에서 내리기 전에 마지막으로 네게 한 말은 뭐였어?"

"멋진 작별 의식이었어."

"맞아. 스티브의 여자 친구 이름은? 빨리."

"스테파니."

"파티는 몇 시에 끝났지?"

"11시 15분."

"그럼 내가 수업에 데리고 다닌 그 여자애 몸 안에 네가 있었을 때, 넌 뭐라고 쓴 쪽지를 내게 건넸지?"

"이런 내용이었어. '이곳 수업도 내가 지금 다니고 있는 학교 수업처럼 따분해.'"

"그날 네 가방 단추에 그려진 그림은 뭐였어?"

"만화영화에 나오는 새끼 고양이."

"흠. 넌 뛰어난 거짓말쟁이이거나, 매일 몸을 바꾸는 사람이구나. 어느 게 진실인지 난 모르겠다."

"두 번째가 진실이야."

리애넌의 어깨 너머로 한 여자가 우리를 의아한 듯 바라보는 모습이 보인다. 우리 말을 엿들었을까?

"밖으로 나가자." 내가 소곤거린다. "엿들을 생각은 없어도 우리 얘기가 들리는 사람이 있는 것 같아."

리애넌이 의심스러운 표정을 짓는다. "네가 어제처럼 자그마한 치어리더 여학생이라면 밖으로 나갈 수 있겠지. 하지만 — 잘 알고 있는지는 모르겠지만 — 넌 오늘 무척 크고 무섭게 생겼어.

엄마 목소리가 우렁차고 또렷하게 머릿속에서 들리는 것 같아. '외지고 어두운 곳은 절대 가지 마라.'"

나는 창밖, 길가 벤치를 가리킨다.

"우리 얘기가 들리는 사람이 없다뿐이지, 완전히 트인 장소 잖아."

"좋아."

우리가 밖으로 나가니 우리 얘기를 엿듣던 여자가 실망한 것처럼 보인다. 우리 주위에 앉은 많은 사람들이 노트북이나 공책을 펼쳐 놓고 있다는 것을 알아차린 나는 그들 가운데 우리 얘기를 받아 적은 사람은 아무도 없기를 바란다.

벤치로 갔을 때, 리애넌이 얼마큼 떨어져 앉을 것인지 결정할 수 있도록 내가 먼저 자리에 앉는다. 그녀는 꽤 멀찍이 떨어져 앉는다.

"그러니까 넌 태어날 때부터 이랬다는 거지?"

"그래. 뭔가 달랐다는 기억은 없으니까."

"어떻게 이런 일이 일어난 거지? 당황스럽지 않았어?"

"자연스레 익숙해진 것 같아. 처음엔 모든 사람의 삶이 다 이런 줄 알았던 게 틀림없어. 아기였을 땐 나를 돌봐주는 사람이 있기만 하다면 누가 나를 돌보는지 크게 신경 쓰지 않아도 됐으니까. 그리고 어린아이였을 땐 이게 어떤 게임인 줄 알았고, 내 마음은 어떻게 접속하는지 ─ 몸의 기억을 보는 것 말이야. ─ 자연스럽게 익혔어. 그래서 내 이름이 무엇이고 내가 어디에 있는지를 나는 항상 알고 있었지. 네 살이나 다섯 살쯤 되어서야 내가 남들과 다르다는 걸 깨닫기 시작했어. 그리고 아홉 살이나 열 살

쯤에는 이런 삶에서 벗어날 수 있기를 간절히 바랐지."

"그랬어?"

"물론이지. 향수병에 걸렸는데 돌아갈 집이 없다는 상상을 해봐. 비슷한 거야. 나는 친구나 엄마, 아빠, 강아지를 원했어. 하지만 그 누구와도 하루 이상 관계를 지속할 수 없었어. 잔인한 일이었지. 엄마 아빠에게 제발 날 재우려 하지 말라고 애원하며 울부짖었던 많은 밤들이 기억난다. 엄마 아빠는 내가 뭘 두려워하는지 결코 알 수 없었지. 그분들은 내가 침대 밑에 있는 괴물을 무서워하거나, 잠자리에서 엄마가 읽어 주는 동화를 조금 더 들으려고 꾀를 쓰는 거라고 생각할 뿐이었어. 난 그 이유를 결코 설명할 수 없었어. 그분들이 이해할 수 있도록 설명할 도리가 없었으니까. 내가 엄마 아빠에게 작별 인사를 하고 싶지 않다고 말하면, 그분들은 작별 인사가 아니라 잘 자라는 밤 인사일 뿐이라고 말하며 날 안심시키려 했어. 나는 둘 다 똑같은 거라고 말하곤 했는데, 그러면 그분들은 날 어리석은 아이로 여겼지.

결국 나는 이런 삶을 평온하게 받아들이게 되었어. 그래야만 했으니까. 나는 이게 내 삶이란 걸 깨달았지. 이 삶에 대해 내가 할 수 있는 건 아무것도 없었어. 이 삶의 흐름과 맞서 싸울 수 없었어. 그래서 조류를 따라 살아가기로 결심했지."

"그동안 이 이야기를 몇 번이나 했어?"

"한 번도 한 적 없어. 네가 처음이야."

이 말에 그녀는 특별한 느낌을 받아야 한다. 그녀가 특별하다는 느낌을 주고 싶다. 그러나 그와 달리 그녀는 이 말을 듣고 걱정스러워하는 것 같다.

"네겐 엄마 아빠가 있어야 해. 안 그래? 우리 모두, 엄마 아빠가 있으니까 말이야."

나는 어깨를 으쓱한다. "모르겠어. 나도 그럴 거라고 생각해. 하지만 그에 관해 물어볼 만한 사람이 있을 건 같진 않아. 나 같은 사람을 만난 적이 없으니까 말이야. 내게 엄마 아빠가 있어야 하는지 반드시 알아야 할 필요도 없고."

표정으로 보아 그녀는 내 얘기가 슬픈 이야기라고, 몹시 슬픈 이야기라고 생각하는 게 분명하다. 그렇게까지 슬프지는 않았다는 걸 그녀에게 어떻게 전달해야 할지 모르겠다.

"난 많은 걸 봐 왔어." 내가 말한다. 그러고 나서 멈춘다. 다음에 무슨 말을 해야 할지 모르겠다.

"계속해." 그녀가 말한다.

"그러니까…… 내가 살아가는 방식이 끔찍해 보일 거라는 걸 알지만, 난 아주 많은 걸 보아 왔어. 한 몸 안에서만 살면 삶의 진짜 모습이 어떤지 느끼기가 무척 어려워. 자신이 누구라는 사실에 깊이 뿌리박고 살아가니까. 하지만 자신이 누구라는 사실이 매일 바뀌면 보편적인 것을 더 많이 접하게 돼. 가장 일상적이고 사소한 것들까지 말이야. 사람마다 체리 맛을 다르게 느낀다는 걸 알게 되지. 파란색도 다 달라 보여. 남자애들이 애정을 표현하기 위해 벌이는 온갖 이상한 의식들을 알게 돼. 자신들은 그걸 인정하지 않지만. 잠자리에서 책을 읽어 주는 엄마나 아빠는 좋은 부모라는 것도 깨닫게 돼. 왜냐하면 아이들에게 책을 읽어 주는 시간을 내지 않는 부모들을 수없이 많이 보아 왔으니까. 하루가 진정 얼마나 가치 있는지도 알게 되지. 매일매일이 다르니까 말이야. 만약 사람들에게 월요일과 화요일의 다른 점이 무엇이었느냐고 묻는다면, 아마 많은 사람들은 저녁 식사로 무얼 먹었는지 얘기할 거야. 나는 그렇지 않아. 세상을 아주 다양한 각도에서 보기 때문에 더 많은 면들을 느낄 수 있거든."

"그렇지만 너는 그런 것들을 시간의 흐름과 함께 보지 않잖아. 그렇지?" 리애년이 말한다. "네가 말한 걸 부정하려는 뜻은 아니야. 네 말 이해할 수 있을 것 같아. 그렇지만 넌 십 년 동안이나 줄곧 한 친구와 알고 지낸 적이 없잖아. 애완동물이 나이 들어 가는 걸 본 적도 없어. 세월이 흐르면서 부모님의 사랑이 예전만 못해지는 경우도 본 적이 없을 거야. 넌 인간관계를 하루 이상 맺어 본 적이 없잖아. 일 년 이상은 말할 것도 없고 말이야."

이런 반응이 나올 거라는 것을 알았어야 했다.

"하지만 난 죽 보아 왔어." 내가 말한다. "죽 관찰해 왔다고. 난 그런 게 어떤 건지 알아."

"밖에서? 밖에서 봐서는 알 수 없다고 생각해."

"관계가 어떻게 될지 예측할 수 있다는 걸 넌 과소평가하는 것 같구나."

"난 저스틴을 사랑해." 그녀가 말한다. "넌 이해하지 못하겠지만 아무튼 난 그를 사랑해."

"그래선 안 돼. 나는 저스틴을 안에서 봤어. 난 알아."

"하루. 넌 그를 단 하루 봤을 뿐이잖아."

"단 하루지만 넌 그가 어떤 사람이면 좋을지 봤잖아. 넌 그가 나였을 때 그를 더 사랑하게 됐잖아."

나는 다시 손을 내밀어 그녀 손을 잡으려 하지만 이번에는 그녀가 "안 돼. 이러지 마."라고 말한다.

나는 얼어붙는다.

"내겐 남자 친구가 있어." 그녀가 말한다. "네가 그를 좋아하지 않는다는 걸 알아. 그리고 나도 그가 싫을 때가 있는 건 사실이야. 하지만 그게 현실인 걸 어떡하니. 이젠 네가, 네 말을 믿게 만들었다는 걸 인정할게. 실제로 넌 내가 만난 서로 다른 다섯 사람 몸 안에 있던 사람이라는 걸 인정하겠단 말이야. 아마 나도 너만큼 미쳐 버린 건지도 모르겠다. 넌 날 사랑한다고 하지만, 네가 나를 정말 안다고 할 순 없잖아. 네가 나를 안 건 고작 일주일일 뿐이야. 난 그보다 좀 더 많은 시간이 필요해."

"하지만 넌 그날 사랑을 느끼지 않았니? 바닷가에서 말이야. 모든 게 제대로 되어 가는 것처럼 보이지 않았어?"

그날 풍경이 다시 떠오른다. 바다의 정취, 우주의 노래……. 거짓말을 잘하는 사람이라면 부인할 것이다. 그러나 거짓말쟁이로 살아가고 싶지 않은 사람들도 있다. 그녀는 입술을 깨물며 고개를 끄덕인다.

"맞아. 하지만 내가 누구 때문에 그렇게 느꼈는지 모르겠어. 설령 내가 그게 너였다고 믿는다 해도 넌 그동안 내가 저스틴과 오랜 시간을 함께했기 때문에 그럴 수 있었는 걸 알아야 해. 내가 낯선 사람에게 그렇게 느꼈을 리 없을 테니까. 낯선 사람이었다면 그토록 좋았을 리 없어."

"그걸 어떻게 아니?"

"그게 내가 말하려는 거야. 난 잘 모르겠다고."

리애넌이 자기 핸드폰을 바라본다. 그녀가 정말 돌아가야 하는 것인지는 상관없이 그 행동은 이제 가 보겠다는 신호라는 것을 안다.

"이제 집에 돌아가서 저녁 먹어야겠어."

"여기까지 운전해서 와 준 거, 고마워."

어색하다. 몹시 어색하다.

"또 만날까?" 내가 묻는다.

그녀가 고개를 끄덕인다.

"난 너한테 증명해 보일 거야." 내가 말한다. "그게 정말 무엇이었는지 너한테 보여 줄 거야."

"뭘?"

"사랑."

이 말에 그녀는 겁을 집어먹을까? 당황스러울까? 희망을 품을까?

알 수 없다. 그녀에게 물어볼 만큼 가까운 사이가 아니다.


집에 도착하니 톰이 내 성질을 마구 건드린다. 한편으로는 내가 스타벅스에 갔기 때문이고, 다른 한편으로는 3킬로를 걸어서 집에 돌아오느라 저녁 식사에 늦었기 때문이다. 그 때문에 아버지가 심하게 나를 나무란다.

"그 여자애가 누군지는 모르겠지만, 그럴 만한 가치가 있었겠지." 톰이 놀린다.

나는 멍하니 그를 바라본다.

"제임스, 커피 마시려고, 아니면 스피커에서 흘러나오는 음악 나부랭이를 들으려고 스타벅스에 간 거라고 말할 생각은 하지도

마. 그 이상의 꿍꿍이가 있다는 거 다 안다고."

나는 침묵을 지킨다.


설거지가 내 몫으로 떨어진다. 설거지하는 동안 라디오를 켠
다. 지역 뉴스 시간에 네이선 달드리가 나온다.

"네이선, 지난 토요일에 무슨 일을 겪었는지 말해 보세요." 진
행자가 말한다.

"뭔가에 사로잡혔었어요. 이게 딱 들어맞는 표현입니다. 내
몸을 내가 통제할 수 없었으니까요. 살아 있는 게 행운이라고 여
깁니다. 그리고 이렇게 단 하루라도 뭔가에 사로잡힌 적 있는 사
람은 제게 연락해 주세요. 왜냐하면, 솔직히 말해서, 많은 사람
들이 날 미쳤다고 생각하니까요. 학교에 가면 다른 아이들이 끊
임없이 놀려 댑니다. 하지만 난 무슨 일이 일어났었는지 알아요.
그리고 나 혼자만 겪은 일이 아니라는 것도 알아요."

나 혼자만 겪은 일이 아니라는 것도 알아요.

이 말이 뇌리에서 떠나지 않는다. 나도 그런 확신이 들면 참
좋겠다는 생각을 해 본다.

나 혼자만 겪는 일이 아니기를!

# 6004일

다음 날 아침 나는 같은 방에서 눈을 뜬다.

같은 몸 안이다.

믿을 수가 없다. 이해가 안 된다. 그 오랜 세월 어떻게 처음으로 이런 일이…….

벽을 쳐다본다. 내 손을 본다. 침대 시트를 본다.

그러고 나서 내 옆자리로 눈을 돌리니 제임스가 자기 침대에 누워 자고 있다.

제임스.

똑같은 몸으로 깨어난 게 아니라는 걸 깨닫는다. 방은 같지만 같은 침대에서 깨어난 것은 아니다.

오늘 아침은 제임스의 쌍둥이인 톰으로 깨어난 것이다.

전에는 이런 경우가 한 번도 없었다. 나는 제임스가 깨어나는 모습을 지켜본다. 하루를 건너뛰고 깨어나는 모습을 지켜본다. 깨어나는 모습에서 당혹감이나 망각의 흔적 같은 게 눈에 띄는지 살펴본다. 그러나 보이는 거라곤 풋볼 선수가 기지개를 켜며 하루를 시작하는 눈에 익은 모습뿐이다. 그가 이상한 기분이나 평소와는 다른 기분을 느낄 것 같은데도 그에게 그런 모습은 보이지 않는다.

"뭘 그렇게 뚫어져라 쳐다보고 있나?"

제임스가 한 말이 아니다. 우리의 형인 폴이 그렇게 말한다.

"그냥, 일어나는 모습을……." 내가 얼버무린다.

그렇지만 나는 여전히 제임스에게서 눈을 떼지 못한다. 차를 타고 학교에 가는 동안에도 내내 눈을 떼지 않는다. 구내식당에서 아침을 먹을 때도 그런다. 그는 이제 약간 멍해 보인다. 하지만 밤에 잘 못 잤기 때문에 그렇다고 하면 다 설명이 된다.

"오늘 기분은 어때?" 내가 그에게 묻는다.

그가 끙 하고 앓는 소리를 낸다. "좋아. 신경 써 줘서 고마워."

나는 모르는 체하기로 마음먹는다. 내가 뭘 캐물으면 이상하게 여길 것이므로 너무 깊이 물어서는 안 된다.

"어제 훈련 끝난 뒤 뭐했어?" 내가 묻는다.

"스타벅스에 갔어."

"누구랑?"

그는 내가 가성으로 노래 부르며 말하기라도 한 것처럼 나를 쳐다본다.

"그냥 커피 마시러 간 거야. 알았어? 누구랑 같이 간 게 아니라고."

나는 그가 혹시 리애넌과 얘기 나눈 일을 숨기려 하는 건 아닌지 알아보려고 그를 유심히 살펴본다. 그러나 그런 이중적인 태도는 전혀 눈에 띄지 않는다.

그는 정말로 그녀를 만나고, 그녀와 얘기를 나누고, 그녀에게 애원했던 일을 기억하지 못하는 것이다.

"그런데 왜 그렇게 오래 걸렸어?"

"뭐라고? 시간까지 잰 거야? 참 감동스럽네."

"점심시간엔 누구한테 메일을 보냈어?"

"그냥 내 메일을 확인해 봤을 뿐인데."

"네 메일을?"

"그럼 내 메일 말고 누구 메일을 확인하겠냐? 너, 오늘 정말 이상한 것들을 묻는다. 형도 그렇게 생각하지?"

폴은 베이컨을 씹고 있다. "나는 너희 둘이 얘기할 때면 귀를 닫아 버려. 그래서 무슨 얘기를 하는 건지 몰라."

역설적인 말일지 모르나, 내가 아직 제임스의 몸 안에 있다면 좋을 거라는 생각을 해 본다. 그러면 어제 있었던 일에 관한 그의 기억이 정확히 어떤지 볼 수 있을 테니까. 내 자리에 앉아 제임스를 보니, 어제 그가 어디 있었는지는 아는 것처럼 보인다. 하지만 그 기억이 그의 생활에 더 밀접한 다른 일과 어떤 식으로 뒤섞여 또 다른 기억을 만들어 내는 것 같다. 그의 마음이 그런 식으로 적응을 하는 것일까? 아니면 내 마음이 그의 몸을 떠나기 직전에 그런 이야기 줄거리를 남겨 두는 것일까?

제임스는 악마에 사로잡힌 것 같다고 느끼지 않는다.

그는 어제 역시 여느 날과 다름없었다고 생각한다.

오늘 아침에도 몇 분 정도 메일에 접속할 방법이 있을지 궁리한다.

내 전화번호를 알려 줬어야 하는데 하고 나는 생각한다.

순간, 나는 생각을 멈춘다. 충격을 느끼며 복도 한가운데 서 있다. 매우 일상적이고 평범한 생각이지만…… 그 생각이 나를 멈춰 세운다. 내 삶에서는 말이 안 되는 일이다. 내가 그녀에게 전화번호를 알려 줄 수 있는 방법은 없다. 난 그 사실을 알고 있다. 그런데도 그 평범한 생각이 내 마음속에 스며들어서 잠깐 동안, 나 또한 평범하다고 여기도록 술수를 부린 것이다.

이런 현상이 무얼 의미하는지 모르지만, 위험한 게 아닐까 의심스럽다.


점심시간에 나는 제임스에게 도서관에 가겠다고 말한다.

"톰, 도서관은 계집애들이나 가는 곳이야." 그가 말한다.


＊＊


리애넌에게서 온 새로운 메일은 없다. 그래서 내가 대신 그녀에게 메일을 쓴다.

---

리애넌

네가 오늘 나를 본다면 알아볼 수 있을 거야. 제임스의 쌍둥이로 깨어났어.

이번 경우가 뭔가를 알아내는 데 도움이 될 거라는 생각이 들어. 아직까지는 별 성과가 없지만.

널 다시 만나고 싶어.

A

***

네이선에게서 온 메일도 없다. 나는 그에 대한 기사가 조금 더 있을 거라는 생각에 다시 한 번 검색창에 그의 이름을 입력한다.

2000건이 넘는 결과가 나온다. 모두 지난 사흘 동안에 쓰인 글이다.

소문이 퍼지고 있다. 대부분 복음주의 기독교 사이트에 올라온 글들인데, 그들은 악마에 사로잡혔다는 네이선의 주장을 싼값으로 이용해 먹고 있다. 그들에게 네이선은 이 세상이 지옥으로 가고 있다는 또 하나의 예일 뿐이다.

내가 기억하기로는, 어렸을 때 들은 여러 형태의 「양치기 소년과 늑대」 가운데 그 소년의 감정 상태를 ─ 특히 마침내 늑대가 나타난 뒤의 감정 상태를 ─ 오랜 시간을 들여 깊이 있게 다룬 이야기는 없었다. 만약 네이선이 자신이 한 말을 정말로 믿는다면 그는 무슨 생각을 하고 있는 걸까? 나는 그게 알고 싶다. 기사와 블로그는 하나같이 전혀 도움이 되지 않는다. 그 모든 곳에 등장하는 네이선은 똑같은 말을 하고 있고, 사람들은 그를 괴짜로 보거나 신의 뜻을 드러내는 아이로 여긴다. 그를 차분히 자리에 앉히고 열여섯 살 소년으로 대하는 사람은 아무도 없다. 자극적인 질문을 하려고 참된 질문은 빠뜨리고 있는 것이다.

나는 그의 마지막 메일을 연다.

---

넌 내 질문을 영원히 피할 수는 없어.

나는 네가 누구인지 알고 싶어. 네가 무엇을, 왜 했는지 알고 싶어. 말해 줘.

---

그러나 어떻게 그가 만들어 낸 이야기의 일부나마 확인해 주는 일 없이 답장을 할 수 있단 말인가? 나는 그의 생각이 옳다는 걸 느낀다. 어떤 식으로든 그의 질문을 영원히 피할 수는 없다. 사람들은 날 파헤치기 시작할 것이다. 내가 새로운 몸으로 깨어난 곳마다 쫓아다닐 것이다. 그러나 그에게 어떤 답장이든지 하면 내가 줘서는 안 되는 확신을 그에게 줄 것이다. 그러면 그는 이 일을 멈추지 않고 계속해 나갈 것이다.

내가 할 수 있는 최선은 네이선이 자신은 정말로 미친 모양이라고 생각하게 하는 것이다. 남에게 그런 걸 바라는 것은, 특히 그가 미치지 않았는데도 미쳤다고 생각해 주기를 바라는 것은 잔인한 일이다.

어떻게 하는 게 좋을지 리애넌에게 물어보고 싶다. 그러나 그녀가 뭐라고 할지 상상할 수 있다. 아니면 나는 내 좋은 면을 그녀에게 투사하고 있을 뿐인지도 모른다. 왜냐하면 나는 그녀의 대답을 알기 때문이다. 네 자아와 더불어 살지 못한다면 자기 보존은 가치가 없어라고 할 것이다.

나는 네이선의 상황에 책임이 있다. 그러므로 그는 나의 책임이 되었다.

나는 이 점을 안다. 싫어도 어쩔 수 없다.


곧바로 메일을 쓰지는 않을 것이다. 좀 더 생각할 필요가 있다. 어떠한 것도 확인해 주는 일 없이 그를 도와야 한다.

마침내 마지막 교시에 방법을 생각해 낸다.


---

나는 네가 누구인지 알아. 뉴스에서 네 이야기를 봤으니까.

그 일은 나와 아무 관계 없어. 네가 뭔가 착각을 한 거야.

내가 보기엔 넌 모든 가능성을 다 고려하지 않은 것 같다.

네게 일어난 일 때문에 틀림없이 몹시 불안하고 짜증스러웠을 거야.

하지만 그걸 악마 탓으로 돌리는 건 해결책이 아니야.

---

풋볼 훈련을 시작하기 전에 메일을 얼른 보낸다.

리애넌에게서 온 메일이 있는지도 확인해 본다.

없다.

이제 특별한 일은 없다. 나는 다시 한 번, 언제부터 내가 내 하루에 특별한 일이 있을 거라고 생각하기 시작했는지 의아해한다. 지금까지 특별한 일 없이 살아왔고, 그럭저럭 탈 없이 살아가는 것에서 작은 만족을 찾곤 했다. 지금은 따분하고 무의미해 보이는 것에 화가 난다. 운동이나 다른 활동을 하면 그 움직임을 살펴보느라 많은 시간을 쏟는다. 그런 일에서 흥미를 찾는 데 익숙하다. 그러나 지금은 그런 것들이 의미 없이 여겨진다.

풋볼 훈련을 한다. 차를 타고 집으로 돌아간다. 숙제를 한다. 저녁을 먹는다. 가족과 함께 텔레비전을 본다.

이런 것들은 살아가기 위한 방편일 뿐이다.

모든 게 시시해 보인다.

제임스와 나는 먼저 잘 준비를 한다. 폴은 부엌에서 엄마에게 주말 일정을 얘기한다. 제임스와 나는 잠옷으로 갈아입고 화장실에 들어갔다가 나오는 동안 아무 말도 하지 않는다.

나는 침대로 들어가고 제임스가 불을 끈다. 그가 옆에 있는 자기 침대로 들어가는 소리가 곧 들릴 거라 생각했는데, 그는 그러지 않고 방 한가운데 어정쩡하게 서 있다.

"톰?"

"응?"

"왜 나한테 어제 뭐 했냐고 물어봤어?"

나는 일어나 앉는다. "그냥. 네가 뭔가 좀…… 상태가 안 좋아 보여서."

"난 좀 이상하다고 생각했어. 네가 물어본 게 말이야."

그는 이제 자기 침대로 간다. 매트리스에 그의 체중이 실리는 소리가 들린다.

"그러니까 아무 문제 없었다는 거지?" 뭔가가 — 어떤 것이든 — 표면으로 떠오르기를 바라는 심정으로 묻는다.

"그래. 딱히 생각나는 건 없어. 스나이더 감독님이 임신한 아내의 호흡을 돕는 법을 배우러 가야 해서 훈련을 일찍 끝내야 했던 게 너무 우습다고 생각했어. 어제 있었던 일 중에서는 그게 가장 인상적인 일이었다고 생각해. 그런데…… 오늘도 내 상태가 안 좋아 보였냐?"

사실 나는 아침 먹을 때 이후로는 톰에게 별로 신경을 쓰지 않았다.

"왜 물어?"

"별 이유는 없어. 기분도 좋고 몸 상태도 좋아. 단지, 다들 그렇겠지만, 아무런 이상이 없는데도 이상이 있는 것처럼 보이고 싶지 않아서 그래."

"그래. 넌 좋아 보여." 내가 거들어 준다.

"좋았어." 그가 자세를 바꿔 베개에 머리를 묻으며 말한다.

뭔가 더 말을 하고 싶지만 뭐라고 해야 할지 모르겠다. 방 안에 빛이 없을 때면 말들은 허공 속에서 평소와는 다른 형태를 띠는데, 나는 이런 다감하고 여린 밤의 대화에 깊은 애정을 느끈다. 친구들과 함께 놀다가 잠이 들었거나 내가 정말 좋아했던 형제자매나 친구와 한 방에서 잤던 얼마 안 되는 행운의 밤들을 떠올린다. 그럴 때의 대화는 내가 무슨 말을 해도 괜찮을 거라고 나를 달콤하게 꼬드기곤 했다. 물론 그런 유혹을 잘 참아 냈지만 말이다. 결국은 밤이 장악을 하지만, 그런 밤이면 나는 늘 잠에 떨어진다기보다는 스르르 잠에 빠지는 듯한 느낌이었다.

"잘 자." 제임스에게 말한다. 하지만 내가 실제로 느끼는 것은 '안녕'이다. 나는 여기를 떠날 것이다. 이 가족을 떠날 것이다. 겨우 이틀뿐이었지만 이제껏 내가 경험해 온 것의 두 배에 해당하는 시간이었다. 이번 경우를 통해 나는 같은 장소에서 눈을 뜬다는 것은 어떤 걸까 하는 궁금증에 대한 작은 정보—극히 미세한 정보—를 얻는다.

나는 이제 이러한 것들을 떠나보내야 한다.

# 6005일

정신 질환을 감정 문제로, 성격 문제로 생각하는 사람들이 많다. 그런 사람들은 우울증을 단순히 슬픔의 한 형태로 여기고, 강박증을 긴장의 한 형태로 여긴다. 그들은 몸이 아니라 영혼이 병들었다고 생각한다. 우리가 조금은 선택할 수 있다고 믿는다.

나는 이 생각이 얼마나 잘못되었는지 잘 안다.

어렸을 때는 이해하지 못했다. 새로운 몸에서 깨어나, 왜 모든 게 언짢고 우중충하게 느껴지는지 이해가 안 되었다. 반대 경우도 마찬가지였다. 어떤 때는 마치 라디오 볼륨을 최대한 높인 채 이 방송국에서 저 방송국으로 채널을 마구 돌리는 것처럼 힘이 넘치고 도무지 집중이 안 되는 때도 있었다. 그 시절에는 몸의 감정에 접속하지 않았으므로 내가 느끼는 감정이 나 자신의 감정이라고 생각했다. 하지만 결국 나는 이러한 성향이, 이러한 충동이 눈동자 색깔이나 목소리만큼이나 몸의 일부라는 것을 깨달았다. 느낌 자체는 만질 수도 없고 형체도 없었지만, 느낌의 원인은 화학적이고 생물학적인 것이었다.

그런 변화에 적응하기란 여간 힘든 일이 아니었다. 몸은 내게 대항한다. 그렇기 때문에 더 많은 절망감을 느낀다. 이런 현상은 불균형을 증폭할 뿐이다. 이러한 것들과 함께 살기 위해선 굉장한 힘이 필요하다. 나는 그런 힘을 수없이 많이 보아 왔다. 내가 거칠게 싸우기를 좋아하는 사람의 삶 속으로 들어가면 나는 그 사람의 힘을 반영해야 한다. 준비가 덜 되었기 때문에 때로는 그 힘을 넘어서야 할 때도 있다.

이제 나는 그 조짐을 안다. 언제 약병을 찾아야 하는지, 언제 몸이 하고자 하는 대로 내버려 둬야 하는지 안다. 나는 계속해서 나 자신에게 이건 내가 아니다라고 상기시켜야 한다. 화학적인 것이다. 생물학적인 것이다. 나라는 사람이 아니다. 그 누구도 아니다.


켈시 쿡의 마음은 어둡다. 눈을 뜨기도 전에 알 수 있다. 그녀 마음은 차분하지 않다. 말과 생각과 충동이 서로서로 끊임없이 충돌한다. 이런 소음 속에서 나 자신의 생각이 힘겹게 주장을 펼친다. 몸은 갑자기 땀을 흘리는 것으로 반응한다. 나는 평정을 유지하려 하지만, 몸이 나에 대항하여 음모를 꾸미며 나를 왜곡하고 무력화하려고 애쓴다.

대개는 아침에 첫 번째로 하는 일이 이처럼 나쁘지 않다. 그렇지만 아침부터 이처럼 나쁘다면 하루 종일 나쁘기 십상이다.

왜곡의 밑바닥에는 고통에 대한 갈망이 있다. 나는 눈을 뜨고 흉터를 본다. 몸의 흉터가 보인다. 피부에 가는 금들이 길게 나 있다. 자기 자신의 죽음을 붙잡으려고 만들어 놓은 거미줄 같다. 흉터는 몸에만 있는 게 아니고 방 안에도 있다. 벽과 방바닥에서 흉터가 눈에 띈다. 여기 사는 이 사람은 더 이상 아무것에도 신경 쓰지 않는다. 포스터는 절반이 찢긴 채 붙어 있다. 거울에는 금이 가 있다. 옷가지들이 아무렇게나 나뒹군다. 전등갓은 벗겨져 있다. 책꽂이에 꽂힌 책들은 아무렇게나 자라난 이빨처럼 삐뚤빼뚤하다. 언젠가 그녀가 펜을 부러뜨려서 잉크를 사방에 흩뿌린 게 틀림없다. 자세히 보면 벽과 천장 곳곳에서 말라붙은 작은 잉크 방울을 볼 수 있기 때문이다.

그녀 이력에 접속한 나는 그녀가 누구에게도 말하지 않고, 어떠한 진단도 받은 적 없이 이 지경까지 이른 것을 알고 충격을 받는다. 그녀는 자기 방식대로 살도록 방임되었다. 그런데 그 방식이 고장 난 것이다.

아침 5시. 나는 어떤 알람 소리도 없이 잠에서 깼다. 생각이 너무 요란해서, 그리고 내가 느끼기엔 그중 그 어떤 것에도 좋은 의도는 없어서 깬 것이다.

나는 다시 자려고 노력한다. 그러나 몸이 허락하지 않는다.


두 시간 뒤에 침대에서 빠져나온다.

우울증은 먹구름이나 검은 개에 비유된다. 켈시 같은 사람에게는 먹구름이 딱 맞는 비유다. 그녀는 먹구름에 둘러싸여 있다. 먹구름 속에 푹 빠져 있다. 거기에서 벗어날 수 있는 쉬운 길은 없다. 그녀에게 필요한 것은 그 먹구름을 그릇에 담아서 검은 개의 형태로 바꾸려는 노력이다. 그렇게 바뀐 것은 그녀가 어디로 가든 여전히 그녀를 따라다닐 것이고, 늘 그녀가 있는 곳에 함께 있을 것이다. 그렇긴 하지만 최소한 그녀와는 분리되어 있을 것이고, 앞에 가는 그녀 뒤만 따라다닐 것이다.

나는 비틀거리며 욕실로 들어가 샤워를 하기 시작한다.

"지금 뭐 하냐?" 남자가 소리치듯 크게 말한다. "어젯밤에 샤워하지 않았어?"

나는 그 말을 무시한다. 나는 지금 물이 내 몸을 때리는 감각이 필요하다. 하루를 시작하기 위해 지금 당장.

욕실에서 나오니 켈시의 아빠가 현관에서 노려보고 있다.

"옷 좀 입어라." 아빠가 쏘아보며 말한다. 나는 타월로 단단히 몸을 두르고 있다.

옷을 입고 나서 학교에 가지고 갈 책을 챙긴다. 켈시의 가방에는 일기가 들어 있지만 읽을 시간이 없다. 내 메일을 확인할 시간도 없다. 켈시의 아빠는 다른 방에 들어가 있지만 나는 아빠가 나를 기다리고 있다는 것을 느낄 수 있다.

이 집에는 아빠와 켈시 둘뿐이다. 나는 접속을 해서 켈시가 아빠 차를 타고 학교에 가려고 아빠에게 거짓말을 했다는 것을 알아낸다. 버스 노선이 바뀌었다고 말한 것이다. 그러나 실은 버스에 다른 아이들과 함께 있고 싶지 않은 것이다. 아이들이 괴롭히기 때문이 아니다. 켈시는 자기 자신을 괴롭히느라 바빠서 아이들의 태도에 대해선 알지도 못한다. 버스의 문제점은, 갇혀 있다는 기분이 들고 마음대로 움직일 수 없다는 점이다.

아빠 차가 훨씬 좋은 것은 아니다. 그러나 아빠 차를 타면 최소한 그녀가 상대해야 할 사람이 한 사람뿐이라는 좋은 점이 있다. 차를 타고 가는 도중에도 아빠는 끊임없이 조바심치고 짜증 부린다. 뭔가 잘못되었다는 것을 알면서도, 그냥 내버려 둬도 사라질 것처럼 여전히 무시하려 드는 사람을 보면 나는 늘 깜짝 놀라곤 한다. 그들은 대립을 피하지만, 어쨌든 화가 나서 부글부글 끓어오르는 것으로 끝난다.

켈시는 아빠의 도움이 필요해요. 나는 이렇게 말하고 싶다. 그러나 이런 말을 할 처지가 못 된다. 특히 그녀의 아빠가 올바른 반응을 보일 거라는 확신이 들지 않기 때문에 더욱 그렇다.

그래서 켈시는 차를 타고 가는 내내 침묵을 지킨다. 이 침묵에 대한 아빠의 반응을 통해 나는 이들의 아침이 늘 이런 모습이라는 것을 상상할 수 있다.

켈시는 자기 핸드폰으로 메일에 접속할 수 있다. 그러나 나는 여전히 추적당할지도 모른다는 걱정을 하고 있다. 특히 네이선에게 실수를 한 뒤로는 더욱 조심한다.

그래서 기회를 기다리기로 하고 복도를 걸어서 교실로 간다. 켈시가 오늘 하루를 잘 헤쳐 가도록 나는 더 열심히 노력해야 한다. 내가 방심하면 언제든 힘겨운 삶의 무게가 기어들어 와서 그녀를 우울함의 늪에 빠뜨리기 시작할 것이다. 투명인간 취급을 받는 것 같다고 말하는 건 너무 안일한 표현일 것이다. 그보다는 타인에게 고통스럽게 노출되었으며 철저히 무시당하는 느낌이다. 사람들이 그녀에게 얘기를 하기는 하지만, 마치 집 밖에서 벽을 통해 말을 하는 것만 같은 느낌이다. 친구들이 없는 건 아니다. 하지만 그들은 그녀와 함께 시간을 허비하려고 하지 그녀와 시간을 공유하려는 친구들은 아니다. 개중에는 본능적으로 온갖 잡다한 일들에 대해 요령 없는 말을 계속 지껄여 대는 맹랑한 친구도 있다.

나와 진지하게 얘기를 나누려는 친구는 실험실 짝꿍인 레나뿐이다. 물리 시간이다. 실험 과제는 도르래 장치를 만드는 것이다. 전에 이 실험을 해 봤으므로 어렵지 않다. 그렇지만 레나는 켈시가 실험에 적극적으로 참여하는 것에 놀란다. 나는 내가 너무 나아갔다는 것을 깨닫는다. 켈시가 흥미를 보이는 일이 아닌 것이다. 그러나 레나는 내가 뒤로 물러서게 하지 않는다. 내가 웅얼웅얼 변명을 하며 물러서려 하자 레나는 그렇게 죽 계속하라고 나를 부추긴다.

"너 이 실험 진짜 잘하네." 레나가 말한다. "나보다 훨씬 나아."

내가 경사를 조절하고 여러 마찰을 고려하면서 도르래 장치를 만들어 가는 동안 레나는 다가오는 댄스파티에 대해 얘기하고, 주말 계획이 있는지 물어보고, 자기는 부모님과 함께 워싱턴에 갈 거라는 얘기를 해 준다. 그녀는 내 반응에 대단히 고무된 것 같다. 그들이 평소에 나누는 대화는 대개 이런 수준에 훨씬 못 미치는 것 같다. 하지만 나는 레나가 계속 얘기하게 놔둔다. 그녀의 목소리가 망가진 내 마음에서 나오는 고집스러운 무언의 이야기와 상대하도록 내버려 둔다.

그 수업이 끝나자 우리는 헤어져서 각자 따로 움직인다. 이후로 나는 그녀를 다시 보지 못한다.

나는 점심시간을 도서관 컴퓨터 앞에 앉아 보낸다. 점심을 먹으면서 나를 생각하는 사람은 없을 거라고 상상한다. 그러나 켈시의 생각일 뿐인지도 모른다. 어른이 된다는 것은 전적으로 자기 마음에 따라 현실을 바라보지 않도록 주의하는 일도 포함된다. 내가 느끼기에 켈시의 마음은 이 정도 단계에는 미치지 못했다. 나는 나 자신의 생각은 또 어느 정도나 그런 수렁에 빠져 꼼짝 못하고 있는 걸까 반성해 본다.

내 메일에 로그인하는 순간은 난 켈시가 아니라 나 자신이라는 사실을 새삼 확인한다. 기분 좋은 설렘의 순간이다. 게다가 리애넌으로부터 메일이 와 있다. 그녀의 메일을 보니 기운이 솟는다. 메일 내용을 읽어 보기 전까지는 말이다.

───────────────────────────

A

그래, 넌 오늘은 누구니? 참 이상한 질문이구나.

그렇지만 이게 말이 되는 소리라는 걸 이젠 알아. 이 상황이 말이 된다면 말이야.

어제는 힘든 하루였어. 저스틴의 할머니가 병이 나셨는데,

저스틴은 그게 걱정이 된다는 걸 인정하는 대신

이 세상을 향해 마구 짜증을 부리고 비난을 퍼붓는 거야.

나는 그를 도와주려 하지만, 쉽지 않아.

네가 이런 얘기를 듣고 싶어 하는지 아닌지, 모르겠다.

네가 저스틴을 어떻게 생각하는지 알아.

그 부분은 너한테 말하지 말아 달라고 하면 그렇게 할 수 있어. 하지만 네가 그러기를 바라는 건 아닐 거라고 생각해.

오늘 하루는 어떻게 지내고 있는지 얘기 좀 해 줘.

리애넌

---

나는 답장에서 켈시의 상황에 대해 약간 얘기를 한다. 그러고 나서 이렇게 끝낸다.

---

나는 네가 내게 솔직하기를 원해. 그게 마음 아픈 일이라 해도 말이야.

물론 마음 아픈 일이 아니라면 더 좋겠지.

사랑해.

A

---

이어서 다른 메일 계정을 열어 네이선에게서 온 답장을 발견한다.

내 착각이 아니라는 걸 알아. 네가 무엇인지도 알아. 그리고 네가 누구인지 알아낼 거야. 목사님이 이 문제에 대해 조사하고 있다고 하시더라.

넌 내가 나 자신을 믿지 못하기를 바라겠지.

하지만 내가 유일한 사람은 아니야. 너도 곧 알게 되겠지만.

지금 털어놓는 게 좋을 거다. 우리가 널 찾아내기 전에.

---

나는 잠시 화면을 쳐다보며 이 메일의 말투를 내가 하루 동안 알았던 네이선과 일치시켜 보려 노력한다. 메일 주인공과 네이선은 아주 다른 두 사람인 것처럼 느껴진다. 누군가가 네이선의 메일 계정을 넘겨받았을 가능성은 없는 걸까, 그리고 '목사님'이라는 사람은 누구일까, 궁금증이 인다.

점심시간 끝을 알리는 종이 울린다. 수업에 들어가니 먹구름이 나를 사로잡는다. 교실에서 이루어지는 수업에 집중하기가 어렵다. 이런 것들이 뭐가 중요한지 모르겠다는 생각이 든다. 내가 여기서 배우는 어떤 것도 삶의 고통을 덜어 주지 못할 것이다. 교실에 있는 어떤 사람도 삶의 고통을 덜어 주지 못할 것이다. 나는 사정없이 손거스러미를 잡아 뜯는다. 이런 것이 진짜라고 느끼는 유일한 감각이다.

**＊＊**

켈시의 아빠는 학교 수업이 끝난 뒤 그녀를 데리러 오지 않을 것이다. 아빠는 아직 직장에 있다. 켈시는 버스를 타지 않으려고 걸어서 집으로 간다. 이 습관을 깨뜨리고 싶지만, 켈시가 버스를 타지 않은 지가 너무 오래되어서 어느 버스를 타야 하는지에 대한 기억이 그녀에게 없다. 그래서 나는 걷기 시작한다.

또 다시 나는 리애넌에게 전화를 걸 수 있었으면 하는 바람을 가져 본다. 그러면 집으로 걸어가는 빈 시간을 그녀 목소리로 채울 수 있을 텐데⋯⋯.

그러나 나에게 남겨진 거라곤 켈시와 켈시의 상처 입은 인식뿐이다. 걸어서 집으로 가는 일은 적잖이 힘들다. 그래서 이것은 켈시가 자신을 학대하는 또 하나의 방법이 아닐까 하는 생각이 든다. 삼십 분쯤 걸었고, 앞으로도 삼십 분은 더 걸어야 하는 시점에 이르렀을 때 나는 막 지나치던 운동장에서 쉬었다 가기로 마음먹는다. 나는 부모도 아니고 어린아이도 아니기 때문에 그곳에 있던 부모들이 나를 경계의 눈초리로 쳐다본다. 그래서 혼자 정글짐을 오르내리고 그네를 타고 모래놀이 통에서 논 다음 마지막으로 시소 끝에 걸터앉는다. 그 모습이 마치 나쁜 짓을 한 벌로 다른 모든 것으로부터 추방당한 사람처럼 보인다.

해야 할 숙제가 있지만 숙제 대신 켈시의 일기가 나를 부른다. 일기에서 뭘 보게 될지 약간 겁이 나기도 하지만, 그보다는 호기심이 훨씬 강하다. 그녀가 느껴 온 것들에 접속하지는 못한다 해도, 적어도 그런 느낌을 부분적으로 옮긴 기록을 읽을 수는 있을 것이다.

그녀의 일기는 일반적인 의미에서의 일기가 아니다. 한두 페이지를 읽으니 분명해진다. 친구나 또래에 대한 얘기가 없다. 아빠나 선생님들과의 불화를 떠올리고 쓴 글이 없다. 친구와 비밀을 공유하는 얘기도 없고, 부당한 일을 겪고 분통을 터뜨리는 내용도 없다.

그 대신 자살하는 방법들이 쓰여 있다. 매우 구체적으로 기술되어 있다.

칼로 심장 찌르기. 칼로 팔 베기. 허리띠로 목매달기. 얼굴에 봉지 씌우기. 높은 데서 떨어지기. 분신자살하기. 이 모든 것들을 꼼꼼히 조사했다. 사례가 적혀 있다. 삽화도 그려 넣었다. 시험 대상이 켈시인 게 분명한, 대충 그린 삽화다.

나는 약물 투여량이나 자세한 설명이 나오는 페이지를 지나서 끝까지 휙휙 넘겨 본다. 뒤쪽에는 아직 아무것도 쓰이지 않은 빈 페이지들이 있다. 하지만 바로 그 앞에 '실행일'이라고 쓰고 날짜를 적은 페이지가 있다. 겨우 엿새 후다.

나는 혹시 실행 계획을 취소한 다른 기록이 있는지 찾아보려고 다른 공책들을 빠르게 살펴본다.

그러나 일기장은 그것 하나뿐이다.

나는 시소에서 내려 공원을 나온다. 이제는 엄마 아빠 들이 나를 두려워하는 것 같았기 때문이다. 그들이 피하고 싶어 하는 사람으로 느껴지기 때문이다. 아니, 단순히 피하고 싶은 게 아니라…… 접근을 막아야 할 존재일 것이다. 부모들은 내가 아이들 가까이 있지 않기를 바라는데, 나는 그들을 비난하지 않는다. 내가 만지는 모든 것이 해를 입을 것만 같은 느낌이다.

뭘 어떻게 해야 할지 모르겠다. 지금은 전혀 위험하지 않다. 내가 몸을 통제하고 있으며, 내가 몸을 통제하고 있는 한 자해를 하도록 내버려 두지 않을 테니까 말이다. 하지만 지금으로부터 엿새 후에는 내가 이 몸을 통제하지 않는다.

개입하지 않아야 한다는 것을 안다. 이것은 내 삶이 아니라 켈시의 삶이다. 내가 켈시 스스로 결정한 그녀의 선택을 제한하는 어떤 일을 하는 것은 부당하다.

일기를 보지 않았더라면 좋았을 텐데. 어린애 같은 원망을 느낀다.

그러나 보아 버렸다.

나는 켈시가 크게 외치며 도움을 요청하는 기억에 접속하려고 애를 쓴다. 그러나 크게 외치며 도움을 요청하는 것은 그 말을 들어 줄 사람이 주변에 있을 때에야 가능한 일이다. 나는 켈시의 삶에서 그런 외침의 순간을 찾지 못한다. 아빠는 자기가 보고 싶은 것만 보려 하고, 그녀는 이 허구를 벗어 던지고 사실을 받아들이려 하지 않는다. 엄마는 수년 전에 떠났다. 친척들은 멀리 떨어져 산다. 친구들은 모두 멀찍이 떨어져, 먹구름 바깥에 존재한다. 물리 시간에 레나가 잘 대해 준다고 해서 켈시가 이런 상황을 견뎌 낼 수 있거나 무얼 해야 할지 알 수 있는 건 아니다.

나는 지치고 땀에 젖은 몸으로 켈시의 빈 집에 돌아온다. 그녀의 컴퓨터를 켠다. 내가 알아야 할 모든 것이 그녀의 검색 기록에 있다. 그녀는 이 사이트들을 통해 자살 계획을 세우고 정보를 주워 모았다. 바로 거기에, 클릭 한 번이면 누구나 볼 수 있는 곳에 내가 알아야 할 게 다 있다. 다만 아무도 보지 않을 뿐이다.

켈리와 나 둘 다 누군가와 얘기를 해야 한다.

나는 리애넌에게 메일을 쓴다.

---

지금 당장 너랑 얘기하고 싶은 게 있어. 내가 지금 들어와 있는 여자애가 자살하려고 해. 농담이 아니야.

---

나는 리애넌에게 켈시 집 전화번호를 알려 준다. 이 전화번호는 쉽게 눈에 띌 정도로 기록에 남지는 않을 것이고, 누가 알아낸다 해도 잘못 건 번호로 여기고 무시할 수 있을 거라고 생각한 것이다.

십 분 뒤에 그녀가 전화를 한다.

"여보세요?" 내가 전화를 받는다.

"너야?"

"응." 나는 그녀가 내 목소리를 모른다는 것을 잊고 있었다. "나야."

"네 메일 받았어. 놀랐어."

"그래. 나도 놀랐어."

"어떻게 알았니?"

나는 켈시의 일기에 대해 간단히 얘기해 준다.

"참 안됐다." 리애넌이 말한다. "넌 어떻게 할 생각이야?"

"모르겠어."

"누군가에게 얘기해야 하지 않나?"

"난 이런 문제에 대해 훈련을 받은 적이 없단 말이야, 리애넌. 난 정말 모르겠어."

내가 아는 건 리애넌이 필요하다는 사실뿐이다. 그러나 그 말을 하기가 두렵다. 그 말을 하면 그녀가 겁이 나서 떠나 버릴지도 모르기 때문이다.

"지금 어디니?" 그녀가 묻는다.

나는 내가 있는 지역을 말해 준다.

"그리 멀지 않네. 잠시 후에 내가 거기 갈 수 있을 거야. 너 혼자야?"

"응. 켈시의 아빠는 7시 정도까지는 집에 오지 않아."

"주소 알려 줘."

나는 주소를 알려 준다.

"금방 갈게."

내가 부탁할 필요도 없다. 이것은 그녀가 알고 있는 것보다 더 많은 걸 의미한다.


내가 켈시 방을 말끔히 치우면 어떤 일이 생길까 궁금하다. 내일 아침 그녀가 일어나서 모든 게 제자리에 가지런히 놓여 있는 것을 보면 어떤 일이 생길지 궁금하다. 어떤 예기치 않은 차분함을 느낄까? 자기 삶이 혼란스러워야 할 필요가 없다는 걸 이해할까? 아니면 한번 흘끔 쳐다보고 나서 다시 엉망으로 어질러 놓을까? 왜냐하면 그녀의 화학적이고 생물학적인 것이 그녀에게 그렇게 하라고 시킬 테니까…….

초인종이 울린다. 나는 그전 십 분 동안 벽에 묻은 잉크 얼룩을 뚫어져라 쳐다보고 있었다. 그 얼룩들이 스스로 모양을 바꿔 해답을 만들어 내기를 바라면서 쳐다본 것인데, 그런 일은 결코 없을 거라는 사실도 알고 있었다.

이제는 먹구름이 너무 짙어져서 리애넌이 왔는데도 사라지지 않는다. 현관에서 리애넌을 보자 행복하다. 그러나 그 행복은 기쁨이라기보다는 체념이 깃든 감사에 더 가까운 듯싶다.

그녀는 눈을 깜박이며 어색하게 나를 대한다. 나는 그녀가 이런 일에 익숙하지 않다는 것을, 매일매일 새롭게 바뀌는 사람을 예상하는 것에 익숙하지 않다는 것을 잊고 있었다. 몸이 바뀌었다는 사실을 머리로 받아들이는 것과, 마르고 불안정해 보이는 여학생과 직접 맞닥뜨리는 것은 별개다.

"와 줘서 고마워."

5시가 조금 넘었으니 켈시의 아빠가 집에 오기 전까지 시간이 많지는 않다.

우리는 켈시의 방으로 들어간다. 리애넌이 켈시의 침대에 놓인 일기장을 보고 집어 든다. 나는 리애넌이 일기를 읽는 모습을 지켜보며 다 읽을 때까지 기다린다.

"이거 심각한데." 그녀가 말한다. "나도 이상한…… 생각을 해 봤지만, 이런 건 전혀 아니었어."

그녀가 침대에 앉는다. 나도 그녀 옆에 앉는다.

"네가 이 애를 막아야 해." 리애넌이 말한다.

"내가 어떻게 막을 수 있어? 그리고 그러는 게 정말 내 권리일까? 켈시가 스스로 결정해야 하는 거 아니야?"

"그래서? 그녀가 죽게 내버려 두겠다는 거야? 말려드는 걸 원치 않기 때문에?"

나는 그녀 손을 잡는다.

"실행일이 진짜인지도 우린 확실히 모르잖아. 이건 그런 생각을 떨쳐 내려는 그녀의 어떤 방식일 수도 있어. 종이에 적고, 실제로 행하지는 않는 거 말이야."

그녀가 나를 쳐다본다. "정말로 그렇게 믿는 건 아니지? 그랬다면 내게 전화하지 않았을 거야."

그녀가 내 손을 내려다보며 말한다.

"기분이 묘해."

"뭐가?"

그녀가 내 손을 한 번 꼭 쥔 다음 손을 뺀다. "이거."

"무슨 뜻이야?"

"그저께와는 너무 달라서. 다른 손이잖아. 너도 다르고."

"난 다르지 않아."

"그렇게 말하면 안 돼. 그래, 안은 같은 사람인 게 맞아. 하지만 바깥도 중요하다고."

"넌 같아 보여. 내가 어떤 사람 눈으로 널 본다 해도 말이야. 나는 같은 느낌이야."

그건 사실이다. 하지만 그녀가 말한 뜻과는 약간 다르다.

"넌 다른 사람 삶에 개입한 적 없니? 네가 들어가 산 사람의 삶에 말이야."

나는 고개를 끄덕인다.

"넌 그 사람들 삶을 네가 처음 본 그 상태 그대로 놔두려 하는 구나."

"맞아."

"그럼 저스틴은? 저스틴의 경우에는 그토록 달랐던 이유가 뭐야?"

"너."

한 단어뿐이었지만 그녀는 마침내 이해한다. 한 단어뿐이었지만 거대한 세계로 들어가는 문의 빗장이 마침내 풀린다.

"말도 안 돼."

그게 말이 된다는 걸 보여 주는 유일한 방법은, 그 거대한 세계를 현실로 만드는 유일한 방법은, 몸을 기울여 그녀에게 키스하는 것뿐이다. 지난번처럼. 그러나 지난번과는 전혀 다르게. 우리 키스는 첫 키스가 아니면서도 동시에 첫 키스이기도 하다. 그녀의 입에 닿은 내 입술의 느낌이 전과 다르고, 우리 포옹도 전과는 다르다. 게다가 이번에는 다른 분위기가 우리를 감싸고 있다. 거대한 세계와 더불어 먹구름이 우리를 에워싸고 있는 것이다. 나는 내가 원하기 때문에 그녀에게 키스하는 게 아니다. 내게 필요하기 때문에 키스하는 게 아니다. 원함과 필요함을 초월하는 이유로 키스하는 것이다. 우리 존재에 근본적이라고 여겨지는 이유로 키스하는 것이고, 우리 우주의 토대를 이루는 분자적인 차원에서 키스하는 것이다. 이것이 우리의 첫 키스는 아니지만, 그녀가 나를 알게 된 후 하는 첫 키스이고, 따라서 그 어떤 첫 키스보다도 더 첫 키스다운 것이다.

켈시도 느낄 수 있다면 좋을 텐데 하는 생각이 문득 떠오른다. 아마 가능할 것이다. 충분한 것도 아니고 해결책이 되지도 못할 것이다. 하지만 그런 느낌은 잠시나마 삶의 중압감을 줄여준다.

우리가 몸을 뗐을 때 리애넌은 웃지 않는다. 전에 키스했을 때와 같은 달뜬 기분은 느껴지지 않는다.

"정말 기분이 묘해." 그녀가 말한다.

"왜?"

"네가 여자여서? 내게 남자 친구가 있어서? 아니면 우리가 지금 다른 사람의 자살에 대해 얘기하고 있었기 때문에 그런 걸까?"

"그중 마음에 걸리는 게 있어?" 나는 마음에 걸리는 게 없다.

"있고말고."

"어떤 거?"

"전부 다. 너랑 키스할 때 난 실제로 너랑 키스하는 게 아니야. 너는 몸 안 어디엔가 있는 존재잖아. 하지만 나는 바깥 부분에 키스를 해. 그리고 지금 난, 비록 안에 있는 너를 느낄 수는 있지만 내가 느끼는 감정은 슬픔뿐이야. 나는 이 여자애에게 키스를 하고 있는 거야. 그래서 울고 싶어."

"그런 걸 바란 건 아니야."

"알아. 하지만 그게 사실인 걸 어떡해."

그녀가 일어나서 방 안을 둘러보며 아직 일어나지 않은 자살의 단서를 찾아본다.

"만약 이 애가 길에서 피를 흘린다면 넌 어떻게 할 거야?" 리애넌이 묻는다.

"그건 자살과는 다른 상황이잖아."

"만약 다른 사람을 죽이려고 한다면?"

"신고해야지."

"자살은 뭐가 다른데?"

"그건 이 애 목숨이야. 다른 사람 목숨이 아니라."

"하지만 그것 역시 죽이는 거잖아."

"만약 이 애가 정말로 죽으려 한다면 내가 그걸 막기 위해 할 수 있는 건 없어."

이 말을 내뱉는 것과 동시에 나는 내 생각이 잘못되었다고 느낀다.

"좋아." 리애넌이 내 말을 바로잡으려 하기 전에 내가 얼른 말을 잇는다. "자살의 장애물을 만드는 게 도움이 되겠지. 다른 사람을 끌어들이는 게 도움이 될 거야. 의사에게 데리고 가는 것도 도움이 될 테고."

"이 애가 암에 걸렸거나 길에서 피를 흘리는 것처럼 말이지."

내게 필요한 게 바로 이것이다. 이런 것들은, 내가 말하는 것으로는 충분치 않다. 내가 신뢰하는 사람이 나에게 이렇게 말해 주는 게 필요한 것이다.

"그럼 누구에게 얘기할까?"

"생활 지도 교사?"

나는 시계를 쳐다본다. "학교는 닫혔어. 그리고 우리에겐 자정까지밖에 시간이 없다는 걸 잊으면 안 돼."

"이 애의 가장 친한 친구는 누구야?"

나는 고개를 젓는다.

"남자 친구든, 여자 친구든."

"없어."

"자살 예방 직통 전화는 어때?"

"우리가 거기 전화하면 그 사람들은 켈시가 아니라 나에게만 조언을 해 줄 거야. 켈시가 내일 기억할지 못 할지, 효과가 있을지 없을지, 알 방법이 없어. 나도 그런 방법들을 다 생각해 봤어. 정말이야."

"그럼 아빠에게 말하는 수밖에 없겠네. 그렇지?"

"아빠는 얼마 전에 켈시 상태를 알아본 것 같아."

"그럼 아빠가 다시 알아보게 해야지."

그녀는 아주 쉽게 말한다. 그러나 우리 둘 다 쉽지 않은 일이라는 것을 안다.

"뭐라고 해야 할까?"

"이렇게 말해. '아빠, 난 자살하고 싶어요.' 뜸 들이지 말고 곧장 이렇게 말하는 거야."

"아빠가 이유를 물으면?"

"이유는 잘 모르겠다고 해. 어떤 이유도 대지 마. 그건 내일 아침 켈시가 해야 할 일이니까."

"이 방법을 미리 생각해 뒀구나?"

"운전하면서 오는 동안 머릿속이 복잡했어."

"아빠가 관심을 보이지 않으면 어떡하지? 아빠가 이 애 말을 믿지 않으면 어떡해?"

"그땐 네가 아빠 차 열쇠를 챙겨 들고 가장 가까운 병원으로 차를 몰고 가는 거야. 켈시의 일기장을 가지고 말이야."

리애넌의 말을 들으니 썩 괜찮은 방법인 것 같다.

그녀가 다시 침대에 앉는다.

"이리 와." 그녀가 말한다. 그러나 이번에는 키스하지 않는다. 대신 그녀가 내 연약한 몸을 안아 준다.

"잘 해낼 수 있을지 모르겠어." 내가 나직이 말한다.

"넌 할 수 있어." 그녀가 말한다. "할 수 있고말고."

켈시의 방에 혼자 있을 때 아빠가 집에 돌아온다. 나는 아빠가 차 열쇠를 던져 놓고 나서 냉장고에서 무엇인가를 꺼내는 소리를 듣는다. 아빠가 자기 방으로 갔다가 다시 나오는 소리를 듣는다. 아빠는 집에 왔다는 인사도 하지 않는다. 아빠는 내가 여기 있다는 것을 아는 걸까 하는 의심마저 든다.

오 분이 지난다. 십 분이 지난다. 이윽고 아빠가 큰 소리로 말한다. "밥 먹자!"

나는 부엌에서 무슨 소리가 나는 것을 전혀 듣지 못했다. 그러므로 식탁 위에 KFC에서 사 온 음식이 놓인 것을 보고도 놀라지 않는다. 아빠는 이미 닭 다리 하나를 뜯고 있다.

저녁 식사 시간이 보통 이렇다는 걸 짐작할 수 있다. 아빠는 자신이 먹을 것을 챙겨 들고 자신의 보금자리인 텔레비전 앞으로 간다. 그녀 또한 자신이 먹을 것을 들고 자기 방으로 들어간다. 아빠와 켈시의 남은 밤은 내내 이런 모습일 것이다.

그러나 오늘 밤은 다르다. 오늘 밤 그녀는 이렇게 말한다. "나

자살하고 싶어요."

처음에는 아빠가 내 말을 들은 것 같지 않다.

"이런 말을 듣고 싶지 않겠지만, 사실이에요."

아빠는 한 손을 옆으로 늘어뜨린 채 여전히 닭 다리를 쥐고 있다.

"뭐라고?"

"난 죽고 싶어요."

"오늘 왜 이러는 거냐? 진심이야?"

내가 켈시라면 난 아마 넌더리를 치며 방을 나가 버렸을 것이다. 포기했을 것이다.

"아빠 날 도와줘야 해요." 내가 말한다. "오랫동안 생각해 온 거예요." 나는 일기장을 탁자 위에 내려놓고 아빠 쪽으로 민다. 이것이 사실상 내가 켈시에게 범한 가장 큰 배신일 것이다. 기분이 몹시 안 좋다. 그래서 나는, 내가 지금 옳은 일을 하고 있다고 말하는 리애넌의 목소리를 귓전으로 불러들인다.

켈시의 아빠가 닭 다리를 내려놓고 일기장을 집어 든다. 읽기 시작한다. 나는 아빠의 표정을 읽으려 애쓴다. 일기장을 보고 싶지 않은 표정이다. 이런 일이 일어난 것을 불쾌하게 여긴다. 증오하기까지 한다. 그러나 켈시에 대해서가 아니다. 아빠는 계속 일기를 읽는다. 비록 이 상황을 증오하긴 하지만 켈시를 증오하지는 않기 때문이다.

"켈시……." 아빠가 목이 메어 간신히 말한다.

아빠에게 얼마나 충격적인 일인지 켈시가 볼 수 있었으면. 자신의 인생이 무너져 내리는 것을 느끼는 아빠의 표정을 켈시가 잠깐이라도 본다면, 자신에게 세상이 중요하지 않다 할지라도 세상에는 그녀가 중요하다는 것을 깨달을 것이다.

"그냥 별 뜻 없이…… 쓴 거지?" 아빠가 묻는다.

나는 고개를 젓는다. 바보 같은 질문이다. 하지만 아빠에게 목소리를 높이지는 않을 작정이다.

"그럼 우린 어떻게 해야 하니?"

됐다. 아빠의 마음이 움직인다.

"도움이 필요해요." 내가 말한다. "내일 아침, 토요일에도 일하는 상담원을 찾아가야 해요. 그리고 우리가 뭘 해야 하는지 알아봐요. 아마 나는 약물 치료를 받아야 할 거예요. 당연히 의사랑 상담을 해야 할 거고요. 난 이런 상태로 너무 오래 지내 왔어요."

"그런데 왜 아빠한테 말하지 않았니?"

왜 날 살펴보지 않았어요? 나는 되묻고 싶다. 그러나 지금은 그럴 때가 아니다. 앞으로는 아빠 스스로 그렇게 할 것이다.

"그건 중요하지 않아요. 지금은 이 문제에 집중해야 해요. 나는 도움을 청하고 있는 거예요. 아빠가 날 도와줘야 해요."

"내일 아침까지는 아무 일 없겠지?"

"오늘 밤에는 아무 짓도 안 할 거예요. 그렇지만 내일은 아빠가 날 지켜봐야 해요. 내 마음이 바뀐다면 아빠가 강제로라도 날 이끌어 줘야 해요. 아마 난 마음이 바뀔 거예요. 지금 아빠랑 나누고 있는 이 모든 대화가 없었던 것처럼 행동할 거예요. 그 일기장은 아빠가 보관하세요. 사실을 기록한 거니까요. 만약 내가 아빠랑 싸우려 들면 아빠도 나와 맞서 싸워 주세요. 구급차도 불러 주고요."

"구급차?"

"아빠, 그만큼 심각하다니까요."

아빠가 정말로 절실히 느끼게 한 마지막 말. 켈시는 평소 이런 말을 거의 하지 않는 것 같다.

이제 아빠는 운다. 우리는 서로를 바라보며 그 자리에 그대로 있다.

이윽고 아빠가 말한다. "저녁을 좀 먹으렴."

나는 치킨을 몇 개 집어 들고 방으로 돌아간다. 내가 해야 할 말은 다 했다.

나머지 말들은 켈시가 아빠에게 해야 할 것이다.


나는 아빠가 집 안을 서성거리는 소리를 듣는다. 아빠가 누군가에게 전화를 거는 소리를 듣는다. 나는 그 사람이 아빠를 도와줄 수 있는 사람이기를 바란다. 리애넌이 나를 도와주었듯이 말이다. 아빠가 문 밖에서 멈춰 서는 소리를 듣는다. 문을 열어 보기가 두려워 여전히 귀를 기울이고만 있다. 나는 조그맣게 꼼지락거리는 소리를 내어 내가 깨어 있다는 것을, 살아 있다는 것을 알린다.

아빠가 걱정스러운 마음으로 서성이는 소리를 들으며 나는 잠에 빠진다.

# 6006일

핸드폰 벨이 울린다.

리애넌이라고 생각하며 핸드폰으로 손을 뻗는다.

리애넌일 리가 없다는 걸 알면서도 말이다.

화면에 뜬 이름을 본다. 오스틴이다.

내 남자 친구다.

"안녕?" 내가 전화를 받는다.

"휴고! 널 깨우는 9시 모닝콜이다. 한 시간 뒤에 갈게. 얼른
일어나서 예쁘게 준비해."

"그래, 알았어." 내가 중얼거리듯이 말한다.

한 시간 안에 해야 할 일이 많다.

우선 일어나서 샤워하고 옷을 입어야 한다. 아빠와 엄마가 부
엌에서 내가 모르는 언어로 크게 얘기를 나누는 소리가 들린다.
스페인어처럼 들리지만 스페인어는 아니므로 포르투갈어일 거
라고 짐작한다. 외국어는 늘 나를 곤경에 빠뜨린다. 몇 가지 외

국어를 초보적인 수준으로 알긴 하지만, 어떤 외국어에 대해서도 유창하게 구사하는 것처럼 보일 만큼 빠르게 접속하지는 못한다. 나는 휴고의 기억에 접속하여 휴고의 부모님이 브라질에서 왔다는 것을 알아낸다. 그렇다고 해서 내가 그분들 말을 더 잘 이해하는 데 도움이 되는 것은 아니다. 그래서 나는 부엌 가까이에는 가지 않는다.

오스틴이 아나폴리스에서 열리는 게이 프라이드 퍼레이드(동성애자들이 자긍심을 높이기 위해 벌이는 행진. —옮긴이)에 휴고와 같이 가려고 차를 가지고 온다. 다른 두 친구인 윌리엄과 니콜라스도 함께 갈 것이다. 이 일정이 휴고의 마음뿐 아니라 달력에도 표시되어 있다.

다행히도 휴고 방에 노트북이 있다. 오늘은 토요일이어서 학교 컴퓨터를 사용할 수 없으므로 이 노트북을 사용하는 위험을 감수할 작정이다. 재빨리 이메일을 열어 보니 리애넌이 불과 십분 전에 보낸 메일이 와 있다.

---

A

어제 일은 잘되었기를.
방금 켈시 집에 전화해 봤는데, 아무도 없나 보더라.
전문가의 도움을 받고 있겠지?
전화를 안 받는 걸 좋은 조짐으로 받아들이려 해.

**에브리데이**

그건 그렇고, 여기 네가 봐야 할 링크가 있어. 이건 통제가 안 되네.

오늘은 어디에 있는 거니?

R

---

그녀의 이름 이니셜 아래에 있는 링크를 클릭하니 큼지막한 《볼티모어 타블로이드》 홈페이지가 나온다. 기사 제목이 요란스럽다.

우리 안에 악마가 있다!

네이선 이야기다. 그러나 네이선만의 이야기가 아니다. 이번에는 악마에게 사로잡힌 적이 있다고 주장하는 사람들이 대여섯이나 된다. 참으로 다행스럽게도 네이선을 제외하고는 그들 중 누구도 낯익지 않다. 그들 모두 나보다 나이가 많다. 대부분의 사람들이 하루가 아닌 훨씬 오랫 동안 악마에 사로잡혔었다고 주장한다.

그 기사를 쓴 기자도 그들 말을 신뢰하지 않았을 거라는 생각이 들지만, 아무튼 기자는 그들 이야기를 비판 없이 받아들인다. 심지어 악령에 홀린 것과 관련 있는 다른 이야기들을 링크하기까지 한다. 사탄의 영향력 아래 있었다고 주장하는 사형수 이야기, 낯 뜨거운 일로 명예가 추락될 처지에 놓이자 뭔가 대단히 낯설고 특이한 어떤 것이 밀려들었다고 말하는 정치인이나 설교자 이야기 따위다. 그 모두가 매우 편리한 변명으로 들린다.

나는 검색창에 신속히 네이선을 돌려서 더 많은 보도를 찾는다. 이 이야기는 넓게 퍼져 나가는 듯싶다.

기사를 읽다 보니 각 기사마다 한 사람 말이 인용된 게 눈에 띈다. 그 사람은 본질적으로는 같은 말을 매번 되풀이한다.

---

"이런 경우들이 악마에 사로잡힌 사건이라는 것을 믿어 의심치 않습니다." 네이선 달드리를 상담해 온 앤더슨 풀 목사는 말한다. "이런 경우들이 교과서적인 사례인 거죠. 악마는 명백히 예측할 수 있는 존재입니다."

"악마에 사로잡히는 이런 일들은 전혀 놀라운 게 아니에요." 풀 목사는 말한다. "우리 협회는 문을 활짝 열어 놓고 있습니다. 왜 악마가 걸어 들어오지 않는 걸까요?"

---

사람들이 이런 말을 믿는다. 기사와 기사에 딸린 댓글 수가 엄청 많다. 모든 글이 다, 모든 것에서 악마의 활동을 보는 사람들이 쓴 것이다.

좀 더 신중해야만 하는데도 재빨리 네이선에게 메일을 보내 버린다.

에브리데이

나는 악마가 아니야.

---

보내기를 누른다. 그러나 기분이 나아지지는 않는다.

나는 리애넌에게 메일을 써서 켈시의 아빠와 어떤 일이 있었는지 말해 준다. 이어 오늘은 아나폴리스에 갈 거라는 사실을 알려 준 다음, 내가 지금 어떤 티셔츠를 입었으며 내 모습이 어떻게 보이는지도 얘기해 준다.

밖에서 차가 빵빵거린다. 오스틴의 차인 게 분명한 차 한 대가 눈에 들어온다. 나는 뛰어서 부엌을 지나가며 휴고의 엄마 아빠에게 다녀오겠다는 인사를 급히 남긴다. 밖으로 나온 나는 차 안으로 몸을 던진다. 운전석 옆자리에 있던 애(윌리엄)가 뒷좌석에 탄 애(니콜라스) 옆으로 자리를 옮겼으므로 나는 남자 친구 옆에 앉을 수 있다. 운전석에 앉은 오스틴이 내 복장을 한번 쳐다보더니 쯧쯧 혀를 찬다. "그걸 입고 프라이드 퍼레이드에 간다고?" 그러나 그의 말은 농담이다. 내 생각에는.

차를 타고 가는 내내 내 주위로 대화가 오가지만 나는 집중하지 못한다. 내 마음은 완전히 딴 데 있다.

네이선에게 그 메일을 보내지 않았어야 하는데.

단 한 줄이었지만 아주 많은 걸 시인하는 글이다.


아나폴리스에 도착한 순간부터 오스틴은 물 만난 물고기다.

"신나지 않아?" 그는 계속 묻는다.

윌리엄과 니콜라스와 나는 고개를 끄덕이며 동의한다. 실은 아나폴리스 게이 프라이드는 썩 훌륭하지는 않다. 여러 면에서 이날 하루 동안 해군이 게이와 레즈비언이 되고 어중이떠중이들이 몰려와 응원하고 환호하는 듯한 느낌이 드는 행사다. 날씨가 청량해서 모두가 더 흥겨워하는 것 같다. 오스틴은 마치 우리가 노란 벽돌 길을 따라 걸어가는 것처럼 내 손을 잡고 흔들며 걷기를 좋아한다. 나는 잘생긴 편이다. 그는 자부심을 느끼며 오늘 하루를 즐길 권리가 충분히 있다. 내가 산만한 것은 그의 잘못이 아니다.

나는 사람들 속에서 리애넌을 찾고 있다. 그러나 찾을 수가 없다. 오스틴이 결국 알아차린다.

"아는 사람을 본 거야?"

"아니." 내가 솔직히 말한다.

리애넌은 여기 없다. 오지 않은 것이다. 그녀가 올 거라고 예상한 내가 바보스럽다는 생각이 든다. 내가 필요할 때마다 그녀가 자신의 생활을 내게 할애할 수는 없는 것이다. 그녀의 하루도 나의 하루 못지않게 중요하다.

우리가 한쪽 모퉁이로 가 보니 몇몇 사람들이 이 축제에 항의하는 시위를 하고 있다. 전혀 이해할 수 없다. 이건 어떤 사람들은 머리털이 붉다는 사실에 항의 시위를 하는 것과 비슷하다.

내 경험에 따르면 욕망은 욕망이고 사랑은 사랑이다. 나는 한 번도 성별에 따라 사랑을 한 적이 없다. 개인과 사랑에 빠질 뿐이다. 사람들에게 이것은 어려운 문제라는 것을 알지만, 왜 이리도 명백한 문제가 그토록 어려운지 이해가 되지 않는다.

내가 켈시였을 때, 리애넌이 나와 키스하면서 왠지 어색해하던 태도가 떠오른다. 그 이유가 본질적으로 이 문제와는 관련 없기를 바란다. 그 순간에는 아주 많은 다른 이유들이 있었다.

시위자들이 들고 있는 항의 팻말 가운데 하나가 내 눈을 사로잡는다. '동성애는 악마의 짓'이라고 쓰여 있다. 나는 다시 한번, 자신들이 두려워하는 것에 악마의 이름을 붙이는 현상에 대해 생각해 본다. 원인과 결과가 거꾸로인 것이다. 악마는 사람들에게 아무것도 시키지 않는다. 사람들이 뭔가를 하고 나중에 악마 탓을 하는 것이다.

예상한 대로 오스틴은 시위자들 앞에서 걸음을 멈추고 나에게 키스한다. 나는 의무감을 느끼며 응한다. 겉으로는 그와 함께한다. 그러나 이 키스 안에 나는 없다. 나는 열렬한 태도를 꾸며 내지 못한다.

오스틴도 알아차린다. 아무 말도 하지 않지만 그는 눈치챈다.

\*\*

나는 휴고의 핸드폰으로 내 메일을 확인하고 싶다. 그러나 오스틴은 내가 그의 시야를 떠나도록 내버려 두지 않는다. 윌리엄과 니콜라스가 점심을 먹으러 갈 때 오스틴이, 그와 나는 잠시 다른 데 갈 거라고 말한다.

우리도 점심을 먹으러 갈 거라고 생각했지만, 오스틴은 나를 데리고 최신 유행복을 취급하는 옷 가게로 가서 이 옷 저 옷 입어 보고 탈의실 밖에서 내 의견을 구하며 시간을 보낸다. 한번은 나를 탈의실 안으로 끌고 들어가 몇 차례 도둑 키스를 한다. 나는 내키지 않는 마음으로 응한다. 그러는 동안 우리가 옷 가게 안에 있으면 리애넌이 나를 찾을 도리가 없다고 걱정한다.

오스틴이 자기가 고른 스키니진이 충분히 몸에 달라붙는지 얘기하려는 동안 나는 지금 이 순간 켈시는 뭘 하고 있을까 궁금해한다. 켈시는 자기 자신을 내려놓고 도움을 받으려 할까, 아니면 자신이 먼저 도움을 요청했다는 걸 부인하면서 반항을 할까? 나는 톰과 제임스가 그들의 하루가 끊어졌었다는 걸 전혀 눈치채지 못한 채 오락실에서 게임을 하는 모습을 상상한다. 오늘 밤 늦게 로저 윌슨은 내일 아침 교회에 입고 갈 옷을 미리 챙겨 놓을 거라는 생각도 해 본다.

"네 생각은 어때?" 오스틴이 묻는다.

"좋아."

"보지도 않았잖아."

나는 이 말에 대꾸하지 못한다. 오스틴의 말이 옳다. 나는 보지 않았다.

나는 이제 그를 바라본다. 그에게 더 많은 관심을 기울여야 한다.

"그 옷 맘에 들어."

"글쎄, 난 맘에 안 들어." 그가 말한다. 그러고 나서 다시 탈의실 안으로 휙 들어가 버린다.

에브리데이

**＊＊**

나는 휴고의 삶에는 좋은 손님이 아닌 것 같다. 나는 그의 기억에 접속하여 그와 오스틴이 일 년 전 이 토요일, 바로 이 축제에서 처음으로 서로의 남자 친구가 되었다는 사실을 발견한다. 그전에는 얼마 동안 친구 사이였다. 하지만 자신들의 느낌에 대해선 전혀 얘기하지 않았다. 두 사람 모두 우정을 망가뜨릴까 봐 두려워 서로 조심했는데, 그러다 보니 모든 게 어색했다. 그래서 스무 쌍 정도의 남자들이 서로 손을 잡고 지나갔을 때 마침내 오스틴이 말했다. "봐, 저게 십 년 뒤 우리 모습일 수 있어."

이어서 휴고가 말했다. "십 개월 뒤 우리 모습일 수도 있지."

이어서 오스틴이 말했다. "열흘 뒤 우리 모습일 수도."

이어서 휴고가 말했다. "십 분 뒤일 수도."

이어서 오스틴이 말했다. "십 초 뒤일 수도."

그렇게 두 사람은 열까지 센 다음, 그날 내내 손을 잡고 다녔다.

그렇게 시작되었다.

휴고라면 이 일을 머리에 떠올렸을 것이다.

그러나 나는 그렇지 않았다.


오스틴은 뭔가 변했다는 것을 감지한다. 두 팔에 아무 옷도 들지 않은 채 탈의실에서 나온 그는 나를 쳐다보며 결심한다.

"여기서 나가자." 그가 말한다. "이 특별한 얘기를 이 특별한 가게에서 하고 싶진 않으니까."

오스틴은 나를 데리고 축제와 사람 무리에서 벗어나 바닷가로 간다. 그는 약간 외딴곳에 있는 벤치를 발견하고, 나는 그의 뒤를 따른다. 벤치에 앉자 그의 얘기가 쏟아진다.

"너는 오늘 내내 내게 한 번도 관심을 기울이지 않았어." 그가 말한다. "내가 하는 말에 귀 기울이지도 않았어. 누군가를 찾아 계속 주위를 둘러봤잖아. 그리고 너하고 키스하는 게 나무토막에 하는 것 같았어. 그것도 다른 날도 아닌 오늘 말이야. 넌 다시 한 번 잘해 보자고 했잖아. 넌 지난 몇 주 동안 너를 괴롭혀 왔던 문제에서 벗어났다고 했잖아. 네가 다른 사람을 만나는 건 아니라고 말한 걸 똑똑히 기억해. 그런데 내가 잘못 알았나 보다. 나는 많이 노력했어, 휴고. 하지만 노력하면서 동시에 방관할 수는 없어. 노력하면서 동시에 티격태격할 수도 없어. 우리 사이가 이 지경에 이르렀으니 이제 어떻게 해 볼 도리가 없을 것 같네."

"오스틴, 미안해."

"날 사랑하긴 하는 거야?"

나는 휴고가 그를 사랑하는지 아닌지 모른다. 내가 노력한다면 틀림없이 휴고가 그를 사랑한 순간들과 그를 사랑하지 않은 순간들에 접속할 수 있을 것이다. 그러나 그 질문에는 대답할 수 없고 내가 진실하게 대한 것인지 확신할 수도 없다. 곤혹스럽다.

"내 마음은 변하지 않았어." 내가 말한다. "오늘 몸 상태가 좀 안 좋아서 그랬을 뿐이야. 너하고는 아무 상관없어."

오스틴이 웃는다. "우리 기념일이 나하고 아무 상관없다고?"

"그런 말이 아니잖아. 내 기분이 그렇다는 거야."

오스틴이 고개를 젓는다.

"난 더 이상 못 하겠어, 휴고. 더 이상은 못 하겠단 말이야."

"나랑 헤어지겠다는 말이야?" 내가 진짜로 두려움이 깃든 목소리로 묻는다. 내가 휴고와 오스틴에게 이런 짓을 하고 있다는 게 믿기지 않는다.

오스틴이 그 두려움을 읽고 나를 쳐다본다. 아마 간직할 가치가 있는 뭔가를 보고 있는 듯하다.

"내가 바라는 일이 아니야." 그가 말한다. "하지만 네가 바라는 일도 아니라는 걸 믿어야 할 것 같다."

휴고가 오늘 오스틴과 헤어질 계획을 세웠다고는 상상할 수 없다. 만약 그가 그런 계획을 세웠다면 내일 언제든 그럴 수 있을 것이다.

"이리 와." 내가 말한다. 오스틴이 나에게로 다가오자 나는 그의 어깨에 몸을 기댄다. 우리는 잠시 그렇게 앉아서 만 위에 떠 있는 배들을 바라본다. 고개를 돌려 그를 쳐다보니 그는 눈물을 참으려고 눈을 깜박거리고 있다.

그에게 키스했을 때 키스에서 뭔가 느껴지는 것 같다. 그도 느낀다면 그건 사랑이라는 인상을 줄 것이다. 그 키스는 사랑을 끝내지 않은 것에 대한 내 감사의 표시다. 그가 최소한 하루를 더 기다려 주는 것에 대한 내 감사의 표시다.

늦게까지 그곳에 남아 있는 내내 나는 그의 좋은 남자 친구가 된다. 결국 나는 얼마간 나를 잊고 그의 삶에 빠져든다. 행사 주최 측에서 빌리지 피플의 「인 더 네이비」라는 노래를 쿵쿵 울리도록 크게 내보낼 때 나는 오스틴과 윌리엄, 니콜라스, 그리고 다른 게이, 레즈비언 몇백 명과 함께 춤을 춘다.

나는 계속 리애넌을 찾아보지만, 오스틴의 정신이 딴 데 팔려 있을 때만이다. 그리고 어느 시점이 되었을 때 리애넌 찾는 걸 포기한다.

집에 돌아와서 확인해 보니 그녀에게서 메일이 와 있다.

---

A

아나폴리스에 못 가서 미안해. 해야 할 일이 있었어. 내일 볼 수 있을까?

R

---

'해야 할 일'이 무엇이었을까 궁금하다. 나는 그게 저스틴과 관련 있을 거라고 짐작할 수밖에 없다. 그렇지 않다면 해야 할 일이라는 게 무엇인지 나에게 말하지 않았을까?

내가 그런 생각에 잠겨 있을 때 오스틴에게서 오늘 정말 좋았다는 문자가 온다. 나는 그에게 나도 무척 즐거웠다는 문자를 보낸다. 휴고도 이렇게 기억하기를 바랄 뿐이다. 이제 오스틴에게 증거가 있기 때문에 휴고는 부인하면 안 된다.

휴고의 엄마가 방에 들어와 포르투갈어로 나에게 뭐라고 말

에브리데이

한다. 나는 겨우 절반 정도만 이해한다.

"피곤해요." 내가 영어로 말한다. "자야 될 것 같아요."

엄마 질문에 제대로 대답한 것 같지는 않지만, 엄마는 그저 고개만 젓고 — 나는 말을 잘 안 듣는 전형적인 십 대다. — 자기 방으로 돌아간다.

자기 전에 네이선이 나에게 답장을 보냈는지 확인해 보기로 한다.

답장을 보냈다.

단 세 마디.

---

증거를 대 봐.

---

# 6007일

나는 다음 날 아침 비욘세의 몸에서 깨어난다.

진짜 비욘세는 아니다. 하지만 몸매가 비욘세와 놀라울 정도로 비슷하다. 들어갈 곳은 들어가고, 나올 곳은 빠짐없이 나와 있다.

눈을 뜨니 시야가 흐릿하다. 침실 탁자로 손을 뻗어 더듬더듬 안경을 찾아 보지만 없다. 그래서 휘청휘청 욕실로 들어가 콘택트렌즈를 낀다.

거울을 들여다본다.

단순히 예쁜 게 아니다. 단순히 아름다운 게 아니다.

머리끝에서 발끝까지 너무 멋지다.

나는 항상 적당히 예쁠 때 가장 만족스럽다. 다른 사람이 나를 보고 못생겼다고 여기지 않을 것이기 때문이다. 긍정적인 인상을 주기 때문이다. 내 삶이 내 미모로 규정되지 않기 때문이

에브리데이

다. 미모는 혜택을 주기만 하는 게 아니라 위험을 불러올 수도 있다.

애슐리 애슈턴의 삶은 자기 미모로 규정된다. 아름다움은 자연스럽게 올 수 있지만, 아찔한 미모가 노력 없이 저절로 유지되는 경우는 흔치 않다. 애슐리도 이 얼굴과 몸매에 많은 공을 들였다. 분명히 내가 하루를 시작하러 나서기 전에 해야 할 철저한 아침 운동이 있을 것이다.

하지만 나는 간단히라도 운동을 하고 싶지 않다. 애슐리 같은 여자애를 보면 어깨를 잡아 흔들며 이렇게 말해 주고 싶다. 이런 십 대의 용모는 아무리 애를 쓰고 발버둥을 쳐도 영원히 지속되지 않고, 인생을 세워 나가기에 미모보다 훨씬 좋은 토대들이 있다고 말이다. 하지만 내가 그런 메시지를 전달할 방법은 없다. 내 유일한 반란은, 오늘은 눈썹을 뽑지 않고 그대로 두는 것이다.

내가 있는 곳을 알아보려 접속한 나는 리애넌과 겨우 십오 분 정도 거리에 있다는 것을 알아낸다.

좋은 징조다.

이메일에 접속하니 그녀가 보낸 메일이 있다.

---

A

난 오늘 한가하고, 차도 있어. 엄마에게 할 일이 좀 있다고 말했거든.

내 할 일이 되어 주지 않을래?

R

---

나는 그러겠다는 답장을 보낸다. 100만 번이라도 그럴 수 있다.

애슐리의 엄마 아빠는 주말 동안 다른 곳에 가 있으므로 오빠인 클레이턴이 부모 역할을 대신한다. 나는 그가 귀찮게 꼬치꼬치 캐묻지 않을까 걱정했지만, 나에게 거듭 말했듯 그는 해야 할 일이 많아서 바쁘다. 나는 오빠를 방해하지 않을 거라고 말한다.

"너, 그런 옷차림으로 밖에 나갈 거니?" 그가 묻는다.

보통 오빠가 이런 말을 한다면 치마가 너무 짧다거나 가슴골이 너무 드러나 보인다는 뜻이다. 그러나 이 경우에는 주목받는 애슐리답지 않게 평범한 옷을 입었다는 뜻일 터이다.

나는 그런 것에 별로 신경 쓰지 않는다. 하지만 애슐리가 신경을 쓴다면 — 아마 무척 많이 신경 쓸 것이다. — 존중해야 한다. 그래서 다시 내 방으로 돌아가서 옷을 갈아입고, 심지어 약간 화장도 한다. 나는 애슐리가 꾸려 가는 이 매력적인 삶에 매료된다. 아주 키가 작거나 아주 큰 경우와 마찬가지로 빼어난 미모는 세상을 보는 관점을 바꿔 놓을 것이다. 남들이 나를 다르게 보면 나 역시 결국 남들을 달리 보게 되는 법이다.

오빠도 그녀를 존중하는 태도를 보이는데, 만약 그녀 얼굴이

**에브리데이**

평범했다면 절대 그럴 리 없을 거라고 확신한다. 친구 리애넌을 만나러 나갈 거라고 오빠에게 말할 때 오빠는 눈도 깜박이지 않고 진지하게 듣는다.

의심할 나위 없는 미모를 지녔다면 아주 많은 것들이 의심 없이 무사통과될 수 있다.


내가 차 안으로 들어간 순간 리애넌이 웃음을 터뜨린다.

"이게 너일 리가 없어." 그녀가 말한다.

"뭐가?" 내가 말한다. 그러고 나서 이내 이해한다.

"뭐가?" 그녀가 내 말을 흉내 내며 놀린다. 나는 그녀가 그렇게 놀릴 만큼 편안함을 느끼는 것에 흐뭇하지만, 아무튼 놀림을 당한 건 사실이다.

"이해해. 몸이 둘 이상으로 바뀌는 나를 알게 된 건 네가 처음이니까 말이야. 나는 이런 일에 익숙하지 않아. 네가 어떤 반응을 보일지 모르겠어."

이 말에 그녀는 조금 진지해진다.

"미안해. 네가 너무너무 섹시한 흑인 여자애라서 그랬어. 너를 어떤 식으로든 떠올리는 게 굉장히 어려워. 계속해서 이미지를 바꿔야 하니까 말이야."

"날 상상하고 싶은 대로 상상해. 네가 나를 볼 때 보는 그 어떤 몸보다도 네가 상상한 내 모습이 더 진실에 가까울 테니까."

"내 상상력이 이런 상황에 익숙해지기 위해선 시간이 좀 더 필요할 것 같아. 알았지?"

"알았어. 이제 어디로 갈까?"

"바닷가는 이미 가 봤으니 오늘은 숲으로 갈 생각이었어."

그래서 우리는 숲 속을 향해 출발한다.

지난번과는 다르다. 라디오에서 노래가 나오지만 우리는 노래를 따라 부르지 않는다. 우리는 같은 공간에 있지만 우리 생각은 이 공간 바깥으로 퍼져 나간다.

그녀 손을 잡고 싶지만 아무래도 어색할 것 같다. 내가 하지 않는다면 그녀가 손을 뻗어 내 손을 잡는 일은 없을 것이다. 너무 아름다울 때의 문제점이 이것이다. 만질 수 없게 만들어 버리는 것이다. 매일 새로운 몸에서 살아가는 것의 문제점이 이것이다. 내 존재가 거기 있지만 보이지 않는다. 내가 달라졌기 때문에 지난번과는 달라야 하는 것이다.

우리는 켈시에 대해 잠깐 얘기를 나눈다. 리애넌은 어제 무슨 일이 일어났는지 알아보려고 그녀 집에 두 번째로 전화를 걸었다. 켈시의 아빠가 전화를 받자 리애넌은 켈시의 친구라고 밝혔다. 켈시의 아빠는 켈시가 볼일이 있어서 외출했다고만 말하고 더 이상 다른 얘기는 하지 않았다. 리애넌과 나는 이것을 좋은 조짐으로 받아들이기로 한다.

우리는 좀 더 얘기를 나눈다. 그러나 중요한 얘기는 하지 않는다. 나는 이 어색함을 벗어 던지고 리애넌이 나를 다시 그녀 남자 친구나 여자 친구로 대하게 하고 싶다. 그러나 그럴 수 없다. 나는 그녀의 남자 친구도 여자 친구도 아니다.

공원에 도착한 우리는 주말 나들이를 온 다른 사람들로부터 멀찍이 떨어진 장소를 찾는다. 리애넌이 편히 쉬기 좋은 한적한

곳을 찾아낸다. 이어 그녀가 차 트렁크에서 먹을 것을 가져오는 것을 보고 나는 놀란다.

나는 그녀가 소풍 바구니에서 여러 음식을 하나씩 하나씩 꺼내는 모습을 지켜본다. 치즈, 프랑스 빵, 후무스, 올리브, 샐러드, 감자튀김, 살사…….

"너, 채식주의자야?" 내 앞에 놓인 증거물을 보고 묻는다.

그녀가 고개를 끄덕인다.

"왜?"

"왜냐하면 우리가 죽으면, 그동안 먹어 왔던 동물들에게 거꾸로 우리가 먹힌다는 게 내 생각이니까. 그러니 육식주의자가 육식을 하면서 먹어 대는 동물 수가 계속 늘어난다면…… 흠, 그럴 경우엔 그가 지옥에서 동물들에게 먹히는 시간도 그만큼 늘어날 거라고."

"정말?"

그녀가 웃는다. "아니. 그 질문에 신물이 나서 그런 거야. 내가 채식주의자인 이유는 실은, 감정이 있는 다른 동물을 먹는 건 온당치 못하다는 생각 때문이야. 환경에 나쁜 영향을 끼치기도 하고."

"타당한 생각이야." 나는 채식주의자의 몸 안에 있으면서 무심코 고기를 먹은 일이 얼마나 자주 있었는지에 대해선 얘기하지 않는다. 그런 건 내가 반드시 확인해 보는 사항이 아니다. 대개는 친구의 반응을 보고 나도 흠칫 놀라는 것이다. 한번은 철저한 채식주의자인 줄 모르다가 맥도날드 매장에서 정말로 토할 뻔했다.

우리는 점심을 먹으면서 조금 더 잡담을 나눈다. 먹은 것들을 치우고 정리한 다음 함께 숲 속을 거닐 때에야 진짜 하고 싶은 얘기들이 나온다.

"네가 원하는 게 뭔지 알고 싶어." 그녀가 말한다.

"내가 원하는 건 우리가 함께 있는 거야." 나는 깊이 생각할 필요도 없이 곧바로 말한다.

그녀는 계속 걷는다. 나도 그녀 옆에서 계속 걷는다.

"그렇지만 우린 함께 있을 수 없어. 너도 알잖아. 안 그래?"

"아니. 난 모르는데."

그녀가 걸음을 멈춘다. 한 손을 내 어깨에 얹는다.

"넌 알아야 해. 난 널 마음에 들어 할 수 있어. 너도 날 마음에 들어 할 수 있어. 하지만 우린 함께 있을 수는 없어."

이렇게 묻는 것은 우스꽝스럽지만 그래도 나는 묻는다. "왜?"

"왜? 왜냐하면 넌 어느 날 아침 이 나라 반대편에서 깨어날 수도 있으니까. 왜냐하면 내가 널 볼 때마다 새로운 사람을 만나고 있는 것 같은 느낌이 드니까. 왜냐하면 넌 내가 원할 때 거기 있을 수 없으니까. 왜냐하면 아무리 해도 난 너를 좋아할 수 없을 테니까. 지금 이런 널 좋아할 순 없어."

"왜 지금 이런 나를 좋아할 수 없는 거야?"

"너무 과해서. 지금의 너는 너무 완벽해. 내가 너…… 같은 사람과 함께 있다는 게 상상이 안 돼."

"그러니까 애슐리를 보지 마. 나를 보라고."

"난 애슐리 안에 있는 걸 보지 못한다고. 알았어? 그리고 저스틴도 있잖아. 난 저스틴을 생각해야 해."

"아냐. 그럴 필요 없어."

"넌 몰라. 네가 저스틴 안에서 깨어나 활동했던 시간이 몇 시간이나 되니? 열네 시간? 열다섯 시간? 네가 정말 거기 있는 동안 그에 관해 모든 걸 알게 된 거야? 나에 관해서도 모든 걸 알게 되었어?"

"넌 저스틴이 길을 잃고 방황하는 아이라서 그를 좋아하는 거야. 믿어 줘. 나는 그런 일이 벌어지는 걸 전에 보았어. 그런데 길을 잃고 방황하는 아이를 사랑하는 사람에게 무슨 일이 일어나는지 알아? 그 자신도 길을 잃고 방황하게 되는 거야. 반드시 그렇게 돼."

"넌 날 몰라……."

"하지만 이 일이 어떻게 될지는 알아! 저스틴이 어떤 사람인지도 알아. 저스틴은 네가 그에게 관심을 쏟는 것의 반만큼도 네게 관심을 쏟지 않아. 내가 네게 관심을 쏟는 것의 반만큼도 네게 관심을 쏟지 않는다고."

"그만! 그만해."

그러나 나는 멈추지 않는다. "만약 저스틴이 이런 몸매인 나를 만난다면 무슨 일이 생길 것 같아? 우리 셋이 함께 어울린다면? 그가 너한테 얼마나 관심을 기울일 거라고 생각해? 그 애는 네가 어떤 사람인지 별 관심이 없어. 난 네가 애슐리보다 천 배는 더 매력적이라고 생각해. 하지만 만약 저스틴에게 기회가 온다면, 걔가 정말 손을 뻗지 않고 참아낼 수 있을 것 같아?"

"저스틴은 그런 애가 아니야."

"확신해? 정말로 확신하는 거야?"

"좋아." 리애넌이 말한다. "그에게 전화해 볼게."

그러지 말라고 즉시 얘기하지만 리애넌은 듣지 않고 그의 전화번호를 누른다. 저스틴이 전화를 받자 리애넌은 소꿉친구가 한 명 있는데, 그를 만나고 싶어 한다고 말한다. 우리 셋이 함께 저녁을 먹는 건 어떨까? 그는 좋다고 대답하지만 리애넌이 저녁은 내가 살게 하고 말한 후이다.

그녀가 전화를 끊고 난 뒤에도 우리는 잠시 그대로 서 있다.

"좋아?" 그녀가 묻는다.

"난 모르겠어." 내가 솔직하게 말한다.

"나도 마찬가지야."

"언제 만나기로 했니?"

"6시."

"알았어." 내가 말한다. "그 동안 너한테 많은 얘길 해 주고 싶어. 그리고 그 대가로 너도 나한테 많은 얘기를 해 줬으면 해."


실제로 있었던 일에 관해 얘기하는 것은 한결 쉽다. 우리가 바로 그 사건 속에 있었기 때문에 요점이 무엇인지 우리 자신에게 상기시킬 필요가 없다.

내가 맨 처음 내 상황을 안 것은 언제였는지 그녀가 묻는다.

"네 살이나 다섯 살 때쯤이었을 거야. 그전에도 매일 몸이 바뀌고 매일 엄마와 아빠가 달라진다는 걸, 또는 할머니나 아기 보는 사람이나 그 밖의 사람들이 매일 바뀐다는 걸 알고 있었던 게 틀림없어. 항상 나를 돌봐주는 사람이 있었으니까 난 삶이 그런 건 줄로만 알았지. 아침마다 새로운 삶이 시작되는 줄 안 거야. 내가 뭘 잘못 알면 — 이름, 장소, 규칙 같은 거 말이야. — 사람들이 바로잡아 주곤 했지. 생활하는 데 큰 어려움은 없었어. 나는 나 자신을 남자나 여자로 생각하지 않았어. 지금까지 한 번도 그런 적이 없어. 하루 동안 남자, 하루 동안 여자로 생각할 뿐이야. 남자니 여자니 하는 것은 새로 입는 옷 한 벌 같은 거였어.

결국 나를 헷갈리게 만든 건 내일이라는 개념이었지. 얼마 후에 난 사람들이 계속해서 내일 할 일에 대해서 얘기한다는 걸 알아차리기 시작했으니까 말이야. 그것도 혼자서가 아니라 함께. 내가 묻거나 따지면 이상한 눈으로 나를 쳐다보는 거야. 다른 사람들에게는 모두, 항상 '내일'과 '함께'가 있는 것 같았어. 하지만 나는 그렇지 않았어. 내가 엄마 아빠에게 '엄마 아빠는 없을 거잖아.'라고 말하면 그분들은 '그게 무슨 말이니. 난 당연히 있을 거란다.'라고 말하곤 했지. 그런데 내가 깨어 보면 그분들은 없는 거였어. 그리고 새 부모님은 내가 왜 그토록 심술이 났는지 영문을 몰라 했지.

거기엔 두 가지 가능성밖에 없었어. 다른 모두가 잘못되었거나, 내가 잘못되었거나. 왜냐하면 모두가 스스로를 기만하면서 '내일 함께'가 있는 것처럼 생각하는 거거나, 오직 나 혼자만 그때 있는 곳을 떠나 다른 데로 가는 거거나, 둘 중 하나일 테니까 말이야."

리애넌이 묻는다. "안 떨어지려고 노력해 봤니?"

"물론 해 봤을 거야. 그런데 지금은 기억나지 않아. 울고 떼를 쓰고 했던 건 기억이 나. 그 얘긴 했잖아. 그런데 그 외엔? 잘 모르겠어. 넌 다섯 살 때 있었던 일이 많이 기억나니?"

그녀가 고개를 젓는다. "그렇진 않아. 유치원에 들어가기 전에 엄마가 나와 언니를 데리고 신발 가게로 가서 새 신을 사 줬던 게 기억나. 초록 신호등은 가라는 뜻이고 빨간 신호등은 멈추라는 뜻이라고 배웠던 게 기억나. 신호등 그림에 색을 칠했던 게 기억나고, 선생님이 노란 신호등을 어떻게 설명해야 좋을지 몰라서 약간 곤혹스러워했던 것도 기억나. 그때 선생님은 노란 신호등을 빨간 신호등과 똑같이 생각하라고 말했던 것 같아."

"나는 글자를 빨리 익혔어." 내가 말한다. "내가 글자를 아는 걸 보고 선생님들이 놀랐던 게 기억나. 내 생각엔 선생님들은 다음 날 내가 글자를 다 잊어버린 걸 보고 전날만큼이나 놀랐을 것 같아."

"다섯 살짜리 아이는 아마도 자신의 하루가 사라진 것을 알아차리지 못할 거야."

"아마 그렇겠지. 모르긴 하지만."

"나는 저스틴에게 계속 물어봤어. 네가 저스틴이었던 날에 대해서 말이야. 그런데 그의 가짜 기억이 얼마나 선명한지, 정말 놀라워. 우리가 바닷가에 갔었다고 하면 그는 부인하지는 않아. 그런데 정말로 기억하고 있지는 않은 거야."

"쌍둥이인 제임스도 그랬어. 그는 뭔가 이상하다는 걸 전혀 알아차리지 못했어. 너를 만나 커피를 마신 것에 대해 내가 물으면, 그는 전혀 그 상황을 기억하지 못했어. 자신이 스타벅스에 있었다는 건 기억해. 그의 마음이 시간은 인식하는 거야. 그런데 실제로 무슨 일이 있었는지는 몰라."

"아마 그들은 네가 기억해 주길 바라는 것만 기억하는지도 모르지."

"나도 그런 생각을 해 봤어. 확실히 알 수 있다면 참 좋을 텐데."

우리는 좀 더 걷는다. 나무에 손가락을 대고 나무 둘레를 한바퀴 빙 돌아본다.

"사랑은 어땠어?" 그녀가 묻는다. "사랑해 본 적 있어?"

"사랑이라고 부를 수 있을지는 모르겠지만, 홀딱 반한 적은 있지. 떠나야 하는 것이 정말로 원망스러웠던 날들도 있었고. 심지어 찾아보려고 애를 썼던 사람도 한둘은 있었어. 성공하지는 못했지만. 그중 사랑에 가장 가까웠던 애는 브레넌이었어."

"그 얘길 해 줘."

"일 년 전쯤이었어. 영화관에서 일하고 있었는데, 그는 사촌을 만나러 그 마을에 와 있었던 거야. 그가 팝콘을 사러 왔을 때 나는 그와 약간 까불대며 얘기를 주고받았는데, 그 순간…… 서로 불꽃이 튄 거였어. 상영관이 하나뿐인 조그만 영화관이었는데, 영화가 상영되자 내 일이 뚝 줄어들었지. 그는 영화 후반부를 보지 못했을 거야. 왜냐하면 영화를 보다가 밖으로 나와서 나와 좀 더 얘기를 나누었으니까. 무슨 일로 왔느냐고 물어 봤더니, 그는 주로 거기 와서 시간을 보냈던 척했어. 얘기가 끝날 무렵 그가 내 메일을 알려 달라고 했지. 난 그 자리에서 이메일 주소를 하나 만들어 냈어."

"나한테 그런 것처럼."

"맞아. 꼭 그대로야. 그는 그날 밤 늦은 시각에 내게 메일을 보냈고, 다음 날 메인 주에 있는 집으로 돌아갔어. 난 그게 이상적인 상황이라는 걸 깨달았지. 우리 관계는 온라인에서만 이루어질 수 있으니까 말이야. 난 영화관에서 일할 때 이름표를 달고 있었으니까 그는 내 이름을 알게 됐지만, 성은 내가 지어냈어. 그런 다음 실제 남자애의 인물 소개란에 있는 사진 몇 개를 가져와서 내 온라인 인물 소개란을 꾸몄지. 그 애 이름은 이언이었던 것 같아."

"아, 그러니까 넌 그때 남자였구나?"

"응. 그게 문제가 되니?"

"아니. 괜찮아." 그러나 나는 그녀에게는 문제가 된다는 걸 알수 있다. 조금 찜찜한 것이다. 그녀는 나에 대한 이미지를 다시바꿔야 한다.

"그래서 우린 거의 매일 메일을 주고받았어. 심지어 채팅도 했지. 나에게 일어난 일들을 그에게 말할 수는 없었지만 — 아주 이상한 지역에서 그에게 메일을 보내기도 했어. — 그런데도 그 온라인 공간에서 지속적으로 내 것인 어떤 걸 가지게 되었다고 느꼈고, 굉장히 새로운 느낌이었어. 유일한 문제는 그가 더 많은 걸 원한다는 거였어. 더 많은 사진을 원했고, 스카이프로 대화하길 원했어. 그렇게 열심히 대화를 주고받은 지 한 달쯤 뒤에 그가 다시 나를 만나러 오겠다는 얘기를 꺼내기 시작했지. 삼촌과 숙모는 이미 그를 다시 초대했다고 하고. 여름방학이 다가오고 있었지."

"저런."

"그래, 난감했어. 피해 갈 방법이 생각나지 않았어. 게다가 내가 피하면 피할수록 그는 더 예민하게 굴었지. 우리의 모든 대화에는 우리에 관한 얘기밖에 없었어. 때때로 다른 화제가 끼어들기도 했지만, 그는 어김없이 우리 얘기로 되돌아가는 거였어. 그래서 난 우리 관계를 끝내야만 했던 거야. 우리를 위한 내일은 없을 테니까 말이야."

"왜 그에게 진실을 얘기하지 않았니?"

"그가 진실을 받아들일 수 있을 거라고 생각하지 않았으니까. 안심될 정도로 그를 신뢰하지는 않았으니까. 아마 그런 이유 때문이었을 거야."

"그래서 마음을 접었구나."

"나는 그에게 다른 사람을 만나고 있다고 말했어. 그 시점에서 내가 들어가 있던 몸의 사진을 빌려 썼지. 내 가짜 인물 소개란의 친구 관계를 변경한 거야. 브레넌은 다시는 나와 얘기하고 싶어 하지 않았어."

"그 친구 안됐다."

"정말 안됐어. 그 후로 나는 아무리 쉽고 편해 보인다 해도 더이상 가상공간에서의 관계에 빠져들지 말자고 다짐했어. 현실로 이어지지 않는다면 그런 게 무슨 소용 있겠어? 그런데 난 누구에게도 현실적인 걸 줄 수 없잖아. 내가 줄 수 있는 건 기만적인 것들뿐이야."

"예를 들면 남자 친구인 척하는 거."

"맞아. 하지만 네가 이해해야 할 게 있어. 넌 이 규칙에서 예외였다는 사실이야. 난 너와의 관계는 기만에 바탕을 두고 싶지 않았어. 내가 이런 얘기를 한 건 네가 처음인 이유가 바로 그거야."

"딱 한 번 진실을 얘기하는 게 매우 드문 일인 것처럼 말하는 건 좀 우습다. 장담하는데, 이 세상에는 한 번도 진실을 말하지 않고 살아가는 사람들이 쌔고 쌨어. 정말이야. 그러면서도 매일 아침 같은 몸, 같은 삶 속에서 깨어나지."

"이유가 뭔데? 넌 내게 뭘 얘기하지 않을 건데?"

리애넌이 내 눈을 들여다본다.

"내가 너에게 뭔가를 얘기하지 않는다면, 거기엔 이유가 있지. 네가 날 신뢰한다고 해서 나 또한 저절로 널 신뢰하게 되는 건 아니라는 거야. 신뢰라는 건 그런 식으로 움직이는 게 아니거든."

"그건 그래."

"당연히 그렇지. 이 얘긴 그만하자. 다른 얘길 더 해 줘. 음, 초등학교 3학년 때 얘기."

우리 대화는 계속된다. 내가 음식을 먹기 전에 반드시 알레르기 정보에 접속하는 이유를 그녀는 알게 된다.(아홉 살 때 딸기를 먹고 거의 죽을 뻔한 일을 겪은 후로 그렇게 한다.) 나는 그녀가 토끼를 두려워하는 근원을 알게 된다.(우리에서 탈출해 사람 얼굴 위에서 자는 걸 좋아하는, 스위즐이라는 유난히 고약한 토끼 때문이다.) 그녀는 내가 만난 엄마 가운데 최고였던 엄마에 대해 알게 되고(워터파크에 관한 일화가 있다.) 나는 평생 같은 엄마와 사는 데서 오는 감정의 기복에 대해 알게 된다. 자신을 누구보다도 더 화나게 만드는 사람인데도 그 사람을 누구보다도 더 사랑하는 경우에 대해서도 알게 된다. 그녀는 내가 항상 메릴랜드 주에서만 지낸 것은 아니지만 내 경우 내가 들어가 있는 몸이 먼 거리를 이동할 때에만 멀리 가는 거라는 사실을 알게 된다. 나는 그녀가 비행기를 한 번도 타 본 적 없다는 사실을 알게 된다.

그녀는 여전히 우리 사이에 물리적 거리를 둔다. 오늘은 어깨에 기대거나 손을 잡는 일이 없다. 그렇지만 우리 몸은 비록 떨어져 있어도 우리 대화는 그렇지 않다. 그래서 나는 그런 것에 신경 쓰지 않는다.

우리는 차로 돌아가서 남은 음식을 깨지락거린다. 그런 다음 다시 주변을 어슬렁거리며 얘기를 좀 더 나눈다. 나는 리애넌에게 얘기해 줄 만큼 기억하는 삶이 많다는 사실에 놀라고, 리애넌에겐 삶이 하나뿐인데도 나만큼이나 많은 얘기가 있다는 사실에 깜짝 놀란다. 그녀의 평범한 존재감이 나에게는 그토록 새롭고 그토록 매혹적이라는 사실 때문에 그녀 역시 그 사실을 얼마간 흥미롭게 여기기 시작한다.

나는 자정까지 계속 이렇게 있고 싶다. 그러나 5시 15분이 되자 리애넌이 핸드폰을 보며 말한다. "이제 가 보는 게 좋겠어. 저스틴이 우릴 기다리고 있을 거야."

어찌 된 일인지 나는 잊고 있었다.


이미 결론이 난 거나 다름없을 것이다. 나는 굉장히 매력적인 여자고, 저스틴은 전형적으로 여자를 좋아하는 남자다.

리애넌의 추측이 맞아서, 내가 기억해 주길 바라는 것만 애슐리가 기억하기를 바라는 심정이 된다. 아니면 애슐리의 마음이 기억하고 싶은 것만 기억하거나. 너무 나가지는 않을 작정이다. 내게 필요한 것은 저스틴이 여자를 밝힌다는 사실을 확인하는 것뿐이지, 실제 접촉은 아니다.

리애넌은 고속도로에서 떨어진 조용한 식당을 골랐다. 예상대로 애슐리는 갑각류에 대해서는 아무런 알레르기도 없다는 것을 확인한다. 실은 애슐리는 자신이 많은 음식에 알레르기가 있는 것처럼 생각하도록 스스로를 속여 왔다. 먹는 걸 제한하고 줄이려는 하나의 방법이었던 것이다. 그러나 갑각류는 그러한 특별한 감시 목록에 들어 있지 않다.

그녀가 실내로 걸어 들어가자 사람들이 그녀 쪽으로 고개를 돌린다. 대부분 그녀보다 서른 살은 많아 보이는 남자들이다. 애슐리는 분명 이런 상황에 익숙하겠지만 나는 몹시 신경 쓰인다.

리애넌은 저스틴이 우리를 기다릴까 봐 걱정했지만, 그는 우리가 도착하고 십 분 뒤에야 나타난다. 나를 처음 보았을 때 그의 표정은 가관이다. 리애넌이 전화로 소꿉친구가 있다고 말했을 때 그가 상상한 모습은 애슐리가 아니었다. 리애넌에게 인사할 때는 평소와 다름없지만, 나에게 인사할 때는 입을 떡 벌리고 바라본다.

우리는 자리에 앉는다. 나는 처음에는 그의 반응에 집중하느라 리애넌의 반응은 알아차리지 못한다. 그녀는 갑자기 조용히, 갑자기 소심하게 그녀 내부로 침잠한다. 저스틴이 나타나서 그런 것인지, 아니면 저스틴과 내가 함께 있어서 그런 것인지 알 수가 없다.

나와 리애넌은 우리만의 시간을 즐기느라 정신이 팔려서 이 상황에 대해선 준비를 하지 못했다. 그래서 저스틴이 뻔한 질문 — 리애넌과 어떻게 아는 사이지? 왜 이전에 너에 대한 얘기를 듣지 못했지? — 을 시작할 때 나는 리애넌을 대신해 대답할 수밖에 없다. 왜냐하면 리애넌에게는 말을 지어내는 게 심사숙고해야 하고 진땀 나는 문제지만, 내 경우에는 거짓말하는 것이 피할 수 없는 숙명의 일부이기 때문이다.

나는 그에게 우리 엄마와 리애넌의 엄마가 고등학교 시절 가장 친한 친구였다고 말한다. 나는 지금 로스앤젤레스에서 살고 (그러지 못할 이유가 있는가?) 텔레비전 프로그램 오디션을 받고 있다고(나는 그럴 만하다.) 말한다. 엄마와 나는 일주일 동안 동부 해안으로 여행을 왔는데, 엄마가 옛 친구를 만나고 싶어 하셨다. 리애넌과 나는 이따금 만나곤 했지만 이번에는 아주 오랜만에 보는 것이다.

저스틴은 내 말에 열심히 귀 기울이는 것처럼 보이지만, 실은 전혀 듣고 있지 않다. 내 발이 탁자 밑에서 '우연히' 그의 다리를 건드린다. 그는 모르는 체한다. 리애넌도 모르는 체한다.

나는 뻔뻔해진다. 하지만 신중하게 뻔뻔해지려 한다. 나는 내 생각을 강조할 때 몇 차례 리애넌의 손을 만진다. 그래서 뒤이어 저스틴의 손을 만질 때도 그 행동이 너무 이상해 보이지는 않는다. 나는 어느 파티에서 키스를 했던 할리우드 스타에 대해 언급하고, 그게 별일 아니라는 티를 낸다.

저스틴이 내 행동에 응해 내게도 추파를 던지기를 원하지만, 그는 무기력해 보인다. 그 앞에 음식이 나오자 더욱 그렇다. 그의 관심의 순서가 정해진다. 음식이 첫째, 그다음이 애슐리, 그다음이 리애넌이다. 나는 크랩 케이크를 타르타르 소스에 찍어 먹으며, 이런 내 모습에 애슐리가 호통치는 상상을 한다.

식사가 끝나자 저스틴은 다시 나에게 집중한다. 리애넌이 약간 활기를 띠며 내 동작을 따라 하려 한다. 그녀는 먼저 그의 손을 잡는다. 저스틴은 손을 빼지는 않지만 그리 달가운 표정은 아니다. 그는 리애넌이 자기를 난처하게 만들고 있는 것처럼 행동한다. 나는 이게 좋은 조짐이라고 생각한다.

이윽고 리애넌이 화장실에 다녀오겠다고 말한다. 이때가 바로 저스틴으로 하여금 구제 불능인 어떤 짓을 저지르게 만들 기회다. 리애넌으로 하여금 저스틴의 실체를 보게 할 기회다.

나는 다리를 건드리는 것으로 시작한다. 이번에는 리애넌이 자리에 없으므로 그는 피하지 않는다.

"만나서 반가워." 내가 말한다.

"나도 그래." 그가 말하고는 빙긋 웃는다.

"이다음엔 뭐 할 거야?"

"저녁 식사 후에?"

"응. 저녁 식사 후에."

"모르겠어."

"우리, 뭔가 함께할 수 있을 것 같은데." 내가 제안한다.

"그거 좋지."

"내 생각엔, 우리 둘이서만."

딸깍. 그는 마침내 이해한다.

나는 몸을 앞으로 기울인다. 그의 손을 만지며 말한다. "그럼 참 재미있을 것 같아."

나는 그가 나에게로 몸을 기울이기를 원한다. 그가 자신의 욕구에 굴복하기를 원한다. 그가 한 걸음 더 나아가기를 원한다. 좋아 하고 말하기만 하면 된다.

에브리데이

그는 리애넌이 오고 있지는 않은지, 실내에 있는 다른 사람들이 이 모습을 보고 있지는 않은지 알아보려고 주위를 둘러본다.

"와." 그가 말한다.

"괜찮아. 난 네가 정말 마음에 들어."

그가 몸을 뒤로 젖힌다. 고개를 젓는다. "음…… 안 돼."

너무 나갔다. 그가 먼저 그런 생각을 하게 해야 했는데…….

"왜 안 되는데?"

그가 백치를 쳐다보듯 나를 쳐다본다.

"왜 안 되느냐고?" 그가 말한다. "리애넌은 어떡하고? 거참."

나는 응수할 말을 생각해 보지만 마땅히 떠오르지 않는다. 그러나 그럴 필요도 없다. 리애넌이 자리로 돌아왔기 때문이다.

"난 이러는 게 싫어." 그녀가 말한다. "그만해."

바보 같은 저스틴은 그녀가 자기한테 얘기한 줄 안다.

"난 아무 짓도 안 했어!" 그가 다리를 단호히 자기 쪽으로 당겨 앉아 항변한다. "네 친구는 좀 자제가 안 되는가 봐."

"난 이러는 게 싫어." 그녀가 반복한다.

"됐어." 내가 말한다. "미안해."

"그러니까 미안할 짓을 왜 해!" 저스틴이 소리 지른다. "제길, 캘리포니아에서는 어떻게 하는지 모르겠지만 여기서는 그렇게 행동하면 안 돼." 그가 일어선다. 나는 그의 사타구니를 훔쳐보면서, 그는 부인하지만 내 유혹이 적어도 한 가지 효과는 냈다는 걸 알게 된다. 하지만 리애넌에게 가리켜 보여 줄 수는 없다.

"나는 갈게." 그가 말한다. 그런 다음 뭔가를 증명하듯이 바로 내 앞에서 리애넌에게 키스한다. "리애넌, 잘 먹었어." 그가 말한다. "내일 봐."

내게는 작별 인사도 하지 않는다.

리애넌과 나는 다시 자리에 앉는다.

"미안해." 내가 다시 말한다.

"아냐. 내 잘못인데 뭘. 내 생각이 부족했던 거야."

'내가 말했잖아.'를 기다리고 있는데, 이윽고 그 말이 나온다.

"내가 말했잖아, 넌 이해하지 못한다고. 넌 우릴 이해할 수 없어."

계산서가 온다. 내가 돈을 내려 하지만 그녀가 손사래를 치며 막는다.

"네 돈이 아니잖아." 그녀가 말한다. 이 말이 다른 어떤 것 못지않게 마음 아프게 다가온다.

리애넌은 오늘 하루가 끝나기를 바란다. 나를 얼른 집 앞에 내려 주고 싶어 한다. 저스틴에게 전화해서 사과하고, 그와의 관계를 바로잡기 위해서 말이다.

# 6008일

다음 날 아침, 일어나자마자 컴퓨터 앞으로 간다. 그러나 리애 넌에게서 온 메일은 없다. 나는 다시 한 번 사과 메일을 보낸다. 어제 고마웠다는 뜻을 한 번 더 전하는 메일이다. 보내기 버튼을 누를 때면 메일 내용이 곧바로 상대 마음속으로 들어가는 듯할 때가 있다. 그러나 어떤 때는, 지금 같은 경우에는, 내가 쓴 글자들이 우물 속에 빠져 버리는 듯한 느낌이다.

나는 뭔가 새로운 내용은 없는지 알아보려고 SNS 여기저기를 기웃거린다. 오스틴과 휴고는 여전히 친구 관계를 맺고 있는데, 좋은 조짐 같다. 켈시의 페이지는 친구가 아닌 사람에게는 비공개로 설정되어 있다. 그러니까 내가 어렵사리 관계를 계속 이어 준 한 가지 증거가 있고, 목숨을 구하는 게 가능하다는 또 하나의 증거가 있는 셈이다.

상황이 그리 나쁘지 않다는 것을 나 스스로 상기해야 한다.

이어 네이선을 찾아간다. 그에 관한 보도는 계속되고 있다. 풀 목사는 날마다 더 많은 증거를 확보하고, 뉴스 사이트가 이를 가져다 싣는다. 심지어 《디 어니언》(신랄한 풍자로 유명한 인터넷 매체.—옮긴이)도 행동에 돌입했는데, 그 기사 제목은 이러하다. 윌리엄 카를로스 윌리엄스가 풀 목사에게: 악마가 나더러 자두를 먹게 했어요. 똑똑한 사람들이 이런 일을 풍자한다는 것은, 일부 덜 똑똑한 사람들이 이런 일을 믿는다는 확실한 신호이다.

하지만 내가 뭘 할 수 있겠는가? 네이션은 증거를 원하지만, 내가 줄 수 있는 게 있는지 나는 잘 모르겠다. 내게 있는 거라곤 말뿐인데, 그건 어떤 증거일까?

오늘 나는 에이제이라는 남자다. 그는 당뇨병을 앓고 있다. 그래서 내겐 평상시 걱정 외에도 전혀 다른 차원의 걱정거리가 생겼다. 당뇨병 환자가 된 적이 두어 번 있는데, 맨 처음에는 비참했다. 당뇨병이 관리할 수 있는 병이 아니어서 그런 게 아니라 무엇을 조심해야 하고 어떻게 처리해야 할지 알아내는 것을 몸의 기억에 의존해야 했기 때문이다. 나는 결국 아픈 척해서 엄마가 나와 함께 집에 있으면서 내 건강을 살펴보게 했다. 이제는 혼자서도 당뇨병을 처리할 수 있다고 생각하지만, 아무튼 몸이 내게 무슨 말을 하는지 열심히 귀 기울여야 한다. 평소보다 훨씬 주의를 기울인다.

에이제이의 생활에는 특이한 습관이 가득하지만, 그에게는 그런 것들이 더 이상 특이해 보이지 않는 것 같다. 그는 운동을 열렬히 좋아한다. 학교 축구부에서 선수로 뛰고 있지만 그가 정말 좋아하는 건 야구다. 그의 머릿속은 통계 숫자와 주요 사실과 인물로 가득한데, 그는 이를 바탕으로 수많은 결합 자료와 비교 자료를 만들어 낸다. 한편 그의 방은 비틀즈의 신전이다. 그중에서도 그가 가장 좋아하는 사람은 단연코 조지 해리슨인 것 같다. 그가 어떤 옷을 입고 다니는지 알아내는 일은 어렵지 않다. 옷이 전부 다 청바지와 조금씩 디자인이 다른 버튼다운 셔츠이기 때문이다. 야구 모자는 이게 다 필요할까 싶을 정도로 너무 많다. 그러나 야구 모자를 쓰고 학교에 가는 건 금지일 것이다.

버스 타는 걸 개의치 않고, 버스를 타니 그를 맞아 주는 친구들이 있고, 아침을 먹었는데도 여전히 배가 고프다는 사실 이상으로 고민스러운 일을 처리해야 할 필요가 없는 남자애라는 게 여러 면에서 안심이 된다.

평범한 날이다. 나는 이 평범함을 즐기며 나 자신을 잊으려고 한다.

그러나 3교시와 4교시 사이, 쉬는 시간에 정신이 번쩍 든다. 복도 한가운데 네이선 달드리가 있기 때문이다.

처음에는 잘못 본 줄 안다. 네이선처럼 보이는 애들이 한둘이 아닐 테니까. 그러나 나는 그때 복도에 있는 다른 아이들이 그를 대하는 태도를 보게 된다. 마치 걸어 다니는 조롱거리를 대하는 듯한 태도다. 그는 아이들의 웃음과 키득거림과 비난을 알아채지 못하는 것처럼 보이려 애를 쓴다. 그러나 불편한 표정은 숨기지 못한다.

나는 생각한다. 네이선은 이런 창피를 당할 만해. 걔는 한 마디도 할 필요가 없었어. 그러면 조용히 피해 갈 수 있었을 텐데.

나는 또 이런 생각을 한다. 내 잘못이야. 그가 이런 일을 겪는 건 바로 나 때문이야.

　나는 에이제이에게 접속하여 그와 네이선이 초등학교 때 친한 친구였고 지금도 여전히 친하게 지낸다는 사실을 알아낸다. 그래서 나는 그가 내 곁을 지나갈 때 자연스럽게 안녕 하고 인사를 건넨다. 그도 나에게 안녕 하고 인사한다.


　나는 친구들과 함께 점심을 먹는다. 몇몇 친구가 어젯밤 경기에 대해서 묻고, 나는 부지런히 접속하여 애매하게 대답한다.

　네이선이 탁자에 앉아 혼자서 점심을 먹고 있는 모습이 언뜻 눈에 들어온다. 좀 따분한 애이긴 했지만 그에게 친구가 없었던 기억은 없다. 그런데 지금은 친구가 없는 것 같다.

　"네이선에게 가서 얘기 좀 해야겠어." 친구들에게 말한다.

　한 친구가 못마땅해한다. "정말? 난 저 자식 진짜 역겨운데."

　"쟤 요즘 토크쇼에 출연한다며?" 다른 친구가 맞장구친다.

　"악마도 참 할 일 없네. 토요일 밤에 스바루 자동차를 꺼내 타고 드라이브를 즐길 만큼 한가하다니 말이야."

　"나, 농담 아냐."

　나는 대화가 더 이어지기 전에 얼른 내 식판을 들고는 친구들에게 나중에 보자고 말한다.

　네이선은 내가 자기 쪽으로 오는 모습을 본다. 그러나 내가 그의 자리에 앉자 놀라는 눈치다.

　"앉아도 돼?"

　"응." 그가 말한다. "되고말고."

　나는 내가 뭘 해야 할지 모른다. 그의 마지막 메일 ─ 증거를 대 봐. ─을 떠올리며 그 말이 그의 눈에서 번뜩이기를 얼마쯤 기대해 본다. 그 말에는 내가 맞서야 할 어떤 도전과 자극이 있기 때문이다. 내가 증거다. 나는 바로 그 앞에 있다. 그러나 그는 그걸 모른다.

"어떻게 지내냐?" 나는 이렇게 물으며, 친구들끼리 점심을 먹으며 일상적으로 대화하는 것처럼 보이려고 감자튀김을 하나 집어 든다.

"그럭저럭 잘." 나는 사람들이 그에게 엄청 관심을 쏟으면서도 어떻게 지내느냐고 안부를 묻는 경우는 그리 많지 않다는 것을 눈치챈다.

"뭐, 새로운 건 없어?"

그는 내 어깨 너머로 눈길을 던진다. "네 친구들이 우릴 쳐다보고 있어."

내가 고개를 돌리자 조금 전 함께 있었던 친구들이 모두 다 갑자기 여기가 아닌 다른 곳으로 눈을 돌린다.

"쳐다보든 말든. 쟤들한테 신경 쓰지 마. 쟤들 중 누구한테도 신경 쓸 필요 없어."

"난 신경 쓰지 않아. 쟤들은 이해하지 못하니까."

"이해해. 내 말은, 쟤들이 이해하지 못한다는 걸 이해한다는 뜻이야."

"알아."

"사람들이 전부 큰 관심을 보이니까 정말 부담스럽겠다. 블로그 같은 데에도 네 얘기 엄청 나오잖아. 그 목사 얘기도 나오고 말이야."

내가 너무 나간 건 아닐까 걱정스럽다. 그러나 네이선은 얘기하는 걸 좋아하는 눈치다. 에이제이는 좋은 아이인 게 틀림없다.

"그래. 목사님은 너무 잘 이해하셔. 목사님은 사람들이 나를 슬프게 할 거라는 걸 아셨지. 그렇지만 내가 좀 더 강해져야 한다고 하셨어. 사람들의 비웃음을 감당하는 건 악마에게 사로잡혔다가 살아 돌아온 일에 비하면 아무것도 아니니까 말이야."

악마에게 사로잡혔다가 살아 돌아온 일. 나는 내가 하는 일을 그런 식으로 생각해 본 적이 한 번도 없었다. 내 존재가, 누군가가 살아 돌아와야 하는 그런 것이라고 생각해 본 적이 한 번도 없었다.

네이선이 내가 생각에 잠긴 것을 본다. "뭘 생각해?"

"궁금한 게 있는데…… 그날 일 중 뭘 기억해?"

이제 경계하는 빛이 그의 표정에 어린다.

"그건 왜 물어?"

"그냥 호기심. 난 널 의심하지 않아. 전혀. 그렇지만 아주 많은 글을 읽고 사람들이 하는 말도 많이 들었지만, 정작 네 생각은 들어 보지 못한 것 같아서 그래. 한 사람 건너서, 아니면 두 사람 건너서, 어쩌면 일곱 사람, 여덟 사람 건너서 들은 얘기뿐이었으니까. 그래서 너한테 직접 물어보고 싶었던 거야."

위험한 일이라는 것을 안다. 네이선이 에이제이에게 속마음을 털어놓게 해선 안 된다. 왜냐하면 에이제이가 내일 네이선을 만난다면 오늘 네이선과 나눈 얘기를 기억하지 못할 것이고, 그러면 네이선이 의심을 품을 것이기 때문이다. 그렇지만 나는 그런 걱정과 동시에 그가 무엇을 기억하는지 알고 싶다.

네이선은 얘기하고 싶어 한다. 알 수 있다. 그는 자기 일이 걷잡을 수 없이 커졌다는 것을 안다. 그는 꽁무니를 빼고 물러날 마음은 없지만, 한편으로는 약간 후회한다. 이 일이 이처럼 자기 삶을 송두리째 흔들어 놓을 줄은 그도 몰랐던 것 같다.

"아주 평범한 날이었어." 그가 말한다. "여느 날과 다를 게 없었어. 나는 엄마 아빠랑 집에 있었지. 이런저런 일을 하면서 말이야. 그런데 어느 순간…… 잘 모르겠어. 아무튼 그 사이 무슨 일이 일어난 게 틀림없어. 왜냐하면 내가 학교에서 뮤지컬을 한다고 하고는 그날 저녁 아빠 차를 빌려 탔으니까 말이야. 뮤지컬 이야기는 기억이 안 나. 엄마 아빠가 나중에 그 얘길 해 줘서 알게 된 거야. 어쨌든 나는 차를 몰고 나갔어. 그리고 난…… 커다란 충동을 느꼈어. 무엇엔가 홀려 어딘가로 가고 있는 것처럼 말이야."

그는 잠시 말을 멈춘다.

"어디로?"

그가 고개를 젓는다. "모르겠어. 그게 이상한 부분이야. 몇 시간 동안은 완전히 깜깜해. 내 몸을 내가 통제하지 않았다는 느낌이야. 하지만 그런 느낌뿐이야. 파티의 잔상이 남아 있긴 한데, 그곳이 어디인지, 거기에 누가 있었는지는 알 수가 없어. 그러다가 갑자기 경찰관 때문에 깬 거야. 술은 한 방울도 마시지 않았어. 약도 안 했고. 경찰이 검사해 봤다는 건 너도 알잖아."

"발작이 일어났을 가능성은 없을까?"

"아빠 차를 빌려 타고 나가서 발작을 일으킨다? 말도 안 돼. 나를 조종하는 뭔가가 있었어. 목사님 말로는 내가 악마와 씨름

한 게 틀림없대. 야곱처럼 말이야. 내 몸이 어떤 사악한 일에 쓰였고, 내가 거기에 맞서 싸웠다는 걸 알아야 한다고 하셨어. 결국 내가 이기자 악마는 나를 갓길에 버려두고 떠난 거야."

네이선은 이렇게 믿고 있다. 진심으로 믿는 것이다.

그에게 그건 사실이 아니라고 말해 줄 수 없다. 실제로 무슨 일이 있었는지 말해 줄 수 없다. 그런 말을 하면 에이제이가 위험에 빠질 것이기 때문이다. 나도 위험에 빠질 것이다.

"그런데 그걸 악마라고 단정할 필요는 없잖아."

네이선이 방어적인 태도를 보인다. "아냐, 악마라는 걸 알아. 그리고 그런 경우가 나 혼자뿐인 것도 아냐. 이런 일을 겪은 사람들이 아주 많아. 그런 경험을 한 몇몇이랑 얘기를 나눠 보기도 했는데, 얼마나 공통점이 많았는지 무서울 정도였어."

"그런 일이 다시 일어날까 봐 두렵니?"

"아니. 나는 이제 준비가 됐어. 만약 악마가 가까운 곳에 있다면 내가 뭘 어떻게 해야 할지 알 것 같아."

나는 그의 맞은편에 앉아서 그의 말을 듣고 있다.

그는 나를 알아차리지 못한다.


나는 악마가 아니다.

이 생각이 오후 내내 마음속에서 메아리친다.

나는 악마가 아니다. 그러나 악마일 수도 있다.

멀리 떨어져서 보면, 예컨대 네이선 관점에서 보면, 굉장히 무서운 일일 수도 있다고 이해할 수 있다. 내가 나쁜 짓을 못 하도록 무엇이 나를 막아 줄 것인가? 내가 만약 화학 수업 시간에 손에 쥔 연필로 내 옆자리 여자애 눈을 찌른다면 어떤 벌이 기다리고 있을 것인가? 그보다 더한 일을 저지른다면? 나는 완전 범죄를 저지르고 쉽게 빠져나갈 수 있을 것이다. 살인을 저지른 몸은 반드시 붙잡히겠지만 살인자는 유유히 달아날 것이다. 내가 왜 여태 이런 생각을 하지 않았을까?

나는 악마가 될 가능성이 있다.

그러나 한순간 나는 생각한다. 아니야. 나는 생각한다. 그렇지 않아. 왜냐하면 그 점이 정말 내가 다른 사람들과 다른 점이란 말인가 하는 의문이 들었기 때문이다. 내가 빠져나갈 수 있는 건 사실이지만, 분명 우리 모두에겐 죄를 저지를 가능성이 있다. 죄를 저지르지 않는 쪽을 선택할 뿐이다. 매일매일 우리는 죄를 저지르지 않는 쪽을 선택한다. 나도 다르지 않다.

나는 악마가 아니다.


＊＊


여전히 리애넌에게서 온 메일은 없다. 그녀의 침묵이 혼란스러움 때문인지 아니면 나와의 관계를 끝내려는 뜻에서 비롯된 것인지, 알 도리가 없다.

나는 간단하게 몇 자 써서 보낸다.

너를 꼭 다시 만나고 싶어.

A

# 6009일

다음 날 아침에도 그녀에게서 온 메일은 여전히 없다.
나는 차에 올라 운전을 한다.

차 주인은 애덤 캐시디다. 그는 지금 학교에 있어야 한다. 그러나 나는 교무실에 전화해 애덤 아버지인 체하며 애덤은 병원에 가야 한다고 말한다.

아마 하루 종일 걸릴 것이다.

차로 두 시간 거리다. 애덤 캐시디를 아는 데 시간을 들여야 한다는 것을 알지만, 지금은 그가 부수적인 존재로 여겨진다. 나는 자주 이런 식으로 살아간다. 그날 하루를 무사히 지내기 위해 알아야 할 아주 기본적인 것만 확인하는 것이다. 이런 방식에 매우 능숙해서 한 번도 접속하지 않고 며칠을 지내기도 한다. 그런 날들은 내가 들어가 있는 몸에게는 무척이나 기억이 안 나는 날

일 게 틀림없다. 왜냐하면 나에게도 그런 날은, 그들에 대한 기억이 굉장히 흐리니까 말이다.

차를 몰고 가는 동안 줄곧 리애넌을 생각한다. 그녀가 다시 돌아오게 하는 방법은 무엇일까? 그녀의 호감을 얻는 방법은 무얼까? 그러려면 어떻게 해야 좋을까?

이 중 마지막 부분이 가장 어렵다.

학교에 도착한 나는 에이미 트랜이 주차했던 곳에 차를 세운다. 학교의 하루가 한창 무르익어 갈 시간이므로 건물 문을 열고 들어서기 무섭게 붐비는 아이들 속에 휩쓸린다. 지금은 쉬는 시간이고, 리애넌을 찾아야 할 시간은 이 분밖에 남지 않았다.

나는 그녀가 어디에 있는지 모른다. 심지어 몇 교시가 시작되는지도 모른다. 나는 다만 그녀를 찾아 복도를 나아갈 뿐이다. 나와 부딪치며 지나가는 아이들이 앞을 잘 보고 다니라고 말한다. 개의치 않는다. 그 많은 사람들 속 어딘가에 그녀가 있다. 나는 단지 그녀에게만 집중할 뿐이다. 나는 이 우주가 어디로 가야 하는지 알려 주는 대로 걸어간다. 순전히 본능에 의지하여 나아간다. 이런 본능은 나 아닌 어딘가에서, 이 몸이 아닌 어딘가에서 오는 것이라는 걸 알기 때문이다.

그녀가 교실을 향해 걸음을 옮기고 있다. 그러다가 멈춰 선다. 고개를 든다. 나를 본다.

나는 이 상황을 어떻게 설명해야 할지 모르겠다. 나는 사람들이 내 곁을 지나가는 복도에 놓인 하나의 섬이다. 그녀 역시 또하나의 섬이다. 나는 그녀를 보고, 그녀는 내가 누구라는 걸 정확히 안다. 그녀가 나를 알 수 있는 방법은 없다. 그러나 그녀는 안다.

그녀는 교실을 뒤로한 채 나를 향해 걸어온다. 수업 시작종이 울리자 다른 아이들이 썰물처럼 복도에서 빠져나가고, 복도에는 우리 둘만 남는다.

"안녕." 그녀가 말한다.

"안녕." 내가 말한다.

"네가 올 거라고 생각했어."

"화났어?"

"아니. 화나지 않았어." 그녀가 고개를 돌려 교실을 흘깃 본다. "네가 내 출석 점수에는 해롭다는 걸 하느님은 아시겠지만 말이야."

"난 누가 됐든 나와 관련 있는 사람의 출석 점수에는 해로운 존재지."

"오늘 네 이름은 뭐니?"

"A." 내가 대답한다. "너에게는 항상 A야."


＊＊


다음 시간에는 시험이 있어서 그녀는 수업을 빼먹을 수가 없다. 그래서 우리는 학교 안에 남아 있는데, 다른 아이들 — 이 시간에 수업이 없는 아이, 우리처럼 땡땡이치는 아이들 — 과 마주치기 시작하자 그녀가 조금 조심스러워하는 빛을 띤다.

"저스틴은 수업 중이야?" 내가 그녀의 두려움을 건드리는 이름을 말하며 묻는다.

"응. 땡땡이친 게 아니라면."

우리는 빈 교실을 찾아 들어간다. 벽에 셰익스피어에 관한 온
갖 자료와 용품 들이 걸려 있는 것으로 보아 영문학 교실일 거
라고 추측한다. 그게 아니라면 연극 교실이거나.

우리는 문에 달린 유리창으로 우리 모습이 보이지 않도록 교
실 뒷자리에 앉는다.

"나라는 걸 어떻게 알았어?" 나는 이렇게 묻지 않을 수 없다.

"나를 바라보는 모습으로." 그녀가 말한다. "너 아닌 다른 사
람이 그런 식으로 나를 볼 리는 없잖아."

사랑은 세상을 다시 쓰고 싶게 만든다. 사랑은 인물을 선택하
고 배경을 설정하고 플롯을 짜고 싶게 만든다. 사랑하는 사람이
바로 맞은편에 앉아 있다. 그러면 우리는 능력이 닿는 한 그 사
랑이 가능하도록, 영원히 가능하도록, 모든 걸 다 하고 싶다. 교
실에 단둘이 있을 때면 우리는 우리 사랑은 지금 어떤지, 앞으로
는 어떨 것인지 상상의 나래를 펼칠 수 있다.

나는 그녀 손을 잡는다. 그녀는 손을 빼지 않는다. 그녀가 손
을 뿌리치지 않는 건 우리 사이에 뭔가 변화가 생겼기 때문일
까? 아니면 내 몸이 변했다는 단순한 이유 때문일까? 애덤 캐시
디의 손을 잡는 건 한결 쉬운 것일까?

우리 분위기는 차분하다. 이런 분위기에서는 솔직한 대화 이
상의 어떤 것으로 나아가지는 않을 것이다.

"그날 미안했어." 내가 다시 말한다.

"나도 잘못한 게 있는데 뭐. 그에게 전화하지 않았어야 해."

"그가 뭐라고 해? 나중에 말이야."

"널 계속 '그 깜둥이 암캐'라고 부르더라."

"멋지네."

"저스틴은 그게 함정이라는 걸 알아챈 것 같아. 잘은 모르겠지만. 뭔가 이상하다고 느낀 거야."

"그래서 시험을 통과했나 보다."

리애넌이 손을 뺀다. "그렇게 말하면 안 돼."

"미안."

리애넌은 왜 나에게는 안 된다고 말할 만큼 강하면서, 저스틴에게는 안 된다고 말할 만큼 강하지 못한 것인지, 그 이유가 궁금하다.

"어떻게 하고 싶어?" 내가 묻는다.

그녀는 내 눈을 똑바로 쳐다본다. "내가 어떻게 했음 좋겠어?"

"네 마음이 최선이라고 느끼는 대로 했으면 좋겠어."

"그건 잘못된 대답이야."

"왜 잘못됐는데?"

"거짓말이니까."

넌 나랑 정말 가깝구나. 나는 생각한다. 넌 정말 가까워. 그런데도 내 손이 닿지 않아.

"다시 원래 질문으로 돌아가자." 내가 말한다. "어떻게 하고 싶어?"

"불확실한 것 때문에 모든 걸 버리고 싶진 않아."

"나의 어떤 게 불확실한데?"

그녀가 웃는다. "정말 몰라? 내가 설명해 줘야 해?"

"그게 다는 아니잖아. 넌 내 삶에서 만난 가장 중요한 사람이라는 걸 너도 알잖아. 그건 확실해."

"겨우 두 주인걸. 그건 불확실한 거야."

"넌 다른 누구보다도 나에 대해 더 잘 알잖아."

"하지만 난 네게 그 말을 똑같이 해 줄 수 없는걸. 아직은."

"우리 사이에 뭔가 있다는 걸 부인할 수 없을 거야."

"맞아. 그건 그래. 오늘 널 보았을 때…… 난 네가 거기 있는 걸 보기 전까지는 내가 널 기다리고 있었다는 걸 몰랐어. 그랬는데 그 기다림이 순식간에 내 안으로 밀려드는 거야. 뭔가 있다는 건 인정하지만…… 그게 확실한지는 모르겠어."

내가 너에게 바라는 게 뭔지 난 알아라고 말하고 싶다. 그러나 참는다. 그건 또 하나의 거짓말이라는 걸 깨닫고 있기 때문에. 그녀도 그 점을 지적할 것이기 때문에.

그녀가 시계를 쳐다본다. "난 시험 준비를 해야겠어. 너도 또다른 삶으로 돌아가야 하잖아."

나는 참지 못하고 묻는다. "나 보고 싶지 않았어?"

그녀는 잠시 가만히 있다가 대답한다. "보고 싶기도 하고 보고 싶지 않기도 해. 넌 우리가 만나면 상황이 나아질 거라고 생각하겠지만, 실은 더 어려워지는 거야."

"그럼 난 여기 나타나면 안 되는 거야?"

"얼마 동안은 메일로만 연락하자. 괜찮지?"

갑자기 우주가 삐걱거린다. 갑자기 거대하고 장엄한 모든 것

들이 공처럼 작게 쪼그라지며 내 손이 미치지 못하는 곳으로 날
아가 버린 것 같다.

　나는 느끼는데 그녀는 느끼지 않는다.

　아니, 나는 느끼는데 그녀는 느끼지 않으려 한다.

# 6010일

그녀로부터 네 시간 거리만큼 떨어진 곳에 있다.

쉬벨이라는 여자애인데, 오늘은 도저히 학교에 갈 마음이 아니다. 그래서 아픈 척하여 집에서 쉬라는 허락을 받아 낸다. 나는 책도 읽고 비디오게임도 하고 웹 서핑도 한다. 평소 시간을 때우기 위해 하는 모든 일을 해 본다.

그 어떤 것도 효과가 없다. 시간이 텅 빈 것처럼 느껴진다.

나는 계속 메일을 확인한다.

그녀에게서 온 메일은 없다.

없다.

없다.

# 6011일

나는 그녀로부터 고작 삼십 분 거리에 있다.

새벽에 언니가 발레리아 하고 내 이름을 외치며 나를 흔들어 깨운다.

나는 학교에 늦었다 보나 생각한다.

그러나 아니다. 일하러 갈 시간에 늦은 것이다.

나는 가정부다. 아직 미성년인 불법 가정부다.

발레리아는 영어를 쓰지 않으므로 내가 접속해야 할 모든 생각은 스페인어다. 상황이 어떻게 돌아가는지 거의 알지 못한다. 무슨 일이 어떻게 되어 가는지 번역하여 이해하는 데는 시간이 걸린다.

이 임대 아파트에는 네 명이 산다. 우리는 작업복을 입는다. 얼마 후 밴이 와서 우리를 태운다. 내가 가장 어리고, 가장 무시당한다. 언니가 내게 뭐라고 말하고 나는 고개를 끄덕인다. 배가 뒤틀리는 느낌이다. 처음에는 열악한 상황에 충격을 받은 탓이라고만 생각한다. 그러나 실제로 배가 뒤틀리고 있다는 걸 깨닫는다. 위경련이다.

나는 그 증상에 해당하는 단어를 찾아서 언니에게 말한다. 언니는 이해한다. 그런데도 나는 일해야 한다.

더 많은 여자들이 밴에 탄다. 한 명은 내 또래 여자애다. 몇몇이 잡담을 하지만 언니와 나는 누구에게도 말을 붙이지 않는다.

밴은 가정집 앞에서 우리를 내려 주기 시작한다. 언제나 한 집에 최소 두 명씩이고, 서너 명이 내릴 때도 몇 번 있다. 나는 언니와 짝을 이룬다.

화장실 담당이다. 변기를 닦아야 한다. 샤워실에 있는 머리카락을 깨끗하게 치워야 한다. 거울을 반짝반짝 빛나도록 닦아야 한다.

우리는 각자 맡은 구역에 들어가 일한다. 얘기하지 않는다. 음악을 틀지도 않는다. 그저 일만 할 뿐이다.

작업복을 입은 나는 땀을 흘린다. 위경련은 잦아들지 않을 것 같다. 약장에는 약이 가득하다. 그러나 나는 청소를 하러 왔지 약을 먹으러 온 게 아니라는 것을 잘 안다. 진통제 한두 알에 신경 쓰는 사람은 없겠지만, 그래도 위험을 감수하고 싶지 않다.

안방에 딸린 화장실 청소를 할 때도 이 집 안주인은 아직 방에서 나오지 않은 채 누군가와 통화를 하고 있다. 안주인은 자기 말을 내가 알아듣지 못한다고 생각한다. 만약 발레리아가 쿵쿵거리며 곧장 안방으로 들어가 그녀에게 열역학 법칙이나 토머스 제퍼슨의 생애에 대해서 유창하게 영어로 얘기한다면 얼마나 충격을 받을까.

　　　　　　　　　　　　　　　에브리데이

두 시간 뒤 우리는 이 집 청소를 끝낸다. 이것으로 끝났다고 생각했는데, 이후 네 집이 더 있다. 일이 거의 다 끝날 무렵엔 몸을 움직이는 것조차 힘들다. 이 모습을 본 언니가 나랑 같이 화장실 청소를 한다. 우리는 한 팀이다. 오늘 유일하게 기억할 가치가 있는 것은 이 우애다.

집에 도착했을 때는 거의 말도 하지 못한다. 억지로 저녁을 먹는다. 아무 말도 하지 않고 식사만 한다. 그런 다음 방으로 들어가 내 옆에 누울 언니 자리를 남겨 두고 침대에 눕는다.

이메일을 생각할 힘도 없다.

# 6012일

그녀로부터 한 시간 거리에 있다.

샐리 스웨인의 몸으로 눈을 뜬 다음 컴퓨터를 찾으려고 그녀 방을 둘러본다. 아직 잠이 덜 깬 상태로 내 메일을 확인한다.

---

A

어제 메일을 쓰지 못해서 미안해. 쓰려고 했는데, 다른 일들 이 너무 많았어.

(중요한 건 하나도 없고 시간만 허비하는 일들이었어.)

널 만나는 게 쉬운 일은 아니었지만 그래도 널 보니 좋았어.

정말이야. 하지만 조금 시간을 두고 차분히 생각해 보는 게 좋을 거 같아.

에브리데이

어제는 어땠어? 뭘 했지?

R

_____


　정말 알고 싶어서 물어본 걸까? 아니면 예의상 해 본 말일까?
그녀는 누구와도 얘기할 수 있을 것 같다. 한때는 내가 그녀에게
서 원하는 것이 이런 평범하고 일상적인 것이라고 생각했지만,
지금 그런 상황이 되고 보니 이런 평범함이 몹시 실망스럽다.

　나는 그녀에게 보내는 답장에서 지난 이틀 동안의 일을 얘기
해 준다. 그러고 나서 이제 학교에 가야 한다고 말한다. 오늘은
크로스컨트리 경기가 크게 열리는 날이어서 결석할 수 없다. 만
약 결석을 하여 샐리 스웨인이 경기에 참가하지 못한다면 정말
부당한 일일 것이다.


　나는 달린다. 나는 달리기 위해 만들어진 것 같다. 달릴 때는
누구라도 될 수 있기 때문이다. 자기 자신을 몸에 쏟아부어 몸
이상도 아니고 몸 이하도 아닌 존재가 된다. 몸으로 몸에 반응한
다. 이기기 위해 달리기를 하면 몸의 생각이 바로 내 생각이고
몸의 목표가 바로 내 목표가 된다. 나 자신을 지우고 속도에 빠
진다. 나 자신을 잊고 결승선을 통과하기 위해 매진한다.

# 6013일

나는 그녀로부터 한 시간 삼십 분 거리에 있고, 행복한 가족의 일원이다.

스티븐스 가족은 토요일을 함부로 보내지 않는다. 엄마는 대니얼을 정각 9시에 깨우며 차를 타고 외출할 준비를 하라고 말한다. 그가 샤워를 끝냈을 때 아빠는 이미 차를 출발시킬 준비를 마쳤고, 대니얼의 두 여동생은 얼른 가고 싶어 안달이 나 있다.

볼티모어에서 맨 먼저 들른 곳은 윈슬로 호머 전시회가 열리는 박물관이다. 그런 다음 이너하버에서 점심을 먹고, 이어 한참을 차로 달려서 아쿠아리움에 간다. 그다음에는 여동생들을 위해 디즈니 영화를 아이맥스 영화관에서 본다. 저녁은 해산물 요리 전문 식당에서 먹는데, 너무 유명한 식당이라 굳이 식당 이름 앞에 유명한이라는 수식어를 붙일 필요성을 느끼지 않는다.

순조롭지 못한 순간들이 잠깐잠깐 있긴 하다. 여동생 하나가 돌고래에 싫증을 내기도 하고, 주차 공간이 부족해 아빠가 곤혹

에브리데이

스러워한 때도 있다. 그러나 대체로 가족 모두 행복해한다. 그들은 행복에 도취되어 내가 실제로는 그 행복에 끼이지 못했다는 것을 깨닫지 못한다. 나는 주변을 서성이고 있다. 나는 윈슬로 호머의 그림에 나오는 사람처럼 그들과 공간을 공유하기는 하지만 실은 거기에 없는 것이다. 나는 아쿠아리움의 물고기처럼 다른 언어로 생각하며, 자연스러운 내 생활 공간이 아닌 곳에서의 삶에 적응하고 있는 것이다. 나는 지나가는 차에 탄 사람과도 같다. 각자 자기 이야기를 하고 있지만 너무 빨리 지나가기 때문에 알아들을 수 없는, 그런 사람인 것이다.

오늘은 좋은 날이다. 좋은 날이 나쁜 날보다 도움이 되는 건 사실이다. 그녀에 대해, 심지어 나 자신에 대해서도 생각하지 않는 순간들이 있다. 그저 내 액자 속에 앉아 있거나, 내 수족관 속에서 떠다니거나, 내 차에 몸을 실은 채 아무 말도 하지 않고 아무 생각도 하지 않는 순간들이 있다. 나를 뭔가에 연결하는 그어떤 말도, 생각도 하지 않는 순간들이 있는 것이다.

# 6014일

나는 그녀로부터 사십 분 거리에 있다.

일요일이어서 풀 목사가 요즘은 뭘 하는지 알아보기로 한다.

나는 올랜도라는 남자애 몸에 들어와 있는데, 그는 일요일에는 정오 전에 일어나는 일이 드물다. 그러므로 내가 조용히 컴퓨터 자판을 두드린다면 그의 엄마 아빠는 나를 가만히 내버려 둘 것이다.

풀 목사는 사람들이 악령에 사로잡혔던 이야기를 올릴 수 있는 웹 사이트를 개설했다. 이미 게시글과 동영상이 수백 개 올라와 있다.

네이선의 게시글은 전에 했던 말을 요약한 듯 형식적이다. 동영상도 없다. 그에 관해선 새로운 사실을 알 수 없다.

다른 이야기들은 조금 더 자세하다. 몇몇 글들은 제정신이 아닌 사람이 쓴 게 분명해 보인다. 자신의 과장된 음모론을 발산할

239

공간이 필요한 게 아니라 전문가의 도움이 필요한 피해망상증 환자의 글이다. 거의 고통스러울 만큼 진지한 글들도 있다. 한 여자는 자신이 슈퍼마켓 계산대 앞에서 줄을 서서 기다리는 동 안 사탄이 자신을 덮쳐서 물건을 훔치려는 충동을 팽팽히 불어 넣었다고 진심으로 믿는다. 자살한 아들이 마음속의 어떤 비유 적인 악마와 싸웠다고 생각하기보다는 진짜 악마에 사로잡힌 게 틀림없다고 믿는 남자도 있다.

나는 오직 내 또래 안에서만 살기 때문에 십 대 아이들을 찾 아본다. 폴 목사는 사이트에 올라오는 모든 것들을 확인하여 차 단할 필요가 있는 것은 차단하는 게 분명하다. 그렇기 때문에 조 롱하거나 야유하는 글은 보이지 않는다. 그래서인지 십 대가 쓴 글은 가끔 어쩌다가 눈에 띌 뿐이다. 하지만 몬태나 주에 사는 한 남자애 이야기는 나를 전율케 했다. 그는 자신이 악마에 사로 잡힌 적이 있지만, 단 하루뿐이었다고 말한다. 큰일은 없었지만, 자기가 자기 몸을 통제하지 못했다는 것은 알고 있다.

나는 몬태나 주에 있어 본 적이 없다. 그건 확실하다.

하지만 그가 묘사하는 상황은 내 행동과 많이 비슷하다.


폴 목사의 사이트에는 링크가 있다.


　　만약 악마가 당신 안에 있다고 믿는다면
　　여기를 클릭하거나 다음 번호로 전화 주세요.


하지만 만약 정말 악마가 우리 안에 있다면 무엇하러 클릭을 하거나 전화를 하겠는가?

예전 메일을 확인하니 네이선이 다시 나에게 접촉하려 했다는 것을 알게 된다.

---

증거가 없는 거야?
남의 도움이라도 빌려 봐.

---

그는 심지어 풀 목사의 웹 페이지 링크를 걸어 놓았다. 나는 다시 그에게 메일을 써서 저번에 내가 그와 얘기를 나누었다는 사실을 알려 주고 싶다. 그가 친구인 에이제이에게 가서, 에이제이의 월요일은 어땠는지 물어보게 하고 싶다. 나는 어떤 다른 사람의 모습으로 언제든지 그가 있는 곳으로 갈 수 있다는 두려움을 그에게 심어 주고 싶다.

그러지 마. 나는 생각한다. 마음을 그렇게 쓰면 안 돼.

아무것도 원하지 않았을 때의 삶이 한결 편안했다.

원하는 것을 얻지 못하는 상황이 우리를 잔인하게 만들 수도 있다.

다른 계정을 확인하니 리애넌에게서 메일이 하나 와 있다. 그

녀는 주말을 어떻게 보냈는지 애매하게 얘기한 다음 내 주말은
어땠는지 애매하게 묻는다.

나는 남은 시간을 잠으로 때울 생각이다.

# 6015일

눈을 뜬다. 그녀로부터 네 시간 거리가 아니다. 한 시간 거리도 아니고, 십오 분 거리도 아니다.

이럴 수가. 나는 그녀 집에서 눈을 뜬다.

그녀 방에서.

그녀 몸 안에서.

처음에는 아직 자고 있다고, 꿈을 꾸고 있다고 생각한다. 눈을 뜨니 여느 여자애 방과 크게 다르지 않은 방에 있다. 여자애가 오랫동안 살아 온 방이다. 마담 알렉산더 인형이 아이라이너, 패션 잡지와 함께 방을 공유하고 있다. 내 정체성에 접속했을 때 나타난 사람이 리애넌인 것을 보고 나는 꿈의 세계가 장난을 치는 것일 뿐이라고 확신했다. 전에도 이런 꿈을 꾼 적이 있던가? 그런 것 같지는 않다. 하지만 충분히 있을 수 있는 일이라고 생각한다. 깨어 있는 매 순간 그녀가 내 상념과 희망과 걱정의 대상이라면, 내가 잠든 시간 속으로 그녀가 스며 들어오지 않을 이유가 어디 있는가?

그러나 꿈이 아니다. 내 얼굴에 눌린 베개가 느껴진다. 내 다리를 감싼 이불이 느껴진다. 숨을 쉬고 있다. 꿈속이라면 숨 쉬는 걸 느끼지 않을 것이다.

순간, 이 세상이 유리로 변한 것 같다. 매 순간이 바스러질 것처럼 조심스럽다. 모든 동작이 위험하다. 그녀는 내가 여기 있는 것을 원치 않으리라는 것을 안다. 지금 그녀가 느낄 공포감을 나는 안다. 통제력을 완전히 상실한 기분을 안다.

내가 하는 모든 것이 뭔가를 깨뜨릴 수도 있다. 내가 하는 모든 말이, 내가 하는 모든 동작이 그럴 수 있다.

나는 조금 더 주위를 둘러본다. 어떤 아이들은 나이가 들어감에 따라 방의 흔적을 지워 나간다. 새로운 삶을 충실히 살아가기 위해 좀 더 어렸을 적 삶의 흔적을 모두 추방해야 한다고 생각하는 것이다. 그러나 리애넌은 그런 애들보다 과거에 한결 너그럽다. 나는 그녀가 세 살이었을 때 가족과 함께 찍은 사진도 보고, 여덟 살, 열 살, 열네 살이었을 때 찍은 사진도 본다. 펭귄 인형이 여전히 침대 너머에서 지켜본다. 책장에는 샐린저의 책이 닥터 수스의 책 옆에 놓여 있다.

나는 사진 한 장을 집어 든다. 원한다면 그 사진을 찍은 날에 접속할 수 있을 것이다. 그녀와 언니가 시골 축제에 가서 찍은 것으로 보인다. 언니는 상으로 받은 듯한 리본을 가슴에 달고 있다. 그게 무엇인지 알아내는 것은 그리 어렵지 않을 것이다. 그러나 리애넌이 나에게 직접 얘기해 주는 것과는 다를 것이다.

리애넌이 내 곁에 있으면서 그 축제에 대해 얘기해 줬으면 좋겠다는 생각을 해 본다. 나는 이제 그녀 삶에 무단으로 침입한 것만 같은 느낌이다.

이 상황을 헤쳐 나가는 유일한 방법은 오늘 하루를 리애넌이 내게 바랄 거라고 여겨지는 대로 사는 길뿐이다. 내가 여기 있었다는 걸 그녀가 알게 된다면 ― 그녀는 알 거라고 생각한다. ― 내 이익을 위해 그녀를 이용한 사실이 전혀 없다는 것을 그녀가 확신할 수 있기를 바란다. 뭘 알아내기 위해 사람을 이용하는 것은 내가 원하는 방법이 아니다. 나는 본능적으로 알 수 있다. 뭘 얻기 위해 사람을 이용하는 것은 내가 원하는 방법이 아니다.

그렇기 때문에 내가 할 수 있는 거라곤 지는 것뿐인 것 같다.


그녀가 팔을 드는 게 이런 느낌이구나.

그녀가 눈을 깜박이는 게 이런 느낌이구나.

그녀가 고개를 돌리는 게 이런 느낌이구나.

그녀가 혀로 입술을 핥는 게 이런 느낌이고, 방바닥에 발을 대는 게 이런 느낌이구나.

몸무게는 이렇구나. 키는 이렇구나. 그녀가 세상을 보는 각도는 이렇구나.


나는 나에 대한 그녀의 모든 기억에 접속할 수 있을 것이다. 저스틴에 대한 그녀의 모든 기억에 접속할 수 있을 것이다. 내가 그녀 곁에 없을 때 그녀가 한 말들을 들을 수 있을 것이다.

"안녕."

이것이 안에서 듣는 그녀 목소리로구나.

이것이 그녀가 혼잣말을 할 때의 목소리로구나.

문밖으로 나가자 그녀의 엄마가 허청허청 걸으며 나를 지나 간다. 엄마는 일어나긴 했지만 스스로 깬 게 아니다. 불면증이 있는 엄마는 늦게야 잠이 든 탓에 조금밖에 자지 못했다. 엄마는 다시 자도록 노력해 봐야겠다고 말한 다음, 그럴 수 있을 것 같 지는 않다고 덧붙인다.

리애넌의 아빠는 부엌에 있는데, 이제 막 출근하려 한다. 아빠 의 "잘 잤니?"라는 말에 불평스러운 기색은 없다. 그러나 아빠 는 허둥지둥 서두르고 있으므로 리애넌이 아빠에게서 듣게 될 말은 그 짧은 인사가 전부일 것 같다. 아빠가 자동차 열쇠를 찾 는 동안 나는 시리얼을 먹는다. 아빠가 급히 "안녕."이라고 말하 자 나도 메아리처럼 아빠를 향해 "안녕." 한다.

나는 샤워를 하지 않기로 마음먹는다. 심지어 밤에 입고 잔 속옷도 갈아입지 않기로 작정한다. 화장실에 갈 때는 아예 눈 을 감고 있을 작정이다. 거울을 들여다보며 리애넌의 얼굴을 볼 때 발가벗고 있는 듯한 느낌이 든다. 나는 그 이상 나아갈 수는 없다. 머리를 빗자 친밀한 느낌이 밀려온다. 화장을 할 때도 그 렇다. 신발을 신을 때조차도 그렇다. 이 공간에서 그녀 몸의 균 형을 경험하는 것, 그녀 안에서 그녀 피부의 감촉을 경험하는 것, 그녀의 얼굴을 만지고 그 느낌을 안과 밖 양쪽에서 느끼는 것 —그것은 불가피한 동시에 믿을 수 없을 만큼 강렬한 경험이다. 나는 나라고만 생각하려 애쓰지만, 나는 그녀이기도 하다는 느낌을 지울 수가 없다.

나는 접속을 하여 차 열쇠를 찾고, 이어 학교까지 가는 길을 알아낸다. 학교에 가지 말고 집에 있어야 하는 것은 아닌지 모르겠다. 그러나 나는 동요 없이 그렇게 오랫동안 리애넌으로 혼자 있을 자신이 없다. 라디오 채널은 뉴스에 맞추어져 있는데, 뜻밖이다. 언니가 졸업식 때 썼던 사각모자의 술 장식이 백미러에 걸려 있다.

나는 조수석으로 눈을 돌린다. 마치 리애넌이 거기 앉아서 나를 바라보며 어디로 가야 하는지 알려 줄 것처럼.

나는 저스틴을 피하려고 애쓴다. 일찍 사물함으로 가서 책을 챙겨 들고 곧장 1교시 수업이 있는 교실로 향한다. 친구들 몇이 교실로 들어갈 때 나는 가능한 한 많은 얘기를 나눈다. 아무도 나에게서 달라진 점을 알아차리지 못한다. 그들이 신경을 쓰지 않기 때문이 아니라 이른 아침이어서 다들 정신이 또렷하지 않고 느슨한 상태이기 때문이다. 나는 그동안 지나치게 저스틴에 신경을 쓴 탓에 리애넌의 삶에서 친구들이 얼마나 많은 부분을 차지하는지 깨닫지 못했다. 지금까지 그녀의 삶을 가장 충실히 지켜본 것은 내가 에이미 트랜이 되어 이 학교를 찾아왔을 때라는 사실을 깨닫는다. 그날 리애넌은 에이미와 함께 다녔기 때문이다. 리애넌이 학교를 벗어나고 싶을 때도, 이 친구들에게서 벗어나고 싶은 것은 아니다.

"생물 숙제는 다 했니?" 친구인 레베카가 묻는다. 처음에는 레베카가 내 숙제를 좀 보여 달라고 부탁하는 것인 줄 안다. 그

러나 곧 레베카가 자기 숙제를 보여 줄 테니 베껴 쓰라는 뜻으
로 말했다는 걸 알아차린다. 아닌 게 아니라 리애넌에게는 아직
하지 못한 일들이 몇 가지 있다. 나는 레베카에게 고맙다는 말을
하고 숙제를 베끼기 시작한다.

수업이 진행되는 동안 내가 할 거라곤 열심히 듣고 열심히 받
아 적는 것뿐이다.

기억해. 내가 리애넌에게 말한다. 보통 때와 다르지 않다는 걸
기억해.

나는 어쩔 수 없이 전에는 보지 못한 것들을 얼핏얼핏 보게
된다. 공책에 끄적끄적 그려 놓은 나무와 산, 발목에 어렴풋이
남아 있는 양말 자국, 왼손 엄지손톱 밑에 있는 조그마한 빨간
점……. 아마 리애넌은 이런 걸 전혀 알아차리지 못할 것이다.
그러나 나는 그녀에게 새로운 존재이기 때문에 온갖 것들이 눈
에 띈다.

그녀 손으로 연필을 쥐는 게 이런 느낌이구나.
그녀 폐로 숨을 들이마시는 게 이런 느낌이구나.
그녀 등을 의자에 기대는 게 이런 느낌이구나.
그녀 귀를 만지는 게 이런 느낌이구나.
그녀 귀에는 세상 소리가 이렇게 들리는구나. 그녀는 매일 이
런 소리들을 듣는구나.

기억이 하나 떠오른다. 내가 선택한 게 아니다. 그냥 저절로
떠오른 것인데, 막지 않는다.

레베카가 내 옆에 앉아 있다. 그녀는 껌을 씹고 있는데, 수업이 한창 진행 중인 어느 시점에선가 지루함을 참지 못하고 입에서 껌을 빼서 손가락으로 굴리며 놀기 시작한다. 레베카가 초등학교 6학년 때 그렇게 했던 기억이 내 머릿속에 떠오른다. 선생님이 그 모습을 보았고, 레베카는 선생님에게 들킨 것에 깜짝 놀랐다. 너무 놀란 나머지 레베카의 손에서 껌이 날아가 해나 워커의 머리로 떨어졌다. 해나는 처음에는 무슨 일이 벌어졌는지 몰랐다. 아이들이 모두 그녀를 보고 웃기 시작했기 때문에 선생님은 더욱 화가 났다. 그때 내가 나서서 몸을 해나 쪽으로 기울이며 머리에 껌이 붙었다고 말해 주었다. 껌이 머리카락에 엉겨 붙지 않도록 조심하며 손가락으로 껌을 떼어 준 사람도 나였다. 나는 껌을 다 떼어 냈다. 껌을 다 떼어 낸 것이 기억난다.

**

점심시간에도 저스틴을 피하려 하지만 실패한다.

사물함 가까이에도 가지 않고 구내식당 가까이에도 가지 않은 채 복도에 있는데, 저스틴 또한 그렇게 복도에 있는 것이다. 그는 날 보고도 기뻐하는 표정이나 언짢은 표정을 짓지 않는다. 내가 나타난 것을 수업 시간 사이에 울리는 종소리와 다를 게 없는 어떤 사실로 간주할 뿐이다.

"점심, 밖에서 먹을 거야?" 그가 묻는다.

"좋아." 뭘 먹자는 말인지도 모르면서 동의한다.

에브리데이

이번 경우 '밖'은 학교에서 두 구역 떨어진 피자 가게다. 우리는 조각 피자와 콜라를 주문한다. 그는 자기 음식 값을 계산하면서 내 것도 함께 내겠다고 하지 않는다. 좋은 일이다.

그는 수다를 떨고 싶어 한다. 내 생각에는 그가 가장 좋아하는 주제에 초점을 맞추어 얘기하는 것 같다. 다른 사람들이 매번 그에게 저지르는 부당한 행위에 대해 얘기한다. 그의 말에 따르면 도처에 음모가 도사리고 있다. 차 시동이 잘 안 걸리는 것부터 대학 입학에 관한 아빠의 잔소리, 영어 선생님의 '동성애자 같은 말투'에 이르기까지 수상쩍은 일이 사방에 널렸다. 나는 그의 대화에 거의 따라가지 못한다. 따라간다는 말은 여기서는 아주 적절한 표현 같은데, 왜냐하면 그는 나를 최소한 다섯 걸음쯤 뒤에 떨어뜨려 놓은 채 이야기를 하기 때문이다. 그는 내 의견을 원치 않는다. 내가 뭔가를 제안할 때마다 그는 우리 사이 탁자에 그 제안을 내려놓기만 할 뿐 집어 들지는 않는다.

스티브에게 한 짓을 보면 스테파니는 참으로 나쁜 계집이라는 둥의 말을 늘어놓으며 그가 계속해서 피자를 먹어 대는 동안 나에게 눈길을 주는 시간보다 탁자를 내려다보는 시간이 훨씬 많다. 나는 뭔가 과격한 행동을 하고 싶은 강한 유혹과 싸운다. 그는 모르겠지만 내겐 그럴 만한 힘이 있다. 그와 결별하는 데는 일 분 ─ 그 이하 ─ 밖에 안 걸릴 것이다. 그에게 묶인 사슬을 끊는 데는 잘 선택한 몇 마디 말이면 충분할 것이다. 그는 눈물이나 분노나 어떤 약속으로 반격할 수 있겠지만, 나는 다 견뎌 낼 수 있을 것이다.

원하는 것은 아주 많지만 나는 입을 열지 않는다. 이 힘을 쓰지 않는다. 왜냐하면 이런 결말은 내가 원하는 시작으로 이어지지 않을 거라는 사실을 알기 때문이다. 내가 이렇게 끝을 내면 리애넌은 절대 나를 용서하지 않을 것이다. 오늘 내가 무슨 일을 저지른다 해도 그녀는 내일 모든 걸 되돌릴 수 있을 것이며, 나아가 오래가지는 않겠지만 내가 그녀와 연락을 하며 지내는 동안 배신으로 나를 판단할 것이다.

내가 저스틴과 함께 있는 동안 그는 이상한 점을 전혀 알아차리지 못했다는 것을 리애넌이 알아 주기를 바라게 된다. 내가 어떤 몸 안에 있다 해도 그녀는 나를 알아볼 수 있다. 하지만 저스틴은 그녀가 지금 여기 없다는 걸 모른다. 그만큼 자세히 보고 있지 않는 것이다.

그는 그녀를 '실버(silver)'라고 부른다. 식사를 끝내고 나갈 때 "가자, 실버."라고 한다. 나는 내가 잘못 들었나 생각한다. 접속을 해 보니 그럴 일이 있다. 언젠가 둘 사이에 있었던 일이다. 그들은 영어 수업 준비로 『아웃사이더』를 읽고 있다. 그의 침대에 나란히 누워 같은 책을 읽고 있는데, 그녀 진도가 조금 더 빠르다. 그녀는 이 책이 『바람과 함께 사라지다』를 계기로 뭉치게 된 눈물 많은 악동들 이야기일 뿐이라고 생각하지만, 그에게 큰 감동을 주고 있다는 것을 알고 나서는 자기 생각을 말하지 않고 조용히 있는다. 그녀는 다 읽고 나서도 그 자리에 그대로 누워 그가 다 읽을 때까지 첫 부분을 다시 읽는다. 이윽고 그가 책을 덮고 말한다. "와, 그러니까 금빛처럼 아름다운 것은 오래 머물 수 없어. 얼마나 사실적인 소설이니?" 그녀는 그 분위기를 깨뜨

251

리고 싶지 않다. 그게 무슨 뜻이냐고 묻고 싶지 않다. 그 덕분에 그가 빙그레 웃으며 이렇게 말한다. "그래서 우린 은(silver)이 되어야 한다고 생각해." 그날 저녁 그녀가 떠날 때 그가 큰 소리로 말한다. "잘 가, 실버!" 그래서 그렇게 부르게 된 것이다.

* *

학교로 돌아갈 때 우리는 손을 잡지 않고, 얘기도 하지 않는다. 헤어질 때 그는 오후를 잘 보내라는 말도 하지 않고, 우리가 점심시간을 함께 보낸 것에 대한 말도 하지 않는다. 이따 보자라는 말도 없다. 그는 그런 걸 당연하게 여길 뿐이다.

나는 ─ 그가 떠나고 내가 다른 사람들에게 둘러싸였을 때 ─ 내 행동의 위험함을 절실히 인식한다. 작은 날갯짓으로 엄청난 영향을 끼치는 나비효과를 절실히 인식한다. 그것에 관해 깊이 생각한다면, 잠재적인 반향을 충분히 오래 추적한다면, 내 딛는 발걸음 하나하나가 잘못 디딘 걸음이 될 수 있고, 움직임 하나하나가 의도하지 않은 결과를 초래할 수도 있다.

무시하면 안 되는 것을 무시하는 나는 누구인가? 말해야 하는 것을 말하지 않는 나는 무엇인가? 리애넌은 너무나도 잘 아는데 나는 알지 못하는 것은 무엇인가? 내가 복도에 있을 때 듣지 못하는 사적 언어는 무엇인가?

군중을 볼 때 우리 눈은 자연스럽게 어떤 사람들을 따라간다.

우리가 그들을 알든 알지 못하든 상관없다. 그러나 지금 내 눈길은 멍하다. 나는 내가 뭘 보는지 알지만, 그녀라면 뭘 볼 것인지는 알지 못한다.

세상은 여전히 유리와 같다.


그녀 눈으로 글을 읽는 게 이런 느낌이구나.

그녀 손으로 책장을 넘기는 게 이런 느낌이구나.

그녀 발목을 교차해서 앉는 게 이런 느낌이구나.

고개를 숙여 그녀 머리카락이 시야를 가리도록 흘러내리게 하는 게 이런 느낌이구나.

그녀 필체는 이렇게 보이는구나. 이렇게 만들어지는구나. 그녀는 서명을 이렇게 하는구나.


영어 시간에 쪽지 시험을 본다. 『더버빌 가의 테스』에 대해서인데, 나는 이미 읽었다. 리애넌의 점수는 괜찮을 것이다.

접속을 해서 리애넌은 수업이 끝난 후 아무 계획이 없다는 것을 알아낸다. 마지막 수업 시간 전에 저스틴이 그녀를 찾아와 뭘 좀 하고 싶지 않느냐고 묻는다. 그가 말하는 뭐라는 게 무엇인지, 분명해 보인다. 내게 이로울 건 별로 없는 것 같다.

"뭘 하고 싶은데?" 내가 묻는다.

그는 아둔한 강아지 보듯 나를 쳐다본다.

"뭐일 거 같아?"

"숙제?"

그가 코웃음 친다. "좋아. 네가 원한다면 그걸 숙제라고 하자."

거짓말이 필요하다. 실은 내가 정말 하고 싶은 것은 그의 제안을 받아들이고 나서 그를 바람맞히는 것이다. 하지만 그러면 내일 뒤탈이 날 것이다. 그래서 그 대신 엄마의 수면 문제를 치료하러 엄마랑 병원에 가 봐야 한다고 말한다. 달갑지 않은 일이지만, 병원에서는 엄마에게 약을 먹일 것이고 그러면 엄마가 직접 운전해서 집에 돌아오는 게 무리일 거라고 말한다.

"흠, 엄마가 병원에서 약을 많이 타 오기만 한다면⋯⋯." 그가 말한다. "난 네 엄마 약을 좋아하거든."

그가 몸을 숙여 키스를 하고 나는 어쩔 수 없이 받아들인다. 석 주 전과 똑같은 두 몸인데 키스가 이처럼 극단적으로 다르다는 게 너무 놀랍다. 전에 우리 혀가 서로 닿았을 때, 내가 이 몸이 아닌 상대 몸 안에 있었을 때, 그때의 키스는 또 다른 친밀한 대화처럼 느껴졌다. 지금은 그가 어떤 징그러운 것을 내 입속에 밀어 넣고 있는 느낌이다.

"다음엔 약을 좀 가져와." 헤어질 때 그가 말한다.

나는 남는 엄마 피임약이 있으면 좋겠다고 생각한다. 그러면 그에게 슬쩍 건네줄 수 있을 텐데.


우리는 전에 함께 바닷가에 가고, 숲에도 갔다. 그러므로 오늘은 산으로 가 보자고 마음속으로 결정을 내린다.

재빨리 검색해 가장 가까운 산을 알아낸다. 리애넌이 한 번이라도 가 본 적 있는지는 모르지만, 그건 중요한 문제가 아니라고 믿는다.

그녀는 등산할 차림새가 아니다. 컨버스 운동화 굽도 많이 닳아서 온전치 못하다. 그런데도 나는 물병과 휴대전화만 챙기고 나머지는 모두 차 안에 둔 채 씩씩하게 앞으로 나아간다.

월요일이어서 산길은 대체로 한적하다. 이따금씩 하산하는 등산객을 지나치곤 하는데, 그럴 때면 우리는 사방이 정적으로 둘러싸인 곳에 있는 사람들 같은 태도로 고개를 끄덕이거나 안녕하세요 하고 말한다. 길의 이정표는 계획 없이 세워져 있다. 혹은 내가 세심하게 주의를 기울이지 않아서 그렇게 보이는 것일 뿐인지도 모른다. 나는 리애넌의 다리 근육 반응으로 경사가 약간 가팔라지는 것을 느낄 수 있고, 리애넌의 호흡이 조금 가빠지는 것을 느낄 수 있다. 나는 계속 나아간다.

나는 우리 오후를 위해 리애넌에게 온전히 혼자 있다는 충일감을 줘야겠다고 마음먹은 것이다. 소파에 혼자 무기력하게 누워 있는 것과는 다르다. 수학 시간에 따분함과 단조로움을 이겨 내지 못하고 스르르 잠에 빠지는 것과도 다르다. 모두들 잠든 집 안에서 자정에 홀로 서성이는 것과도 다르고, 문이 쾅 닫힌 뒤 방에 홀로 남겨진 고통과도 다르다. 이 혼자 있음은 그러한 것들과는 질적으로 다르다. 이 혼자 있음은 독자적인 것이다. 몸을 느끼지만, 몸이 마음을 산만하게 하도록 움직이지는 않는다. 목적이 있지만 서두르지는 않는다. 옆에 있는 사람과 얘기를 나누는 게 아니라 자연의 모든 요소와 얘기를 나눈다. 땀을 흘리고 힘들어하면서도 미끄러지거나 넘어지지 않도록 조심하며 계속 오른다. 지나치게 몰입하지는 않지만 충분할 정도로 몰입한다.

그리고 마지막 지점에서 잠시 멈춘다. 정상이 눈앞이다. 마지막 가파른 경사와 마지막으로 꺾인 길을 오르니 모든 게 발아래

에브리데이

있다. 엄청나게 멋진 광경은 아니다. 우리가 에베레스트 산 정상에 오른 건 아니다. 그러나 우리는 구름과 대기와 게으른 태양을 빼고는 눈에 보이는 가장 높은 지점에 있는 것이다. 나는 다시 열한 살이다. 우리는 그 나무 꼭대기에 있다. 세상이 우리 아래에 있기 때문에 공기는 더욱 청량하게 느껴진다. 우리는 공기를 한껏 들이마신다. 주위에 다른 아무도 없을 때 우리는 이 거대한 어떤 것이 주는 고즈넉한 경이에 우리 자신을 연다.

기억해. 나는 나무들 너머를 바라보면서 잠시 숨을 가다듬으며 리애넌에게 애원하듯이 말한다. 이 느낌을 기억해 줘. 우리가 여기 있었다는 걸 기억해 줘.

나는 바위에 앉아 물을 마신다. 나는 그녀 몸 안에 있다는 걸 알지만, 흡사 그녀가 나와 함께 있는 것 같다. 우리는 따로 떨어진 사람 둘처럼 이 느낌을 공유한다.

나는 리애넌의 엄마 아빠와 함께 저녁을 먹는다. 엄마 아빠가 나에게 오늘 뭘 했는지 묻자 얘기해 준다. 아마 리애넌보다 더 많이 얘기하고 평소보다 더 많은 얘기를 했을 게 분명하다.

"정말 좋았겠구나." 엄마가 말한다.

"그런 곳에 갈 땐 조심해야 한다." 아빠가 덧붙인다. 그런 다음 아빠는 직장에서 일어난 일로 화제를 돌린다. 간략하게 정리하여 얘기한 내 하루는 이제 다시 나만의 것이 된다.

＊＊

나는 최선을 다해 그녀의 숙제를 한다. 그녀가 내게 보여 주고 싶지 않은 메일이 있을 거라는 생각에 그녀 메일은 열어 보지 않는다. 내 메일도 확인하지 않는데, 내가 받고 싶은 건 그녀 메일뿐이기 때문이다. 침실 탁자 위에 책이 한 권 있지만 읽지 않는다. 아마도 그녀는 내가 읽은 내용을 기억하지 못할 것이고, 그러면 다시 읽어야 할 거라는 생각이 든 것이다. 나는 잡지 몇 권을 훑어본다.

결국 나는 리애넌에게 편지를 남기기로 마음먹는다. 내가 여기 있었다는 걸 그녀가 확실히 알 수 있는 유일한 방법이다. 한편으로는 이 모든 일이 없었던 것처럼 시치미를 떼고, 리애넌이 기억에 흐릿하게 남아 있는 어떤 근거를 바탕으로 의심할 땐 그걸 부인하고 싶은 또 다른 강한 유혹을 느낀다. 그러나 나는 진실하고 싶다. 일을 잘 풀리게 하는 유일한 방법은 완전히 진실한 것뿐이다.

그래서 나는 그녀에게 얘기한다. 편지 첫머리에서 나는 그녀에게, 이 글을 계속 읽기 전에 오늘 있었던 일을 가능한 한 많이 기억해 보라고 요청한다. 그래야 내가 쓴 글이 그녀 마음속에 정말로 남아 있는 기억에 영향을 미치지 않을 것이기 때문이다. 내가 그녀 몸에 들어간 것은 결코 내 선택이 아니며, 내가 통제할 수 있는 일이 아니라는 것을 설명한다. 나는 그녀의 하루를 내가 아는 방식으로 최대한 존중하려고 노력했으며, 이 일이 그녀 삶에 어떠한 균열도 초래하지 않기를 바란다고 쓴다. 그런 다음

에브리데이

그녀를 위해 오늘 하루를 어떻게 보냈는지 요약해서 적어 나간다. 물론 그녀의 필체다. 내가 몸 안으로 들어가 하루를 지낸 사람에게 이렇게 편지를 쓰는 일은 생전 처음인데, 리애넌이 이 글을 읽을 거라는 것을 알기에 기분이 묘하면서도 편안하다. 얘기하지 않은 것들도 아주 많다. 어쨌거나 내가 편지를 쓰고 있다는 사실은 믿음의 한 표현이다. 그녀에 대한 믿음뿐 아니라 신뢰는 신뢰로 이어지고 진실은 진실로 이어진다는 신념에 대한 믿음의 표현인 것이다.

*  *

그녀의 눈꺼풀이 감기는 게 이런 느낌이구나.
그녀에게 잠은 이런 느낌이구나.
밤이 그녀 피부에 내려앉는 느낌이 이런 것이구나.
집 안 소음이 침대에 누운 그녀 귀에 들려주는 노래가 이런 느낌이구나.
그녀는 매일 밤 이렇게 작별을 느끼는구나. 그녀의 하루는 이런 식으로 끝나는구나.

나는 여전히 옷을 입은 채로 누워 몸을 웅크린다. 이제 하루가 거의 다 끝났으므로 유리의 세계는 멀찍이 물러난다. 나비 날갯짓의 위험도 사그라진다. 나는 우리 둘이 이 침대에 함께 있고, 보이지 않는 내 몸이 그녀 품에 안겨 있다고 상상한다. 우리는 똑같이 숨을 쉬므로 가슴이 동시에 오르내린다. 우리는 속삭일 필요도 없다. 왜냐하면 이 거리에서는 생각만으로 통하기 때문이다. 우리 눈이 동시에 감긴다. 우리는 같은 이불을 덮고 같은 밤을 느낀다. 우리 호흡이 함께 느려진다. 우리는 같은 꿈의 서로 다른 형태로 나뉜다. 정확히 같은 시각에 잠이 우리를 데려간다.

# 6016일

---

A

모두 기억나는 것 같아. 넌 오늘은 어디에 있어?
길게 메일을 쓰는 대신 직접 만나서 얘기하고 싶다.
R

---

딜런 쿠퍼라는 남자애 몸 안에서 이 메일을 읽는 나는 그녀로부터 대략 두 시간 거리에 있다. 딜런은 디자인에 흠뻑 빠졌는데, 그의 방은 애플 제품의 과수원이라 할 만하다. 나는 그에게 오래 접속하여 그가 한 여자애를 정말정말 좋아해서 그가 만든 폰트에 그녀 이름을 붙였다는 사실도 알아낸다.

나는 리애넌에게 답장하여 지금 내가 있는 곳을 말해 준다. 그녀가 즉시 답 메일을 보내 —컴퓨터 앞에 앉아 메일을 기다리고 있는 게 틀림없다.— 수업이 끝난 뒤 내가 그녀를 만나러 와 줄수 없는지 묻는다. 우리는 클로버 서점에서 만나기로 한다.

딜런은 꽤 매력적이다. 또한 내가 알아낸 바로는, 동시에 세여자를 좋아한다. 나는 그중 어느 누구에게 더 가까이 접근하는일이 없도록 노력하며 시간을 보낸다. 그는 나중에 자신이 어떤폰트를 더 좋아하는지 고민해서 선택해야 할 것이다.

한 시간 일찍 서점에 도착하지만 너무 긴장이 돼서 책은 전혀읽지 못하고 주변 사람들 얼굴만 구경한다.

그녀가 문을 열고 걸어 들어온다. 그녀 역시 일찍 왔다. 나는일어서거나 손을 흔들 필요가 없다. 그녀는 실내를 둘러보더니내 얼굴과 내가 그녀를 바라보는 표정을 보고 이내 알아본다. 그녀가 말한다.

"안녕."

"안녕."

"마치 술에 흠뻑 취한 뒤 깨어난 기분이야."

"알 것 같아."

그녀가 커피를 사서 가져온다. 우리는 커피 잔을 손으로 감싼채 탁자에 앉아 있다.

내가 어제 새롭게 알아차린 것 몇 가지 —점, 이마에 군데군

에브리데이

데 난 여드름 — 를 본다. 그러나 내게는 그런 것들이 완벽한 그림의 일부처럼 전혀 문제가 되지 않는다.

그녀는 흥분한 것 같지 않다. 화난 것 같지 않다. 그 대신 그녀에게 일어난 일을 차분히 받아들이는 것 같다. 충격이 가라앉으면 우리는 언제나 드러나지 않고 감추어진 부분을 이해하고 싶어 한다. 그리고 리애넌은 이미 물 위로 올라온 물체를 보듯 모든 걸 이해하고 있는 듯하다. 모든 의심이 다 사라진 것 같다.

"잠에서 깼을 때 뭔가 평소와 다르다는 걸 알았어." 그녀가 말한다. "네 편지를 보기 전부터 말이야. 평소 어리둥절한 상태가 아니었거든. 그렇지만 내가 하루를 뛰어넘은 느낌은 아니었어. 마치 내가 눈을 떴을 때 뭔가가…… 덧붙은 느낌이었어. 그런 뒤에 네 편지를 보고 읽기 시작했지. 그리고 대번에 그게 사실이라는 걸 알았어. 실제로 일어난 일이었어. 네가 계속 읽기 전에 잠시 멈추라고 한 부분에서 난 멈췄지. 그리고 어제 있었던 일에 관한 모든 걸 기억해 봤어. 모두 기억이 났어. 눈을 뜨거나 이를 닦는 것 같은, 평소에도 내가 기억하지 못하는 걸 빼고는 말이야. 산에 오른 것, 저스틴과 함께 점심을 먹은 일, 엄마 아빠와 함께 저녁을 먹은 일, 심지어 편지를 쓴 것까지 다 기억에 남아 있었어. 생각해 보면 말이 안 되는 일이지. 왜 내가 다음 날 아침에 읽으려고 나 자신에게 편지를 쓰겠어? 하지만 내 마음속에서는 그게 자연스러운 일로 여겨졌어."

"내가 거기 있었다는 걸 느끼니? 네 기억 속에 말이야."

그녀가 고개를 젓는다. "네가 생각하는 그런 방식이 아니야. 네가 모든 걸 장악하고 있었다거나 내 몸 안에 있었다고 느끼진 않아. 난 네가 나랑 같이 있었던 것 같은 느낌이야. 그러니까 난 기억 속에서 네 존재를 느끼는데, 마치 내 바깥에 있는 것 같았어."

그녀가 잠시 말을 멈추었다가 다시 말한다. "우리가 이런 얘기를 나누다니 정말 이상하다."

그러나 나는 좀 더 알고 싶다.

"나는 네가 모든 걸 다 기억하길 바랐어." 내가 말한다. "네 말을 들으니, 네 마음이 내 바람에 호응했던 것 같아. 아마 네 마음도 네가 모든 걸 다 기억하길 바란 모양이야."

"잘 모르겠어. 난 다만 내가 다 기억하고 있다는 게 기쁠 뿐이야."

우리는 어제 하루에 대해 조금 더 얘기를 나눈다. 이게 얼마나 이상한 일인지에 관해 조금 더 얘기를 나눈다. 마침내 그녀가 말한다. "내 생활을 지저분하게 만들지 않아서 고마워. 그리고 내 옷을 계속 입고 있었던 것도 고맙다. 물론 네가 내 몸을 몰래 엿보았다면 내가 기억하길 바라지 않았겠지."

"절대 몰래 엿보지 않았어."

"믿어. 놀랍게도 난 네가 말하는 걸 다 믿어."

그녀에게 말하고 싶은 다른 얘기가 있다는 걸 알 수 있다.

"그래?"

"뭐랄까…… 넌 이제 날 더 잘 아는 것 같지 않니? 참 이상하게도…… 난 너를 더 잘 알게 된 것 같아서 하는 말이야. 네가 뭘 했는지, 또 뭘 안 했는지 알기 때문에 그런 것 같아. 이상하지 않니? 난 네가 나에 대해 더 많은 걸 알아내려 할 거라고 생각했지만…… 그런데 그건 분명 사실이 아니었어."

"나는 네 엄마 아빠를 만나야 했어."

"우리 엄마 아빠, 어떻든?"

"두 분 모두 네게 쏟는 마음이 남다른 것 같더라. 두 분 나름대로 말이야."

그녀가 웃는다. "동감이야."

"네 엄마 아빠를 만나서 참 좋았어."

"네가 정말로 우리 엄마 아빠를 만날 때 난 잊지 않고 이렇게 말해야겠어. '엄마, 아빠, 이 친구는 A야. 엄마랑 아빠는 얘를 처음 본다고 생각하겠지만, 실은 전에 만났어. 이 친구가 내 몸 안에 있을 때 말이야.'"

"그거 정말 좋은 생각인데."

물론 우리 둘 다 전혀 좋은 생각이 아니라는 것을 잘 안다. 내가 남이 아닌 나 자신으로 그녀의 부모를 만날 방법은 없다.

나는 그 얘기를 하지 않고, 그녀도 말하지 않는다. 잠시 침묵이 이어지는 동안 그녀가 그 생각을 하는지 아닌지도 나는 모른다. 하지만 나는 그 생각을 한다.

"이 일이 다시 일어날 리는 없겠지?" 이윽고 그녀가 묻는다. "넌 두 번이나 같은 사람이 된 적은 없잖아."

"맞아. 다시 일어나진 않을 거야."

"기분 나쁜 일은 없었지만 그래도 네가 통제하는 상태로 잠에서 깨어나지 않을까 생각하며 잠이 들 필요가 없어서 마음이 놓인다. 한 번은 경험해도 괜찮을 것 같긴 해. 하지만 습관적으로 반복되면 곤란하겠지."

"난 정말…… 일상적인 습관처럼 너랑 함께 있고 싶어. 하지만 그런 식으로는 말고."

부담스러운 상황이 앞에 놓여 있다. 나는 여기서 우리가 어디로 나아갈 것인가 하는 문제를 제기해야 한다. 우리는 과거를 지나 여기 이르렀고, 현재를 즐기고 있다. 그리고 지금 나는 계속 밀고 나가려 하지만, 우리는 미래에 발이 걸려 비틀거린다.

"넌 내 생활을 봤잖아." 그녀가 말한다. "이제 어떻게 하는 게 좋을지, 네가 생각하는 방법을 말해 봐."

"우린 방법을 찾게 될 거야."

"그건 답이 아니잖아. 희망이라고."

"희망이 우릴 여기까지 데려온 거야. 답이 아니라."

그녀가 나를 향해 희미하게 웃어 보인다. "일리가 있어." 그녀가 커피를 한 모금 홀짝이는 것을 보고 나는 그녀가 또 다른 질문을 하려 한다는 걸 알 수 있다. "이상하게 생각하겠지만…… 난 사실 계속 궁금한 게 있어. 넌 정말 남자나 여자가 아닌 거니? 넌 내 몸 안에 있을 때가 남자애 몸 안에 있을 때보다 더…… 편안했니?"

이런 게 그녀 마음에 걸린다는 게 나로서는 흥미롭다.

"난 그냥 나일 뿐이야." 내가 말한다. "나는 늘 편안한 동시에 늘 편안하지 않기도 해. 그게 내 삶의 방식인걸 뭐."

"누구랑 키스할 땐?"

"똑같아."

"같이 잘 땐?"

"딜런의 얼굴이 빨개지지 않았니?" 내가 묻는다. "지금 딜런의 얼굴이 빨갛지?"

"그래."

"그럴 거야. 난 나를 아니까."

"너 한 번도……?"

"내가 그런 걸 하는 건 온당치 않아."

"경험이 한 번도 없단 말이지!"

"네가 재미있어 하는 걸 보니 참 즐겁네."

"미안."

"한 여자애가 있긴 했어."

"정말?"

"응. 어제. 네 몸 안에 있을 때. 너, 어제 임신했을지도 몰라."

"웃기지도 않아!" 그녀가 말한다. 그러나 그녀는 웃는다.

"내 눈엔 너밖에 안 보여." 내가 말한다.

다섯 마디밖에 안 되는 짧은 말이지만 우리 대화는 다시 심각해진다. 나는 그걸 공기의 변화처럼, 구름이 해를 가릴 때처럼 느낄 수 있다. 웃음이 그치고, 웃음이 사라진 뒤에 우리는 잠시 그대로 가만히 앉아 있다.

"A……." 그녀가 말을 시작하려 한다. 하지만 나는 그 말을 듣고 싶지 않다. 저스틴 얘기나 불가능하다는 얘기를 듣고 싶지 않다. 왜 우리가 함께할 수 없는지에 관한 다른 어떤 이유에 관해서도 듣고 싶지 않다.

"지금은 말하지 마." 내가 말한다. "오늘은 이 좋은 분위기가 그대로였으면 해."

"알았어. 그렇게 할게."

리애넌은 내가 그녀 몸 안에 있었을 때 알게 된 것들에 관해 조금 더 물어본다. 나는 손톱 밑에 있는 점과 수업 시간에 봤던 다른 사람들, 그리고 부모님의 걱정에 관해 얘기해 준다. 레베카에 관한 기억도 공유하지만 저스틴에 관해 느낀 점은 말하지 않는다. 그녀가 그걸 나에게, 혹은 자기 자신에게 시인하든 않든 간에 그녀는 이미 그런 것들을 알고 있기 때문이다. 또한 나는 그녀 눈가의 흐릿한 잔주름이나 여드름에 대해서도 언급하지 않는데, 그게 그녀의 아름다움을 더 실감 나게 해 주는데도 그녀가 공연히 신경 쓸 거라는 것을 알기 때문이다.

이제는 우리 둘 다 저녁을 먹으러 집에 가야 할 시간이다. 그러나 내가 그녀를 기꺼이 떠나보낼 수 있는 길은 우리가 곧 다시 만나서 함께 시간을 보낼 거라는 약속을 이끌어 내는 것뿐이다. 내일 만나든, 내일이 아니라면 모레 만나든…….

"내가 어떻게 거부할 수 있겠니?" 그녀가 말한다. "네가 다음 번엔 누가 되어 있을지 보고 싶고 궁금해 죽을 것 같은데."

농담이라는 걸 안다. 그러나 이렇게 말하지 않을 수 없다. "나는 언제나 A일 거야."

그녀는 일어서서 내 이마에 키스한다.

"알아." 그녀가 말한다. "그래서 널 보고 싶어 하는 거야."

우리는 좋은 분위기에서 헤어진다.

# 6017일

네이선을 생각하지 않고 이틀을 보냈다. 하지만 네이선이 나를 생각하지 않고 이틀을 보낼 리 만무했다.

---

월요일 19:30
나는 여전히 증거를 원해.

월요일 20:14
왜 나에게 말하지 않는 거야?

월요일 23:43
넌 내게 그런 짓을 했어. 그러니 내겐 설명을 요구할 자격이 있어.

화요일 6:13

난 이제 잠들기가 쉽지 않아. 네가 다시 오지 않을까 궁금하다.

네가 내게 무슨 짓을 할지 궁금하기도 하고. 너, 미친 거니?


화요일 14:30

넌 악마인 게 틀림없어.

오직 악마만이 날 이렇게 내버려 둘 테니까.


수요일 2:12

넌 지금 내 기분이 어떤지 알기나 하니?

---

　책임감으로 부담스럽다. 책임감은 다루기가 참 까다롭다. 내 마음을 둔하고 무겁게 한다. 그러나 동시에 내가 무의미로 무기력하게 빠져들지 않게 해 준다.

　아침 6시다. 바네사 마르티네즈는 일찍 일어났다. 네이선의 메일을 읽은 뒤 나는 리애넌이 무슨 말을 했는지, 리애넌이 뭘 두려워했는지 생각해 보았다. 네이선은 내게 답변을 들을 자격이 충분하다.

---

　그 일은 절대 다시 일어나지 않을 거야. 확실해.

더 이상 설명할 수 없지만, 이건 분명히 알아.

그 일은 단 한 번만 일어난다는 걸 말이야. 그러니 이제 네 할 일을 해.

---

이 분 후 그는 나에게 답장을 쓴다.

---

너는 누구니? 내가 어떻게 네 말을 믿을 수 있겠니?

---

내 답변은 순식간에 풀 목사의 웹사이트에 실릴 위험이 있다. 그러니 진짜 내 이름을 그에게 알려 주고 싶지 않다. 하지만 그에게 이름을 알려 준다면 그가 나를 악마로 여길 가능성이 낮아지고, 나를 그와 똑같은 사람으로 여길 가능성은 높아질 것이라는 생각이 든다.

---

내 이름은 앤드루야. 넌 날 믿어야 해.

왜냐하면 너에게 일어난 일을 정확히 이해하는 사람은 나밖에 없으니까.

---

당연히 그에게서 답장이 온다.

---

증거를 대 봐.

---

다시 답장을 쓴다.

---

너는 파티에 갔어. 술을 마시진 않았지. 거기서 한 여자애랑 잡담을 나눴어.

나중에 그 여자애가 지하실로 내려가 춤을 추지 않겠느냐고 너에게 물었지. 넌 좋다고 했어. 그래서 한 시간 정도 춤을 췄어.

시간 가는 줄도 몰랐어. 너 자신도 잊어버렸으니까.

네 인생에서 가장 환상적인 순간이라 할 만한 시간이었어.

네가 기억하는지는 모르겠지만, 아마 네가 다시 그때처럼 춤을 출 때가 올 거야.

에브리데이

그러면 넌 그 춤이 익숙하게 느껴질 테고, 전에 그 춤을 춘 적이 있다는 걸 알게 되겠지.

이게 네가 잊어버린 그날 일일 거야.

이제 넌 네가 잊어버린 부분을 조금은 되찾았을 거야.

---

이것으로 충분하지 않다.

---

그런데 난 뭣하러 거기 간 거지?

---

나는 되도록 간단히 말한다.

---

그 여자애와 얘기를 하려고 간 거야. 넌 딱 그날 하루만 그 여자애랑 얘기를 하고 싶어 했어.

---

그가 묻는다.

---

그 여자애 이름은 뭐지?

---

리애넌을 끌어들일 수는 없다. 자초지종을 다 말할 수는 없다. 그래서 나는 피하는 방법을 택한다.

---

그건 중요하지 않아. 중요한 건 그 일이 잠깐 동안 의미 있었다는 점이야.

너무 즐겁고 재미있어서 넌 시간 가는 줄도 몰랐어. 그래서 갓길에 있게 된 거야.

너는 술을 마시지 않았어. 차가 고장 난 것도 아니고. 단지 네겐 시간이 없었을 뿐이야.

무서웠을 거라는 건 잘 알겠어. 이해하기 어려울 거라는 것도 알아.

하지만 그 일이 다시 일어나는 경우는 절대 없을 거야.

대답 없는 질문은 널 파괴할 수도 있어. 그러니 네 할 일을 해.

---

사실이지만, 아직도 충분하지 않다.

---

내가 내 할 일만 하면 넌 편하고 좋겠지?

---

내가 그에게 말을 해 줄 때마다, 진실을 얘기해 줄 때마다 내 책임감이라는 부담은 그만큼 더 가벼워진다. 나는 그의 혼란에 대해서는 안쓰럽지만, 그의 적개심에 대해서는 아무런 느낌도 없다.

---

네이선, 네가 뭘 하든 하지 않든, 내 알 바 아니야.

나는 그저 널 도우려는 것뿐이야. 넌 착한 사람이야. 난 네 적이 아니야.

너와 적이었던 적 없어. 우리 길이 우연히 교차했을 뿐이야.

이제 그 길은 나뉘어 갈라졌어.

이제 안녕.

---

나는 화면을 닫고 새로운 화면을 열어서 리애넌의 메일이 왔는지 본다. 내가 그녀로부터 얼마나 멀리 떨어져 있는지 아직 확인해 보지 않았다는 것을 깨닫는다. 그녀와 네 시간 거리라는 것을 알고서 낙담한다. 나는 이 사실을 그녀에게 메일로 곧장 알린다. 한 시간 뒤, 그녀로부터 어쨌든 오늘은 만나기 어려울 것 같다는 회신이 온다. 그래서 우리는 내일 만나는 것을 목표로 삼는다.

한편 나는 바네사 마르티네즈와 씨름해야 한다. 그녀는 매일 아침 최소한 3킬로는 달리는데, 그러기엔 이미 늦었다. 오늘은 1킬로만 달리고 끝낼 수밖에 없는데, 이런 나를 질책하는 그녀 목소리가 들리는 것만 같다. 아침을 먹을 때 아무도 말을 하지 않는다. 바네사의 부모와 여동생은 그녀를 무척 무서워하는 것 같다.

이때 처음 받은 그녀에 대한 인상이 하루 종일 거듭거듭 입증되는 것을 본다. 바네사 마르티네즈는 친절한 사람과는 거리가 멀다.

수업이 시작될 무렵 그녀는 친구들을 만난다. 친구들 역시 그녀를 무서워한다. 친구들이 똑같은 복장인 건 아니지만, 모두들 바네사의 지침에 따라 옷을 입은 게 분명해 보인다.

그녀는 표독스러워서 나조차도 그 영향에서 벗어나기 어렵게 느껴진다. 뭔가 독한 말이 필요할 때마다 모두 그녀를 쳐다보며 그녀 입에서 나올 말을 기다린다. 심지어 선생님들조차도 그렇다. 그런 침묵에 직면한 내 혀끝에서 독설이 꿈틀거린다. 나는 복장 지침을 지키지 않은 여자애들이 있는 것을 보며, 그들의 옷을 찢어 버리는 게 얼마나 쉬운 일인지 생각해 본다.

에브리데이

로렌이 짊어진 거 배낭이야? 쟤는 아직 가슴이 나오지 않은 초딩 3학년 아이처럼 행동한단 말이야. 세상에, 펠리시티는 왜 저런 양말을 신었담? 고양이 양말이잖아? 난 유죄 판결을 받은 아동 성추행범들만 저런 양말을 신는 줄 알았는데. 그리고 켄달의 상의는 왜 저래? 섹시하지 않은 여자애가 섹시하게 입으려 하는 것보다 더한 꼴불견은 없는 것 같아. 쟤를 위해 기금을 모았어야 하는데. 너무 짠해 보여. 토네이도 피해를 입은 아이가 쟤 보면 이렇게 말할 것 같잖아. "아니, 괜찮아. 우린 그 돈 필요 없어. 저 가엾은 아이에게 줘."

나는 이런 생각들이 내 마음 가까이 있는 것을 원치 않는다. 그런데 이상한 것은 내가 이런 생각을 억누르면, 바네사가 이런 생각들을 내지르지 못하도록 막으면, 내 주위 모두가 안도하기는커녕 실망하는 것 같다는 점이다. 그들은 지루해한다. 그러니까 바네사의 표독함은 그들의 지루함을 먹고 사는 것이다.

바네사의 남자 친구인 제프는 운동을 좋아하는데, 지금 그녀가 생리 중이라고 생각한다. 그녀의 가장 친한 친구이자 최고의 조수인 신시아는 누가 돌아가셨느냐고 묻는다. 그들은 뭔가 이상하다는 것을 알지만 진짜 이유는 짐작도 못 할 것이다. 그들은 그녀가 악마에 사로잡혔다는 생각은 전혀 하지 않을 것이다. 오히려 악마가 그녀 몸에서 하루 동안 빠져나간 걸까 하는 의심을 품을지 모른다.

내가 그녀를 변화시키려 하는 건 어리석은 일일 것이다. 오후에 무료 급식소로 가서 그녀 이름으로 자원봉사를 신청할 수도 있을 것이다. 그러나 내일 그녀가 그곳에 가면 그녀는 분명 노숙자 차림새와 급식 질을 비웃기만 할 것이다. 내가 할 수 있는 최선은 어쩌면 바네사로 하여금 남들이 흉보고 헐뜯을 만한 일을 하게 해서 남부끄러운 입장에 놓이게 하는 것인지도 모른다.(너희, 바네사 마르티네즈가 「세서미 스트리트」에 나오는 노래를 부르며 끈팬티 차림으로 복도를 걸어가는 걸 봤니? 그러고 나서 화장실로 달려 들어가 변기에 얼굴을 처박은 걸 봤어?) 그러나 그건 그녀 수준에 굴복하는 일일 것이다. 그리고 나는 그녀의 독을 그녀에게 해롭게 사용하면, 분명 그 독의 일부가 내 안으로도 흘러들 것이라고 믿는다.

그래서 나는 그녀를 변화시키려 하지 않는다. 그저 그녀의 화를 하루만 멈출 뿐이다.

나쁜 사람을 착하게 행동하도록 애쓰는 건 진이 빠지는 일이다. 사람들이 악한 짓을 하는 게 훨씬 쉬운 이유를 알 수 있을 것 같다.

\* \*

나는 리애넌에게 이 모든 얘기를 해 주고 싶다. 무슨 일이 있을 때 그 얘기를 해 주고 싶은 사람은 바로 그녀다. 이것이 가장 기본적인 사랑의 지표다.

나는 이메일에 의지해야 하는데, 그걸로는 충분치 않다. 글에 의존하는 게 피곤해지기 시작한다. 글은 의미가 풍성한 게 사실이지만, 느낌이 부족하다. 그녀에게 글을 쓰는 것은 내 말에 귀 기울이는 그녀 얼굴을 보는 것과 다르다. 그녀에게서 답장을 받

에브리데이

는 것은 그녀 목소리를 듣는 것과 다르다. 나는 늘 과학 기술에 고마움을 느끼지만, 지금은 모든 디지털 작용에는 소통 장애가 조금씩 끼어들어 있는 것처럼 느껴진다. 디지털 세계에 있고 싶은데, 한편으로는 두렵다. 이제 함께 있다는 커다란 즐거움을 알고 나니 평소에 내가 누렸던 단절의 즐거움이 모두 사라지고 있다.

생각했던 대로 네이선은 다시 내게 메일을 보낸다.

---

넌 지금 나를 떠나면 안 돼. 물어볼 게 많아.

---

나는 그에게, 그건 세상을 대하는 그릇된 방법이라고 말해 줄 엄두가 나지 않는다. 언제나 또 다른 질문이 있을 것이므로. 모든 대답은 새로운 질문으로 이어질 것이므로.

살아남는 유일한 방법은 질문 중 일부는 그냥 내버려 두는 것이다.

# 6018일

다음 날은 조지라는 남자이고, 리애넌으로부터 겨우 사십오 분 거리에 있다. 그녀가 내게 메일을 보내서 점심시간에 학교를 빠져나올 수 있을 거라고 말한다.

그러나 나는 오늘 만만치 않은 시간을 보낼 것 같다. 학교에 다니지 않고 집에서 교육을 받는 아이이기 때문이다.

조지의 엄마와 아빠는 집에만 있는 부모다. 조지와 그의 두 형 역시 엄마 아빠와 함께 매일 집에 있다. 다른 집에서는 가정 오락실이라 부를 것 같은 방을 조지의 가족은 '가정 학교'라 부른다. 엄마 아빠는 아이들을 위해 책상 세 개를 들여놓기까지 했는데, 지난 세기가 끝날 즈음에 어떤 방 하나짜리 가정 학교에서 쓰던 것 같다.

여기에는 늦잠이라는 게 없다. 우리는 모두 7시에 일어나며, 누가 언제 샤워를 할지 정해져 있다. 나는 조심스럽게 몇 분 동

에브리데이

안 틈을 내서 컴퓨터를 켜고 리애넌의 메일을 읽는다. 그리고 오늘 일정이 어떻게 될지는 지켜봐야 할 것 같다는 메일을 보낸다. 8시에 우리는 지체 없이 책상에 앉고, 아빠가 집 안 다른 쪽에서 일하는 동안 엄마가 우리를 가르친다.

접속을 통해 나는 조지가 이 가정 학교를 빼고는 학교에 다녀본 적이 없다는 사실을 알아낸다. 부모님이 형의 유치원 교육 방법을 두고 선생님과 싸웠기 때문이다. 유치원 교육 방법이 얼마나 충격적이라고 아이들을 모두 영원히 학교에 보내지 않게 되었는지, 상상이 안 된다. 하지만 내가 이 사건에 관한 정보에 접속할 수 있는 방법은 없다. 조지는 아무것도 모른다. 그는 다만 그 영향을 받고 있을 뿐이다.

나는 전에도 아이들이 탐구하고 성장할 수 있는 방안을 확실히 마련한 열정적이고 매력적인 부모로부터 집에서 교육을 받은 적이 있다. 그러나 지금 이곳 상황은 그런 경우가 아니다. 조지의 엄마는 엄격하고 완고한 데다 내가 들어 본 중에 가장 말이 느린 사람이다.

"얘들아…… 우리는…… 남북…… 전쟁의…… 원인이 된…… 사건들에…… 대해서…… 얘기를…… 할 거야."

형들 모두 그런 말투를 체념하고 받아들인다. 형들은 항상 앞을 쳐다보며 완벽하게 집중하고 있는 척한다.

"남부…… 대통령은…… 제퍼슨…… 데이비스…… 라는…… 사람…… 이었어."

나는 이런 식으로 붙잡혀 있기를 거부한다. 리애넌이 곧 나를 기다리게 될 이 시점에서는 그럴 수 없다. 그래서 한 시간 뒤, 나는 네이선의 전술을 따라 하기로 작정한다.

나는 질문을 하기 시작한다.

제퍼슨 데이비스의 아내 이름은 뭐예요?

어떤 주들이 북부에 속해 있었어요?

게티즈버그 전투에서 죽은 사람 수는 얼마나 돼요?

게티즈버그 연설은 링컨이 혼자 쓴 거예요?

이후에도 서른 가지가 넘는 질문을 한다.

형들은 마치 내가 코카인을 복용하기라도 한 것처럼 나를 쳐
다본다. 엄마는 각각의 질문에 답변을 찾느라 허둥지둥한다.

"제퍼슨 데이비스는…… 결혼을…… 두 번…… 했어. 첫 번째
아내…… 사라는…… 재커리 테일러…… 대통령의…… 딸이었
어. 그런데…… 사라는…… 결혼한 지…… 석 달…… 뒤에……
말라리아로…… 죽었어. 그래서 제퍼슨은…… 재혼했는데……."

이런 식으로 한 시간이 지나간다. 그런 다음 나는 엄마에게,
이 주제에 관한 책을 좀 찾아보러 도서관에 갈 수 있는지 물어
본다.

엄마는 좋은 생각이라고 말하며 직접 나를 도서관까지 차로
데려다주겠다고 한다.


수업이 한창 진행 중인 때여서 도서관에 있는 아이는 나 혼자
뿐이다. 도서관 사서는 나를 알고, 내가 어디에서 왔는지도 안
다. 그녀는 내게는 무척 친절하지만 엄마에게는 통명스럽다. 엄
마가 자기 일을 올바르게 하지 않는다고 생각하는 사람은 이 지
역에서 그 유치원 교사 말고도 많다는 믿음을 나에게 심어 주려

한다.

나는 컴퓨터를 찾아서 메일로 내가 있는 곳을 리애넌에게 알려 준다. 그런 다음 서가에서 『먹이』라는 소설책을 꺼내 전에 어디까지 읽었는지 기억해 낸다. 창가 쪽 열람실에 앉아 눈에 띄는 차들을 물끄러미 바라본다. 리애넌이 오려면 한두 시간은 더 기다려야 한다는 것을 알면서도 그런다. 나는 한 시간 동안 내가 빌려 쓰고 있는 삶을 벗어 버리고 읽고 있는 책 속에 나오는 빌려 쓰는 삶에 빠져든다. 마음이 빠져나가 자아가 없는 독서의 공간에 있는 내 모습을 리애넌이 발견한다. 처음에는 그녀가 거기서 있는 것도 알아차리지 못한다.

"으흠." 그녀가 말한다. "이 건물 안에 있는 아이는 너 혼자뿐인 것 같으니, 너인 게 틀림없어."

너무 쉽다. 저항할 수 없다.

"뭐라고?" 내가 약간 퉁명스럽게 말한다.

"너잖아. 그렇지?"

나는 가능한 한 조지가 어리둥절하게 보이도록 한다. "나를 아니?"

이제 그녀는 자신이 없다. "아, 미안. 난, 음, 여기서 누굴 만나기로 해서……."

"어떻게 생겼는데?"

"음, 잘 몰라. 온라인으로 알게 된 사람이라……."

나는 끙 앓는 소리를 낸다. "학교에 있어야 할 시간 아닌가?"

"너도 학교에 있어야 할 시간 아냐?"

"그럴 수 없어. 여기서 정말 멋진 여자애를 만나기로 했거든."

그녀가 나를 빤히 쳐다본다. "이 나쁜."

"미안. 난 그냥……."

"이 나쁜…… 녀석."

그녀는 심하게 토라진다. 내 장난이 심했다.

나는 자리에서 일어선다.

"리애넌, 미안해."

"넌 그러면 안 돼. 공평하지 않아." 그녀가 뒷걸음질 친다.

"다시는 그러지 않을게. 약속해."

"네가 그랬다는 게 믿기지 않아. 내 눈을 보고 다시 말해. 약속한다고 말이야."

나는 그녀 눈을 보고 말한다. "약속해."

그걸로 충분한 줄 알았는데, 꼭 그렇지는 않다. "난 널 믿어." 그녀가 말한다. "그래도 네가 다른 식으로 증명하기 전까진 넌 나쁜 녀석이야."

＊＊

우리는 사서가 주의를 딴 데로 돌릴 때까지 기다렸다가 살금살금 문 밖으로 나간다. 나는 집에서 교육을 받는 아이가 무단이탈을 하면 보고해야 하는 규칙이 있지 않을까 걱정한다. 조지의 엄마는 두 시간 내에 나를 데리러 올 것이므로 우리에겐 시간이 그리 많지 않다.

우리는 근처 중국 식당으로 간다. 사람들은 우리가 학교에 있어야 할 시간이라고 생각하겠지만, 아무튼 입 밖으로 꺼내지는 않는다. 리애넌은 별일 없었던 오전에 대해 내게 얘기해 주고 — 스티브와 스테파니가 또 싸웠으나 2교시가 시작되기 전에 화해했다. — 나는 바네사의 몸 안에 있었을 때의 얘기를 그녀에게 해 준다.

"나도 그런 여자애들을 많이 알아." 내가 얘기를 마치자 리애넌이 말한다. "그런 걸 잘하는 애들은 위험해."

"바네사는 매우 잘하는 것 같아."

"내가 바네사를 만나지 않은 게 다행이라는 생각이 든다."

나를 만나지 않은 거잖아. 나는 생각한다. 그러나 입 밖에 꺼내지는 않고 속으로만 생각한다.

우리는 탁자 밑에서 무릎을 서로 꼭 붙인다. 내 손이 그녀 손을 찾아내고, 거기서 서로 두 손을 꼭 맞잡는다. 우리는 그런 행동을 하지 않은 것처럼, 서로 맞붙어 있는 모든 곳에서 삶이 고동치는 것을 느끼지 못하는 것처럼 천연덕스레 얘기를 나눈다.

"나쁜 녀석이라고 해서 미안해." 그녀가 말한다. "난 그냥…… 지금 이 상황이 퍽 힘들어. 난 분명 내가 틀리지 않았다고 생각했거든."

"내가 나쁜 놈이었어. 난 이 모든 걸 자연스러운 거라고 당연시해 버린 거야."

"저스틴이 종종 그래. 내가 바로 얼마 전에 말한 걸 전혀 말하지 않은 것처럼 꾸미는 거야. 어쩔 땐 이야기를 처음부터 끝까지 꾸며 낸 다음, 내가 속아 넘어가면 낄낄 웃는 거야. 나는 그게 정말 싫어."

"미안……."

"아니, 됐어. 생각해 보면 저스틴이 처음이었던 건 아닌 것 같아. 사람들이 날 속이고 싶어 하는 뭔가가 내게 있다는 생각이 들어. 그리고 그렇지 않았다면 아마 내가 그런 짓을 — 속이는 짓을 — 했을 것 같아."

나는 젓가락 통에서 젓가락을 모두 꺼내선 탁자 위에 내려놓는다.

"뭐 하는 거야?" 리애넌이 묻는다.

나는 젓가락으로 최대한 크게 하트를 만든다. 그런 다음 스위튼로(분홍색 포장지에 담긴, 설탕 대용으로 쓰는 인공감미료. — 옮긴이)로 하트 안을 채운다. 내가 앉은 탁자에 비치된 스위튼로가 다 떨어지자 다른 두 탁자에 있는 걸 빌려서 하트를 메운다.

그 일이 끝나자 탁자 위 하트를 가리킨다.

"이건." 내가 말한다. "내가 너에게 느끼는 감정의 9000만 분의 1 정도에 불과해."

그녀가 웃는다.

"그런 걸 마음속 깊이 받아들이지는 않을 거야." 그녀가 말한다.

"그럼 뭘 마음속 깊이 받아들일 건데? 넌 정말로 마음속 깊숙이 받아들여야 해."

"인공감미료로 만들었다는 사실을 받아들이라고?"

나는 스위튼로 하나를 집어서 그녀에게 던진다.

"모든 게 다 상징인 건 아냐!" 내가 소리 지른다.

그녀가 젓가락 하나를 집어 들어 칼처럼 휘두른다. 나도 젓가락을 집어 들고 결투를 벌인다.

음식이 나왔을 때도 멈추지 않는다. 내가 잠시 방심한 사이 그녀가 솜씨 좋게 내 가슴을 찌른다.

"난 죽었다!" 내가 선언한다.

"닭 요리는 어느 분이 주문하셨어요?" 웨이터가 묻는다.


웨이터는 우리가 점심 먹는 내내 마음껏 웃고 떠들도록 내버려 둔다. 그는 정말 전문가다운 웨이터다. 물 잔에 물이 반쯤 비면 우리가 의식하지도 못하는 사이 잔에 물을 채워 주는, 그런 웨이터다.

식사가 끝날 무렵 웨이터가 우리에게 포춘 쿠키를 가져다준다. 리애넌이 자기 쿠키를 깔끔하게 반으로 쪼개 안에 든 쪽지를 꺼내 읽더니 얼굴을 찌푸린다.

"행운이 아냐." 그녀가 쪽지를 내게 건네며 말한다.


당신 미소는 멋지군요.


"맞아. 당신 미소는 멋있어질 거예요. 이게 행운이지." 내가 말한다.

"이건 돌려줄래."

나는 한쪽 눈썹을 치켜뜬다. 적어도 그런 표정을 지으려 노력한다. 아마 틀림없이 뇌졸중에 걸린 사람처럼 보일 것이다.

"넌 포춘 쿠키를 돌려주기도 하니?"

"아니. 이번이 처음이야. 여긴 중국 식당이니까 한번 그래 보는 거야."

"반칙이야."

"맞아."

리애넌이 손으로 웨이터를 불러서 자신이 처한 난처한 상황을 설명하고, 웨이터가 고개를 끄덕인다. 웨이터는 그녀에게 줄 포춘 쿠키를 대여섯 개나 더 챙겨 가지고 우리 탁자로 돌아온다.

"딱 하나만 있으면 돼요." 그녀가 웨이터에게 말한다. "잠깐만 기다려 주세요."

웨이터와 나는 리애넌이 자신의 두 번째 포춘 쿠키를 쪼개는 모습을 신중히 지켜본다. 이번에는 리애넌의 입가에 멋진 미소가 떠오른다.

모험이 코앞에 와 있다.

"고맙습니다." 내가 웨이터에게 말한다.

리애넌이 내 쿠키를 쪼개서 쪽지를 확인해 보라고 재촉한다. 나는 그렇게 한다. 내 행운의 내용 역시 그녀 것과 똑같다.

나는 돌려주지 않는다.

우리는 삼십 분 정도 여유를 두고 도서관에 돌아간다. 사서는 다시 안으로 들어오는 우리를 보고도 아무 말도 하지 않는다.

"자, 그럼." 리애넌이 묻는다. "난 이제 뭘 읽어야 해?"

나는 그녀에게 『먹이』를 보여 준다. 『책 도둑』에 관해서도 자세히 말해 준다. 그녀를 이끌고 가서 『모든 차를 파괴하라』와

『지구에서의 첫날』을 찾는다. 나는 이 책들이 요 몇 해 동안 내 동반자였다고 설명한다. 내 이야기는 늘 변한다 해도 이 책들은 언제나 변함없는 모습으로 나를 기다리는 친구고 내가 언제나 돌아갈 수 있는 이야기라고 말해 준다.

"이제 네 생각을 말해 봐." 내가 그녀에게 요청한다. "네 생각엔 난 뭘 읽어야 할 것 같아?"

그녀는 내 손을 잡고 어린이책 코너로 이끈다. 잠시 여기저기를 살펴보더니 앞쪽 진열대를 향해 걸어간다. 그곳에 내가 아는 녹색 책이 놓여 있는 것을 보고 당황한다.

"안 돼! 그 책은 싫어!"

그러나 그녀는 그 녹색 책을 향해 손을 뻗지 않는다. 그녀가 집어 든 책은 『해럴드와 자주색 크레파스』다.

"넌 어떻게 『해럴드와 자주색 크레파스』를 싫어할 수가 있니?"

"미안해. 난 네가 『아낌없이 주는 나무』를 꺼내는 줄 알았어."

리애넌이 나를 미친 오리 바라보듯 본다. "난 『아낌없이 주는 나무』를 끔찍이 싫어해."

나는 한시름 놓는다. "진짜 다행이다. 네가 그 책을 가장 좋아했다면 우리 관계가 끝났을지도 몰라."

"자, 내 팔을 가져가! 내 다리를 가져가!"

"내 머리를 가져가! 내 어깨를 가져가!"

"사랑이란 바로 그런 거니까!"

"그런 아이는 세기의 얼간이라 할 수 있을 거야." 나는 리애넌이 내 말뜻을 알 거라는 사실에 안도한다.

"전 문학사에서 가장 심한 얼간이일걸." 리애넌이 한술 더 뜬다. 그녀는 『헤럴드와 자주색 크레파스』를 내려놓고 내게 더 가까이 다가온다.

"사랑은 자기 손발을 내줘야만 하는 게 결코 아니야." 내가 이렇게 말하며 키스를 하려고 접근한다.

"물론이지." 그녀가 나직이 말하며 이내 입술을 내 입술에 댄다.

순수한 키스다. 우리는 어린이 방에 있는 빈백 의자에서 진한 애무를 하려는 게 아니다. 그러나 그렇다고 해서, 충격을 받고 화가 난 조지의 엄마가 그의 이름을 소리쳐 불렀을 때 몸과 마음이 싸늘하게 식어 가는 것을 막을 수는 없다.

"지금 뭘 하고 있는 거냐?" 엄마가 버럭 소리 지른다. 엄마가 나에게 말한다고 생각했으나, 우리가 있는 곳으로 다가온 엄마는 곧바로 리애넌을 공격한다. "네 부모가 누구인지 모르겠다만, 난 내 아들을 창녀랑 놀아나도록 키우지 않았다."

"엄마!" 내가 소리친다. "이 애는 가만 놔두세요."

"조지, 빨리 차에 타. 당장."

내가 조지의 입장을 더욱 곤란하게 만들고 있을 뿐이라는 것을 모르지는 않지만, 개의치 않는다. 나는 리애넌이 엄마와 단둘이만 있게 내버려 두지 않는다.

"제발 진정하세요." 내가 조지의 엄마에게 말한다. 내 목소리에서 약간 짜증이 묻어난다. 나는 리애넌에게 고개를 돌려 나중에 연락하겠다고 말한다.

"절대 그렇게는 안 될 거다!" 조지의 엄마가 선언한다. 나는 앞으로 여덟 시간 정도만 조지 엄마의 감시 아래 있을 거라는 사실에 은근히 희열을 느낀다.

리애넌이 나에게 작별 키스를 하면서 자기는 주말에 밖으로 나갈 방법을 생각해 낼 거라고 소곤거린다. 조지의 엄마가 조지의 귀를 잡고 밖으로 끌고 간다.

내가 웃음을 터뜨리자 상황은 더 악화될 뿐이다.

내 상황이 마치 신데렐라와 반대인 것 같다. 나는 왕자와 춤을 췄는데, 지금은 집에 돌아와 변기 청소를 하고 있다. 그게 내 벌이다. 변기, 욕조, 쓰레기통을 몽땅 청소해야 한다. 이것만으로도 충분히 고약한데, 거기다가 조지의 엄마가 수시로 와서 '육체의 죄'에 대한 설교를 늘어놓는다. 나는 조지가 엄마의 겁박 전략을 내면화하지 않기를 바란다. 나는 조지의 엄마에게 '육체의 죄'는 단지 통제 수법일 뿐이라고 말하며 따지고 싶다. 사람의 쾌락을 악마적인 것으로 만들면 그 사람의 삶을 통제할 수 있는 법이다. 사람들이 이 수법을 다양한 형태로 나에게 행사한 적인 얼마나 많았는지, 이루 말할 수 없을 정도다. 하지만 나는 키스에서 어떠한 죄도 보지 못한다. 그걸 비난하는 것에서 죄가 보일 뿐이다.

나는 조지의 엄마에게 이런 말을 하지 않는다. 조지의 엄마가 나와 늘 함께 있다면 말하겠지만. 말을 하고 난 뒤의 여파를 감당해야 하는 사람이 나라면 말하겠지만. 조지에게 그 여파를 떠넘길 수는 없다. 난 이미 그의 삶을 어지럽혀 놓았다. 좋은 방향으로 어지럽혔기를 바라지만, 아마 나쁜 방향으로 작용하지 않을까 싶다.

리애넌에게 메일을 보내는 건 불가능하다. 내일까지 기다려야 할 것이다.

해야 할 일을 다 끝내자 이번에는 조지의 아빠가 한바탕 훈계를 하는데, 아마 엄마가 시킨 듯하다. 그러고 난 뒤 나는 일찍 침대로 들어가, 방 안에 혼자 조용히 있으면서 생각에 잠긴다. 리애넌과 함께한 시간이 증거가 될 테니, 조지의 뇌리에 남겨 놓을 기억을 구성해야 할 것이다. 그래서 나는 침대에 누워 실제로 일어난 일을 대체하는 가짜 사실을 만들어 낸다. 그는 도서관에 간 것을 기억할 것이고, 한 여자애를 만난 것도 기억할 것이다. 그녀는 이 지역 사람이 아닌데, 엄마가 옛 동료를 만나러 가면서 그녀를 이 도서관에 내려 준 것이다. 그녀가 그에게 무슨 책을 읽고 있느냐고 물으면서 대화가 시작되었다. 그들은 함께 중국 음식을 먹으러 갔으며, 즐거운 시간을 보냈다. 그는 정말 그녀가 마음에 들었다. 그녀도 정말 그가 마음에 들었다. 그들은 도서관으로 돌아와 『아낌없이 주는 나무』에 대해 실제로 얘기했던 것과 똑같은 대화를 나누었으며, 가까이 다가가 키스했다. 그때 엄마가 도착해 우리 키스를 방해했다. 그녀와의 만남은 뜻밖이었지만, 아주 멋진 경험이었다.

소녀는 사라졌다. 그들은 서로에게 이름을 알려 주지 않았다. 그는 그녀가 어디에 사는지 모른다. 이것이 잠시 거기서 일어났던 일이고, 그 순간은 그렇게 사라졌다.

나는 조지에게 열망을 남기고 있다. 아마 잔인한 일일 것이다. 하지만 나는 그가 자신의 열망을 이 작디작은 집에서 벗어나는 데 쓰기를 바란다.

# 6019일

 

다음 날 수리타의 몸에서 눈을 떴을 때 무척 운이 좋다는 것을 알게 된다. 수리타의 엄마 아빠는 집을 떠나 먼 곳에 가 있어서 아흔 살 할머니가 그녀를 돌보고 있는데, 할머니는 좋아하는 오락 프로그램을 시청하는 데 방해만 되지 않는다면 수리타가 뭘 하든 개의치 않는 것 같다. 나는 리애넌으로부터 한 시간 거리 정도밖에 떨어져 있지 않은데, 리애넌이 거듭되는 출석 불량으로 교장 선생님께 불려 가지 않도록 수업이 끝난 후 다시 클로버 서점에서 그녀를 만난다.

그녀에겐 계획이 많다.

"주말에 할머니 댁에 갈 거라고 친구들에게 말했고, 엄마 아빠에게는 레베카 집에 갈 거라고 말해 뒀어. 그러니 자유야. 실제로 오늘 밤은 레베카 집에서 보낼 거야. 하지만 내일 저녁엔 우리가…… 어딘가로 갈 수 있을 거라고 생각해."

나는 그 계획이 마음에 든다고 말한다.

우리는 공원으로 가서 주변을 산책하고 정글짐에서 놀며 애기를 나눈다. 내가 여자 몸에 있을 때면 나를 대하는 리애넌의 태도가 덜 살갑다는 것을 느끼지만, 이 얘기를 그녀에게 하지는 않는다. 그녀는 여전히 나와 함께 있고 여전히 행복하니까 그것만으로도 대단한 것이다.

우리는 저스틴 얘기는 하지 않는다. 내일 내가 어디에 있을지 우린 알지 못한다는 사실에 대해서도 얘기하지 않는다. 우리 사이 일들을 어떻게 꾸려 나갈지에 대해서도 얘기하지 않는다.

우리는 그 모든 것을 차단하고 마냥 즐긴다.

# 6020일

제이비어 애덤스는 자신의 토요일이 이런 방향으로 가리라고
는 상상도 못 했을 것이다. 그는 정오에 연극 연습을 하러 가려
고 했지만, 집을 나오자마자 감독에게 전화해 심한 독감에 걸렸
다고 말한다. 24시간 내 나을 수 있는 독감이기를 바란다고 덧
붙인다. 감독은 알았다고 한다. 연극은 「햄릿」인데, 제이비어가
맡은 역은 레어티스여서 그 없이도 연습할 수 있는 장면들이 많
다. 그래서 이제 제이비어는 자유로워졌고, 곧장 리애넌이 있는
곳으로 차를 몰고 달린다.

그녀는 나에게 위치를 알려 주었지만 최종 목적지가 어디인
지는 말해 주지 않았다. 나는 서쪽으로 거의 두 시간을 달려서
메릴랜드 주 내륙 지역으로 들어간다. 이윽고 나는 숲 속에 숨은
조그만 오두막집에 이른다. 만약 오두막집 앞에 리애넌의 차가
없었다면 분명 속수무책으로 길을 잃었다고 생각했을 것이다.

내가 차에서 내릴 때 그녀는 문간에서 나를 기다리고 있다.

들뜬 표정이다. 나는 아직 여기가 어디인지 모른다.

"오늘은 무척 귀여운 얼굴이네." 내가 가까이 가자 그녀가 나를 살펴보며 말한다.

"아빠는 프랑스계 캐나다인이고 엄마는 크리올인이야." 내가 말한다. "그런데 프랑스 말은 못해."

"이번엔 네 엄마가 여기 나타나지 않겠지?"

"물론이지."

"좋았어. 그럼 죽을 각오를 하지 않고도 할 수 있겠네."

그녀가 내게 진한 키스를 한다. 나도 똑같이 진하게 키스한다. 우리는 갑자기 우리 몸이 말을 하도록 놔둔다. 우리는 출입문 안쪽, 오두막집 안쪽에 있다. 하지만 나는 방을 보지 않은 채 그녀를 느끼고, 그녀를 맛보고, 나를 밀어 대는 그녀를 꼭 밀어 댄다. 그녀가 내 외투를 벗기고, 우리는 발을 차서 신발을 벗는다. 그녀가 이끄는 대로 나는 뒷걸음질 친다. 내 다리 뒷부분이 침대 모서리에 걸리고, 우리는 어설프게, 그러나 기분 좋게 침대 위로 쓰러진다. 나는 등을 대고 눕고 그녀는 내 어깨를 짓누른 채 우리는 키스하고 키스하고 키스한다. 숨소리, 뜨거워진 체온, 그리고 접촉. 셔츠를 벗자 살과 살이 맞닿고, 우리는 미소 지으며 뭐라고 웅얼거린다. 아주 작은 몸짓 속에서, 무척 섬세한 감각 속에서 거대한 세계가 모습을 드러낸다.

나는 키스를 멈추고 그녀를 쳐다본다. 그녀도 키스를 멈추고 나를 바라본다.

"헐." 내가 말한다.

"헐." 그녀가 말한다.

나는 손가락을 그녀 얼굴에 대고 윤곽을 따라 내려가다가 이어 쇄골을 어루만진다. 그녀의 손가락이 내 어깨와 등을 따라 내려간다. 내 목과 귀에 키스한다.

나는 처음으로 주위를 둘러본다. 방 하나짜리 오두막집이다. 화장실은 밖에 있는 게 분명하다. 벽에는 사슴 머리들이 걸려 있는데, 유리알 같은 사슴 눈이 우리를 내려다본다.

"여긴 어디야?"

"우리 삼촌이 사냥할 때 쓰는 오두막집. 삼촌은 지금 캘리포니아에 있어. 그래서 몰래 들어와도 안전할 거 같았어."

나는 깨진 창문 같은 무단 침입 흔적을 찾아본다. "무단으로 침입한 거 맞아?"

"음, 남는 열쇠가 있었어."

그녀 손이 내 가슴 한가운데 소담스럽게 돋아난 털을 만지더니, 이어 심장 쪽으로 움직여 심장박동을 느낀다. 나는 손 하나를 그녀 옆구리에 올리고 부드럽게 쓰다듬으며 매끄러운 피부를 느낀다.

"대단히 성대한 환영식이었어." 내가 말한다.

"아직 끝나지 않았어." 그녀가 말한다. 우리는 갑작스레 다시 몸을 밀착한다.

나는 그녀가 이끄는 대로 따라간다. 그녀가 내 청바지 윗단추를 푸는 걸 내버려 둔다. 내 바지 지퍼를 내리는 것을 내버려 둔다. 그녀가 브래지어 벗는 걸 내버려 둔다. 나는 그냥 따라만 간다. 그러나 매 단계마다 압박감이 증가한다. 어디까지 갈까? 어디까지 가야 하는 걸까?

우리 알몸에는 어떤 의미가 담겨 있다는 것을 안다. 우리 알몸은 욕구의 한 형태이지만 신뢰의 한 형태이기도 하다는 것을 안다. 우리가 서로에게 완전히 우리를 열어 보일 때의 모습인 것이다. 우리가 더 이상 숨기고 싶지 않을 때 하는 행동인 것이다. 나는 그녀를 원한다. 나는 이걸 원한다. 그러나 두렵다.

우리는 달뜬 사람처럼 움직이다가 느려지면서 꿈을 꾸듯 움직인다. 이제 우리는 몸에 아무것도 걸치지 않았다. 있는 거라곤 이불뿐이다. 이건 내 몸이 아니다. 그러나 그녀가 원하는 몸이다.

타인을 사칭하고 있다는 기분이 든다.

이것이 압박감의 원천이다. 내가 망설이는 원인이다. 지금 나는 여기에 온전히 그녀와 함께 있다. 그러나 내일은 그러지 못할 수도 있다. 나는 오늘 이걸 즐길 수 있다. 지금은 문제될 게 없는 것처럼 느껴진다. 그러나 내일은 어떻게 될지 모른다. 내일 나는 여기에 있을 수도 있고, 없을지도 모른다.

나는 그녀와 자고 싶다. 그녀와 자고 싶은 마음이 간절하다.

또 다음 날 아침에 그녀 곁에서 눈을 뜨고 싶다.

몸은 준비되어 있다. 몸은 달아오른 감각으로 터질 것만 같다. 리애넌이 나에게 하고 싶으냐고 물을 때 나는 몸이 원하는 대답을 안다.

그러나 아니라고 말한다. 우린 그러면 안 된다고 한다. 아직은. 지금은.

순수한 질문이었지만, 그럼에도 그녀는 내 대답에 놀란다. 그녀는 몸을 뒤로 빼고 나를 쳐다본다.

"정말? 난 하고 싶어. 네가 날 걱정해서 그러는 거라면, 그러지 마. 난 하고 싶어. 난…… 준비됐어."

"하면 안 될 것 같아."

"알았어." 그녀가 뒤로 더 물러나며 말한다.

"너 때문이 아니야." 내가 말한다. "내가 하고 싶지 않아서 그러는 것도 아니야."

"그럼 뭐야?"

"옳지 않은 일이라는 생각이 들어서 그래."

이 대답에 그녀는 기분이 상한 표정이다.

"저스틴은 내가 걱정할 문제야." 그녀가 말한다. "이건 너와 나 사이 일이고. 그건 서로 달라."

"단지 너와 나 사이 일인 것만은 아니야." 내가 말한다. "제이비어의 일이기도 해."

"제이비어?"

나는 내 몸을 가리킨다. "제이비어."

"아."

"얘는 그걸 해 본 적 없어." 내가 말한다. "그래서 제이비어가 자신은 알지도 못하는 채 첫 경험을 하는 건…… 옳지 않은 일이라는 생각이 드는 거야. 그에게서 뭘 빼앗는 듯한 느낌이야. 옳은 일이 아닌 것 같아."

나는 이 말이 사실인지 아닌지 모른다. 사실인지 아닌지 알아내기 위해 접속하지도 않을 것이다. 내가 그렇게 말한 건, 여기서 멈추는 걸 그녀가 받아들일 수 있는 이유이기 때문이다. 그런 이유라면 그녀의 자존심이 상하지 않을 것이므로 받아들일 수 있을 것이다.

"아." 리애넌은 다시 가까이 다가와서 내 곁에 눕는다. "그가 언짢아할 거라고 생각한 거야?"

몸의 긴장이 풀린다. 몸은 또 다른 방식으로 그 느낌을 즐긴다.

"알람을 맞춰 놓았어." 리애넌이 말한다. "그러니 우린 자도 돼."

우리는 알몸으로 침대에 누워 함께 잠의 세계로 떠내려간다. 내 심장은 여전히 뛰고 있지만, 그녀 심장과 보조를 맞추어 한결 느릿느릿해진다. 우리는 우리 애정이 만들 수 있는 가장 안전한 고치 속으로 들어와서 누워 있다. 우리는 이 순간의 충만함을 만 끽하면서 부드럽게 서로에게 빠져들고, 잠에 빠져든다.

우리를 깨운 것은 알람이 아니다. 창밖에 있는 새 떼 소리에 깬 것이다. 처마에 부딪는 바람 소리에 깬 것이다.

나는 보통 사람들도 한 순간을 붙잡아서 영원히 지속하도록 만들고 싶은 갈망을 느끼고, 실제보다 훨씬 오래 이렇게 머물러 있고 싶은 갈망을 느낀다는 사실을 생각해야 한다.

"이 얘긴 하지 않아야 한다는 걸 알지만……." 내가 말한다. "왜 저스틴을 남자 친구로 두는 거야?"

"모르겠어." 그녀가 말한다. "전에는 잘 안다고 생각했어. 그 런데 이젠 모르겠어."

"누가 가장 마음에 들었어?" 그녀가 묻는다.

"가장 마음에 든 사람?"

"가장 마음에 들었던 몸. 가장 마음에 들었던 삶."

"한번은 눈먼 소녀 몸 안에 있었지. 열한 살 때였어. 열두 살때였던가. 그 소녀가 가장 마음에 든 아이였는지는 모르겠지만, 난 그 애가 되었던 하루 동안, 다른 사람들로부터 일 년 동안 배웠던 것보다 더 많은 걸 배웠어. 우리가 세상을 경험하는 방식이 얼마나 자의적이고 개인적인지 깨닫게 해 줬거든. 다른 감각들이 더 날카롭다는 걸 보여 줬을 뿐 아니라, 우린 주어진 대로 세상을 헤치고 나아가는 방법을 찾는다는 걸 보여 줬으니까 말이야. 눈이 멀었다는 건 내게는 엄청난 시련이었지. 하지만 그 애에겐 그저 삶일 뿐이었어."

"눈을 감아 봐." 리애넌이 나직하게 말한다.

나는 눈을 감는다. 그녀도 눈을 감는다.

우리는 다른 방식으로 서로의 몸을 경험해 본다.


알람이 울린다. 시간을 깨닫고 싶지 않다.


불을 켜지 않았으므로 하늘에 황혼이 깔리는 것에 따라 오두막집에도 황혼이 깃든다. 어둠의 입자들이 스러지는 빛과 뒤섞인다.

"나는 오늘 밤 여기서 잘 거야." 그녀가 말한다.

"내일 다시 올게." 내가 약속한다.


"난 이런 삶을 끝내고 싶어." 내가 말한다. "할 수만 있다면 이처럼 변화하는 삶을 끝내고 싶어. 여기서 너랑 같이 머무를 수 있도록 말이야."

"하지만 넌 그럴 수 없잖아." 그녀가 말한다. "그건 나도 안다고."


시간 자체가 알람이 된다. 나는 시계를 볼 때마다 매번 내가 돌아갈 시간이 지났다는 것을 새삼 알게 된다. 연극 연습 시간은 이미 지났다. 그 뒤로 제이비어가 친구들이랑 함께 나가 시간을 보낸다고 해도 곧 집에 돌아가야 할 것이다. 물론 자정 전에는 반드시 돌아가야 한다.


* *


"기다리고 있을게." 그녀가 말한다.


나는 침대에 그녀를 혼자 두고 나온다. 옷을 입고, 차 열쇠를 챙기고, 밖으로 나와 문을 닫는다. 뒤를 돌아본다. 그녀를 보려고 자꾸만 뒤를 돌아본다. 우리 사이에 벽이 있어도, 우리 사이에 수 킬로의 거리가 있어도 그렇게 한다. 나는 자꾸 뒤돌아본다. 그녀가 있는 쪽을 향해 계속 뒤돌아본다.

에브리데이

# 6021일

잠에서 깨어나 적어도 일 분 동안은 내가 누구인지 알아내지 못한다. 내가 찾을 수 있는 것은 몸뿐인데, 몸은 심하게 욱신거린다. 머릿속이 흐릿해서 생각이 가물가물하고 머리는 지끈지끈 아프다. 눈을 뜨자 나를 죽일 것처럼 빛이 눈부시게 쏟아진다.

"데이나." 내 몸 밖에서 누군가의 목소리가 들린다. "12시야."

12시든 말든 관심 없다. 그 어떤 것에도 관심이 없다. 이 지끈거리는 두통이 사라지길 바랄 뿐이다.

아니, 꼭 그런 것만도 아니다. 두통이 잠시 멈추면 토할 것 같은 느낌이 내 몸 다른 부분에 일제히 쏠리기 때문이다.

"데이나, 하루 종일 잠만 잘 거냐? 외출을 금지당했다고 하루 종일 자도 되는 건 아니다."

세 번이나 더 시도하고 나서야 간신히 눈을 뜨고 있을 수 있다. 침실의 빛이 햇빛만큼이나 강렬하게 느껴진다.

데이나의 엄마가 화도 나고 애처롭기도 한 표정으로 나를 내려다본다.

"의사 선생님이 삼십 분 뒤에 오실 거다." 엄마가 말한다. "의사가 널 좀 봐야 할 것 같아서 말이야."

나는 미친 듯이 접속을 해 보지만 내 신경 시냅스가 콜타르에 빠져 작동을 못하는 것만 같다.

"우리가 많은 일을 겪었다만 어젯밤 네가 그런 멍청한 짓을 했다는 건⋯⋯정말 어안이 벙벙하다. 우리가 널 잘 키우려고 얼마나 노력했는데, 왜 그런 짓을 한 거니? 아빠와 나는 이제 지쳤다. 더 이상은 안 돼."

어젯밤에 내가 뭘 했지? 리애넌과 함께 있었던 것은 기억난다. 제이비어로 집에 돌아간 것은 기억난다. 친구들과 통화를 했다. 연극 연습에 관해 들었다. 하지만 데이나의 기억에 접속할 수가 없다. 숙취가 너무 심해서 기억이 제대로 자리 잡지 못한 것이다.

오늘 아침 제이비어의 기분도 이럴까? 아무것도 생각나지 않는 깜깜한 상태?

그런 게 아니기를 바란다. 정말 끔찍하니까.

"삼십 분 안에 샤워하고 옷 입어라. 도움 받을 생각은 하지 말고."

데이나의 엄마가 문을 쾅 닫는다. 쾅 하는 울림이 내 온몸에 퍼진다. 움직이려 하자 몸이 물에 젖은 솜처럼 천근만근 무겁게 느껴진다. 일어서려 할 때는 숨을 쉬기조차 힘들다. 몸을 지탱하기 위해 침대 기둥을 붙잡을 수밖에 없는데, 손을 뻗을 때 거의 놓칠 뻔한다.

에브리데이

의사나 데이나의 부모는 별로 신경 쓰지 않는다. 내 생각에 데이나가 이렇게 된 것은 전적으로 그녀 탓이고, 따라서 그녀는 이런 고통을 당해도 싸다. 그녀는 이런 상태가 되도록 술을 엄청 마신 게 틀림없다. 내가 일어난 건 그녀 때문이 아니다. 여기서 가까운 어딘가에 있을 사냥용 오두막집에 리애넌이 혼자 틀어박혀 나를 기다리고 있기 때문에 일어난 것이다. 나는 여기서 어떻게 나가야 할지 모른다. 그러나 어쨌든 나가야 한다.

느릿느릿 집 안을 걸어서 샤워를 하러 들어간다. 샤워기를 틀고 최소한 일 분 동안은 내가 왜 거기 서 있는지도 까맣게 잊어버린 채 가만히 있는다. 물소리는 내 몸이 느끼는 참혹함의 배경음악일 뿐이다. 그러다가 정신이 들어 물줄기 안으로 들어선다. 물이 내 몸을 조금 더 깨우지만, 그러는 동안에도 나는 휘청거린다. 나는 곧 욕조 안에서 무너지듯 풀썩 쓰러져 앉는다. 그리고 한 발을 배수구 위로 뺀 채 쏟아지는 물을 맞으며 잠깐 잠에 빠진다.

데이나의 방에 돌아온 나는 수건을 방바닥에 팽개치고 아무 생각 없이 가장 가까이 있는 옷을 입는다. 방에는 컴퓨터도 없고 전화도 없다. 리애넌에게 연락할 방법이 없다. 집 안을 둘러보아야 한다는 걸 알지만 그 생각만으로도 너무 힘들다. 나는 앉아 있어야 한다. 누워 있어야 한다. 눈이 감긴다.


"일어나!"

이 명령은 아까 문이 쾅 닫혔던 것만큼이나 갑작스러우면서 그 두 배 정도 강하다. 눈을 뜨니 무척 화가 난 데이나 아빠의 얼굴이 보인다.

"의사 선생님이 오셨다." 아빠 뒤에서 데이나의 엄마가 약간 달래듯 말한다. 엄마는 나를 안쓰럽게 생각하는지 모른다. 어쩌면 남편이 목격자 앞에서 나를 죽이는 걸 원치 않는 것일 뿐인지도 모른다.

여의사가 집으로 왕진을 온 걸 보면 내가 숙취로만 고생하고 있는 게 아닌지도 모르겠다. 의사가 내 곁에 앉을 때 보니 의료 가방은 눈에 띄지 않는다. 공책만 보인다.

"데이나." 의사가 부드럽게 말한다.

나는 의사를 쳐다본다. 머리는 여전히 지끈거리지만 일어나 앉는다.

의사가 엄마 아빠에게 고개를 돌린다.

"이제 됐으니, 우리 둘만 있게 해 주시겠어요?"

의사가 다시 말할 필요가 없도록 엄마 아빠는 방을 나간다.

＊＊

여전히 접속이 어렵다. 실제로 있었던 일이 거기 있긴 하지만, 어두운 벽 너머에 있다.

"무슨 일이 있었는지 내게 말해 줄래?" 의사가 요청한다.

"모르겠어요." 내가 말한다. "기억이 나지 않아요."

"그 정도로 심해?"

"네, 그 정도로 심해요."

의사는 부모님이 나에게 타이레놀을 줬는지 묻는다. 나는 잠에서 깬 후로 타이레놀을 받은 적이 없다고 말한다. 의사는 잠시 자리를 뜨더니 타이레놀 두 알과 물 한 잔을 들고 돌아온다.

나는 단번에 삼키지 못하고 캑캑거리며 당황해한다. 두 번째는 한결 낫다. 나는 남은 물을 꿀꺽꿀꺽 삼킨다. 의사는 내게 생각할 시간을 주기 위해 밖으로 나가서 잔에 물을 채운다. 그러나 내 머릿속 생각은 여전히 흐릿하고 뒤죽박죽이다.

방에 돌아온 의사가 말을 꺼낸다. "부모님이 왜 화가 나셨는지, 그 이유는 알겠지?"

무척 바보스러운 기분이 들지만, 그렇다고 꾸며 댈 수는 없다.

"정말 무슨 일이 있었는지 몰라요." 내가 말한다. "거짓말하는 거 아니에요. 나도 무슨 일이 있었는지 알고 싶어요."

"넌 캐머런 집에서 열린 파티에 갔었어." 의사는 이 말에 내가 뭔가 반응을 보이는지 알아보려고 나를 쳐다본다. 반응이 없자 하던 말을 계속한다. "집을 몰래 빠져나가 거기 간 거야. 가서는 술을 마시기 시작했지. 아주 많이. 친구들이 걱정을 했어. 당연히 걱정스러웠겠지. 하지만 친구들은 네가 술 마시는 걸 막지 않았어. 네가 차를 몰고 집에 가려 할 때만 막으려 했을 뿐이야."

여전히 물속에 가라앉아 있는 느낌인데, 그 기억이 수면으로 올라온다. 거기에 있다는 걸 알겠다. 의사가 내게 진실을 얘기하고 있다는 걸 안다. 하지만 보이진 않는다.

"내가 운전을 했나요?"

"했어. 운전할 상황이 아니었는데도 말이야. 넌 아빠 자동차 열쇠를 훔쳤어."

"아빠 자동차 열쇠를 훔쳤다." 나는 어떤 심상이 번쩍 떠오르기를 바라며 크게 따라 말해 본다.

"네가 차를 몰고 집에 가려 할 때 몇몇 친구들이 널 막으려 했어. 그런데 넌 고집을 부렸지. 넌 그 애들에게 마구 화를 내고 덤벼들었어. 욕설을 퍼부으면서 말이야. 그리고 캐머런이 네 차 열쇠를 빼앗으려 하자……."

"내가 어떻게 했어요?"

"그 애 팔목을 물었어. 그러곤 달렸어."

분명 네이선이 다음 날 아침 느낀 감정이 이랬을 것이다.

의사가 말을 계속한다. "네 친구 리사가 네 부모님께 전화했어. 부모님은 급히 달려오셨지. 아빠가 널 데려가려고 왔을 때 넌 이미 차 안에 있었어. 아빠는 네가 운전하는 걸 막으려 했는데, 넌 하마터면 아빠를 칠 뻔했어."

내가 하마터면 아빠를 칠 뻔했다?

"넌 멀리 가지 못했어. 너무 취해서 진입로를 빠져나가지 못했으니까. 결국 이웃집 마당에서 끝이 났어. 전봇대를 들이받았어. 다행히 다친 사람은 없었어."

나는 숨을 내쉰다. 이런 기억을 일부라도 찾아 보려고 데이나의 마음속을 열심히 파고든다.

"데이나, 우린 네가 왜 그런 짓을 하는지 그 이유를 알고 싶은 거야. 앤서니가 그렇게 된 뒤로 넌 왜 이런 행동을 하는 거니?"

앤서니. 너무나 밝아서 숨길 수 없는 사실을 품고 있는 이름이다. 내 몸이 고통으로 움찔거린다. 내가 느낄 수 있는 거라곤 고통뿐이다.

에브리데이

앤서니. 내 동생.

죽은 내 남동생.

내 옆에서 죽은 동생.

내 옆, 운전석 옆자리에서 죽은 동생.

내가 자동차 사고를 냈기 때문에.

내가 술에 취했었기 때문에.

나 때문에.

"오, 하느님." 나는 소리 지른다. "오, 하느님."

이제 동생 모습이 보인다. 피를 흘리는 동생의 몸. 나는 비명
을 지른다.

"괜찮아." 의사가 말한다. "이제 괜찮아."

그러나 괜찮지 않다.

괜찮지 않다.


의사는 타이레놀보다 더 강한 약을 내게 준다. 거부하려 하지
만 소용없다.

"리애넌에게 말해 줘야 해요." 내가 말한다. 나도 모르게 그
말이 불쑥 튀어나온 것이다.

"리애넌이 누군데?" 의사가 묻는다.

눈꺼풀이 감긴다. 의사가 내 답을 얻기 전에 나는 잠에 굴복
한다.


잠이 들어 있는 동안 기억이 돌아오기 시작해서 다시 깨어났
을 땐 한결 많은 것들이 기억난다. 하지만 끝 부분은 기억나지

않는다. 차 안으로 들어간 일, 아빠를 칠 뻔한 일, 전봇대를 들이받은 일은 정말 기억하지 못한다. 그땐 이미 정신을 잃은 상태였던 것 같다. 하지만 그 이전 일들은 기억난다. 파티장에 있었던 것을 기억할 수 있다. 누군가 권하는 어떤 술을 마셨고, 그 때문에 기분이 좋아지고 마음이 가벼워졌다. 캐머런과 시시덕거렸다. 술을 더 마셨다. 생각은 하지 않았다. 너무 많은 생각에 지쳤던 터라 일부러 모든 생각을 차단했다.

데이나의 엄마 아빠나 의사와 마찬가지로 나 역시 그녀에게 왜 그랬는지 묻고 싶다. 나는 그녀 몸 안에 있으면서도 그걸 알아낼 수 없다. 몸이 그에 대한 대답을 할 수 없기 때문이다.

온몸이 나무토막처럼 무겁다. 하지만 힘겹게 몸을 일으킨 다음, 천천히 침대를 빠져나온다. 컴퓨터나 전화를 찾아야 한다.

문으로 다가가서 보니 잠겨 있다. 문을 열고 나갈 수 있는 열쇠가 있어야 하지만 누군가 가지고 가 버렸다.

나는 내 방에 갇혔다.


엄마 아빠와 의사는 이제 내가 적어도 어느 정도는 기억한다는 것을 알고 죄책감 속에서 마음 졸이며 반성하도록 문을 잠가 버린 것이다.

그리고 더욱 참담한 것은 그게 먹혀든다는 사실이다.


물이 떨어졌다. 나는 물을 좀 달라고 소리친다. 곧 엄마가 물잔을 들고 문 앞에 나타난다. 엄마는 계속 운 듯한 얼굴이다. 지친 표정이 역력하다. 내가 엄마를 지치게 만들었다.

"여기 있다."

"방 밖으로 나가도 돼요?" 내가 묻는다. "수업 준비에 필요한 게 있어서 좀 찾아야 해요."

엄마는 고개를 젓는다. "나중에. 저녁 먹은 후에. 의사 선생님이, 네가 느끼고 있는 걸 다 적어 주기를 원하니까 지금은 그것부터 하렴."

엄마는 방을 나가며 다시 문을 잠근다. 나는 종이와 펜이 놓여 있는 것을 발견한다.

무력감을 느낀다. 나는 이렇게 쓴다.

그러고 멈춘다. 왜냐하면 데이나로서 글을 쓰고 있는 게 아니라 나 자신이 쓰고 있기 때문이다.


두통과 욕지기가 가라앉는다. 하지만 오두막집에 혼자 있을 리애넌을 생각할 때마다 다시 메스꺼워진다.

나는 그녀에게 약속했다. 장담할 수 없다는 걸 알면서도 그녀에게, 오늘 거기에 가겠다고 약속했다.

그리고 지금 나는 그녀에게, 내 약속을 받아들이는 건 무척 위험한 일이라는 사실을 증명해 보이고 있는 것이다.


데이나의 엄마는 내가 환자나 되는 것처럼 쟁반에 저녁을 담아서 가져온다. 나는 고맙다고 말한다. 그런 다음 내가 진작 했어야 할 말을 찾아낸다.

"죄송해요." 내가 말한다. "정말 죄송해요."

엄마가 고개를 끄덕인다. 하지만 이 정도로는 충분하지 않다는 것을 알 수 있다.

전에도 엄마에게 죄송하다는 말을 수없이 많이 한 게 틀림없다. 엄마는 어느 시점에선가 ─ 어쩌면 어젯밤인지도 모른다. ─죄송하다는 말을 더 이상 믿지 않기로 한 것 같다.

엄마에게 아빠는 어디 계시느냐고 묻자, 아빠는 차를 수리하는 중이라고 말해 준다.

엄마 아빠는 내일은 내가 학교에 가야 한다고 결정한다. 학교에 가서 친구들에게 사과하고 보상해야 한다는 것이다. 엄마 아빠는 내가 컴퓨터로 숙제를 해도 된다고 한다. 하지만 내가 조사하고 연구하며 숙제를 하는 동안 계속 내 뒤에 앉아 있다.

리애넌에게 메일을 보내는 것은 불가능하다.

또한 엄마 아빠는 내 핸드폰을 돌려줄 기미를 보이지 않는다.

전날 저녁과 같은 일은 내게 다시 일어나지 않는다. 나는 허공을 응시하며 그날의 남은 시간을 보낸다. 그 허공이 다시 나를 쏘아보는 느낌을 떨칠 수 없다.

# 6022일

    내 계획은 일찍 —6시쯤— 일어나서 리애넌에게 모든 상황을 설명하는 메일을 보내는 것이다. 나는 그녀가 어제, 시간이 좀 흐른 뒤에는 나를 기다리는 것을 포기했기를 바란다.

    그러나 5시 몇 분 전에 누가 나를 흔드는 바람에 깨면서 내 계획은 틀어지고 만다.

    "마이클, 일어날 시간이야."

    내 엄마 —마이클의 엄마— 다. 데이나의 엄마와는 달리 목소리에 미안해하는 기색만 있다.

    나는 수영 연습이나 등교하기 전에 해야 하는 어떤 것을 할 시간인가 보다 생각한다. 그러나 침대에서 나올 때 발에 부딪친 것은 여행 가방이다.

    엄마가 다른 방에 들어가 누나들을 깨우는 소리가 들린다.

    "하와이에 갈 시간이야!" 엄마가 유쾌하게 말한다.

    하와이.

나는 접속을 해서 정말 우리가 오늘 아침에 하와이로 떠난다는 사실을 알아낸다. 마이클의 누나가 거기서 결혼을 하는 것이다. 그래서 마이클의 가족은 일주일 동안 휴가를 가기로 결정했다.

하지만 나는 일주일이 아닐 것이다. 내가 되돌아오기 위해서는, 하와이에서 메릴랜드 주로 돌아오는 열여섯 살짜리 몸 안에서 깨어나야 하기 때문이다. 몇 주가 걸릴지도 모른다. 몇 달이 걸릴 수도 있다.

그런 일이 일어나지 않을 수도 있다.

"차는 사십오 분 뒤에 올 거다!" 아빠가 일깨워 준다.

무슨 일이 있어도 나는 갈 수 없다.

마이클의 옷장을 채운 옷은 주로 헤비메탈 밴드 티셔츠다. 나는 그중 하나를 걸쳐 입는다. 바지는 청바지다.

"제발 내 몸을 철저히 수색해 주세요 하고 국토안보부에 요청하는 꼴이야." 누나 곁을 지날 때 누나가 내게 말한다.

나는 여전히 어떻게 할지 생각해 내려 애쓴다.

마이클에겐 아직 면허증이 없으므로 엄마나 아빠 차를 훔쳐서 타는 것은 도움이 되지 않을 거라고 생각한다. 누나 결혼식은 토요일이어서 여유가 있으니 적어도 내가 아빠의 결혼식 참석을 위태롭게 하는 건 아니다. 내가 지금 무슨 소리를 하는 거지? 설령 결혼식이 오늘 저녁이라 해도 나는 비행기를 타지 않을 것이다.

내가 마이클을 큰 곤경에 빠뜨리고 있다는 걸 안다. 나는 쪽지를 써서 부엌 식탁에 올려놓으며 마이클에게 깊이 사과한다.

저는 오늘 갈 수 없어요. 정말 죄송해요.

오늘 저녁 늦게 집에 돌아올게요. 저를 빼고 가세요.

따로 어떻게든 목요일까지 거기 갈게요.

식구들이 모두 위층에 있을 때 나는 뒷문으로 빠져나간다.

＊＊

택시를 부를 수도 있으나 그의 부모가 택시 회사에 전화해서 조금 전 헤비메탈 마니아 같은 복장을 한 십 대 아이를 태운 일이 있는지 알아볼지도 모른다. 나는 리애넌으로부터 최소한 두 시간 거리만큼 떨어져 있다. 나는 내가 찾을 수 있는 범위 내에서 가장 가까운 버스를 타고 운전 기사에게 리애넌이 있는 지역으로 가는 가장 좋은 방법이 무엇인지 묻는다. 운전 기사가 웃으며 말한다. "자가용이나 택시로 가는 거지." 운전 기사에게 그럴 수 없는 상황이라고 말하자 기사가 다시 내게, 볼티모어로 가서 거기서 다른 버스로 갈아타는 방법밖에 없을 거라고 말한다.

그 방법으로 일곱 시간쯤 걸린다.

시내 중심가에서 2킬로쯤 걸어서 드디어 도착했을 때 수업은 아직 끝나지 않았다. 이번에도 아무도 나를 제지하지 않는다. 메탈리카 티셔츠를 입은 털 많은 커다란 남자애가 땀을 흘리며 쿵쾅쿵쾅 계단을 오르는데도 말이다.

내가 리애넌 머리 안에 있었을 때 알았던 그녀의 시간표를 기억하려 애쓴 덕에 이 시간엔 체육관에 있을 거라는 기억이 흐릿하게 떠오른다. 체육관을 확인해 보니 아무도 없다. 그렇다면 다음으로 가 볼 곳은 자연스럽게 운동장이다. 운동장은 학교 건물 뒤편에 있다. 건물을 나가자 소프트볼 경기를 하고 있는 아이들이 눈에 들어온다. 3루에 리애넌이 있다.

그녀가 곁눈으로 나를 본다. 나는 손을 흔든다. 그녀가 나를 알아차렸는지 아닌지 분명치 않다. 나는 너무 환하게 노출된 곳에 있고, 체육 선생님 눈에도 너무 잘 띄는 곳에 있는 듯하다. 그래서 학교 건물 문 옆으로 물러난다. 그곳에는 연기 없는 담배를 피우며 땡땡이치고 있는 남자애 한 명밖에 없다.

리애넌이 선생님에게 걸어가 뭐라고 말을 한다. 선생님은 동정 어린 표정을 지으며 다른 학생을 3루로 보낸다. 리애넌이 학교 건물을 향해 걸음을 옮기기 시작한다. 나는 건물로 들어가 텅 빈 체육관 안에서 그녀를 기다린다.

"안녕." 그녀가 안으로 들어서자 내가 말한다.

"넌 도대체 어디에 있었어?" 그녀가 곧장 그렇게 말한다.

그녀가 이렇게 화가 난 모습은 처음 본다. 단순히 한 사람에게 배신당한 게 아니라 이 세상에 배신당했다고 느낄 때 솟구치는 화 같다.

"방에 갇혀 있었어." 내가 말한다. "끔찍했어. 컴퓨터도 쓸 수 없었어."

"널 기다렸단 말이야." 그녀가 말한다. "일어나서 침구를 정돈하고 아침을 먹었어. 그리고 기다린 거야. 핸드폰 수신 상태가 오락가락해서 배터리가 다 된 모양이라고 생각했지.《들과 강》이라는 옛날 잡지를 읽기 시작했어. 읽을 거라곤 그것밖에 없었으니까. 그러다가 발자국 소리를 들었어. 너무 기뻤어. 문 밖에서 인기척이 나기에 얼른 달려갔지.

그런데 네가 아니었어. 여든 먹은 할아버지가 서 있는 거야. 죽은 사슴을 들고 있더라. 누가 더 놀랐는지 모르겠어. 할아버지를 보고 난 마구 비명을 질렀지. 할아버지도 아마 심장마비에 걸릴 뻔했을 거야. 난 발가벗고 있진 않았지만, 옷을 거의 입지 않은 상태였어. 얼마나 부끄러웠던지. 그는 날 부드럽게 대해 주지도 않았어. 내가 허락도 없이 들어왔다는 거야. 아티가 삼촌이라고 말해 줬는데도 믿지 않았어. 곤경에서 빠져나갈 수 있는 길은 아티 삼촌과 내가 성이 같다는 사실뿐이라고 생각했어. 그래서 속옷 차림으로 거기 서서 그에게 내 신분증을 보여 줬지. 손에 피가 묻어 있더라. 그가 말하길, 다른 사람들도 여기로 오고 있다는 거야. 내 차가 그들이 타고 온 건 줄 알았대.

문제는…… 난 여전히 네가 올 거라고 생각했다는 거야. 그래서 떠날 수가 없었어. 그 사람들이 와서 그 불쌍한 사슴 내장을 제거하는 동안 난 옷을 입고 거기 앉아 있어야만 했지. 그 사람들이 떠난 뒤에도 거기서 기다렸어. 어두워질 때까지 기다렸지. 오두막집에서는 피 냄새가 났어, A. 그래도 난 거길 떠나지 않았어. 넌 오지 않았고."

나는 데이나 얘기를 해 준다. 이어서 마이클 얘기와 그의 집에서 도망쳐 나온 얘기를 해 준다.

설득력 있는 얘기다. 그러나 그것으로 충분하지 않다.

"우리가 어떻게 이런 일을 헤쳐 나갈 수 있겠어?" 그녀가 내게 묻는다. "어떻게?"

해답이 있으면 좋겠다. 내게 해답이 있으면 좋겠다.

"이리 와." 내가 말한다. 나는 그녀를 꼭 끌어안는다. 그게 유일한 내 해답이기 때문이다.

우리는 잠시 그대로 서 있다. 우리 둘 다 다음엔 뭘 해야 할지 모른다. 체육관 문이 열리자 우리는 얼른 떨어진다. 그러나 너무 늦었다. 문을 연 사람이 체육 선생이거나 리애넌과 같은 반 여학생일 거라고 생각했지만 그쪽 문이 아니다. 학교 쪽으로 난 문이 열렸는데, 안으로 걸어 들어오는 사람은 저스틴이다.

"도대체 뭐 하는 짓이야?" 그가 말한다. "뭐. 하는. 짓이냐고?"

리애넌이 설명하려 한다. "저스틴……." 그녀가 입을 연다. 하지만 그가 그녀 말을 자른다.

"네 몸이 좀 안 좋은 것 같다고 린제이가 나한테 문자를 보냈어. 그래서 네가 괜찮은지 보려고 온 거야. 흠, 넌 정말 괜찮아 보이네. 내가 이런 일에 끼어들지 않게 했어야지."

"그만해." 리애넌이 말한다.

"뭘 그만해, 응?" 그가 우리에게 다가온다.

"저스틴." 내가 말한다.

그가 나를 쳐다본다. "어이, 친구, 넌 말할 자격도 없어."

내가 다른 말을 막 하려 할 때 이미 그의 주먹이 날아온다. 주먹은 내 콧날에 정확히 꽂힌다. 나는 바닥에 쓰러진다.

리애넌이 비명을 지르며 다가와서 나를 일으켜 세우려 한다. 저스틴이 그녀 팔을 잡아끈다.

"난 네가 난잡한 계집이라는 걸 진작부터 알았어."

"그만해!" 리애넌이 소리 지른다.

저스틴은 그녀를 놓아주고 나서 다시 내게로 온다. 그는 내 몸을 발로 차기 시작한다.

"이 녀석이 새 남자 친구야?" 저스틴이 소리친다. "이놈을 사랑해?"

"난 걔를 사랑하지 않아!" 리애넌도 소리치며 대꾸한다. "하지만 너도 사랑하지 않아."

그가 다시 발길질을 할 때 나는 그의 다리를 붙잡고 잡아당겨서 넘어뜨린다. 그가 체육관 바닥에 쿵 넘어진다. 나는 이것으로 그의 발길질이 끝날 거라고 생각하지만, 그는 넘어진 채 다시 발을 세게 뻗어 내 턱을 갈긴다. 내 이가 흔들거린다.

그때쯤 밖에서 선생님이 호루라기를 불었을 것이다. 그로부터 삼십 초가 채 안 되어 소프트볼을 하던 여학생들이 체육관으로 우르르 몰려들었으니까 말이다. 폭력 현장을 본 그들은 어어어 하면서 놀란다. 한 여자애가 리애넌이 무사한지 보려고 그녀에게 달려온다.

저스틴은 모두가 볼 수 있도록 일어나서 다시 나를 발로 찬다. 발길질은 나를 스치듯이 지나갔고, 나는 피하면서 그 힘으로 벌떡 일어선다. 그를 때리고 싶고, 그에게 상처를 주고 싶다. 하지만 솔직히, 어떻게 해야 그럴 수 있는지 모른다.

게다가 나는 이곳을 벗어나야 한다. 내가 이 학교 학생이 아니라는 건 쉽게 발각될 것이다. 이 싸움에서 내가 일방적으로 얻어맞은 게 분명한데도 그들은 내게 무단으로 학교에 침입하고 먼저 싸움을 걸었다는 죄를 씌워 경찰을 부를지도 모른다.

나는 비틀비틀 리애넌에게 다가간다. 그녀의 친구가 나를 막으며 그녀를 보호하려 하지만, 리애넌이 친구에게 비키라고 손짓한다.

"나는 가야 해." 내가 말한다. "우리가 처음 만났던 스타벅스에서 보자. 시간 될 때 와."

손 하나가 내 어깨에 얹히는 것이 느껴진다. 저스틴이 내 몸을 돌리려 한다. 그는 등을 보이고 있는 나를 때리지는 않을 것이다.

그를 마주 보아야 한다. 가능하다면 한 방 먹여야 한다. 그러나 그러는 대신 몸을 숙여 그의 손아귀에서 벗어나 달아난다. 그는 나를 뒤쫓지는 않을 것이다. 대신 내가 달아나는 것을 보면서 승리감을 만끽할 것이다.

리애넌을 울게 할 뜻이 전혀 없지만, 난 정확히 그런 짓을 하고 있다.


나는 버스 정류장으로 돌아가 가까운 전화 부스에서 택시를 부른다. 거의 50달러만큼 달린 후 스타벅스 앞에서 내린다. 조금 전까지는 메탈리카 티셔츠를 입은 털 많고 체구가 크며 땀을 흘리는 남자애였다면, 지금 나는 얻어터지고 멍이 들고 코피를 흘리는, 메탈리카 티셔츠를 입은 털 많고 체구가 크며 땀을 흘리는 남자애다. 나는 가장 큰 사이즈의 블랙커피를 주문한 다음 팁을 넣는 통에 20달러를 넣는다. 이제 점원들은 내가 원하는 만큼 오래 앉아 있어도 눈치를 주지 않을 것이다. 내가 아무리 무서워 보인다 해도 말이다.

나는 화장실로 가서 몸을 좀 닦고 매만진다. 그러고 나서 자리에 앉아 기다린다.

계속 기다린다.

계속 기다린다.


그녀는 6시가 조금 지났을 때에야 나타난다.

그녀는 미안해하지 않는다. 왜 이렇게 늦었는지 말해 주지도 않는다. 심지어 내가 앉아 있는 자리로 곧장 오지도 않는다. 그녀는 먼저 카운터로 가서 커피부터 주문한다.

"이게 정말 필요해." 그녀가 앉으면서 말한다. 그녀가 말하는 게 다름 아닌 커피라는 것을 안다.

나는 커피가 네 잔째이고 빵은 두 번째다.

"와 줘서 고마워." 내가 말한다. 너무 형식적으로 들린다.

"오지 말까 생각하기도 했어. 진지하겐 아니지만." 그녀가 내 얼굴과 멍이 든 곳을 본다. "괜찮아?"

"괜찮아."

"오늘 네 이름이 뭔지, 다시 말해 줘."

"마이클."

그녀는 내 얼굴을 다시 살펴본다. "불쌍한 마이클."

"그는 오늘 하루가 이렇게 흘러가리라곤 생각도 못 했을 거야."

"그러게."

우리는 진짜 화제로부터 3000미터 정도는 떨어져 있는 것 같다. 우리가 화제에 좀 더 가까이 다가서게 해야 한다.

"이제 끝난 거야? 너희 둘 관계 말이야?"

"그래. 이렇게 됐으니 넌 원했던 걸 손에 넣은 거네."

"무슨 말을 그렇게 해?" 내가 말한다. "너도 원하지 않았어?"

"원했어. 하지만 이런 식은 아니었어. 이런 식으로 모두 앞에서 끝내고 싶진 않았단 말이야."

나는 손을 들어 그녀 얼굴을 만지려 하지만 그녀가 움찔한다. 나는 손을 내린다.

"넌 이제 저스틴으로부터 벗어난 거야."

그녀가 고개를 젓는다. 나는 또 말을 잘못 한 것이다.

"이 일에 관해 네가 아는 게 얼마나 적은지 깜박 잊고 있었어." 그녀가 말한다. "네 경험이 얼마나 적은지 깜박 잊었다고. 난 걔로부터 벗어나지 않았어, A. 누군가와 헤어졌다고 해서 그 사람으로부터 벗어나는 건 아니야. 나는 여전히 수많은 방식으로 저스틴과 연결되어 있어. 우린 더 이상 데이트를 하지 않을 뿐이야. 수년이 지나야 비로소 걔로부터 벗어나게 될 거야."

하지만 적어도 벗어나기 시작한 건 사실이잖아. 나는 그렇게 말하고 싶다. 적어도 연결 고리 하나는 끊었잖아. 하지만 나는 입을 다물고 가만히 있다. 그녀도 그건 알 것이다. 하지만 듣고 싶지는 않을 것이다.

"내가 하와이로 갔어야 하나?"

그제야 그녀가 내게 부드러워진다. 터무니없는 질문이지만 그녀는 내가 말하려는 걸 이해한다.

"아니, 가지 않아야 했어. 난 네가 여기 있길 원해."

"너랑 같이?"

"나랑 같이. 네가 시간을 낼 수 있을 때."

나는 그 이상을 약속하고 싶지만, 내 처지에서는 그럴 수 없다는 것을 안다.

우리 둘 다 줄타기를 하고 있는 것이다. 아래를 내려다보지 않고. 그렇지만 앞으로 나아가지도 않고.

우리는 그녀 핸드폰으로 하와이에 가는 비행기 편을 확인해 본다. 마이클의 가족이 그를 비행기에 태울 방법이 없다는 게 확실해지자 리애넌이 나를 태우고 집에 데려다준다.

"어제의 그 여자애에 대해 더 얘기해 줘." 그녀가 부탁한다. 나는 그렇게 한다. 내 얘기가 끝나고 슬픔이 차 안에 차오르자 나는 다른 날들에 대해, 다른 삶들에 대해 그녀에게 얘기해 주기로 마음먹는다. 더 행복한 얘기들이다. 잠자리에서 불러 주는 노래를 들었던 기억, 동물원과 서커스 장에서 코끼리를 본 기억, 집 안 오락실 벽장 안이나 보이스카우트 밤샘 파티에서 했던 첫 키스에 대한 기억과 첫 키스를 할 뻔한 기억들, 그리고 무서운 영화에 대한 기억을 그녀와 공유한다. 나는 비록 많은 것들을 경험하지 못했지만 어쨌든 계속 살아 왔다는 것을 내 방식대로 그녀에게 얘기하고 있는 것이다.

우리는 점점 마이클 집에 가까워진다.

"내일도 널 만나고 싶어." 내가 말한다.

"나도 그래." 그녀가 말한다. "하지만 원한다고 될 수 있는 문제가 아니라는 걸 우리 둘 다 알잖아."

"그럼 만날 수 있길 기대할게." 내가 말한다.

"나도."

\* \*

작별 키스가 아니라 잘 자라는 키스를 해 주고 싶다. 그러나 집 앞에 도착했을 때 그녀는 전혀 내게 키스하려는 것 같지 않다. 무리하면서까지 먼저 움직이고 싶지는 않다. 키스해도 되는지 묻고 싶지도 않다. 안 된다고 할까 두렵기 때문이다.

그래서 태워 줘서 고맙다는 내 말을 끝으로 우리는 헤어진다. 못다 한 말들이 너무 많다.

나는 곧장 집 안으로 들어가지 않는다. 시간을 좀 더 보내기 위해 주변을 걷는다. 10시가 되어서야 현관문으로 간다. 열쇠를 어디에 두는지 알아내려고 마이클에게 접속한다. 그러나 그걸 알아냈을 무렵, 현관문이 열리고 마이클의 아빠가 나타난다.

마이클의 아빠는 처음에는 아무 말도 하지 않는다. 나는 전등 불빛을 받으며 거기 서 있고, 아빠는 나를 빤히 쳐다본다.

"너를 마구 패 줄 생각이었는데, 다른 사람이 먼저 그런 모양이구나." 아빠가 말한다.

엄마와 누나들은 먼저 하와이로 떠났다. 아빠는 날 데리고 가려고 집에 남은 것이었다.

용서를 구하기 위해 아빠에게 어떤 식으로든 설명해야 한다. 나는 애처로운 이야기를 만들어 낸다. 꼭 가야만 하는 콘서트가 있었는데, 아빠에게 미리 얘기할 방법이 없었다고 말한다. 마이클의 삶을 이 정도로 엉망으로 만든 것이 참으로 미안하다. 마이클의 아빠가 예상했던 것보다 훨씬 약하게 나를 꾸짖는 것으로 보아 내가 얘기하는 동안 이 미안한 마음이 잘 전달되는 것 같다. 하지만 나는 잘못에 대한 벌을 면할 수 없다. 비행기 표를 변경하는 데 드는 비용은 다음 일 년 동안 내 용돈에서 깎일 것이고, 하와이에 도착해서는 결혼식과 관련 없는 일은 어떤 것도 하지 못하게 금지당할 것이다. 나는 이번 일에 대해 평생 죄책감을 느낄 것이다. 내일 가는 비행기 표가 있다는 게 그나마 유일하게 다행인 점이다.

오늘 밤 나는 마이클이 앞으로 가게 될 어느 콘서트보다도 나은 최고의 콘서트에 관한 기억을 만들어 낸다. 그것이 그에게 오늘 하루를 조금이라도 가치 있게 해 주기 위해 내가 생각해 낼 수 있는 유일한 방법이다.

# 6023일

눈을 뜨기도 전에 빅이 마음에 든다. 생물학적으로는 여성이지만 자신이 선택한 사회적 성은 남성이다. 자신이 정의 내린 진실 안에서 살아가는 아이다. 나처럼 말이다. 그는 자신이 어떤 사람이 되고 싶은지 안다. 우리 또래 대부분은 그럴 필요가 없다. 정해진 영역 안에서 편안하게 지내면 되기 때문이다. 만약 자신이 정의 내린 진실 안에서 살아가고자 한다면, 그걸 발견하는 과정을 겪어 내겠다는 선택을 해야만 한다. 처음에는 고통스럽지만 궁극적으로는 위안이 되는 과정이다.

오늘은 빅에게는 바쁜 날일 것 같다. 역사 시험과 수학 시험이 있다. 합주 연습도 있는데, 그가 오늘 가장 기대하는 활동이다. 돈이라는 여자애와 데이트 약속도 있다.

일어난다. 옷을 입는다. 차 열쇠를 챙겨 들고 내 차에 오른다.

그러나 학교로 가려면 옆길로 접어들어야 하는 지점에 이르렀을 때 앞으로 계속 달려 버린다.

리애넌이 있는 곳까지는 차로 세 시간이 조금 넘는 거리다. 나는 메일을 보내서 그녀에게 빅의 모습을 알려 주고 내가 갈 거라고 말했다. 그녀에게 답장할 시간을, 또는 거절할 틈을 주지 않았다.

운전하는 동안 빅의 과거에 단편적으로 접속한다. 잘못된 몸으로 태어나는 것보다 더 힘든 일은 거의 없다. 나는 자라 오면서 이런 일을 수없이 겪어야 했지만, 어쨌든 단 하루였다. 내가 잘 적응할 수 있게 되기 ─ 내 삶이 작동하는 방식에 잠자코 순종하기 ─ 전에는 성이 바뀌는 것에 종종 저항하곤 했다. 머리를 길게 기르는 것을 좋아해서, 잠에서 깨어나 긴 머리가 없어진 것을 알면 몹시 억울해했다. 여자애처럼 여겨지는 날들이 있고 남자애처럼 여겨지는 날들이 있었는데, 내가 들어가 있는 몸의 성별과 항상 일치하는 것은 아니었다. 사람들이 너는 이거 아니면 저거, 즉 남자 아니면 여자여야 한다고 말할 때면 나는 여전히 그 말을 믿었다. 다른 말을 해 주는 사람은 없었고, 난 스스로 생각하기에는 너무 어렸다. 사회적 성의 관점에서 보면 나는 둘 다이면서 둘 다 아니기도 하다는 사실을 아직은 알지 못했던 것이다. 자기 몸에 배신당하는 것은 끔찍한 일이다. 그리고 그에 관해 얘기할 수 없다는 생각 때문에 외롭고 쓸쓸하다. 우리는 그걸 나와 몸 사이 문제라고 느낀다. 내가 결코 이길 수 없는 싸움이라고 느낀다. 그러면서도 우리는 날마다 싸우고, 그게 우리를 기진맥진하게 만든다. 그걸 무시하려 해도 무시하는 데 들어가는 노력이 우리를 지치게 할 것이다.

빅은 운 좋게도 좋은 부모에게서 태어났다. 부모님은 그가 치마 대신 청바지를 입고 싶어 해도, 인형 대신 트럭을 가지고 놀고 싶어 해도 상관하지 않았다. 그가 나이가 들어 십 대에 들어섰을 때에야 부모님이 약간 멈칫하는 태도를 보였다. 부모님은 자기 딸이 여자애들을 좋아한다는 것을 알았다. 그러나 빅이 자신은 남자로서 여자애들을 좋아한다는 것을 분명히 — 부모님뿐 아니라 자기 자신에게도 분명히 — 표현하기까지는 시간이 좀 필요했다. 얼마간 시간이 흐른 뒤에야 자신은 남자라는 것을, 적어도 남자로서 살 것임을, 남자 같은 여자와 여자 같은 남자 사이, 모호한 위치에서 살 것을 밝혔다.

성격이 차분한 아빠는 차분한 방법으로 그를 이해하고 도와주었다. 엄마는 받아들이는 것을 더 힘들어했다. 엄마는 자기 본성에 맞는 성별로 살고자 하는 빅의 갈망을 존중했으나, 동시에 딸이 있다는 사실을 포기하고 아들이 있다는 사실을 받아들이는 데 몹시 애를 먹었다. 빅의 친구 중 몇몇은 열세 살이나 열네 살인데도 이해했다. 대부분은 질겁했는데, 여자애들이 남자애들보다 더했다. 남자애들에게 빅은 언제나 남녀 구별이 무의미한, 늘 붙어 다니는 친구였다. 이 점은 시간이 흘러도 바뀌지 않았다.

돈은 늘 빅의 배경에 있었다. 둘은 유치원 시절부터 함께 유치원이나 학교에 다녔으며, 정말로 친구가 된 적은 없으면서 친하게 지냈다. 고등학생이 된 후로 빅이 함께 시간을 보내는 친구들은 공책에 시를 마구 휘갈겨 쓰고, 쓰고 난 뒤에는 그대로 방치해 두는 아이들이었다. 반면 돈은 시를 다 쓰고 나면 곧장 문학 잡지에 투고하는 아이들과 어울렸다. 일반적인 여자인 돈은 학급 총무에 출마하고 토론 동아리에 가입했으며, 사적으로 남자인 빅은 친구들과 함께 세븐일레븐에 자주 들락거렸다. 만약 돈이 먼저 빅에 대한 감정을 알아차리지 않았다면 빅은 결코 돈에 대한 감정을 알아차리지 못했을 것이며, 결코 그런 게 가능하다고 생각하지도 못했을 것이다.

하지만 돈이 그를 알아차렸다. 빅은 돈의 마음 한구석에 자리 잡은, 언제나 돈의 눈이 좇아가는 존재였다. 그녀가 눈을 감고 잠을 청하면 빅에 대한 생각이 그녀를 꿈으로 인도했다. 그녀는 자신이 무엇에 끌리는지 ─ 남자 같은 여자에 끌리는지, 여자 같은 남자에 끌리는지 ─ 알지 못했는데, 결국 그건 중요한 게 아니라는 결론을 내렸다. 그녀는 빅에게 끌렸던 것이다. 그런데 빅은 그녀가 그런 식으로 존재한다는 것을 알지 못했다.

마침내 돈은 빅에게 자기 마음을 전하고 싶어졌고, 그러자 참기 힘들어졌다. 두 사람에게는 서로 아는 친구들이 많기 때문에 그들을 통해 빅의 마음을 떠볼 수도 있었다. 그러나 돈은 만약 자신이 그 위험을 무릅쓸 작정이라면 자신이 직접 나서야 할 거라는 생각이 들었다. 그래서 어느 날 빅이 다른 친구들과 함께 무리 지어 세븐일레븐으로 가는 것을 보았을 때 그녀는 얼른 자기 차에 올라 그들을 뒤따라갔다. 그녀가 바랐던 대로 빅은 친구들이 편의점 통로에서 노는 동안 문 밖에서 시간을 보내기로 마음먹었다. 돈은 그에게로 걸어가서 안녕 하고 말했다. 빅은 처음에는 돈이 왜 자기한테 와서 말을 거는지, 왜 몹시 긴장돼 보이는지 이해하지 못했다. 그러나 그는 서서히 무슨 일이 일어나고 있는지 깨달았으며, 자신도 이런 일이 일어나기를 원했다는 걸 깨달았다. 편의점 문 벨 소리가 나면서 친구들이 밖으로 나왔을 때 빅은 손을 흔들어 친구들을 보내고 자신은 돈과 함께 남았다. 돈은 편의점에서 뭔가 살 게 있는 척할 생각이었지만, 그것조차도 까맣게 잊고 있었다. 돈은 거기서 몇 시간 동안 얘기를 할 기색이었다. 그래서 빅이 커피숍으로 가자고 제안했고, 그로부터 모든 게 시작되었다.

이후 기복이 있긴 했지만 첫 마음은 변함이 없었다. 돈은 빅이 남들에게 보이고 싶어 하는 대로 정확히 빅을 보았다. 반면에 빅의 엄마 아빠는 옛날 빅의 모습을 보지 않을 수 없었고, 많은 친구들과 모르는 사람들은 빅이 이제는 더 이상 원치 않는 모습으로 그를 보지 않을 수 없었다. 돈만이 그를 제대로 보았다. 빅의 정체성이 모호하다고 말할 수도 있겠지만 돈의 눈에는 모호하지 않았다. 그녀가 보는 빅은 매우 뚜렷하고 매우 분명한 사람이었다.

이러한 기억들을 추려 내고 이야기를 짜 맞추면서 나는 몹시 감사하는 마음과 갈망하는 마음을 느낀다. 빅의 마음이 아니라 내 마음이다. 내가 리애넌에게서 원하는 게 바로 이것이다. 내가 리애넌에게 주고 싶은 게 바로 이것이다.

그러나 나는 그녀가 결코 보지 못할 몸이고 그녀가 결코 붙잡을 수 없을 삶 속에 들어 있는데, 어떻게 그녀가 이 모호함을 넘어서 나를 볼 수 있게 할 수 있을까?

나는 점심시간 전에 도착하여 내가 주로 주차하는 곳에 차를 세운다.

이 시간에는 리애넌이 무슨 수업을 받고 있는지 안다. 그 교실 문 밖에서 종이 울리기를 기다린다. 종이 울리자 그녀가 한 무리 학생 속에서 걸어 나오며 친구인 레베카와 얘기를 하는 모습이 보인다. 그녀는 나를 보지 않는다. 심지어 고개를 들지도 않는다. 나는 무작정 그녀를 뒤따르는 수밖에 없다. 내가 그녀의 과거의 유령인지 현재의 유령인지 미래의 유령인지 모르겠다는 생각이 든다. 이윽고 그녀와 레베카가 서로 다른 방향으로 발길을 옮기자 나는 그녀와 단둘이 얘기할 수 있게 된다.

"안녕." 내가 말한다.

그리고 그녀가 몸을 돌리기 전에 잠시…… 머뭇거리는 게 보인다. 하지만 그녀는 몸을 돌린다. 나는 그녀 얼굴에 다시 나를 알아보는 표정이 서리는 것을 본다.

"안녕." 그녀가 말한다. "왔구나. 그런데 왜 놀랍지 않지?"

정확히 내가 기대한 환영 인사는 아니지만 충분히 이해할 수 있는 인사다. 우리 둘만 함께 있을 때면 나는 그녀의 탐구 대상이다. 그러나 내가 학교로 와서 그녀 삶에 끼어들면 방해꾼이 될 뿐이다.

"점심 어때?" 내가 묻는다.

"좋아." 그녀가 말한다. "하지만 다시 학교로 돌아와야 해."

나는 좋다고 말한다.

걸어가는 동안 우리는 말이 없다. 리애넌에게 정신이 팔려 있지 않을 때 주위를 둘러보니, 사람들이 그녀를 전과 다르게 보고 있다는 것을 느낄 수 있다. 긍정적인 시선을 보내는 사람도 있지만 부정적인 시선이 훨씬 많다.

그 점을 깨닫고 있는 내 모습을 그녀가 본다.

"이제 난 헤비메탈 마니아의 여친이 돼 버렸어." 그녀가 말한다. "어떤 애가 그러는데 내가 메탈리카 밴드 멤버들과 자기까지 했다는 소문이 돈대. 우스운 얘기지만, 우스운 얘기가 아니기도 해." 그녀가 나를 훑어본다. "하지만 넌 완전히 다른 사람이 되었구나. 난 오늘 하루를 어떻게 보내야 할지도 모르겠어."

"내 이름은 빅이야. 생물학적으로는 여자인데, 사회적인 성은 남성이야."

리애넌이 한숨을 쉰다. "난 그게 무슨 뜻인지도 모르겠다."

나는 설명하기 시작한다. 그러나 그녀가 내 말을 자른다.

"학교를 벗어날 때까지 기다리자. 그게 좋겠지? 잠시 내 뒤에서 걸어와 줄래? 그게 나을 것 같아서 말이야."

나는 뒤따라 걸어가는 수밖에 없다.


우리는 조그만 식당으로 들어선다. 손님 평균 나이가 94세이고 사과 소스가 가장 인기 있는 식당 같다. 고등학생이 올 만한 곳은 아니다.

자리에 앉아 주문을 하고 나서 그녀에게 어제 있었던 일의 여파에 관해 좀 더 묻는다.

"저스틴이 몹시 화난 것 같지는 않아." 그녀가 말한다. "그리고 걔를 위로해 주려는 여자애들이 적지 않아. 한심해 보이더라. 레베카는 대단했어. 장담하는데, 우정 홍보인이라는 직업이 있다면 그 분야에서는 레베카가 최고일 거야. 걔는 애들한테 내 입장을 설명해 주고 있어."

"어떤 식으로?"

"저스틴은 얼간이라는 식으로. 그리고 그 헤비메탈 마니아와 나는 얘기만 나눴을 뿐 다른 건 아무것도 안 했다고."

첫 번째 부분은 반박할 수 없을 만큼 분명하다. 그러나 두 번째 부분은 내가 들어도 설득력이 약하다.

"일이 이렇게 형편없이 꼬이게 해서 미안해."

"그만하길 다행이지 뭐. 그리고 우리, 서로에게 사과하는 거 그만둬야 해. 매번 '미안해.'라는 말로 끝맺을 순 없잖아."

그녀 목소리에는 체념이 서렸는데, 나는 그녀가 무엇을 체념한 것인지 모른다.

"그러니까 넌 남자인 여자라는 거니?"

"그렇다고 할 수 있지." 그녀는 그 얘길 하고 싶어 하지 않는 것 같다.

"여기까지 오는 데 얼마나 걸렸어?"

"세 시간."

"뭘 빼먹은 거야?"

"시험 두 개. 여자 친구와의 데이트."

"그래도 괜찮다고 생각해?"

나는 잠시 말문이 막힌다. "무슨 뜻이야?"

"있잖아." 리애넌이 말한다. "난 네가 여기까지 와 줘서 기뻐. 정말이야. 하지만 난 어젯밤에 많이 자지 못해서 신경이 날카로워. 오늘 아침 네 메일을 받았을 때 이런 생각이 들더라. 이러는 게 과연 괜찮은 건가? 나나 너에 관해서가 아니야. 네가 삶을…… 납치하는 그 사람들에게 괜찮은 걸까 하는 생각이 든 거야."

"리애넌, 나는 항상 조심하고 있고……."

"나도 알아. 그리고 단 하루뿐이라는 것도 알아. 하지만 오늘 전혀 예상하지 못한 일이 예정되어 있었다면 어떡할 거야? 여자 친구가 이 애를 위해 굉장한 깜짝 파티를 계획했다면 어떡할 거야? 실험에 못 가서 실험실 짝꿍을 도와주지 못했기 때문에 그 짝꿍이 낙제 점수를 받으면 어떡할 거야? 그리고…… 음, 큰 사고가 났는데, 그녀가 원래는 아기를 안전하게 끌어낼 수 있을 만큼 가까이 있었어야 한다면 어떡할 거야?"

"알겠어." 내가 말한다. "하지만 일어나기로 예정되었던 일이 바로 나라면 어떡할 거야? 난 여기 오기로 되어 있었고, 만약 내가 여기 오지 않으면 세상이 잘못된 방향으로 나아갈 거라고 한다면 어떡할 거야? 아주 작지만 어떤 중요한 방식으로 말이야."

"하지만 이 애 삶이 네 삶보다 우선이어야 하지 않아?"

"왜?"

"왜냐하면 넌 손님일 뿐이니까."

사실이다. 그러나 그녀가 이렇게 말하니 충격적이다. 그녀는 비난처럼 들리는 이 말을 즉시 수습하려 한다.

"네가 덜 중요한 사람이라는 뜻은 아니야. 그런 뜻으로 말한 게 아니라는 걸 알잖아. 지금은, 내가 이 세상에서 가장 사랑하는 사람이 바로 너야."

"정말?"

"정말이라니, 무슨 뜻이야?"

"어제 넌 날 사랑하지 않는다고 했잖아."

"헤비메탈 마니아를 사랑하지 않는다고 한 거야. 널 두고 한 말이 아니야."

에브리데이

음식이 나온다. 그러나 리애넌은 감자튀김으로 케첩을 찍어 대기만 한다.

"나도 널 사랑해. 잘 알겠지만." 내가 말한다.

"알아." 하지만 기분이 나아진 것 같지는 않다.

"우린 이 상황을 잘 헤쳐 나갈 수 있을 거야. 모든 관계에는 처음엔 어려운 부분이 있게 마련인데, 우리에겐 이게 어려운 부분인 거야. 즉시 짝 맞출 수 있는 조각이 든 퍼즐 같은 게 아니라고. 사람의 관계에서는 둘이 함께 완벽하게 어울리기 위해서는 먼저 상대 모양에 맞추어 조각들을 만들어야 하는 거야."

"그런데 네 조각은 매일 모양이 바뀌잖아."

"육체적으로만 그래."

"알아." 그녀는 마침내 감자튀김 하나를 입에 넣는다. "난 내 조각을 만드는 데 더 많은 노력을 기울여야 할 것 같아. 만들어야 할 조각이 너무 많아서 말이야. 그리고 네가 여기 있으니…… 부담이 더해."

"갈게." 내가 말한다. "점심 먹고 나서."

"내가 원하는 게 아냐. 네가 그래야 한다고 생각할 뿐이야."

"이해해." 내가 말한다. 실제로 나는 이해한다.

"이해해 줘서 고마워." 그녀가 빙긋 웃는다. "그럼 오늘 저녁 데이트 상대에 대해 얘기해 줘. 내가 너랑 함께 있진 못한다 해도 너랑 데이트하는 사람이 어떤 사람인지 알고 싶어."

돈에게 문자를 보내, 나는 학교에 없지만 데이트 약속은 유효하다고 알렸다. 우리는 돈의 필드하키 연습이 끝난 뒤에 만나서 저녁을 먹을 것이다.

나는 빅이 평소에 수업을 마치고 집에 돌아가는 시각에 집으로 돌아간다. 아늑한 내 방에서, 데이트 전 흔히 찾아드는 긴장과 설렘을 느낀다. 옷장 안에 넥타이가 아주 많은 것을 보고 나는 빅이 평소에 넥타이를 즐겨 맨다고 믿는다. 그래서 말쑥하게 차려입는다. 조금 과할 정도로 말쑥한 것 같다. 그러나 내가 접속을 해서 돈에 관해 알아본 것이 사실이라면 그녀는 이런 차림새를 좋아할 것이다.

나는 컴퓨터 앞에 앉아 남은 시간을 보낸다. 리애넌이 새로 보낸 메일은 없다. 네이선에게서는 여덟 통 와 있는데, 하나도 열어 보지 않는다. 이어 빅이 노래를 모아 놓은 곳으로 가서 그가 가장 즐겨 듣는 음악을 몇 곡 듣는다. 나는 보통 이런 식으로 새 음악을 찾는다.

이윽고 6시가 조금 못 된 시간에 집을 나선다. 내가 이 데이트를 이리도 기대하고 있다는 게 신기하기조차 하다. 나는 뭐가 되었든 어떤 뜻깊은 일의 일부가 되고 싶다.

돈은 기대를 저버리지 않는다. 그녀는 말쑥하다는 말 대신 위풍당당하다고 하며 빅의 차림새를 무척 마음에 들어 한다. 그녀는 오늘 있었던 일에 관해 할 얘기가 아주 많고, 오늘 내가 한 일에 관해 물어볼 게 아주 많다. 미묘한 상황이어서 — 빅이 거짓말했다는 게 나중에 밝혀지게 하고 싶지 않다. — 그녀에게 오늘 하루 쉬고 싶은 충동이 일었다고만 한다. 시험도 없고 복도도 없는 곳으로, 한 번도 가본 적 없는 곳으로…… 데이트 시간에 맞춰 돌아올 수 있는 범위 내에서 되도록 멀리 차를 몰고 떠나고 싶었을 뿐이라고 말한다. 그녀는 이 결정을 전폭적으로 지지한다. 내가 왜 자기랑 같이 가자고 말하지 않았는지 묻지도 않는다. 나는 빅이 이런 식으로 오늘 하루를 기억하기 바란다.

나는 돈이 하는 얘기를 따라잡기 위해 부지런히 접속해야 한다. 그럼에도 즐거운 시간이다. 그녀에 대한 빅의 기억은 정확하다. 그녀는 빅을 매우 소중하고, 매우 훌륭하고, 매우 우직한 사람으로 여긴다. 그녀는 자신이 이해한 것을 여기저기 퍼뜨리지 않는다. 그저 조용히 마음에 담고 있을 뿐이다.

이들의 상황은 우리 상황과는 다르다는 것을 안다. 리애넌이 돈이 아니듯이 난 빅이 아니라는 것을 안다. 그러나 내 마음 한 구석에서는 이들의 관계에서 우리 관계를 엿보고 싶다. 내 마음 한구석에서는 우리도 이렇게 초월하고 싶어 한다. 내 마음 한구석에서는 우리 사랑이 이처럼 확고하고 강렬하기를 원한다.

빅과 돈 둘 다 자기 차가 있지만 빅은 돈의 요청에 따라 차로 그녀 집까지 뒤따라간다. 차에서 내려 현관문까지 함께 걸어가, 제대로 된 작별 키스를 하기 위해서다. 돈과 손을 맞잡고 현관 계단을 오르는 것은 퍽 근사한 일이라는 생각이 든다. 그녀 부모님이 집에 있는지 없는지 알 수 없지만, 그녀가 개의치 않는다면 나도 신경 쓰지 않는다. 우리는 방충망을 친 문이 있는 곳으로 가서 1950년대 애인들처럼 잠시 머뭇거린다. 이윽고 돈이 몸을 숙여 강렬하게 키스하고, 나도 똑같이 강렬하게 키스한다. 키스를 하며 우리가 나아간 곳은 문 쪽이 아니라 덤불 쪽이다. 그녀가 어둠 속으로 나를 밀고 들어가고 나는 그녀의 모든 것을 받아들인다. 너무나 강렬해서 나는 정신을 잃을 지경이고, 내가 빅이라는 것도 잊고 온전히 나 자신이 되어 그녀와 키스하며 그 느낌을 음미한다. 순간 내 입에서 리애넌이라는 말이 튀어나온다. 처음에는 돈이 그 말을 듣지 못했을 거라고 생각했지만 그녀가 잠시 몸을 뒤로 빼고 내가 뭐라고 했는지 묻는다. 노래 같은 건데―그 노래 몰라?―늘 그 말이 무슨 뜻인지 궁금했다, 하지만 바로 이럴 때 쓰는 말이고 바로 이런 느낌이다 하고 나는 그녀에게 말한다. 돈은 내가 무슨 노래 얘기를 하는지 모르겠다고 말하지만, 그녀는 이제 내가 어물쩍 넘어가는 말에 익숙해져서 아무 문제가 안 된다. 나는 나중에 그 노래를 들려주겠다고 말하면서 이러이러한 노래라고 덧붙인다. 우리는 나뭇잎에 덮이고 내 넥타이는 나뭇가지에 걸렸지만, 우리는 생기 가득한 그런 분위기를 전혀 개의치 않는다. 우리는 그 어떤 것도 개의치 않는다.

\*\*

그날 밤 리애넌에게서 메일이 왔다.

A

오늘은 좀 불편했어. 하지만 매우 불편한 시기여서 그런 걸 거야.

너나, 사랑 때문이 아니야. 모든 것이 한꺼번에 몰려와서 그런 거야.

너도 내 말 무슨 뜻인지 알 거야. 다시 노력해 보자.

하지만 학교에서 만나는 건 좋은 생각이 아닌 것 같아.

내가 감당하기 힘들어서 그래. 수업이 끝난 뒤에 보자.

평생 뒤탈이 남지 않을 곳에서, 우리 둘만 아는 곳에서 보자.

난 어떻게 할지 생각하느라 힘든 시간을 보내고 있지만, 이런 조각들이 잘 맞추어졌으면 좋겠어.

사랑해.

R

# 6024일

다음 날 나를 깨운 건 알람이 아니다. 눈을 뜨니 엄마가 — 누군가의 엄마가, 내 엄마가 — 침대 가장자리에 앉아 나를 보고 있다. 엄마는 나를 깨워서 미안해한다. 알 수 있다. 그러나 미안함은 훨씬 더 큰 슬픔의 아주 작은 부분일 뿐이다. 엄마는 가볍게 내 다리를 만진다.

"일어날 시간이야." 엄마가 조용히 말한다. 잠든 상태에서 깨어난 상태로 최대한 쉽게 넘어오기를 바라는 듯한 목소리다. "네 옷은 옷장 문에 걸어 놨다. 사십오 분쯤 뒤에 떠날 거야. 아빠…… 상심이 크시다. 우리 모두 다 그래. 하지만 아빠 특별히 힘들어하시니까…… 아빠 마음을 잘 살펴 드려야 한다. 알았니?"

엄마가 얘기하는 동안 나는 내가 누구인지, 무슨 일이 일어난 것인지 알아내는 데 집중하지 못한다. 그러나 엄마가 방을 나간 뒤 옷장 문에 검은 정장이 걸린 것을 보고 상황을 종합적으로 짜 맞춘다.

할아버지가 돌아가셨고, 나는 난생처음 장례식장에 가려는 참이다.

***

친구들에게 숙제를 부탁하는 것을 잊었다고 엄마에게 말하며 컴퓨터를 켠다. 그리고 리애넌에게 오늘은 그녀를 보지 못할 것 같다고 알려 준다. 내가 알기로 장례식장은 여기서 적어도 두 시간 거리다. 그래도 밤을 새지는 않을 것이다.

아빠는 아침 내내 안방에서 나오지 않았는데, 내가 리애넌에게 보내는 메일을 막 보낼 때 아빠가 방에서 나온다. 단순히 상심한 것 같은 표정이 아니다. 최근에 눈이 먼 것 같은 표정이다. 아빠 눈에 그런 상실감이 서려 있고, 그 상실감이 온몸에 스며 있다. 넥타이는 목에 맸다고 할 수 없을 만큼 매우 느슨하게 걸려 있다.

"마크." 아빠가 나에게 말한다. "마크." 내 이름인데, 방금 아빠 입에서 나온 소리는 주문처럼 들리기도 하고 믿을 수 없다는 비명처럼 들리기도 한다. 어떻게 반응해야 할지 모르겠다.

마크의 엄마가 재빨리 다가온다.

"오, 여보." 엄마가 잠시 두 팔로 아빠를 안고 나서 넥타이를 당겨 반듯이 매 준다. 그런 다음 나에게 몸을 돌려 갈 준비가 되었는지 묻는다.

나는 기록을 삭제하고 컴퓨터를 끄면서 신발만 신으면 된다고 엄마에게 말한다.

차로 장례식장까지 가는 동안 엄마 아빠는 거의 말이 없다. 라디오에서는 뉴스가 흘러나온다. 하지만 세 번째 루프선을 지난 뒤 우리 중 라디오에 귀 기울이는 사람은 아무도 없는 것 같다. 마크의 엄마 아빠 역시 나와 똑같은 행위, 즉 마크의 할아버지에 대한 기억에 접속하고 있다는 생각이 든다.

내가 발견한 기억 대부분은 말이 없다. 무거운 침묵 속에서 낚싯배에 함께 앉아 낚싯줄이 당겨지기를 기다리는 할아버지와 나. 추수감사절 식탁 상석에 앉아, 칠면조 고기를 자르는 게 타고난 권리인 양 칠면조를 자르는 할아버지 모습. 내가 어렸을 때 할아버지는 나를 데리고 동물원에 갔다. 내가 기억하는 거라곤 할아버지가 사자와 곰에 대해 얘기해 줄 때 할아버지 목소리에서 느꼈던 위엄뿐이다. 정작 사자와 곰 자체는 기억나지 않고 할아버지가 만들어 낸 사자와 곰의 느낌만 기억나는 것이다.

내 기억 속에는 할머니의 죽음도 있다. 죽음의 의미가 무엇인지 알기 전에 일어난 일이다. 내 모든 기억에서 할머니는 배경 속 유령으로 존재한다. 하지만 분명 엄마 아빠의 생각 속에는 할머니 모습이 훨씬 두드러지게 남아 있을 것이다. 내 접속은 이제 지난 몇 달 동안 있었던 일로 옮겨 간다. 할아버지가 점점 쭈그러드는 모습이 보이고, 내가 할아버지보다 더 커지고 할아버지는 자기 자신 속으로, 세월 속으로 졸아 들어가는 것 같아서 우리 사이가 어색해졌던 게 보인다. 그럼에도 할아버지의 죽음은 충격이었다. 우리는 죽음이 다가오고 있다는 것을 알았지만, 그

에브리데이

날일 거라고는 생각지 못했다. 전화를 받은 사람은 엄마였다. 뭔가 잘못되었다는 것을 아는 데는 엄마 말을 들을 필요도 없었다. 엄마는 차를 몰고 아빠 사무실로 가서 알려 주었다. 나는 거기 없었다. 나는 보지 못했다.

이제 쭈그러들어 보이는 사람은 아빠다. 우리와 가까운 사람이 죽으면 우리는 잠시 그 사람과 자리를 바꿔서 그 사람이 죽기 직전 모습을 하게 되는 것 같다는 생각마저 든다. 그런 다음 그 상황을 이겨 내면 우리는 그 사람 삶을 거꾸로 — 죽음에서 삶으로, 질병에서 건강으로 — 살게 되는 것 같다.

근처 모든 호수와 강에 사는 물고기는 오늘은 무사할 것이다. 메릴랜드 주에 사는 모든 어부들이 여기 이 장례식에 참석한 것 같기 때문이다. 정장을 입은 사람은 별로 눈에 띄지 않고 넥타이를 맨 사람은 더 적다. 친척들도 와 있다. 울고 있는 사촌들, 눈물 짓는 고모들, 슬픔을 참아 내는 삼촌들……. 아빠가 가장 힘든 것 같고, 아빠가 모든 사람의 조문을 받고 있다. 엄마와 나는 아빠 곁에 서서 고개를 끄덕이고 어깨를 토닥여 준다.

나는 철저한 사기꾼이 된 것 같은 기분이다. 나는 마크가 기억할 수 있도록 가능한 한 많이 관찰하고 기록하려 한다. 마크는 이 자리에 있길 원했을 것이고, 이 모습들을 기억하고 싶어 했을 거라는 사실을 알기 때문이다.

우리가 예배실로 들어갈 때 내 앞에 마크 할아버지 시신을 모신 관이 있었는데, 열린 관을 들여다볼 마음의 준비가 되지 않는다. 우리는 앞줄에 있기 때문에 나는 관에서 눈을 뗄 수가 없다.

시신은 몸 안에 아무것도 없는 것처럼 보인다. 내가 만약 마크의 몸에서 잠시 떠날 수 있다면 — 그리고 그가 자기 몸으로 돌아오지 않는다면 — 그 모습이 바로 이 시신과 같을 것이다. 잠든 모습과는 매우 다르다. 장의사들이 시신을 잠든 모습처럼 보이게 하려고 아무리 노력한다 해도 말이다.

마크의 할아버지는 이 마을에서 자랐고, 평생 여기 모인 사람들과 어울려 지냈다. 사람들은 할아버지에 대해 할 말이 많고, 그 말 속에는 짙은 감정이 서려 있다. 목사님도 감정이 북받치는 것 같다. 그는 이런 자리에서 말을 하는 것에 아주 익숙하지만, 자신이 좋아했던 사람에 대해서는 그렇지 못하다. 이윽고 마크의 아빠가 연설을 하기 위해 일어난다. 미리 써 온 문장을 읽을 때 아빠 몸이 전쟁을 벌이는 것 같다. 한 문장 한 문장 읽으려 할 때마다 아빠의 호흡이 정지되고 어깨가 들썩인다. 마크의 엄마가 앞으로 나가 아빠 곁에 선다. 아빠는 엄마에게 자기 대신 그 글을 읽어 달라고 부탁하는 것처럼 보인다. 그러더니 마음을 바꾼다. 아빠는 연설을 집어치우고 얘기를 한다. 아빠는 기억을 풀어헤친다. 때로는 기억이 꼬이고 때로는 기억이 흐릿하다. 그러나 그게 바로, 아빠가 당신 아버지를 회상할 때 떠올리는 것들이다. 거기 모인 사람들이 맞장구치며 웃고 울고 고개를 끄덕인다.
　내 눈에 눈물이 고이더니 얼굴을 타고 흘러내린다. 나는 처음에는 내가 왜 눈물을 흘리는지 이해하지 못한다. 실은 여기 모인 사람들이 얘기하고 있는 사람을 모르기 때문이다. 아니, 이 예배실에 있는 모든 사람을 모른다. 나는 이들의 일부가 아니다. 그리고…… 내가 눈물을 흘리는 이유는 바로 그 때문이다. 나는 이들의 일부가 아니고, 결코 이런 사람들의 일부가 되지 못할 것이기 때문이다. 나는 이들을 잠시 알 뿐이지만, 사람들은 오랜 세월에 걸쳐 별다른 어려움 없이 많은 것을 알 수 있다. 그 점이 나는 아프다. 나는 결코 나를 위해 슬퍼해 줄 가족을 갖지 못할 것이다. 나는 이들이 마크의 할아버지에 대해 느끼는 것과 비슷한 감정으로 나를 느끼고 대해 줄 사람들을 결코 갖지 못할 것이다. 나는 마크의 할아버지가 남긴 것과 같은 기억의 자취를 남기지 못할 것이다. 나와 계속 알고 지내거나 내가 해 온 일들을 아는 사람은 없을 것이다. 내가 죽는다면 나를 나타낼 몸도 없고, 장례식도 없고, 묻히는 일도 없을 것이다. 내가 죽는다면 내가 이 세상에 존재했다는 것을 아는 사람은 리애넌 빼고는 아무도 없을 것이다.

나는 다른 사람들로 하여금 자신을 몹시 좋아하게 만들 수 있는 사람을 부러워하는데, 그런 까닭에 마크의 할아버지가 무척 부러워서 눈물을 흘린다.

아빠 말이 끝난 뒤에도 나는 흐느낀다. 엄마 아빠는 자리로 돌아오면서 내 양 옆에 앉아 나를 위로한다.

나는 잠시 더 운다. 마크는 이 장례식을, 할아버지를 생각하며 흘린 눈물로 기억할 것이고, 내가 여기 있었다는 사실은 전혀 기억하지 못할 거라는 사실을 나는 너무 잘 안다.


몸을 땅속으로 보내는 것은 참으로 이상한 의식이다. 사람들이 할아버지를 땅 밑으로 내릴 때 나도 그 자리에 있다. 우리가 기도를 드릴 때도 그 자리에 있다. 삽으로 흙을 떠서 관 위에 뿌릴 때는 대열 속, 내 자리에 있다.

이렇게 많은 사람이 동시에 할아버지에 대한 생각에 잠기는 때는 다시는 오지 않을 것이다. 나는 할아버지를 안 적이 없지만 할아버지가 지금 여기 와서 이 모습을 본다면 얼마나 좋을까 생각한다.

\*\*

이제 우리는 할아버지 집으로 간다. 사람들은 곧 삼삼오오 모여서 흩어질 테지만 지금은 슬픔의 전람회를 준비하듯 각자의 슬픔을 풀어 놓는다. 많은 얘기들이 오간다. 이따금 서로 다른 방에서 똑같은 얘기들이 오가기도 한다. 이곳에는 내가 모르는 사람이 많은데, 접속에 실패해서가 아니다. 마크의 할아버지 삶에는 손자가 이해할 수 있는 범위 이상의 사람들이 있었을 뿐이다.

음식과 이야기와 위로의 시간 뒤에 음주 시간이 이어지고, 음주 시간 뒤에 귀가 시간이 찾아온다. 마크의 엄마는 내내 술을 입에 대지 않았으므로 어둠 속에서 집으로 돌아갈 때 엄마가 운전을 한다. 나는 마크의 아빠가 잠이 든 것인지 생각에 잠긴 것인지 모른다.

"힘든 하루였어." 마크의 엄마가 나직이 말한다. 우리는 집에 도착할 때까지 삼십 분 간격으로 반복해서 내보내는 간추린 뉴스에 조용히 귀 기울인다.

나는 이게 내 삶이라 여기려고 노력해 본다. 이분들이 내 엄마 아빠인 것처럼 여기려고 노력해 본다. 그러나 나는 알 만큼은 알기에, 공허할 뿐이다.

# 6025일

다음 날 아침, 베개에서 머리를 드는 게 힘들다. 팔을 들어 올리는 게 힘들고, 침대에서 몸을 일으키는 게 힘들다.

적어도 내 몸무게가 130킬로는 나가는 게 분명하다.

전에도 몸무게가 많이 나간 적이 종종 있었지만, 이처럼 육중했던 적은 없었던 것 같다. 마치 내 팔다리에, 내 몸통에 고기 포대가 달린 것 같다. 뭘 하려면 훨씬 많은 노력을 기울여야 한다. 근육질의 육중함이 아니기 때문이다. 미식축구 수비수 같은 몸집이 아닌 것이다. 나는 뚱뚱하다. 살이 축 늘어진, 거추장스럽기 짝이 없는 뚱뚱한 몸이다.

이윽고 주위를 둘러보고 또 내 내부를 둘러보았을 때 내 눈에 들어온 모습은 적잖이 실망스럽다. 핀 테일러는 세상일 대부분에서 물러서 있다. 그의 육중한 몸집은 태만함과 게으름에서 비롯된 것인데, 소심한 성격을 감안한다 해도 병적이라 할 만큼 부

**에브리데이**

주의한 행태다. 그의 내면 깊이 접속하면 어떤 따스한 인간적인 면모를 발견할 거라고 믿지만, 보이는 것은 한심하고 안쓰러운 모습뿐이다.

나는 샤워를 하러 느릿느릿 걸어가면서 고양이 앞발만 한 보풀 뭉치를 배꼽에서 떼어낸다. 나는 뭐든 일을 끝내려면 무지 애를 써야 한다. 과거 어느 시점에선가 일을 하면 몸이 너무 지치는 때가 왔는데, 핀은 그냥 거기에 굴복해 버린 게 틀림없다.

샤워를 하고 나온 지 오 분도 안 되어 땀이 나기 시작한다.

리애넌에게 이런 내 모습을 보여 주고 싶지 않다. 하지만 나는 리애넌을 만나야 한다. 우리 관계가 매우 불안정하고 위태로워 보이는 이때에 이틀 연속 그녀와의 만남을 취소할 수는 없다.

그녀에게 미리 경고한다. 오늘 나는 뚱보라고 메일에 쓴다. 그러나 나는 여전히 수업이 끝난 뒤에 그녀를 만나고 싶다. 오늘 내가 있는 곳은 클로버 서점에서 가까우므로 그곳을 약속 장소로 제안한다.

그녀가 와 주기를 기도한다.

핀의 기억 속에는, 결석하면 그가 속상해할 것이라고 믿을 만한 근거가 전혀 없지만, 어쨌든 나는 학교에 간다. 그가 마음 졸이며 결석 일수를 의식하게 될 때를 대비해 그의 결석 횟수를 줄여 주려는 것이다.

몸이 비대해서 평소보다 훨씬 집중해야 한다. 사소한 일조차도 ─ 가속페달을 밟는 일, 복도에서 부딪히지 않도록 주위에 공간을 적절히 남겨 둬야 하는 일 따위 ── 적응하는 데 적잖은 노력이 필요하다.

그리고 나를 보는 표정들……. 노골적인 혐오감이 드러나 있다. 학생들뿐만이 아니다. 선생님도 그렇다. 모르는 사람들도 그렇다. 사람들은 제멋대로 판단한다. 핀이 자기 관리를 하지 못하고 이렇게 된 것에 대한 반응일 수 있다. 그러나 또한 그들의 혐오감에는 보다 근본적인 어떤 것이, 보다 방어적인 어떤 것이 있다. 나는 그들이 두려워하는 존재가 되어 가고 있는 것이다.

나는 오늘 검은 옷을 입었다. 검은 옷을 입으면 날씬해 보인다는 말을 자주 들었기 때문이다. 그러나 날씬해 보이는 대신 복도를 뒤뚱뒤뚱 나아가는 검은 구체처럼 보인다.


유일하게 한숨 돌릴 수 있는 시간은 가장 친한 두 친구인 랠프, 딜런과 함께하는 점심시간뿐이다. 이들은 초등학교 3학년 이후로 줄곧 가장 친하게 지내 왔다. 이들도 핀의 비대한 체구를 놀리긴 하지만 말로만 그렇고 실제로는 개의치 않는 게 분명하다. 막약 핀이 말랐다면 이 친구들은 또 말랐다고 핀을 놀릴 것이다.

이들 옆에서는 편안하게 쉴 수 있을 것 같은 기분이다.


수업이 다 끝난 후 집에 가서 한 번 더 샤워를 하고 옷을 갈아입는다. 수건으로 몸을 닦으면서 나는 핀의 뇌에 정신적 외상을 심을 수 있을지 궁금해한다. 아주 충격적인 어떤 기억을 심어서 너무 많이 먹는 것을 그만두게 할 수는 없는지 궁금한 것이

에브리데이

다. 그러다가 문득 그런 생각까지 하는 나 자신에게 소름이 끼친다. 나는 핀이 무얼 해야 하는지 알려 주는 것은 내 일이 아니라고 나 자신을 일깨워 준다.

리애년을 만나기 위해 핀의 옷 중 가장 좋은 옷 ── XXXL 버튼다운셔츠와 허리가 46인치인 청바지 ── 을 골라 입는다. 넥타이도 맨다. 그러나 스키를 타고 미끄러져 내려가는 것처럼 배 위에서 흘러내리는 넥타이는 우스꽝스러워 보인다.

서점 내 카페 의자에 앉으니 의자가 흔들거린다. 의자에 앉는 대신 통로를 걷는 게 낫겠다고 생각하는데, 통로는 또 너무 좁아서 나는 계속 서가에 부딪치며 거기 있는 물건들을 떨어뜨린다. 결국 나는 문 밖 입구에서 그녀를 기다린다.

그녀는 나를 즉시 알아본다. 알아보지 못할 수 없는 것 같다. 그녀 눈에 나를 알아보는 기색이 서리는데, 특별히 반가운 기색은 아니다.

"안녕." 내가 말한다.

"그래, 안녕."

우리는 거기 그대로 서 있다.

"왜 그래?" 내가 묻는다.

"그냥 네 모습을 보고 있을 뿐이야."

"겉모습을 보지 마. 안에 있는 걸 보라고."

"넌 그렇게 말하는 게 쉽겠지. 난 절대 안 바뀌잖아. 안 그래?"

그렇기도 하고 아니기도 하고. 나는 이렇게 생각한다. 그녀 몸은 똑같다. 그러나 나는 약간 달라진 리애년을 만나고 있는 것 같은 느낌이 들 때가 많다. 그때그때 기분에 따라 달라진 모습이 나타나는 것 같다.

"가자." 내가 말한다.

"어디로?"

"음, 바닷가에도 가고 산에도 가고 숲 속으로도 갔으니까…… 이번엔…… 영화를 보고 저녁을 먹는 건 어떨까?"

이 말에 그녀가 미소 짓는다.

"왠지 데이트를 하자는 말처럼 들린다."

"네가 원한다면 꽃도 사 줄게."

"그래, 가자." 그녀가 대범하게 응한다. "꽃 사 줘."


옆자리에 장미꽃을 한 다발 놓아 둔 사람은 이 극장 안에서 리애넌이 유일하다. 같이 온 남자의 몸이 자기 의자에 차고 넘쳐서 여자 의자 쪽으로 쏠려 있는 사람 또한 그녀가 유일하다. 나는 어색함을 덜기 위해 한 팔을 그녀 어깨에 걸친다. 그러나 곧 내 땀을 의식하고, 그녀 목덜미에서 살찐 내 팔이 어떻게 느껴질지 의식한다. 나는 또한 숨을 크게 내쉴 때면 약간 쌕쌕거리는 소리가 나는 내 숨을 의식한다. 예고편 상영이 끝난 뒤 나는 옆으로 한 칸 옮긴다. 그리고 나서 우리 사이 빈자리로 손을 뻗자 그녀가 그 손을 잡아 준다. 우리는 적어도 십 분 동안 계속 그러고 있었는데, 결국 그녀는 가려운 데가 있는 척하며 손을 빼더니 다시는 내 손을 잡지 않는다.

**✻✻**

나는 저녁 식사 장소로 근사한 식당을 잡아 놓았다. 그러나 식당이 근사하다고 해서 저녁 식사가 근사할 것이라는 보장은 없다.

그녀는 계속 나를 — 핀을 — 응시한다. "왜?" 마침내 내가 묻는다.

"왜인지…… 안에 있는 너를 볼 수가 없어. 보통 때는 볼 수 있었거든. 눈에 너를 나타내는 어떤 빛이 서리곤 했어. 그런데 지금은 그렇지가 않아."

어떤 면에서는 기분 좋은 말이다. 그러나 동시에 이 말을 하는 그녀 말투에 나는 낙심한다.

"난 이 안에 있단 말이야."

"알아. 하지만 보이지 않는 걸 어떻게 해. 아무것도 느낄 수가 없어. 내가 널 이렇게 보고 있는데도 네가 보이지 않아. 볼 수가 없어."

"괜찮아. 네 눈에 내가 보이지 않는 이유는 핀이 나랑 너무 다르게 생겼기 때문이야. 난 이렇게 생긴 애가 아니기 때문에 네가 날 못 느끼는 거야. 그러니 어느 면에선 그게 일관된 반응인 거야."

"그런 것 같아." 그녀가 포크로 아스파라거스를 찍으면서 말한다.

그러나 확신하는 목소리는 아닌 것 같다. 우리가 이전에 확신 단계에 이르렀다 해도 나는 이미 그걸 망쳐 버린 것 같다.

데이트 같은 느낌이 들지 않는다. 우정이 느껴지지 않는다. 줄타기를 하다가 줄에서 떨어졌는데 아직 그물망으로 떨어지지는 않은, 그런 상태인 듯하다.

우리 차는 여전히 서점 앞에 있었기 때문에 우리는 그곳으로 돌아간다. 그녀는 장미꽃을 품에 안고 가는 대신 금방이라도 방망이 대신 쓸 것처럼 손에 들고 달랑거리며 걷는다.

"왜 그래?" 내가 묻는다.

"그냥. 오늘 밤은 별로 신이 나지 않는다." 그녀가 장미를 코로 가져가서 냄새를 맡아 본다. "그럴 때도 있는 거잖아. 그렇지? 특히 오늘은……."

"그래. 특히 오늘은."

만약 내가 이 몸이 아니고 다른 몸 안에 있다면 지금이 얼굴을 숙여 그녀에게 키스할 때다. 만약 내가 이 몸이 아니고 다른 몸 안에 있다면 그 키스가 이 밤을 별로인 것에서 대단한 것으로 바꾸어 줄 수 있을 것이다. 내가 다른 몸 안에 있다면 그녀가 안에 있는 나를 볼 수 있을 텐데……. 그녀가 보고 싶어 했던 것을 볼 수 있을 텐데…….

하지만 지금은 거북하고 어색하다.

그녀는 장미를 내 코 앞으로 내민다. 나는 그 향기를 맡는다.

"꽃 선물, 고마워."

이것이 우리의 작별 인사다.

# 6026일

다음 날 아침 나는 보통 체구인 것에 몹시 안도하면서, 그런 마음에 죄책감을 느낀다. 전에는 다른 사람이 어떻게 생각하든 다른 사람이 어떤 눈으로 나를 보든 개의치 않았는데, 지금 나는 그걸 의식하고, 다른 사람들과 마찬가지로 판단하고, 리애넌의 눈으로 나 자신을 본다. 그 사실을 깨닫고 있기 때문에 죄책감이 드는 것이다. 이런 변화가 나를 다른 사람들과 한결 비슷하게 만들어 준다고 생각하지만, 한편으로는 뭔가를 잃어버리고 있는 느낌도 든다.

리사 마셜은 리애넌의 친구인 레베카를 많이 닮았다. 곧은 검은 빛깔 머리, 주근깨가 흩뿌려진 얼굴, 파란 눈……. 길에서 마주치면 일부러 눈길을 보낼 만한 사람은 아니지만 수업 시간에 그녀가 옆자리에 앉는다면 분명 관심을 기울이게 될, 그런 사람이다.

오늘은 리애넌이 나를 꺼리지 않을 것이다 하고 나는 생각한다.

그러고 나서 이런 생각을 한 것에 죄책감을 느낀다.

그녀의 메일이 받은편지함에서 나를 기다리고 있다.

---

오늘 너를 꼭 보고 싶다.

---

나는 생각한다. 좋아. 그러나 글은 이렇게 이어진다.

---

할 얘기가 있어.

---

이제 뭘 생각해야 할지 모르겠다.

오늘은 기다림의 시간, 카운트다운의 시간이 된다. 무엇을 하기 위해 카운트다운을 하고 있는지도 잘 모르면서 말이다. 만날 시간이 가까워질수록 내 두려움은 더 크게 쿵쾅거린다.

리사의 친구들은 오늘 리사와 많이 어울리지 못한다.

리애넌은 그녀 학교 근처 공원에서 만나자고 한다. 오늘은 내가 여학생이므로 그곳은 안전한 중립 지대 같다. 공원에 온 사람 누구도 우리 둘을 보고 애정 행각을 떠올리지는 않을 것이다. 리애넌을 아는 사람들은 이미, 헤비메탈 마니아 소년이 그녀 타입이라고 생각한다.

일찍 도착해서 벤치에 앉아 리사의 책인 앨리스 호프먼의 소설을 읽는데, 때때로 책 읽기를 멈추고, 달리기를 하며 지나가는 사람들을 구경한다. 그러다가 소설에 깊이 빠져서 리애넌이 내 옆에 앉을 때까지 그녀가 온 것을 알지 못한다.

내 옆에 앉은 사람이 리애넌인 것을 보자 나도 모르게 입가에 미소가 번진다.

"안녕." 내가 말한다.

"안녕." 그녀가 말한다.

그녀가 나에게 하고 싶은 말을 하기 전에 나는 그녀에게 오늘 하루는 어땠는지, 학교생활은 어땠는지, 기분은 어떤지 따위와 같은, 그녀와 나에 관한 화제를 피하게 해 주는 것이면 뭐든 물어본다. 그러나 이런 대화는 겨우 십 분이 지나니 바닥이 난다.

"A." 그녀가 말한다. "너에게 말할 것들이 있어."

이런 말 뒤에 좋은 내용이 따라오는 경우는 거의 없다는 것을 안다. 그러나 나는 여전히 희망을 갖는다.

비록 그녀가 '말할 것들'이라고 했지만, 말할 게 둘 이상인 것처럼 얘기했지만, 모든 것은 그녀 다음 말에 달렸다.

"난 이 관계를 지속할 수 없을 것 같아."

나는 잠시 그대로 가만히 있다가 입을 연다. "이 관계를 지속할 수 없을 것 같은 거야, 아니면 지속하고 싶지 않은 거야?"

"지속하고 싶어. 정말 그러고 싶어. 하지만 A, 어떻게? 난 그게 어떻게 가능한지 모르겠어."

"무슨 말이야?"

"내 말은, 넌 매일 다른 사람이 된다는 거야. 그리고 난 그 한 사람 한 사람을 모두 다 똑같이 사랑할 순 없어. 그 안에 있는 게 너라는 걸 알아. 겉모습일 뿐이라는 걸 알아. 하지만 난 그 모두를 사랑할 순 없단 말이야, A. 난 노력했어. 그렇지만 잘 안 돼. 나도 그러고 싶어. 나도 그럴 수 있는 사람이 되고 싶다고. 하지만 안 되는 걸 어떡해. 게다가 그뿐만이 아니야. 난 이제 막 저스틴과 헤어졌잖아. 그래서 그걸 정리할 시간이 필요해. 떨쳐 낼 시간이 필요하단 말이야. 그런데 너와 내가 할 수 없는 것들이 너무 많아. 우린 내 친구들과 함께 시간을 보낼 수 없잖아. 심지어 너에 대해 친구들에게 얘기할 수도 없어. 그게 날 미치게 한다고. 넌 우리 엄마 아빠를 만날 수도 없을 거야. 밤에 너와 함께 자고 다음 날 아침 너와 함께 눈을 뜨는 일이 내겐 결코 가능하지 않을 거야. 결코. 난 이런 것들은 중요한 문제가 아니라고 생각하려고 무진 애를 썼어, A. 정말이야. 하지만 실패했어. 그래서 난 이 관계를 지속할 수 없는 거야. 정답이 뭔지 아니까."

지금은 내가 난 변할 거야라고 말해야 하는 순간이다. 지금은 내가 그녀에게 상황이 달라질 수 있다는 걸 확신시키고 그게 가능하다는 걸 보여 줄 수 있어야 하는 순간이다. 그러나 내가 기껏 할 수 있는 거라곤 내 마음 가장 깊숙한 곳에 자리 잡은 공상을 얘기하는 것뿐이다. 너무 부끄러워서 그동안 차마 얘기하지

357

못한 생각이다.

"불가능한 것만은 아니야." 내가 말한다. "나는 같은 문제로 고민하고 애를 쓰지 않은 줄 알아? 어떻게 우리가 미래를 함께 할 수 있을지, 나도 그동안 많이 생각했어. 이 방법은 어때? 내가 아주 먼 곳으로 가지 않는 한 가지 방법은 우리가 대도시에서 사는 거라고 생각해. 대도시에는 근처에 나랑 동갑인 애들이 훨씬 많을 테니까 말이야. 내가 한 사람 몸에서 다른 사람 몸으로 어떻게 이동하는지는 모르지만, 내가 옮겨 가는 거리는 가능성이 얼마나 많은가 하는 점과 관련 있는 게 분명해. 그러니 우리가 뉴욕 시에 산다면 내가 그곳을 떠나는 일은 결코 없을 거야. 그곳엔 선택될 가능성이 있는 사람들이 차고 넘치니까. 그러니까 우린 항상 만날 수 있을 거야. 항상 함께 있을 수 있을 거야. 황당한 생각이라는 거, 나도 알아. 네가 당장 결정하고 집을 떠날 수 있는 문제가 아니라는 것도 알아. 하지만 우린 결국엔 그렇게 할 수 있을 거야. 결국엔 그게 우리 삶이 될 수 있을 거야. 내가 네 옆에서 잠이 깰 순 없겠지. 하지만 난 항상 너와 함께 있을 수 있어. 정상적인 삶은 아닐 거야. 그건 나도 알아. 하지만 그것도 하나의 삶일 거야. 함께하는 삶의 한 방식일 거야."

나는 우리가 우리만의 아파트에서 사는 모습을 상상해 왔다. 매일 집으로 가서 신발을 벗고, 함께 저녁 식사를 준비하고, 침대로 기어들고, 자정이 가까워 올 때 살금살금 집 밖으로 나간다. 우리는 함께 나이 들어 간다. 그녀를 알아 가면서, 세상을 더 많이 알아 간다.

그러나 그녀는 고개를 젓는다. 그녀 눈에 눈물이 고인다. 내 공상이 펑 하고 터지는 데는 그것으로 충분하다. 내 공상이 또 하나의 바보 꿈이 되는 데는 그것으로 충분하다.

"그런 일은 절대 없을 거야." 그녀가 부드럽게 말한다. "그렇게 믿을 수 있으면 좋겠지만, 난 안 돼."

"하지만 리애넌……."

"이걸 알아 줬으면 좋겠어. 네가 내가 사귄 남자애라면 — 매일매일 모습이 똑같은 남자애라면, 안에 있는 네가 바깥이 된다면 — 나는 분명 널 영원히 사랑할 수 있었을 거야. 네 품성에 관한 게 아니라는 걸 알아 줬으면 좋겠어. 하지만 다른 것들은 너무 어려워. 이 문제를 감당할 수 있는 여자애가 있을 거야. 꼭 있었으면 좋겠어. 그런데 난 아니야. 난 그러지 못해."

이제 내 눈물이 솟아난다. "그럼…… 어떡해? 이게 결론이야? 우린 여기까지인 거야?"

"난 우리가 서로의 삶 속에 존재하기를 원해. 하지만 네 삶이 계속 내 삶을 혼란에 빠뜨릴 순 없어. 나는 친구들과 어울려 지내야 해. 학교에 가고, 파티에도 가고, 내가 하고 싶은 모든 걸 해야 해. 더 이상 저스틴과 사귀지 않게 된 걸 고맙게 생각해. 정말 고마워. 하지만 다른 걸 놓칠 순 없어."

나는 내가 느끼는 비통함에 새삼 놀란다. "내가 널 위해 할 수 있는 것처럼 날 위해 해 줄 순 없니?"

"난 못해. 미안해. 하지만 난 못해."

우리는 야외에 있지만 벽들이 바짝 다가온다. 우리는 단단한 땅 위에 있지만 바닥이 갑자기 푹 꺼진다.

"리애넌……." 그러나 말은 여기서 멈추고 만다. 더 이상 할 말이 생각나지 않는다. 더 이상 주장할 수도 없다.

그녀가 몸을 기울여 내 볼에 키스한다.

"가 봐야 해." 그녀가 말한다. "영원히 간다는 게 아니라……
지금은 가야 해. 며칠 뒤에 다시 얘기해 보자. 네가 정말 깊이 생
각한다면 너도 같은 결론에 도달할 거야. 그러면 그렇게 나쁜 일
은 아니라는 생각이 들 거라고. 그럼 우린 함께 이 상황을 극복
하고 다음엔 어떻게 할지 생각해 낼 수 있을 거야. 난 이다음에
도 우리가 계속 만났으면 좋겠어. 하지만 지금 같은 관계여선
안 돼."

"사랑?"

"사랑이든, 연애든. 뭐라고 부르든."

그녀가 일어선다. 나는 망연자실한 채 벤치에 그대로 앉아
있다.

"다음에 얘기해." 그녀가 달래듯이 말한다.

"다음에 얘기해." 내가 따라 말한다. 내 말이 공허하게 들린다.

그녀는 이렇게 떠나고 싶어 하지 않는다. 내가 괜찮아 보일
때까지, 이 순간을 이겨 낼 거라는 기색을 보일 때까지 그대로
서 있을 것이다.

"리애넌, 사랑해."

"응, 나도 사랑해."

그녀의 말이 어떤 질문을 던지는 건 아니다.

그러나 그 말이 해답을 주는 것도 아니다.


나는 사랑이 모든 것을 이겨 내기를 원했다. 그러나 사랑은

아무것도 이겨 낼 수 없다. 사랑 자체는 아무것도 하지 못한다.

사랑은 사랑을 대신하여 싸우는 우리한테 달려 있는 것이다.

집에 돌아가니 리사의 엄마가 저녁을 만들고 있다. 냄새가 환상적이다. 그러나 나는 식탁에 앉아 대화를 해야 한다는 것을 상상할 수 없다. 다른 누군가와 얘기를 한다는 것을 상상할 수 없다. 다음 몇 시간을, 비명을 지르지 않고 버텨 낸다는 것을 상상할 수 없다.

나는 엄마에게 몸이 안 좋다고 말하고 위층으로 올라간다.

리사의 방에 들어간 나는 이런 곳이 바로 내가 늘 있게 될 곳이라고 느낀다. 나는 방문을 걸어 잠그고 나 자신을 유폐한다.

# 6027일

다음 날 아침 발목이 부러진 채 깨어난다. 다행히도 이 아이는 한동안 이런 상태로 지내 왔다. 목발은 침대 옆에 놓여 있다. 이제는 거의 다 나은 것 같다.

어쩌지 못하고, 내 메일을 확인한다. 리애넌에게서 온 메일은 없다. 외로움을 느낀다. 몹시 외롭다. 그때 나는 내가 누구인지 어렴풋이 아는 사람이 이 세상에 또 한 명 있다는 것을 깨닫는다. 최근에 그가 내게 보낸 메일이 있는지 확인해 본다.

당연히 있다. 네이선이 보낸 메일 중 읽지 않은 메일이 이제는 스무 개나 된다. 각각의 메일은 바로 전 메일보다 더 절박한 마음을 담고 있는데, 이렇게 끝을 맺는다.

---

설명을 해 달라고 부탁하는 것뿐이야.

그 후로는 너를 가만 놔둘게.

나는 다만 사실을 알고 싶을 뿐이야.

___

나는 그에게 답장을 쓴다.

___

좋아. 우리, 어디서 만날까?

___

＊＊

발목이 부러진 케이시는 운전을 할 수 없다. 네이선은 운전을 하다가 정신을 잃고 잠이 들어 버린 일로 여전히 곤경에 처해 있으므로 그 역시 차를 몰고 나가는 게 허락되지 않는다. 그래서 우리 둘 다 부모님이 우리를 약속 장소까지 태워 줘야 한다. 나는 엄마 아빠에게 데이트하러 간다고 하지 않았는데도 엄마 아빠는 우리 만남을 데이트라고 여긴다.

문제는 네이선이 나를 앤드루라는 남자 아이일 거라고 예상한다는 점이다. 내가 지난번에 나를 앤드루라고 소개했기 때문이다. 하지만 내가 그에게 진실을 얘기한다면 케이시인 것이 내 비밀을 설명하는 데 도움이 될 것이다.

우리는 그의 집 근처 멕시코 식당에서 만난다. 공공장소일 뿐 아니라 각자의 부모님이 우리를 차에서 내려 주면서 눈살을 찌푸리지 않을 곳에서 만나기를 원했다. 그가 걸어 들어오는 게 보이는데, 그 역시 데이트를 하듯 차려입었다. 산뜻해 보이지는 않는다 해도 최대한 좋은 모습을 보여 주려 애쓴 게 틀림없다. 나는 목발 하나를 들어서 그를 향해 흔든다. 그는 내가 목발을 짚고 나올 거라는 건 알고 있지만, 내가 여자라는 건 모른다. 만나서 직접 얘기하는 게 나을 것 같아서 말하지 않았다.

그는 무척 당황한 표정으로 내게 걸어온다.

"네이선." 그가 나에게 다가왔을 때 내가 말한다. "앉아."

"네가…… 앤드루야?"

"설명할 테니 우선 앉아."

긴장된 분위기를 알아차린 웨이터가 급히 와서 특별한 서비스로 우리를 제압한다. 우리 물 잔에 물이 가득 채워진다. 우리는 마실 것을 주문한다. 드디어 우리는 얘기를 주고받는다.

"여자구나." 그가 말한다.

웃음이 나오려 한다. 그는 자신이 남자가 아닌 여자에게 사로잡혔다는 생각에 훨씬 흥분한다. 그게 정말 중요한 문제라는 듯이 말이다.

"때로는." 내가 말한다. 이 말에 그는 더욱 혼란스러워한다.

"넌 누구니?" 그가 묻는다.

"얘기해 줄게." 내가 대답한다. "약속할게. 하지만 그전에 먹을 것부터 주문하자."

＊＊

그를 정말로 신뢰하는 건 아니다. 그러나 서로 신뢰를 북돋우기 위한 하나의 방법으로 내 얘기를 해 준다. 여전히 위험을 무릅써야 하는 일이지만, 이러는 것 말고 그에게 마음의 평화를 줄 수 있는 다른 방법을 생각할 수 없다.

"오직 단 한 사람만이 이 사실을 알아." 나는 이야기를 시작한다. 나는 내가 누구인지, 내가 무엇인지 그에게 말해 준다. 내가 어떤 방식으로 살아가는지 말해 준다. 내가 그의 몸 안에 들어가 있던 날에 무슨 일이 있었는지 다시 얘기해 준다. 그런 일이 그에게 다시 일어나는 일은 없을 거라는 사실을 내가 어떻게 아는지 얘기해 준다.

리애넌과는 달리 그는 나를 의심하지 않으리라는 것을 안다. 왜냐하면 그는 내 설명이 타당하다고 느끼기 때문이다. 내 설명이 그의 경험과 잘 맞아떨어지는 것이다. 내 설명은 그가 줄곧 추측하던 것과 비슷하다. 왜냐하면 어떤 식으로든, 그에게 이 사실을 기억하도록 준비시켰기 때문이다. 왜 그랬는지는 모르지만, 내 마음과 그의 마음이 우리의 거짓 이유를 지어낼 때, 그 안에 빈틈을 남긴 것이다. 이제 나는 그 빈틈을 채우고 있다.

내 이야기가 끝나자 네이선은 무슨 말을 해야 할지 모른다.

"그러니까…… 후유…… 내 생각엔…… 그래서 음, 내일은,

넌 케이시가 아니라는 거야?"

"그래, 아니야."

"그럼 케이시는……?"

"케이시는 오늘에 대해 다르게 기억하게 될 거야. 아마 남자애를 만나서 데이트를 했는데 잘 되지는 않았다는 기억일 거야. 걔는 그 남자애가 너라는 걸 기억하지 못할 거라고. 만난 사람에 대한 모호한 생각만 떠오르겠지. 그래서 만약 내일 부모님이 남자애를 만난 건 어땠느냐고 묻는다면 걔는 그 질문에 놀라지 않을 거야. 걔는 자기가 이 자리에 없었다는 걸 결코 알지 못할 테니까."

"그럼 난 어떻게 알게 된 거지?"

"아마 내가 너를 너무 빨리 떠나 버렸기 때문일 거야. 적절한 기억을 남기기 위한 기초 작업을 하지 않았고. 그게 아니라면 왠지 모르게 네가 날 찾아내기를 바란 건지도 모르지. 잘은 모르겠지만 말이야."

내가 얘기하고 있는 동안에 나온 우리 음식은 거의 손대지 않은 채로 식탁에 남아 있다.

"엄청난 이야기네." 네이선이 말한다.

"누구한테도 얘기해선 안 돼." 나는 그에게 다짐을 놓는다. "널 믿어."

"알아, 알아." 그가 멍한 표정으로 고개를 끄덕인 다음 음식을 먹기 시작한다. "우리끼리 얘기라는 거 잘 알아."

식사가 끝날 무렵 네이선이 나와 얘기를 나누고 진실을 알게 된 게 정말 도움이 되었다고 말한다. 그는 또 우리가 내일 다시 만날 수 있는지 묻는다. 바뀐 내 모습을 직접 보고 싶다는 것이다. 나는 장담할 순 없지만 노력해 보겠다고 말한다.

각자의 부모님이 우리를 데리러 온다. 집으로 돌아가는 길에 차 안에서 케이시의 엄마가 걔랑 만난 건 어땠느냐고 묻는다.
"좋았…… 던 거 같아."
차를 타고 가는 동안 내가 엄마에게 한 얘기 가운데 유일하게 진실한 말이다.

# 6028일

일요일인 다음 날, 나는 에인슬리 밀스로 깨어난다. 글루텐 알레르기가 있고, 거미를 무서워하며, 스코티시테리어를 세 마리나 키우는 것에 자부심을 느끼는데, 그중 두 마리는 그녀 침대에서 자고 있다.

일상적인 상황이었다면 오늘은 보통날처럼 지나갈 거라고 생각했을 것이다.

나를 만나고 싶다는 네이선의 메일이 와 있다. 만약 내가 차를 가지고 있다면 자기 집으로 와 주면 좋겠다고 한다. 부모님이 외출 중이어서 자기는 차를 탈 수 없다는 것이다.

리애넌에게서 온 메일은 없으므로 나는 네이선의 요청에 응하기로 한다.

에인슬리는 부모님에게 친구들이랑 쇼핑을 할 거라고 한다.

부모님은 캐묻지 않는다. 엄마의 차 열쇠를 건네면서 너무 늦게 오지는 말라고 말한다. 부모님은 그녀가 5시부터 어린 여동생을 봐주기를 원한다.

이제 겨우 11시다. 에인슬리는 부모님에게 그보다 훨씬 전에 돌아올 거라고 자신 있게 말한다.

**

네이선의 집은 십오 분 거리밖에 안 된다. 너무 오래 있을 필요는 없다고 생각한다. 내가 어제와 같은 사람이라는 것을 그에게 증명하면 될 것이다. 그러면 그걸로 끝이다. 나는 그에게 더 줄 게 없다고 생각한다. 나머지는 그에게 달렸다.

문을 열고 나를 볼 때 그는 놀라는 표정이다. 나는 네이선이 이게 정말 사실일까 긴가민가하다가 이제는 사실로 받아들이는 모양이라고 짐작한다. 그는 긴장한 것처럼 보이는데, 내가 그의 집에 와 있다는 사실 때문이라고 여긴다. 나는 이 집을 알아보지만, 이미 내가 살았던 다른 많은 집들과 뒤섞여 버려서 기억이 흐릿하다. 나를 중앙 복도에 놓아두고 모든 문을 다 닫아 버리면 어떤 문이 어떤 방 문인지 구별하지 못할 것 같다.

네이선이 나를 응접실로 데려간다. 손님을 맞이하는 방인데, 내가 하루 동안 네이선이긴 했지만 나는 여전히 손님인 것이다.

"정말 너라는 거지?" 그가 말한다. "다른 몸 안에 든."

나는 고개를 끄덕이고 소파에 앉는다.

"뭐 좀 마실래?"

나는 물이 좋겠다고 말한다. 곧 떠날 생각이니 물은 아마 필요 없을 거라는 말은 하지 않는다.

네이선이 물을 가지러 나가자 나는 진열된 가족사진을 들여다본다. 각 사진 속 네이선은 불편해 보인다. 아빠도 마찬가지다. 엄마의 표정만 환하다.

네이선이 돌아오는 소리가 들리지만 나는 고개를 들어 쳐다보지 않는다. 그래서 네이선의 목소리가 아닌 목소리가 들리자 나는 움찔한다. "이렇게 널 만나니 무척 기쁘구나."

회색 정장을 입은 은발 남자다. 그는 넥타이를 매고 있는데, 느슨하게 풀려 있다. 지금이 그에게는 일하는 시간인 것이다. 나는 일어선다. 그러나 에인슬리의 가냘픈 몸으로는 그 사람과 정면으로 맞설 방법이 없다.

"이봐." 풀 목사가 말한다. "일어설 필요는 없어. 앉자고."


그는 문을 닫는다. 그런 다음 나와 문 사이 안락의자에 앉는다. 그의 체구는 에인슬리의 두 배쯤 되므로 그가 원하면 나를 막을 수 있을 것이다. 문제는 그가 정말 나를 막을 속셈인가 하는 것이다. 본능적으로 이런 것들이 우려된다는 건, 불안해할 이유가 있다는 사실을 시사한다.

나는 세게 나가기로 작정한다.

"오늘은 일요일이잖아요." 내가 말한다. "목사님은 지금 교회에 있어야 하는 거 아니에요?"

그는 빙긋 웃는다. "내겐 이곳 일이 더 중요하니까."

빨간 모자가 나쁜 늑대를 처음 만났을 때와 비슷한 것 같다. 빨간 모자는 두려움만큼이나 호기심도 느꼈을 게 틀림없다.

"뭘 원하세요?"

그는 한 발을 다른 무릎 위에 얹는다. "흠, 네이선이 대단히 흥미로운 얘기를 해 줬는데, 난 그게 사실일까 궁금해."

부인해도 소용없다. "누구에게도 얘기하지 않기로 했는데!" 나는 네이선이 내 말을 듣기를 바라며 큰 소리로 말한다.

"네가 네이선을 방치해 둔 지난 한 달 동안 나는 그에게 답을 주려고 애써 왔어. 그러니 네이선이 그런 얘기를 들었을 때 내게 털어놓는 건 자연스러운 일이야."

풀 목사에겐 뭔가 속셈이 있다. 분명하다. 그게 무엇인지 아직 모를 뿐이다.

"나는 악마가 아니에요." 내가 말한다. "악령이 아니에요. 목사님은 내가 그런 것이기를 바라지만, 난 그런 게 아니에요. 난 그냥 사람이에요. 하루 동안 다른 사람의 삶을 빌려 사는 사람이란 말이에요."

"하지만 악마가 활동하고 있는 건 볼 수 있잖니?"

나는 고개를 젓는다. "아니에요. 네이선의 몸 안에는 악마가 없었어요. 이 여자애 몸 안에는 악마가 없어요. 오직 나만 있을 뿐이에요."

"그게 바로 네가 잘못 알고 있는 부분이야." 풀 목사가 말한다. "맞아. 이런 몸 안에 있는 건 너야. 하지만 친구, 네 안엔 뭐가 있지? 넌 왜 있는 그대로의 네가 너라고 생각하는 거지? 악마의 짓일 수도 있다고 생각하진 않아?"

나는 차분히 말한다. "내가 하는 건 악마의 짓이 아니에요."

이 말에 풀 목사가 껄껄껄 웃는다.

"진정해, 앤드루. 진정해. 너와 난 같은 편이야."

나는 일어선다. "좋아요. 그럼 날 보내 주세요."

나는 나가려고 한다. 그러나 예상대로 그가 나를 막는다. 그는 에인슬리를 소파 쪽으로 밀어붙인다.

"이렇게 빨리 가면 안 되지. 난 아직 끝나지 않았어."

"같은 편이라면서요?"

그의 입가에서 미소가 사라진다. 그리고 나는 그의 눈에서 언뜻 뭔가를 본다. 무엇인지 알 수는 없지만, 그게 나를 얼어붙게 만든다.

"난 네가 나를 신뢰할 수 있는 정도보다 훨씬 더 많이 널 알아." 풀이 말한다. "넌 이게 우연이라고 생각하나? 내가 단지 종교적인 열성 때문에 여기까지 와서 네 악령을 몰아내려 한다고 생각하는 거야? 내가 왜 그런 자료들을 모으고 분류하는지, 내가 무엇을 찾고 있는지, 그 이유를 너 자신에게 물어본 적 있나? 그 대답은 바로 너야. 널 찾고 있었던 거야, 앤드루. 너 같은 다른 사람도 포함해서 말이다."

그는 나를 낚으려고 술책을 부리는 것이다. 그래야만 한다.

"나 말고 나 같은 사람은 없어요."

나를 노려보는 그의 눈이 다시 번뜩인다. "앤드루, 너 말고도 너 같은 사람이 있어. 네가 남과 다르다고 해서 네가 유일한 건 아니다."

나는 그가 무슨 말을 하는지 알지 못한다. 그가 무슨 말을 하는지 알고 싶지 않다.

"나를 봐." 그가 명령한다.

나는 그렇게 한다. 그의 눈을 들여다본다. 그리고 알아차린다. 그가 무슨 말을 하는지 알아차린다.

"참으로 놀라운 건." 그가 말한다. "넌 아직도 몸을 하루가 아니라 그 이상 지속하는 법을 모른다는 사실이야. 넌 네 힘을 전혀 몰라."

나는 뒷걸음질 쳐서 그로부터 물러선다. "아저씨는 풀 목사가 아니군요." 목소리가 떨리는 것을 어찌하지 못하며 말한다.

"오늘은 풀 목사다. 어제도 풀 목사였고. 내일은…… 그건 어찌 알겠나? 뭐가 나에게 가장 잘 어울릴지 판단해야지. 난 이걸 놓치진 않을 생각이었어."

그가 나를 또 다른 창 너머로 데려가고 있다. 그러나 나는 지금, 창 너머에 있는 게 마음에 들지 않는다.

"네 삶을 살아가는 더 좋은 방법들이 있어." 그가 말을 잇는다. "너에게 보여 줄 수도 있지."

그의 눈에 나를 알아보는 빛이 서려 있는 게 사실이다. 그러나 위협하는 기운도 서려 있다. 그리고 또 다른 기운도 느껴지는데, 간청하는 듯한 기색이다. 마치 여전히 풀 목사가 그 안 어딘가에 있으면서 나에게 경고를 보내려는 것만 같다.

"날 놔주세요." 나는 이렇게 말하며 일어선다.

그는 즐거워하는 것 같다. "나는 널 붙들고 있지 않은데. 여기 앉아서 너랑 얘기를 나누고 있잖아."

"날 놔주세요!" 나는 크게 소리 지르며 셔츠를 잡아 뜯기 시작한다. 단추가 떨어져 날아간다.

"아니, 뭘⋯⋯."

"날 놔주세요!" 나는 비명을 지른다. 그 비명 속에는 흐느낌이 있고, 그 흐느낌 속에는 도와 달라는 울부짖음이 있다. 내가 바란 대로 네이선이 이 소리를 듣는다. 네이선은 계속 귀 기울이고 있었던 것이다. 응접실 문이 활짝 열리면서 네이선이 나타나는데, 마침 때맞춰 셔츠가 뜯긴 채 비명을 지르고 울부짖는 나를 본다. 이제 풀은 눈에 살기를 띠고 서 있다.

내가 네이선의 몸 안에 있었을 때 본 것은 상식과 도덕이었는데, 나는 지금 그 상식과 도덕에 모든 것을 건다. 비록 그는 겁을 집어먹고 있는 게 분명하지만, 그의 상식과 도덕이 분기탱천한다. 네이선은 도망가거나 문을 닫거나 풀이 말하는 소리에 귀 기울이는 대신 나를 위해 문을 열어 둔 채 "지금 뭐 하시는 거예요?" 하고 소리 지르면서 나를 붙잡으려는 목사를 — 또는 목사 안에 있는 그 누군가를 — 막는다. 나는 그 틈을 타 현관을 빠져나가고 이어 내 차에 오른다. 네이선이 있는 힘을 다해 막으며 소중한 시간을 벌어 준 덕에 풀이 잔디밭까지 쫓아왔을 무렵 나는 이미 열쇠를 꽂았다.

"도망가 봐야 소용없어!" 풀이 고함친다. "넌 나중에 나를 찾으려 할 게 뻔해! 다른 모두가 그랬으니까!"

나는 떨리는 손으로 라디오를 켜서 노랫소리와, 차가 집을 빠져나가는 소리로 그의 목소리를 묻어 버린다.

그의 말을 믿고 싶지 않다. 그는 배우라고, 사기꾼이라고, 협

잡꾼이라고 생각하고 싶다.

그러나 그를 자세히 들여다보았을 때 그 안에 있는 다른 어떤 사람을 보았다. 리애넌이 나를 알아본 것과 같은 식으로 그를 알아본 것이다.

나는 또한 거기서 위험을 보았다.

어떤 규칙에 따라 행동하지 않는 사람을 본 것이다.


그곳을 빠져나오자마자, 조금만 더 오래 머물렀더라면 좋았을 텐데, 그가 조금 더 얘기하도록 내버려 두었더라면 좋았을 텐데 하고 아쉬워진다. 나는 그 어느 때보다도 많은 것이 궁금한데, 그는 답을 알고 있는 것만 같다.

그러나 몇 분 더 지체했더라면 내가 과연 그곳을 빠져나올 수 있었을까. 모르겠다. 만약 그랬다면 에인슬리를 최소한 네이선이 겪은 것과 같은 고통과 갈등에 빠뜨리는 결과를 초래했을 것 같다. 내가 더 지체했더라면 풀이 에인슬리에게 무슨 짓을 했을지 모른다. 우리가 그녀에게 무슨 짓을 했을지 모른다.

거짓말일 수도 있어. 나는 그의 말이 거짓말일 수도 있다고, 나 자신에게 말해 줘야 한다.


나는 유일하지 않다.

이 생각을 떨쳐 버릴 수 없다. 나 같은 다른 사람들이 있을 수 있다는 사실을 떨칠 수 없다. 그들은 내가 있었던 학교에 있었을 수 있고, 내가 있었던 방에 있었을 수도 있고, 나와 같은 가족이었을 수도 있다. 하지만 우리는 우리의 비밀을 철저히 숨기므로 알 도리가 없다.

몬태나에 산다는 남자애를 떠올린다. 그의 이야기는 내가 살아가는 방식과 무척 비슷했다. 그건 사실일까? 아니면 풀이 설치한 덫일 뿐일까?

나 같은 사람들이 있다.

모든 게 바뀔 수 있다.

어쩌면 아무것도 바뀌지 않을 수도 있다.

차를 운전하며 에인슬리의 집으로 돌아가면서 그것은 내 선택에 달렸다는 것을 깨닫는다.

# 6029일

다음 날 대릴 드레이크는 무척 산만하다.

대릴을 학교로 인도한 나는 말을 하지 않을 수 없을 때는 옳은 말만 골라서 한다. 그러나 친구들은 그가 얼이 빠진 것 같다고 계속 말한다. 육상 연습 시간에 코치 선생님은 집중하지 않는다며 계속 그를 질책한다.

"오늘 왜 그래?" 대릴의 여자 친구인 사샤를 집에 데려다줄 때 차 안에서 그녀가 묻는다.

"오늘은 내 정신이 아닌 것 같아." 그가 말한다. "하지만 내일은 괜찮아질 거야."

나는 오후와 저녁을 컴퓨터 앞에 앉아 보낸다. 대릴의 부모님은 두 분 다 직장에 다니고 형은 대학생이므로 나는 혼자 집에 있다.

내 이야기는 풀의 웹사이트 첫 페이지 한가운데 있다. 내가 네이선에게 해 준 얘기가 조잡하게 실려 있는데, 틀린 곳도 있다. 네이선이 뭔가를 숨겼거나, 풀이 나를 자극하려는 의도 같다.

나는 풀의 웹사이트에서 나와, 풀 목사에 관해 찾을 수 있는 모든 자료를 찾는다. 그러나 많지 않다. 그는 네이선의 이야기가 나오기 전에는 악령에 사로잡히는 것에 관한 주장을 활발히 펼친 것 같지 않다. 나는 그런 주장을 펼치기 전과 후의 풀 사진을 본다. 어떤 차이가 있는지 알아보려는 것이다. 그러나 사진 속 모습은 똑같아 보인다. 사진은 평면적이어서 그의 눈이 잘 드러나지 않기 때문이다.

사이트에 올라온 모든 이야기를 읽는다. 그 안에 내 이야기가 있는지, 그리고 나와 비슷한 사람의 이야기가 있는지 찾아보려는 것이다. 이번에도 몬태나에 사는 한 부부 이야기가 있다. 그리고 풀이 암시한 것 — 몸 안에 하루밖에 머물지 못하는 것은 초보자에게만 해당될 뿐이고, 그런 상황을 극복할 방법이 있다는 것 — 이 사실이라고 가정했을 경우에는 비슷하다고 여길 수 있는 다른 사람들 이야기도 있다.

물론 나는 풀이 암시한 것처럼 살고 싶다. 한 사람 몸 안에 계속 있고 싶다. 단 하나의 삶을 살고 싶다.

그러나 다른 한편으로는 그런 일은 원하지 않는다. 내가 들어와 사는 몸의 원래 주인에게 무슨 일이 일어날지 생각하지 않을 수 없기 때문이다. 그 사람은 갑자기 존재하지 않게 되는 것일까? 아니면 원래 영혼이 쫓겨나 이 사람 저 사람 몸을 떠도는 것일까? 역할이 근본적으로 뒤바뀌어서 말이다. 한때는 하나의 몸으로 살아갔는데 갑자기 낯선 사람 몸에서 하루씩밖에 살지 못하게 되는 경우보다 더 슬프고 괴로운 일은 상상할 수 없다. 적어도 나는 다른 방식의 삶은 알지 못했기에 괴롭지는 않았다. 내가 이 여행자와도 같은 삶을 살기 전에 뭔가를 포기해야 했다면 아마 나 자신을 파괴해 버렸을 것이다.

다른 사람이 개입되는 일이 없다면 선택은 쉬울 것이다. 그러나 어떻게 그럴 수 있겠는가? 늘 다른 누군가가 개입되게 마련이다.


네이선에게서 어제 일은 너무 미안하다고 사과하는 메일이 와 있다. 그는 풀 목사가 나를 도와줄 수 있을 거라고 생각했다고 썼다. 이제 그는 아무것도 믿지 못하겠다고 한다.

나는 그에게 답장을 써서 어제 일은 그의 잘못이 아니라고 말한다. 그런 다음 그는 풀 목사에게서 벗어나 평범한 삶으로 돌아가야 한다고 쓴다.

나는 또 이것이 내가 그에게 보내는 마지막 메일이라고 쓴다. 내가 그를 믿지 못해서 그런 것은 아니라는 설명은 덧붙이지 않는다. 아마 그는 내가 자기 때문에 이런다고 생각할 것이다.

메일을 보내고 나서 나는 우리가 주고받은 메일을 내 새 메일 주소로 전송한다. 그리고 원래 계정을 폐쇄한다. 그렇게 홀연히 몇 년 간의 삶이 끝난다. 유일한 연결 고리가 사라진다. 메일 주소에 향수를 느끼는 것은 바보 같은 일이지만, 나는 향수를 느낀다. 내겐 과거의 편린들이 많지 않기 때문에 어느 것 하나가 떨어져 나가면 조금이라도 안타깝지 않을 수 없다.


그날 밤 늦은 시각에 리애넌에게서 메일이 온다.

잘 지내지?

R

---

그게 전부다.

나는 지난 48시간 동안 일어난 모든 일을 그녀에게 얘기해 주고 싶다. 지난 이틀을 그녀 앞에 펼쳐 놓고 그녀가 어떤 반응을 보이는지 보고 싶다. 그것들이 나에게 어떤 의미인지, 그녀가 이해하는지 보고 싶다. 나는 그녀 도움이 필요하다. 그녀의 조언이 필요하다. 그녀의 확신이 필요하다.

그러나 그녀는 원하지 않을 것이다. 그녀가 원하지 않는다면 그녀를 만나 말하고 싶지 않다. 그래서 나는 답장을 쓴다.

---

지난 이틀은 힘들었어.

이렇게 살아가는 사람이 나 혼자가 아닌 것 같아.

정말 상상하기 어려운 일이지만.

A

---

하루가 지나기까지는 아직 몇 시간이 남았지만 그녀는 나에게 답장을 쓰는 데 그 시간을 보내지 않는다.

# 6030일

리애넌이 사는 지역에서 고작 두 지역밖에 떨어지지 않은 곳에서 누군가의 품에 안긴 채 깨어난다.

나는 나를 안고 있는 여자애를 깨우지 않으려고 조심한다. 노란 깃털 빛깔 머리가 그녀 눈을 덮고 있다. 그녀의 심장 고동이 내 등에서 느껴진다. 그녀 이름은 아멜리아, 나와 함께 있으려고 전날 밤 내 방 창문으로 살며시 들어왔다.

내 이름은 자라다. 원래 이름은 아니지만 적어도 내가 스스로 선택한 이름이다. 태어났을 때 이름은 클레멘타인인데, 열 살 때까지는 그 이름을 좋아했다. 그 후로 자라라는 이름을 시험 삼아 쓰기 시작했고, 내 이름으로 정착했다. 자라의 첫 글자인 Z는 내가 가장 좋아하는 글자이고, 26은(Z는 26번째 알파벳이다. —옮긴이) 내 행운의 숫자다.

아멜리아가 침대 시트 속에서 꼼지락거린다. "몇 시야?" 그녀가 잠이 덜 깬 목소리로 묻는다.

"7시." 내가 대답한다.

그녀는 일어나는 대신 몸을 웅크리며 내게 파고든다.

"너, 나가서 네 엄마가 어디에 있는지 알아봐 줄래? 이 방에 들어온 방법으로 나가고 싶지 않거든. 밤에는 내 손발이 조화롭게 움직이지만, 아침엔 훨씬 둔해져서 따로 놀 정도란 말이야. 그리고 난 언제나 네가 있는 곳으로 다가갈 때 훨씬 기민하지."

"알았어." 내가 말한다. 그녀는 고마워하며 발가벗은 내 어깨에 키스한다.

우리 두 사람 사이의 부드러움이 공기를 부드럽게 만들고, 방을 부드럽게 만들고, 시간 자체를 부드럽게 만든다. 침대에서 내려와 커다란 셔츠를 걸치는 동안 내 주위 모든 것이 행복의 온기인 것처럼 느껴진다. 전날 밤에 있었던 어떠한 것도 사라지지 않았다. 나는 전날 밤의 기운이 만들어 놓은 아늑함 속에서 깬 것이다.

나는 살금살금 걸어서 복도로 나가 엄마 방 문에 귀 기울인다. 들리는 소리라곤 자면서 숨 쉬는 소리뿐이므로 안심해도 될 것 같다. 내 방으로 돌아갔을 때 아멜리아는 아직 침대에 있다. 시트를 걷은 자리에 그녀와 그녀 티셔츠와 속옷이 놓여 있다. 자라라면 반드시 이 순간을 그냥 지나치지 않고 그녀 옆으로 기어들 테지만, 내가 자라를 대신해서 그럴 수는 없다.

"엄마는 주무셔."

"샤워를 해도 안전할 만큼 깊이?"

"그런 것 같아."

"너 먼저 할래, 나중에 할래, 아니면 같이 할까?"

"너 먼저 해."

그녀는 침대에서 내려와 밖으로 나가다 말고 내게 키스한다. 그녀 손이 내 커다란 셔츠 속에서 움직이고, 나는 저항하지 않는다. 나는 그 느낌에 빠져서 조금 길게 그녀에게 키스한다.

"가도 돼?" 그녀가 묻는다.

"그래, 먼저 해."

그리고 자라가 그러듯, 그녀가 나가자 그녀를 그리워한다.


그녀가 리애넌이었으면 좋겠다.


＊＊


그녀는 내가 샤워하고 있는 동안 몰래 집을 빠져나간다. 그러고 나서 이십 분 후에 나를 차에 태우고 학교에 가기 위해 다시 현관문 앞에 나타난다. 이제 엄마는 일어나서 부엌에 계신다. 엄마는 아멜리아가 집 안으로 들어오는 것을 보고 빙그레 웃는다.

엄마가 얼마나 아는지 궁금하다.


우리는 학교에서 대부분 함께 보낸다. 그러나 다른 사람들과 어울리고 활동하는 것을 제한하는 방식이 아니다. 오히려 친구들을 우리 사이에 불러들인다. 우리는 개인으로 존재한다. 짝으로도 존재한다. 3인조, 4인조 등, 일부로도 존재한다. 그 모든 게 다 만족스럽다.

나는 리애넌을 내 마음에서 떠나보내지 못한다. 그녀가 했던 말들이 떠오른다. 그녀 친구들은 나를 절대 모를 것이고, 우리 말고는 그 누구도 나를 모를 것이며, 우린 언제나 우리 둘뿐일 거라는 식으로 얘기했던 게 떠오른다.

나는 그게 무슨 의미인지 깨닫기 시작한다. 그런 상황이 얼마나 슬플지 깨닫기 시작한다.

그런 상황이 벌어지지 않았는데도 나는 이미 그런 슬픔을 느낀다.

7교시에 아멜리아는 도서관 안 자습실에 있고, 나는 체육관에 있다. 7교시가 끝난 뒤에 만났을 때, 그녀는 내가 좋아할 것 같아서 나를 위해 일부러 대출한 책들을 보여 준다.

내가 리애넌을 이처럼 잘 알게 되는 때가 있을까?


＊＊


방과 후 아멜리아는 농구 수업이 있다. 나는 보통 숙제를 하면서 그녀를 기다린다. 그러나 그녀 탓에 리애넌이 너무 보고 싶어진다. 리애넌을 보기 위해 뭔가 해야 할 것 같다. 나는 아멜리아에게, 심부름할 게 있는데 차를 좀 빌려줄 수 있느냐고 묻는다.

그녀는 아무것도 묻지 않고 차 열쇠를 건넨다.

리애넌의 학교까지 가는 데 이십 분이 걸린다. 나는 내가 이곳에 오면 주로 주차하는 곳에, 다른 차들과 반대 쪽으로 차를

에브리데이

세운다. 그런 다음 리애넌이 아직 학교를 떠나지 않았기를 바라
며 앉아서 출입문을 지켜볼 수 있는 곳을 찾는다.

나는 그녀와 얘기하지 않을 것이다. 나는 그녀와 모든 걸 다
시 시작하지 않을 것이다. 단지 그녀를 보고 싶을 뿐이다.

도착하고 오 분 뒤에 그녀가 나타난다. 그녀는 레베카를 비롯
하여 두세 친구들과 얘기를 나누고 있다. 그들이 하는 말을 들을
수 없지만 그들 모두 대화에 속해 있다. 여기서 보니 그녀는 최
근에 뭔가를 상실한 사람처럼 보이지 않는다. 그녀 삶은 모든 화
음이 어우러져 연주되고 있는 것처럼 보인다. 한순간 — 아주 짧
은 순간 — 그녀는 고개를 들어 주변을 쳐다본다. 그 순간 나는
그녀가 나를 찾고 있는 거라고 믿는다. 그러나 나는 재빨리 시선
을 돌려 다른 것을 쳐다보았기 때문에 그 뒤로는 어땠는지 알지
못한다. 나는 그녀가 내 눈을 보는 걸 원치 않는다.

그건 그녀를 위해 나중 일로 남겨 둔다. 그 나중 일 속에 그녀
가 있다면 나도 그 속에 있어야 한다.


아멜리아에게 돌아가는 길에 대형 할인점인 타겟에 들른다.
자라는 아멜리아가 좋아하는 음식을 잘 아는데, 대부분은 갖가
지 간식이다. 나는 여러 가지 간식을 산다. 그리고 그녀를 찾으
러 다시 학교로 들어가기 전에 그것들을 계기반 위에 올려 놓고
그녀 이름을 써 둔다. 자라도 내가 이렇게 하기를 바랄 거라고
나는 믿는다.


나는 당당하지 못하다. 거기서 리애넌이 나를 보기를 바랐다.

시선을 돌리긴 했지만 그녀가 곧바로 내게로 와서, 사흘 동안 자라와 떨어져 지낸 아멜리아가 자라를 대하듯 나를 대해 주기를 바랐다.

그런 일은 결코 일어나지 않을 거라는 사실을 안다. 그런데 그러한 깨달음은 번쩍이는 섬광 같아서 꿰뚫어볼 수 없다.

아멜리아는 계기반 위에 놓인 것을 보고 몹시 기뻐하며, 내게 저녁을 사 주겠다고 고집을 부린다. 나는 집에 전화해서 엄마에게 얘기한다. 엄마는 개의치 않는 것 같다.

내가 자기에게 정신을 반쪽만 쏟고 있다는 것을 알면서도 다른 반쪽을 다른 데 쏟도록 아멜리아가 내버려 두고 있음을 느낄 수 있다. 내게 그럴 이유가 있을 거라고 생각하기 때문이다. 저녁을 먹으면서 그녀는 오늘 겪었던 일을 얘기해 주는데, 어떤 것은 실제 있었던 일이고 어떤 것은 순전한 상상이다. 그녀는 내게 어떤 게 사실이고 어떤 게 상상인지 추측해 보라고 한다.

우리가 함께한 지는 고작 일곱 달밖에 되지 않았다. 그렇지만 자라에게 쌓인 기억의 양을 고려하면 아주 긴 시간처럼 느껴진다.

이게 바로 내가 원하는 것이다.

하지만 나는 어쩔 수 없이 덧붙인다. 내가 가질 수 없는 것이기도 하다.

"뭐 하나 물어봐도 돼?" 내가 아멜리아에게 말한다.

"물론이지. 뭔데?"

"내가 만약 매일매일 다른 몸 안에서 깨어난다면 ─ 넌 내가 내일은 어떤 모습일지 전혀 알 수 없다면 — 그래도 넌 나를 사랑할 거야?"

그녀는 조금도 망설이지 않고, 심지어 질문이 이상하다는 내색도 하지 않고 말한다. "네 피부가 녹색이고 수염이 달렸고 두 다리 사이에 남자 물건이 달렸다 해도, 네 눈썹이 오렌지색이고 네 뺨을 전부 덮을 만큼 큰 점과 키스할 때마다 내 눈을 찌르는 코가 있다 해도, 네 몸무게가 300킬로나 나가고 겨드랑이 털이 도베르만 개 털만큼 짧다고 해도, 그래도 난 너를 사랑할 거야."

"나하고 똑같네." 내가 말한다.

말하는 건 너무 쉽다. 꼭 진실이어야 할 필요가 없으니까.


헤어지기 전에 그녀는 나에게 열렬히 키스한다. 나 또한 열정을 다해 그녀에게 키스한다.

아름다운 화음 같다. 나는 이렇게 생각하지 않을 수 없다.

그러나 소리가 그렇듯 이 화음은 공중으로 나오자마자 사라지기 시작한다.


집 안으로 들어설 때 자라의 엄마가 말한다. "있잖아, 아멜리아를 집에 초대해도 돼."

나는 엄마에게 알았다고 말한다. 그런 다음 내 방으로 달려간다. 너무 힘들기 때문이다. 너무 큰 행복은 나를 슬프게 할 뿐이다. 나는 문을 닫고 흐느끼기 시작한다. 리애넌이 옳다고 깨닫는다. 나는 결코 이런 것들을 가질 수 없다.

나는 메일을 확인해 보지도 않는다. 어떤 메일이든, 알고 싶지 않다.


＊＊


아멜리아가 잘 자라는 말을 하기 위해 전화한다. 나는 통화를 하기 전에 내 감정을 추슬러 최대한 자라와 같은 마음을 유지하려고 그녀가 음성 메시지를 남기도록 내버려 둔다.

"미안." 내가 다시 전화하며 그녀에게 말한다. "엄마랑 얘기하고 있었어. 엄마는 네가 우리 집에 더 자주 들르길 바라시더라."

"침실 창문으로, 아니면 현관문으로?"

"현관문으로."

"헐. 진전이라는 이름의 작은 새가 우리 어깨 위에 내려앉은 것 같은 기분이다."

나는 하품을 한다. 그런 다음 미안하다고 말한다.

"미안하다고 할 필요 없어, 잠꾸러기야. 내 꿈 꿔, 알았지?"

"그럴게."

"사랑해."

"사랑해."

그러고 나서 우리는 전화를 끊는다. 그 뒤로는 더 말할 필요가 없기 때문이다.


나는 자라에게 그녀의 삶을 돌려주고 싶다. 나는 이런 것을 좀 누려도 된다고 생각하지만, 그녀의 희생을 바탕으로 누릴 자격은 없다.

자라는 이 모든 걸 기억할 것이다. 나는 그렇게 마음먹는다. 내가 불만스러웠던 부분은 빼고, 그 불만족을 불러온 그 만족스러움과 행복만을 기억할 것이다.

# 6031일

열이 나고 아프고 편치 않은 몸으로 깨어난다.

줄리의 엄마가 방으로 들어와 그녀의 몸 상태를 살핀다. 엄마는 줄리가 어젯밤엔 괜찮아 보였다고 말한다.

이건 진짜 병인가, 아니면 마음이 아픈 건가?

알 수 없다.

체온계로 잰 체온은 정상이지만 난 분명히 정상이 아니다.

# 6032일

리애넌에게서 메일이 온다. 드디어.

---

보고 싶어. 그런데 우리가 그래도 되는지 모르겠다.

무슨 일이 있었는지 듣고 싶지만, 그러면 모든 걸 다시 시작하게 될까 봐 두려워.

난 널 사랑하지만 ─ 정말이야. ─ 그 사랑이 너무 심각해질까 봐 두려워.

넌 항상 나를 떠날 테니까 말이야. 그건 부인할 수 없어.

너는 항상 떠나잖아.

R

---

어떻게 답장을 해야 할지 모르겠다. 답장을 하는 대신 하위 미들턴의 일에 몰두하려고 애쓴다. 그의 여자 친구는 점심시간에 그에게 싸움을 건다. 그가 더 이상 그녀와 함께 시간을 보내지 않는다는 것이다. 하위는 거기에 대해 별로 할 말이 없다. 사실 그는 완전히 침묵을 지키고 있다. 그건 그녀의 화를 더욱 돋울 뿐이다.

떠나야 해. 나는 생각한다. 여기, 내가 결코 갖지 못할 게 있다면, 내가 결코 찾을 수 없는 것도 있을 것이다. 난 뭔가를 찾아야만 할 것 같다.

# 6033일

다음 날 아침 나는 알렉산더 린으로 깨어난다. 그의 알람이 울리면서 내가 정말 좋아하는 노래를 내보낸다. 덕분에 훨씬 쉽게 깬다.

그의 방도 마음에 든다. 책꽂이에 책이 많이 꽂혀 있고, 그중 일부는 여러 번 읽은 탓에 책등이 해졌다. 구석에는 기타가 세 개나 있다. 그중 하나는 전자 기타인데, 앰프가 전날 밤부터 연결되어 있다. 또 다른 구석에는 라임빛 녹색 소파가 놓여 있다. 나는 이내, 친구들이 와서 신나게 어울리며 자기 집처럼 편안하게 여기는 곳이라는 사실을 알아차린다. 좋은 글귀를 무작위로 골라서 적어 놓은 포스트잇이 사방에 붙어 있다. 컴퓨터에는 조지 버나드 쇼의 글에서 따온 문구가 붙어 있다. 춤은 수평적 욕망의 수직적 표현이다. 포스트잇에 쓴 글의 일부는 그가 쓴 것이고 일부는 친구들이 쓴 것이다. 나는 바다코끼리다. 나는 아무것도 아니다, 넌 누구냐? 모든 몽상가들이 국가를 깨우게 해야 한다.

알렉산더 린은 내가 그를 잘 알기도 전에 벌써 나를 미소 짓게 만든다.

＊＊

그의 엄마 아빠는 그를 보고 흐뭇해한다. 두 분은 늘 그를 보면 흐뭇해하는 것 같다.

"이번 주말 잘 지낼 수 있지?" 엄마가 묻는다. 그러고 나서 냉장고를 여는데, 냉장고 안에는 먹을 게 가득 들어차 있어서 적어도 한 달은 지낼 수 있을 것 같다. "이거면 충분하다고 생각하지만, 뭐 다른 게 필요하면 봉투 안에 넣어 둔 돈으로 사렴."

이 대목에서 뭔가를 놓치고 있다는 느낌이 든다. 내가 뭔가 해야 할 게 있는 것 같다. 나는 접속을 하여 내일이 엄마 아빠의 결혼기념일이라는 것을 알아낸다. 엄마 아빠는 결혼 기념 여행을 떠나려 한다. 엄마 아빠에게 줄 알렉산더의 선물은 위층 그의 방에 있다.

"잠깐만요." 내가 말한다. 나는 위층으로 달려 올라가 그의 서랍에서 선물을 찾아낸다. 포스트잇으로 장식된 봉지인데, 각 포스트잇에는 A는 Apple의 A에서부터 항상 잊지 말고 네 약점을 확인하라에 이르기까지 오랜 세월에 걸쳐 엄마 아빠가 그에게 해준 말들이 쓰여 있다. 이것은 선물을 담은 포장일 뿐이다. 그 봉지를 가지고 내려와서 엄마 아빠에게 드렸을 때 두 분이 포장을 열고 발견한 것은 열 시간쯤 운전을 하는 동안 들을 수 있는 열

시간 분량의 음악과 알렉산더가 엄마 아빠를 위해 직접 구운 쿠키다.

알렉산더의 아빠가 고마워하며 그를 안아 주고 엄마도 끼어든다.

잠시 나는 내가 정말 누구인지 잊어버린다.


알렉산더의 사물함 역시 좋은 글귀를 여러 색깔로 적어 놓은 포스트잇으로 덮여 있다. 그의 가장 친한 친구인 미키가 다가와서 머핀 절반을 그에게 준다. 아래쪽 절반을 줬는데, 미키는 머핀 위쪽만 좋아하기 때문이다.

미키는 나에게 그레그에 대해 얘기하기 시작한다. 그레그는 미키가 오랫동안 — 오래라는 것은 최소한 석 주를 뜻한다. — 연정을 품어 온 남자애다. 나는 마을을 두 개만 지나면 만날 수 있는 리애넌에 관해 미키에게 얘기해 주고 싶은 비뚤어진 욕구를 느낀다. 나는 접속을 하여 알렉산더에겐 현재 사랑하는 사람이 없다는 것을 알아낸다. 예전에 그런 사람이 있었다면 여자였을 거라는 것도 알아낸다. 미키는 이런 것에 관해 꼬치꼬치 캐묻지 않는다. 곧 다른 친구들이 우리를 발견하고 다가온다. 대화는 곧 있을 밴드 경연 이야기로 옮아 간다. 알렉산더는 미키의 밴드를 포함하여, 참가 팀 가운데 적어도 세 팀에서 연주를 하는 것 같다. 그는 음악이라면 언제든 기꺼이 끼어들고 싶어 하는, 그런 남자아이다.

시간이 지날수록 알렉산더는 내가 되고 싶어 하는 그런 사람이라는 느낌을 떨칠 수가 없다. 그에겐 사람들과 어울리기 좋아하고 항상 사람들과 함께할 줄 아는 장점이 있다. 친구들은 그에게 의지하고 그는 친구들에게 의지한다. 그런 단순한 균형이 수많은 인간관계를 형성하는 바탕이 된다.

나는 이게 사실인지 확인해 보기로 마음먹는다. 수학 시간에 수업에 집중하는 대신 알렉산더의 기억을 들춰 본다. 그에게 접속하자 텔레비전 백여 대를 동시에 켠 것처럼 그의 많은 부분이 한꺼번에 보인다. 좋은 기억도 있고 힘든 기억도 있다.

친구인 카라가 임신을 했다고 그에게 말한다. 그가 아기 아빠인 것도 아닌데 그녀는 아기 아빠보다도 그를 신뢰하는 것이다. 알렉산더의 아빠는 그가 기타에 너무 많은 시간을 들이지 않기를 바란다. 아빠는 음악은 장래성 없는 일이라고 말한다. 그는 숙제인 보고서를 끝내려고 새벽 4시에 레드불을 세 캔째 마신다. 친구들과 1시까지 밖에 있었기 때문이다. 그는 나무 집 사다리를 오른다. 운전면허 시험에 떨어졌는데, 강사가 그 사실을 말해 주자 애써 눈물을 참는다. 그는 자기 방에 혼자 있는데, 같은 곡을 어쿠스틱 기타로 계속 반복 연주하면서 그 곡이 무얼 의미하는지 이해하려고 노력한다. 지니 딜레스는 그를 친구로서 좋아할 뿐이라고 말하며 그와 헤어진다. 사실은 브랜든 로저스를 더 좋아하기 때문이면서 말이다. 여섯 살인 그가 그네를 탄다. 이번엔 정말 하늘로 날아오를 거야라는 확신이 들 때까지 발을 열심히 구르며 점점 더 높이 올라간다. 그는 미키가 보지 않을 때 미키의 지갑에 돈을 넣어 둔다. 그러므로 이제 미키는 나중에 계산할 때 자기 몫을 낼 수 있을 것이다. 그는 할로윈데이 때 양철 인간으로 분장한다. 엄마가 가스레인지에 손을 데었는데, 그는 뭘 어찌해야 할지 모른다. 운전면허를 딴 첫날 아침 차를 몰고 바닷가로 가서 떠오르는 해를 바라본다. 거기 있는 사람은 그 혼자뿐이다.

나는 거기서 멈춘다. 이 대목에서 멈춘다. 그리고 힘없이 나 자신으로 돌아온다. 내가 그렇게 할 수 있을지 의문스럽다.

나는 풀이 제안한 유혹을 떨쳐 버리지 못한다. 만약 내가 이 사람 삶에 계속 머물 수 있다면 그렇게 하려고 할까? 이 질문을 나 자신에게 던질 때마다 나는 기진맥진한 채 알렉산더의 삶에서 벗어나 내 삶으로 돌아간다. 나는 새로운 생각을 품게 되고, 일단 그 생각에 사로잡히자 뇌리를 떠나지 않는다.

정말 계속 머물 수 있는 방법이 있다면 어떡할 것인가?

인간 한 사람 한 사람은 다 가능성의 존재다. 가망 없는 몽상가들이 가장 예민하게 느끼지만, 다른 사람들에게도 계속 앞을 향해 나아가는 유일한 길은, 사람들을 모두 가능성의 존재로 보는 것뿐이다. 세상을 살아가는 알렉산더의 태도를 보면 볼수록 그는 점점 더 큰 가능성을 지닌 존재로 보인다. 그의 가능성은 내가 가장 소중히 여기는 것들에 기반을 두었다. 친절, 창의력, 세상에 대한 관심, 주위 사람들의 가능성에 대한 관심 등이다.

오늘 하루도 거의 절반 가까이 지났다. 알렉산더의 가능성으로 무엇을 할 것인지 생각해 낼 시간이 그리 많지 않다.

시계는 언제나 째깍거린다. 그 소리를 못 들을 때도 있고, 들을 때도 있다.

나는 네이선에게 메일을 보내 풀의 메일 주소를 알려 달라고 부탁한다. 신속히 답장이 온다. 나는 몇 가지 간단한 질문을 써서 풀에게 보낸다.

이번에도 답장이 신속히 온다.

나는 리애넌에게 메일을 써서 오늘 오후 그녀를 찾아가겠다고 말한다.

중요한 일이라고 쓴다.

그녀는 기다리겠다고 한다.


알렉산더는 미키에게, 방과 후에 하기로 했던 밴드 연습에 가지 못한다고 말하지 않을 수 없다.

"진한 데이트?" 미키가 놀리면서 묻는다.

알렉산더는 짓궂은 미소를 지으며 그대로 놔둔다.


리애넌은 서점에서 나를 기다린다. 그곳이 우리가 만나는 장소가 되었다.

문을 열고 들어서자 그녀가 나를 알아본다. 그녀에게 다가갈 때 그녀 눈이 나를 좇는다. 그녀 얼굴엔 미소가 없지만 나는 미소를 짓는다. 그녀를 보게 된 것이 너무 반갑고 고맙다.

"안녕." 내가 말한다.

"안녕." 그녀가 말한다.

그녀도 나를 만나고 싶었지만, 좋은 일이라고 생각하지는 않는다. 그녀도 반갑고 고맙지만, 이런 반가움이 후회로 바뀔 거라고 믿는다.

"나한테 좋은 생각이 하나 있어." 내가 말한다.

"뭔데?"

"우리가 지금 처음 만나는 거라고 상상하자. 넌 책을 사러 여기 왔고 난 우연히 너와 부딪친 거라고. 우린 이야기를 나누기 시작했어. 나는 너를 좋아해. 넌 나를 좋아해. 이제 우린 커피를 마시기 위해 자리에 앉고 있어. 느낌이 좋아. 너는 내가 매일 몸을 바꾸는 걸 알지 못해. 나는 네 이전 남자 친구뿐 아니라 다른 것에 관해서도 몰라. 우린 단지 처음으로 만난 두 사람일 뿐이야."

"그런데 왜 그래야 해?"

"그러면 우린 다른 얘길 할 필요가 없어. 우린 그저 함께 있으면서 이 분위기를 즐기면 돼."

"요점을 모르겠어."

"과거도 없고 미래도 없어. 현재뿐이야. 현재에 기회를 주는 거야."

그녀는 어색한 표정이다. 주먹으로 턱을 괴고 나를 바라다본다. 이윽고 그녀가 마음을 달리 먹는다.

"널 보니 참 좋다." 그녀가 말한다. 그녀는 아직 내 말을 이해하지 못했지만 그냥 내버려 두고 넘어가기로 한다.

나는 빙긋 웃는다. "나도 널 보니 참 좋아. 우리 어디로 갈까?"

"네가 결정해." 그녀가 말한다. "네가 가장 좋아하는 곳은 어디야?"

나는 알렉산더에 접속한다. 바로 그곳이 답이다. 마치 알렉산더가 그 답을 내게 건네주는 것만 같은 느낌이다.

내 미소가 점점 커진다.

"어딘지 알겠다." 내가 말한다. "그전에 먼저 먹을 걸 사야 할 것 같아."

***

우린 지금 생전 처음 만나는 것이므로 네이선이나 풀에 대해, 또는 전에 일어난 일이나 머잖아 일어날 일에 대해 얘기할 필요가 없다. 과거나 미래는 복잡한 것이다. 현재는 단순하다. 그리고 그 단순함이 바로 그녀와 나만이 존재하는 상황의 정서다.

비록 우리가 사야 할 것은 몇 가지 안 되지만 우리는 쇼핑 카트를 끌고 식료품점 통로를 모두 지나가기로 한다. 잠시 후 리애넌이 쇼핑 카트 앞에 서고 내가 뒤에 선다. 우리는 가능한 한 빨리 움직인다.

우리는 규칙을 하나 정한다. 통로 하나를 지나갈 때마다 이야기를 하나씩 하기로 한다. 그래서 애완동물 먹이가 진열된 통로를 지나갈 때 나는 고약한 토끼인 스위즐에 대해 더 많은 걸 알게 된다. 농산물 통로를 지나갈 때 나는 여름 캠프에 갔던 날에 대해 그녀에게 얘기해 준다. 그때 나는 기름 바른 수박을 끌어당기는 놀이를 해야 했는데, 수박이 다른 사람들 팔에서 미끄러져 튕겨 나가면서 내 눈을 때렸고 그 때문에 세 바늘을 꿰매야 했다. 병원에서는 수박에 맞아 그렇게 된 건 처음 본다고 했다. 시리얼 통로에서 우리는 오랫동안 먹어 온 시리얼에 관해서 각자 자기 얘기를 들려주기로 한다. 우리는 우유를 파랗게 변하게 하는 시리얼이 더 이상 멋있어 보이지 않고 역겨워 보이기 시작한 해가 언제였는지 정확히 짚어 내려 애쓴다.

마침내 채식주의자를 위한 잔치를 벌이기에 충분한 재료가 준비된다.

"엄마에게 전화해서 레베카네 집에서 밥 먹고 갈 거라고 말해야겠어." 리애넌이 휴대전화를 꺼내며 말한다.

"자고 갈 거라고 말씀 드려." 내가 제안한다.

그녀가 잠시 동작을 멈춘다. "정말?"

"정말."

그러나 그녀는 전화를 걸려고 하지 않는다.

"좋은 생각이 아닌 것 같아."

"날 믿어." 내가 말한다. "난 내가 뭘 하고 있는지 잘 알아."

"내가 어떤 기분인지 알지?"

"알아. 그렇지만 네가 날 믿어 주길 바라. 네 기분을 상하게 하진 않을 거야. 앞으로도 그런 일은 결코 없을 거야."

그녀는 엄마에게 전화해 오늘은 레베카네 집에서 잘 거라고 얘기한다. 그런 다음 레베카에게 전화해 엄마에게 거짓 이유를 댄 게 들통 나지 않도록 조치를 취해 둔다. 레베카가 무슨 일이냐고 묻는다. 리애넌은 나중에 얘기해 주겠다고 말한다.

"레베카에게 남자애를 만났다고 말해야 할 거야." 리애넌이 전화를 끊은 후에 내가 말한다.

"이제 막 만난 남자애를?"

"그래." 내가 말한다. "이제 막 만난 남자애."

우리는 알렉산더의 집으로 간다. 냉장고에는 우리가 사 온 식료품을 넣을 만한 공간이 거의 없다.

"식료품을 왜 또 산 거야?" 리애넌이 묻는다.

"오늘 아침엔 냉장고에 뭐가 있는지 잘 몰랐으니까. 그리고 정확히 우리가 원하는 걸 만들어 먹고 싶었던 거야."

"요리할 줄 알아?"

"잘하진 못해. 넌?"

"나도 잘 못해."

"알아보면 되겠지. 그전에 먼저 너한테 보여 주고 싶은 게 있어."

그녀는 알렉산더의 방을 나만큼 좋아한다. 난 알 수 있다. 그녀는 포스트잇에 쓰인 글을 읽느라 정신이 없다. 그런 다음에는 해진 책들의 책등을 손가락으로 어루만진다. 얼굴이 기쁨으로 환하다.

이윽고 그녀가 내게 얼굴을 돌리는데, 그런 사실이 얼굴에 잘 드러나 있다. 우리가 있는 곳은 침실이고, 따라서 침대가 있다. 하지만 내가 그녀를 이곳으로 데려온 이유는 아니다.

"저녁 지을 시간이야." 내가 그녀 손을 잡으며 말한다. 우리는 함께 방을 나간다.

요리를 하는 동안 집 안을 음악으로 채운다. 우리는 함께, 조화롭게 움직인다. 전에 이렇게 함께 요리를 해 본 적이 없지만, 그럼에도 우리는 자연스럽게 역할 분담을 하고, 리듬을 타고 일한다. 나는 늘 이럴 수도 있을 거라는 생각을 하지 않을 수 없다. 한 공간에 편안하게 함께 있을 수 있고 즐거운 침묵 속에서 서로를 알아 갈 수 있을 거라는 생각을 해 보지 않을 수 없다. 엄마 아빠가 외출하면 내 여자 친구가 와서 저녁 준비를 도와준다. 그녀가 여기서 채소를 썬다. 자신이 어떤 자세로 일하는지도 모르고, 머리가 헝클어졌다는 것도 모른다. 심지어 내가 사랑이 듬뿍 담긴 눈으로 자신을 바라보고 있다는 것도 깨닫지 못한다. 커다란 비눗방울 같은 우리 부엌 바깥에서는 밤이 노래한다. 창문을 통해 그걸 볼 수 있다. 창문 윗부분에서는 창에 비친 그녀 모습도 보인다. 모든 게 있어야 할 자리에 있고, 내 마음은 이런 일이 언제나 가능하다고 믿고 싶어 한다. 어떤 어두운 힘이 내 마음을 잡아끄는 순간, 내 마음은 이걸 현실로 만들고 싶어 한다.

저녁 요리를 끝냈을 때는 9시가 넘었다.

"내가 상 차릴까?" 리애넌이 식당을 가리키며 묻는다.

"아니. 내가 가장 좋아하는 곳으로 널 데려가기로 한 거, 기억나지?"

나는 쟁반 두 개를 찾아서 우리 식사를 거기에 가지런히 올려놓는다. 나는 또 촛대를 여러 개 찾아내서 가지고 가려고 챙긴다. 그런 다음 리애넌을 데리고 뒷문 밖으로 나온다.

"어디로 가는 거야?" 마당에 이르렀을 때 그녀가 묻는다.

"위를 봐."

그녀는 처음엔 보지 못한다. 불빛이라곤 부엌에서 새어 나오는 빛이 유일한데, 우리에게 도달한 그 빛은 다른 세계에서 흘러온 희미한 잔광 같다. 잠시 후 우리 눈이 어둠에 적응하자 그녀도 볼 수 있다.

"멋져." 그녀가 다가간다. 알렉산더의 나무 집이 우리 위에 흐릿하게 모습을 드러낸다. 사다리가 바로 눈앞에 있다.

"도르래가 있어." 내가 말한다. "쟁반은 그걸로 나르면 돼. 내가 올라가서 내려 줄게."

나는 양초를 두 개 들고 종종거리며 사다리를 오른다. 나무집 안은 알렉산더의 기억과 아주 잘 들어맞는다. 이곳은 나무 집인 동시에 음악 연습을 하는 곳이다. 노랫말과 곡이 가득 적힌 공책들이 있고, 한쪽 구석에는 기타가 또 한 대 있다. 머리 위로 전등이 하나 있지만, 켜지 않고 촛불에 의지한다. 나는 요리를 운반할 작은 승강기를 밑으로 내려 보낸 다음 쟁반을 하나씩 올려 보내게 한다. 두 번째 쟁반이 안전하게 안으로 들어온 뒤 리애넌도 곧 나무 집 안으로 들어선다.

"정말 멋있지 않니?" 그녀가 주위를 둘러볼 때 내가 말한다.

"멋있어."

"온전히 그의 공간이야. 엄마 아빠는 여기 오지 않아."

"너무 마음에 들어."

여기에는 탁자도 없고 의자도 없으므로 우리는 촛불 속에서 얼굴을 마주보고 책상다리를 한 채 바닥에 앉는다. 우리는 서두르지 않는다. 이 순간의 운치를 음미한다. 나는 초를 몇 개 더 켠다. 그리고 그녀를 바라보며 몹시 흐뭇해한다. 이곳에 달이나 해

에브리데이

는 필요 없다. 우리가 준비한 빛 속에서 그녀는 아름답다.

"응?" 그녀가 묻는다.

나는 몸을 기울여 그녀에게 키스한다. 딱 한 번.

"응." 내가 말한다.


＊ ＊


그녀는 내 첫사랑이자 유일한 사랑이다. 사람들 대부분은 첫 사랑이 유일한 사랑은 아닐 거라는 사실을 안다. 그러나 내게 그녀는 그 둘 다이다. 이것이 내가 받아들인 유일한 기회일 것이다. 이런 일은 다시는 일어나지 않을 것이다.

이곳엔 시계가 없다. 그러나 나는 몇 시인지, 몇 분인지 알 수 있다. 시간과 한통속이 된 양초도 시간이 줄어듦에 따라 길이가 짧아진다. 짧아지는 양초가 나에게 그 생각을 상기시키고 상기시키고 상기시킨다.

나는 이것이 우리의 첫 만남이기를 바란다. 이것이 두 십 대 아이의 첫 데이트이기를 바란다. 내 머릿속으론 벌써 두 번째 데이트 계획을 세우고 있기를 바란다. 그리고 세 번째 데이트 계획도……

그러나 내겐 해야 할 다른 말이 있고 해야 할 다른 일이 있다.

식사를 마치자 그녀가 쟁반들을 한쪽 옆으로 밀어서 치운다. 그녀가 우리 사이 거리를 좁히며 다가온다. 내게 키스하려나 보다 생각했지만, 그녀는 그 대신 자기 호주머니에 손을 집어넣는다. 호주머니에서 알렉산더의 포스트잇을 꺼낸다. 이어 펜을 꺼낸다. 그런 다음 포스트잇 맨 윗장에 하트를 그리고, 떼어 내서 내 가슴에 붙인다.

"어때."

나는 그걸 내려다본다. 그녀를 쳐다본다.

"할 말이 좀 있어." 내가 말한다.

모든 얘기를 다 해야겠어라는 뜻이다.

* *

나는 네이선에 관해 얘기해 준다. 풀에 관해 얘기해 준다. 나 같은 사람이 나 혼자인 게 아닌 것 같다는 얘기를 해 준다. 한 사람 몸에 오래 머무를 수 있는 방법이 있을 거라는 얘기를 해 준다. 매일 몸을 떠나지 않아도 되는 방법이 있을 거라는 얘기를 해 준다.

초는 타들어 간다. 나는 너무 많은 시간을 보내고 있다. 얘기를 끝냈을 때는 거의 11시다.

"그러니까 넌 몸을 유지할 수 있는 거야?" 내 말이 끝나자 그녀가 묻는다. "같은 몸을 유지할 수 있다는 말이야?"

"그렇기도 하고, 아니기도 하고." 내가 대답한다.

에브리데이

첫사랑이 끝날 때 사람들 대부분은 결국 또 다른 사랑이 찾아올 거라는 사실을 안다. 그들에게 사랑은 끝난 게 아니다. 사랑이 그들을 떠난 게 아니다. 결코 첫사랑 같지는 않겠지만, 어느 면에서는 더 나을 것이다.

내게는 그런 위안이 없다. 내가 이토록 맹렬히 집착하는 이유는 이 때문이다. 이 사랑이 이토록 힘든 이유는 이 때문이다.

"몸을 유지할 수 있는 방법이 있을 거야." 내가 말한다. "하지만 난 그럴 수 없어. 절대 그럴 순 없어."

살인. 그 모든 걸 요약해서 말하면, 같은 몸을 유지하는 것은 살인일 것이다. 어떤 사랑도 살인보다 더 중요할 수는 없다.

리애넌이 뒤로 몸을 뺀다. 일어선다. 나를 공격한다.

"이러면 안 돼!" 그녀가 소리 지른다. "갑자기 찾아와 나를 이곳에 데려와서는 이 모든 얘기를 들려주고…… 그런 다음 한다는 소리가 그럴 수 없다니……. 그러면 안 돼. 잔인한 짓이야, A. 잔인한 일이란 말이야."

"알아." 내가 말한다. "그래서 이게 우리의 첫 데이트인 거야. 그래서 이게 우리의 첫 만남인 거야."

"어떻게 그런 말을 할 수 있니? 넌 어떻게 다른 모든 걸 지울 수 있어?"

나는 일어선다. 그녀에게 다가간다. 두 팔로 그녀를 안는다. 그녀는 처음에는 저항한다. 몸을 빼내려 한다. 그러다 포기한다.

"알렉산더는 좋은 애야." 내가 갈라진 목소리로 소곤거린다. 이런 말을 하고 싶지 않지만, 그러나 해야 한다. "아마 좋다는 말로는 부족할 만큼 훌륭한 애일 거야. 오늘은 네가 그를 처음 만난 날이야. 오늘이 첫 데이트지. 그는 서점에 있었던 걸 기억할 거야. 그리고 널 처음 봤던 순간과, 너에게 몹시 마음이 끌렸던 것을 기억할 거야. 단순히 네가 예뻐서가 아니라 네 힘을 알아보았기에 너한테 끌린 거야. 그는 네가 얼마나 간절히 이 세상의 일부가 되고 싶어 하는지 알 수 있었던 거야. 알렉산더는 너랑 얘기한 걸 기억할 거야. 너랑 얘기하는 게 얼마나 따뜻했는지, 얼마나 매력적이었는지 기억할 거라고. 그는 얘기가 끝나지 않기를 바랐다는 걸 기억할 거고, 너한테 달리 하고 싶은 게 있는지 물어봤다는 걸 기억할 거야. 네가 그에게 가장 좋아하는 곳이 어딘지 물어봤다는 걸 기억할 테고, 그는 여기를 생각해 내고 너에게 보여 주고 싶었다는 걸 기억하겠지. 식료품점, 통로에서 했던 이야기들, 네가 그의 방을 처음 본 순간…… 그 모든 게 다 그의 기억 속에 있을 거야. 어느 것 하나도 바꿀 필요가 없는 것 같아. 그의 맥박이 내 심장박동이야. 우리의 맥박은 똑같아. 그는 널 이해할 거야. 난 알아. 네겐 같은 심장이 있거든.”

“하지만 넌 어떡하고?” 리애넌이 묻는다. 그녀의 목소리도 갈라져 있다.

“네가 내게서 발견했던 걸 그에게서 발견할 거야.” 내가 말한다. “아무 문제 없이.”

“난 그런 식으로 쉽게 바꿀 수 없어.”

“알아. 그는 그걸 네게 증명해야 할 거야. 매일매일 자신이 네게 가치 있는 존재라는 걸 증명해야 할 거라고. 만약 그러지 못한다면, 그걸로 끝이지 뭐. 하지만 난 그가 해낼 거라고 생각해.”

“왜 이러는 거야?”

"왜냐하면 난 떠나야 하니까. 리애넌, 이번엔 정말 떠날 거야. 난 멀리 떠나야 해. 내가 알아내야 할 것들이 있어. 그리고 내가 계속 네 삶에 끼어들 순 없어. 네겐 그 이상이 필요하니까."

"그럼 이게 작별 인사인 거야?"

"어떤 것들과는 작별이고 어떤 것들과는 새로운 만남이지."


나는 그가 그녀를 안을 때의 느낌을 기억하기 바란다. 이 세상을 그녀와 공유하는 게 어떤 느낌인지 기억하기 바란다. 그의 마음속 어딘가에서 내가 얼마나 그녀를 사랑하는지 기억하기 바란다. 나는 그가 나와는 무관하게, 그 자신의 방식으로 그녀를 사랑하는 법을 익히기를 바란다.


나는 풀에게 그게 정말 가능한지 묻지 않을 수 없었다. 그가 정말 내게 그 방법을 가르쳐 줄 수 있는지 묻지 않을 수 없었다.

그는 가르쳐 줄 수 있다고 약속했다. 그는 우리가 함께 일할 수 있을 거라고 말했다.

아무런 망설임도 없었다. 아무런 경고도 없었다. 우리가 다른 사람의 삶을 파괴한다는 인식도 없었다.

바로 그때, 난 여기서 달아나야 한다는 걸 확실히 깨달았다.


그녀가 나를 안는다. 나를 놓아줄 생각이 없는 것처럼 힘껏 안는다.

"사랑해." 내가 말한다. "이전에 누군가를 이렇게 사랑해 본 적이 없어."

"넌 항상 그렇게 말하는구나." 그녀가 말한다. "그런데 넌 나도 그렇다는 건 모르지? 나도 누군가를 이처럼 사랑해 본 적이 없어."

"하지만 넌 사랑하게 될 거야." 내가 말한다. "넌 다시 사랑하게 될 거야."


\*\*


우주의 중심을 응시하면, 차가움이 있다. 공허가 있다. 궁극적으로 우주는 우리에게 무관심하다. 시간은 우리에게 무관심하다.

그렇기 때문에 우리는 서로에게 관심을 가져야 한다.

시간이 흐른다. 자정이 가까워 온다.

"네 옆에서 잠들고 싶어." 내가 속삭인다.

내 마지막 소망이다.

그녀는 고개를 끄덕이며 동의한다.

우리는 나무 집을 나와, 잰걸음으로 어둠을 뚫고 달려서 빛이 새어 나오는, 우리가 남겨두고 온 음악이 새어 나오는 집으로 돌아간다. 11시 13분. 11시 14분. 우리는 침실로 가서 신발을 벗는다. 11시 15분. 11시 16분. 그녀가 침대로 들어가고 내가 불을 끈다. 이어 내가 그녀 옆으로 간다.

눕는다. 그녀가 몸을 웅크려 내게 바짝 붙는다. 나는 해변과 바다를 떠올린다.

할 말이 너무 많다. 그러나 말할 필요가 없다. 우린 이미 알고 있다.

그녀 손이 내 뺨으로 올라오더니 내 고개를 돌린다. 내게 키스한다. 우리는 자꾸자꾸 키스한다.

"네가 내일 이걸 기억하길 바랄게." 그녀가 말한다.

우리는 키스를 멈추고 숨을 가다듬는다. 그리고 조금 전 자세로 돌아간다. 잠이 서서히 밀려온다.

"난 모든 걸 다 기억할 거야." 내가 말한다.

"나도 그럴게." 그녀가 약속한다.

＊＊

나는 결코 그녀 사진을 호주머니에 넣고 다니지 못할 것이다. 결코 그녀가 직접 쓴 편지나 우리가 함께한 것들을 모아서 엮은 스크랩북을 가지고 다니지 못할 것이다. 나는 결코 도시의 아파트에서 그녀와 함께 지내지 못할 것이다. 나는 결코 우리가 동시에 같은 음악을 듣고 있는 건 아닌지 알지 못할 것이다. 우리는 함께 늙어 가지 못할 것이다. 그녀가 어려움에 처할 때 전화하는 사람은 내가 아닐 것이다. 들려주고 싶은 얘기가 있을 때 그녀에게 전화를 걸지 못할 것이다. 나는 그녀가 내게 준 어떤 것도 간직하지 못할 것이다.

나는 내 옆에서 잠이 드는 그녀를 본다. 그녀가 숨을 쉬는 모습을 본다. 꿈에 빠져드는 그녀를 본다.

이 기억.

나는 이 기억만을 간직할 것이다.

언제나 이 기억을 간직할 것이다.

알렉산더 역시 기억할 것이다. 느낄 것이다. 완벽한 오후, 완벽한 밤이었다는 걸 알 것이다.

그는 그녀 옆에서 눈을 뜨면서, 행운이라고 느낄 것이다.

시간은 계속 흐른다. 우주가 팽창한다. 나는 하트가 그려진 포스트잇을 내 몸에서 떼어내 그녀의 몸으로 옮긴다. 그녀의 몸 위에 내려앉은 하트를 본다.

나는 눈을 감는다. 안녕 하고 말한다. 잠에 빠진다.

# 6034일

그녀로부터 두 시간 거리만큼 떨어진 곳에 사는 케이티라는 여자애 몸 안에서 깨어난다.

케이티는 모르지만, 오늘 그녀는 아주 멀리 떨어진 곳으로 갈 것이다. 이 일은 그녀 일상에 찾아든 전혀 예상치 못한 혼란이자 그녀 삶에 끼어든 이해할 수 없는 파격일 것이다. 그러나 그녀에게는 이 문제를 잘 해결할 수 있는 시간이 넘치도록 많다. 그녀 인생길에서 오늘 하루는 눈에 띄지 않을 만큼 작은 일탈일 것이다.

그러나 내게 오늘 하루는, 삶의 흐름이 바뀌는 날이다. 내게 오늘은 과거와 미래를 동시에 지닌 현재가 시작되는 날이다.

나는 내 인생에서 처음으로 달린다.

# 감사의 말

내가 쓴 소설 대부분에는 분명한 출발점 — 이야기로 변하는 번뜩이는 발상 — 이 있었다. 대개는 기억하지만, 이 소설의 경우에는 그 출발점을 기억하지 못한다고 시인하지 않을 수 없다. 하지만 이 책을 쓰도록 나를 자극한 세 번의 중요한 순간은 기억한다. 첫 번째는 존 그린과 여행하면서 나눈 대화였다. 두 번째는 수잔 콜린스와 나눈 대화로, 그녀가 여행할 때 겪었던 일이다. 세 번째는 어느 날 오후 빌리 머렐의 아파트에서 내가 그의 반응을 주의 깊게 살피며 이 소설의 첫 장(그때까지 썼던 전부)을 읽어 준 때였다. 이 작품에 불을 지필 연료를 공급해 준 데 대해 세 분께 감사드린다. 나와 존을 부추겼던 분께도, 이 작품의 발상을 훔쳐서 먼저 출판하지는 않겠다는 약속을 지켜 준 데 대해 감사드린다.

늘 그렇듯이, 내 가족과 친구들에게 감사한다. 부모님, 애덤, 젠, 페이지, 매슈, 헤일리에게 감사한다. 고모, 이모, 삼촌, 사촌

과 조부모님께 감사드린다. 나의 문인 친구, 학문의 벗, 동창, 도
서관 친구, 페이스북 친구, 가장 친한 친구들에 감사한다. 내가
이 작품을 쓰는 동안 내 맞은편에 앉아 그들 자신의 책을 썼던
친구들(엘리엇, 크리스, 대니얼, 마리, 도나, 나탈리)에게 감사하고,
내가 글을 쓰는 동안 그림을 그렸던 한 친구(네이션)에게 감사
한다.

앨리셔 고든, 숀 돌런, 로런 보너를 비롯한 WMEE의 환상적
인 팀은 물론이고 두려움을 모르는 내 대리인 빌 클레그에게도
깊이 감사드린다. 대단히 훌륭한 내 본거지인 랜덤하우스의 영
업부, 마케팅부, 편집부, 미술부 모두에게 감사드린다.(거의 십 년
동안 함께 식사하고 노래방에서 노래를 부른 에이드리언 웨인트롭, 트
레이시 러너, 리사 네이덜에게, 그리고 관심을 가지고 지켜본 제러미
메디나와 치밀하게 계획을 세운 엘리자베스 자작에게도 감사의 환호성
을 지르고 싶다.) 영국의 에그먼트, 호주의 텍스트, 그리고 이 책
을 출판하는 다른 외국 출판사의 출판인들에게도 감사의 말씀을
전한다.

마지막으로 낸시 힌켈을 내 편집자로 둔 것에 대해 날마다 감
사한다. 내가 차를 마련하면 당신은 그 차로 드라이브하고 싶어
하는, 그런 게 나는 참 좋다.

# 옮긴이의 말

발칙하다고 해야 하나, 발랄하다고 해야 하나. 아무튼 이 책을 처음 접했을 때의 느낌은 그랬다. 매일 다른 사람 몸을 빌려 사는 사람이라니……. 매일 다른 삶을 살아가는 존재라니……. 발상이 발랄을 넘어 기발했다. 이 정도면 공상과학 로맨스 소설로는 안성맞춤이다. 문장이 경쾌하고 내용도 달콤쌉싸름해서 처음에는 그저 재미있는 청소년 문학 정도로만 여겼다. 달리 말하면 이 작품에서 문학적 깊이나 문제의식 같은 것은 크게 기대하지 않았다는 말이다.

그러나 이 소설이 그렇게 만만한 작품이 아니라는 것을 깨닫는 데는 그리 오래 걸리지 않았다. 어느 날 갑자기 운명처럼 찾아온 사랑을 경험한 뒤로 주인공 A가 삶과 사랑에 대해 성찰하는 대목들이 예사롭지 않았던 것이다. 그러고 보면 A가 남자도 아니고 여자도 아니고, 이성애자도 아니고 동성애자도 아니고, 흑인도 백인도 황인도 아니고, 어느 종교에도 속하지 않았다는 점 등은 삶과 사랑을 편견 없이, 원점에서 사색하기에 딱 적합하다.

그에 비하면 리애넌은 몸을 가진 인간이어서 아무리 A를 좋아하고 이해하려 해도 자신의 타고난 여러 조건에서 벗어나지 못한다. 동성애든 이성애든 사랑은 사랑일 뿐이라고 생각하는 A에 비해 리애넌은 A가 여자 모습으로 나타나면 사랑 표현을 주저하고, 특히 매력 없는 뚱보 모습으로 나타나면 전혀 사랑을 느끼지 못한다. 남의 몸을 빌려 사는 A는 겉모습과는 무관한 존재라는 것을 잘 알면서도 말이다.

작가는 이처럼 원점에서 삶을 시작하듯 매일매일 새로운 몸으로 살아가는 A와(A라는 이름도 그 스스로 지은 것이다.) 사회 문화적 조건에서 자유로울 수 없는 리애넌의 사랑과 갈등을 통해서 사랑의 본질을 묻는데, 이 점이 이 소설의 중심 주제를 이룬다. 몸을 가진 우리로서는 영혼의 존재인 주인공과 달리 사랑을 할 때 여러 외적 조건의 테두리를 벗어날 수 없는 게 어찌 보면 당연한 일이다. 그럼에도 사랑의 본질을 인식하고, 또 때때로 우리가 사랑의 본질을 놓치고 있는 건 아닌지 돌아보는 일은 매우 중요할 것이다. 특히 사랑의 가치관을 정립해 가는 청소년들에게는 더욱 그러하다. 이 소설이 미국에서 청소년 권장 도서로 널리 읽히는 이유가 바로 이 때문이 아닐까 싶다.

주인공의 건강한 품성과 도덕도 작품의 흡인력을 높이는 데 큰 몫을 한다. 남의 몸을 하루만 빌려 쓰기 때문에, 다음 날 그 몸을 떠나면 그만이기 때문에, 그 사람의 삶을 함부로 방치하거나 못되게 이용할 수도 있으련만 A는 늘 그 사람 삶을 진지하게 챙겨 주려고 한다. 어느 소설 제목처럼 그걸 '인간에 대한 예의'

라고 생각하는 듯싶다. 그래서 A는 자신에게 무슨 일이 일어났다는 것을 어렴풋이 느끼고 그 내막을 알고 싶어 하는 네이선을 그냥 무시해 버리지 못하는 것이다. A가 풀이라는 사람 때문에 큰 위기에 빠지는 것도 그런 성품에서 비롯된 것이다.

A의 건강한 도덕이 결정적으로 드러나는 부분은 한 몸에서 오래도록 살 수 있는 방법이 있다는 풀의 제안을 거절하는 대목이다. 하나의 몸을 계속 유지할 수 있다면 A가 그리도 간절히 바라는 리애넌과의 사랑을 이룰 수 있을 텐데도 말이다. 그러나 A는 남의 몸으로 계속 사는 것은 그 사람에게 살인을 저지르는 것과 같다는 것을 쉽게 깨달을 만큼 도덕적이기에, 그리고 아는 대로 행동할 만큼 건강한 존재이기에 결국 사랑을 포기하고 멀리 떠나는 것을 선택한다. 풀이 A에게 원하는 몸에 머무를 수 있는 방법을 알려 주겠다고 제안하는 대목은 『파우스트』에서 악마 루시퍼가 파우스트에게 젊음과 쾌락을 줄 테니 네 영혼을 달라고 유혹하는 대목을 연상시킨다. 그 유혹에 넘어가지 않고 이루어질 수 없는 사랑을 받아들이며 어느 먼 지역으로 자신을 스스로 추방시키는 결말 부분이 없었다면 이 소설은 처음 생각했던 대로 발랄하고 재미있는 소설에 머무르고 말았을지 모른다. 결말의 아름다움이 이 소설을 훌륭한 작품 반열에 올려놓았다고 믿는다.

혹시 독자 중에 매일 몸이 바뀌는 존재인 A를 사랑하게 된 리애넌의 고뇌와 기쁨과 좌절의 내면 풍경이 궁금한 사람은 없을까? 그녀의 심리를 더 엿보고 싶은 사람은 없을까? 아마 리애넌의 고민 역시 대단히 실존적이었을 것 같다. 이런 독자들에게 반

옮긴이의 말

가운 소식이 하나 있다. 리애년의 입장에서 사랑의 진실을 얘기하고 사랑이 우리를 어떻게 변화시킬 수 있는지 보여 주는 작품이 『또 다른 날(Another Day)』이라는 제목으로 머잖아 출간될 예정이라 한다. 참고하시길.

이 작품에서 인터넷과 이메일은 대단히 중요한 의미와 상징을 띠는 소재다. 매일 다른 몸에서 깨어나기 때문에 아무것도 가질 수 없는 주인공이 유일하게 소유할 수 있는 것은 메일 계정이다. 현실 세계에서는 아무것도 가질 수 없지만 사이버 세계에서는 오롯이 자기 것이 있다는 역설은 오늘날 같은 사이버 시대가 도래하기 전에는 상상하기 힘들었을 터이다. 그런 의미에서 이 작품은 사이버 시대의 존재 방식을 극적으로 보여 주는, 오늘날의 세태를 나름대로 효과적으로 반영한 작품이라는 측면에서도 파악해야 할 것이다.

이 소설의 작가 데이비드 리바이선은 동성애자다. 이 작품에서 동성애가 이성애와 대등한 비중을 차지하며 자연스럽게 그려지는 것은 작가의 성적 지향과도 관련 있다. 이런 작품 외적인 사실이 작품 감상에 도움이 되지 않을 수도 있으나 작가는 자신이 동성애자라는 점을 열심히 드러내고자 하며, 또한 사랑은 사랑일 뿐이라고 여기는 A의 믿음이 바로 작가의 생각과 맞닿아 있기에 여기에서 언급한다.

A는 자신과 같은 방식으로 존재하는 사람은 없을 거라고 생각했으나 일단 목사의 몸 안에서 살며 목사 행세를 하는 풀이 있고, 또한 풀에 따르면 그런 식으로 살아가는 사람이 많다고 한다. 혹

우리 주위엔 그런 사람이 없는지 가끔 주위 사람들 눈을 그윽이 들여다볼 일이다. 그리고 그런 사람이 눈에 띈다면 풀처럼 나쁜 마음을 품지 않도록 따뜻이 대해 주고 우리 일원으로 품어 안을 일이다. 그런 사람은 그런 대로 얼마나 소중한 존재인가.

좋은 책을 소개해 주고 기꺼이 번역을 맡겨 준 민음사에 깊이 감사 드린다.

2015년 8월
서창렬

옮긴이의 말

# 에브리데이

1판 1쇄 펴냄 2015년 8월 20일
1판 6쇄 펴냄 2022년 4월 27일

지은이      데이비드 리바이선
옮긴이      서창렬
발행인      박근섭·박상준
펴낸곳      (주)민음사
출판등록    1966. 5. 19. 제16-490호
주소        서울특별시 강남구 도산대로1길 62(신사동) 강남출판문화센터 5층 (우편번호 06027)
대표전화    02-515-2000 | 팩시밀리 02-515-2007
홈페이지    www.minumsa.com

한국어 판 ⓒ (주)민음사, 2015. Printed in Seoul, Korea

ISBN 978-89-374-3204-0 (03840)

* 잘못 만들어진 책은 구입처에서 교환해 드립니다.